古典文獻研究輯刊

十六編

曾永義 主編

第 8 冊

木蘭故事的文本演變與文化內涵

張雪 著

國家圖書館出版品預行編目資料

木蘭故事的文本演變與文化內涵／張雪 著 — 初版 — 新北市：
花木蘭文化事業有限公司，2017〔民 106〕
目 4+230 面；19×26 公分
（古典文學研究輯刊 十六編；第 8 冊）
ISBN 978-986-485-110-2（精裝）
1. 中國文學 2. 文本分析 3. 文化研究
820.8   106013420

ISBN-978-986-485-110-2

9 789864 851102

古典文學研究輯刊
十六編　第 八 冊   ISBN：978-986-485-110-2

木蘭故事的文本演變與文化內涵

作　　者　張雪
主　　編　曾永義
總 編 輯　杜潔祥
副總編輯　楊嘉樂
編　　輯　許郁翎、王筑　美術編輯　陳逸婷
出　　版　花木蘭文化事業有限公司
社　　長　高小娟
聯絡地址　235 新北市中和區中安街七二號十三樓
　　　　　電話：02-2923-1455 ／傳真：02-2923-1452
網　　址　http://www.huamulan.tw 信箱 hml 810518@gmail.com
印　　刷　普羅文化出版廣告事業
初　　版　2017 年 9 月
全書字數　203249 字
定　　價　十六編 8 冊（精裝）新台幣 15,000 元
　　　　　　　　　　　　　　　　　　版權所有·請勿翻印

木蘭故事的文本演變與文化內涵

張 雪 著

作者簡介

張雪，女，1983 年生於哈爾濱，2006 年至 2009 年就讀於黑龍江大學文學院古代文學專業，獲文學碩士學位；2010 年至 2013 年就讀於南開大學文學院，古代文學專業，敘事文學與文化方向，獲文學博士學位。現為百花文藝出版社（天津）有限公司圖書中心策劃編輯，從事文學文化類圖書策劃工作。

提　　要

木蘭是中國古代著名的女英雄，她易裝改服替父從軍的傳奇故事廣為流傳，對中國文學與文化有著深遠的影響，歷經千餘年仍然有著不可忽視的當代價值，而木蘭也成為了極少數能夠繼續留存在當代文化中並影響當代人精神文化的偶像之一。

木蘭故事中的孝文化、易裝故事、女英雄主題和婚戀故事這四個文化主題都是古今中外人類文化中永恒的主題，而集合在這一個故事中就使得木蘭故事有了穿越千年的魔力。從北朝的《木蘭詩》到唐宋元時期的詩歌、筆記，乃至明清的雜劇、傳奇、小說等，木蘭故事在不同時期不同的文體中不斷的演變，其敘事規模、故事情節和人物形象也隨之變化。研究木蘭故事，梳理故事的形成演變軌跡，將木蘭故事放到整個古代文化的總體中考察，對挖掘分析其在中國傳統文化中的地位和作用具有重要意義。本書在搜集古代以木蘭為中心的各種文本，按照時代的先後順序對文本的發展和演變的脈絡進行梳理的基礎上，對木蘭故事中的各個文化主題在故事演變過程中的表現出來的文化演進脈絡和軌跡進行分析，挖掘導致情節演變和人物變化背後的文化內涵，最後歸納出木蘭故事文本演變過程中的特殊節點，從情節內容和文化內涵的結合上，總結出四個文化主題的演變軌跡，指出木蘭故事在文學文化史上的特殊意義，以動態的視角梳理文獻和情節脈絡，並揭示出暗含於文本之中的文化內涵。

目

次

緒論　中國敘事文化學視野下的木蘭故事

　　在我們的文學史中，有一類作品在它產生的那個年代有著重要的影響，留下了那個年代的各種文化元素，是文學史和文化史研究中不可缺少的部分。還有一類作品則不僅能夠影響它產生的年代，而且會被後代繼承發展，在歷代不同的文化背景中不斷地被改寫增刪，烙上時代的印記使其能夠跨越百年甚至上千年的時間，具有強大的生命力。這種故事往往都是對人類精神文化有著極大影響力、具有深厚文化內涵的作品，有些故事甚至繼續活躍在當代的文化和生活中。從這個意義上來說，能夠持續存在於人類文明史和文學史上的故事，本身就已經具有極為豐富的內涵，值得學者的關注和研究，木蘭故事就是這一類故事中的一個。

一、木蘭故事的研究意義

　　木蘭故事是中國古代文學史上影響力極大的一個故事類型。從北朝民歌《木蘭詩》到當代各種影視劇及戲曲作品，木蘭故事活躍在小說、戲曲、詩文等各種文體中，歷經千餘年，至今仍然對人們的精神文化有著強大的影響力。在歷代文獻敘述中，無論是官方文獻還是民間話語，無論故事經過了怎樣的改編，木蘭都是備受推崇、鮮少受到質疑的英雄女性形象。作為道德楷模的木蘭形象由於受到官方和民間的讚揚和崇拜，被廣泛的傳播開來，是接受度較高的人物形象。木蘭首先是孝義的典範。孝文化是封建時代的核心價值之一，儒家文化將子女對父母的孝放大到臣子對君父的「忠」，維護孝道就

是維護統治的根本。木蘭的英雄行為不僅僅解救了自己親人與家庭的危機，完成了子女對於父母出於天性之愛的「孝」，而且在歷代的不同書寫中，從《木蘭詩》中淳樸的少女演變為後人崇拜讚美的道德典範。這種演變事實上促進了木蘭故事的傳播，使木蘭形象得以活躍在歷代各種文獻之中。其次，木蘭的英勇和功勳使得她在後人的敘述中逐漸成為傳奇女英雄的楷模，這種完美的功績讓木蘭在古代眾多受到讚美的女性典範中成為比較引人矚目的一位。木蘭故事的傳奇性還在於她女扮男裝混跡於男性之中並取得了豐碩的戰功的英勇行為。女扮男裝混跡於男性世界本來是「越界」行為，但木蘭的「越界」行為有著最為純潔的初衷：孝道。為了維護儒家思想核心「忠孝」，而被迫違背規則，進入男性世界，木蘭的越界行為不但被所有「衛道士」原諒，並且得到了最高的讚美。木蘭成為道德典範而使故事得以在在民間廣泛傳播，並得到讚美和崇拜。木蘭易裝出走和以柔弱的女子之身完成男性也難以企及的偉大功勳的反差，使這個故事類型有著極強的張力，替父從軍易裝出走的故事模式成為了文學史上的一種經典敘事符碼。木蘭故事很容易被改變和再創作，重新加入符合新時代思想風潮的元素，這種特點讓這個故事類型具有著強大的生命力，使木蘭故事得以在不同的時代煥發出新的光芒。木蘭形象及木蘭故事中易裝女英雄的敘事對通俗文學，尤其是對明清時期通俗文學的影響極大。明清時期的戲曲小說彈詞等通俗作品中出現了一大批類似於木蘭的傑出女性形象，尤其是在女性創作的彈詞小說中，女主角幾乎都是像木蘭一樣因為要解救家族的災難而易裝出走，然後在戰場或是在官場上做出一番幾乎是傳奇性的偉大事業。就經典形象和故事類型的影響力而言，木蘭故事是一個極其值得研究的課題。

本文的研究對象是中國古代文學中的木蘭故事，以木蘭為中心或主要人物演繹成篇的敘事文學作品都將納入考察範圍。

木蘭故事文獻材料豐富多樣，包含了詩文、詩話、筆記、小說戲曲、民間曲藝等等各種形式。其中詩文、小說和戲曲是故事最為主要的文學載體。在諸多木蘭故事文獻中，既有膾炙人口，影響力極廣的經典作品如詩歌《木蘭詩》和雜劇《雌木蘭》，也有大量被忽略的文本如不甚知名的詩文、筆記、地方志中的記載等等。

木蘭故事研究一直是學界研究的熱點，目前學界對木蘭故事的研究主要集中在《木蘭詩》年代本事考證、《木蘭詩》主題研究、《雌木蘭》雜劇研究

等方面上。這些研究已經取得了不小的成果，也解決了一些問題，但仍有不足之處。首先，在木蘭故事研究中，對於文本的研究並不充分，主要集中在《木蘭詩》與《雌木蘭》兩部作品上，對其他木蘭故事文本關注不夠，有些甚至無人提及；其次，目前學界對木蘭故事的研究以單部作品的橫向研究爲主，對故事流變發展的縱向研究還不夠充分，木蘭故事仍有大量空間未被關注。

　　基於以上的考慮，本文選擇木蘭故事作爲選題，旨在探討木蘭故事從唐代到民國時期的生成及流變過程，考察在此過程中，時代主流文化、文人心態、民間信仰和女性心理等因素對故事文本的影響，以及在此影響下木蘭形象的演變，並力圖解決以下問題：

　　第一、梳理從唐代到清末民初時期的木蘭故事文本，在對歷代文獻綜合瞭解的基礎上，力圖將有關木蘭故事的敘事文學作品一網打盡，豐富完善木蘭故事文獻，梳理木蘭故事的演變軌跡。以木蘭爲中心，研究對象包括詩文、筆記、小說、戲曲、地方志、民間曲藝等內容。

　　第二、採用中國敘事文化學的方法，在梳理文本演變的基礎上，進行文化內涵的分析，從孝文化、易裝文化、女英雄主題和木蘭婚戀主題四個角度切入，努力發掘出影響文學敘事的文化因素。

　　木蘭故事相對於其他帝王將相故事而言，情節人物相對比較簡單。以《木蘭詩》爲源頭，歷代的敘述雖然不斷在豐富完善故事和人物，但沒有大規模的背離《木蘭詩》所創下的故事情節。所以木蘭故事研究的重點在於如何深入挖掘存在故事中的豐富文化內涵，和分析研究木蘭故事對明清通俗文學敘事模式的深刻影響。研究的難點首先是對文獻的全面清理，鈎沉一些被以往研究忽略的文本，梳理文獻建立完整的木蘭故事體系。其次，對木蘭故事的文化分析將涉及到倫理學、社會學、性別分析、敘事學等多方面理論知識，如何消化理解這些理論和將源自於西方土壤的理論合理應用於中國作品將是文章需要特別關注的問題。

二、20 世紀到 21 世紀的木蘭故事研究綜述

　　木蘭是我國文學史上著名的女英雄形象，從《木蘭詩》問世之時開始，學界關於木蘭本事、《木蘭詩》的年代、木蘭故里等等問題的研究和爭論就從未斷絕。從唐代到現代的一千多年間，以木蘭爲題材的故事大量存在於各種詩詞、文章、小說戲曲、影視作品中。關於木蘭故事的研究也一直是學界的

熱點，在 1979 年到 2012 年的 33 年間，共有關於木蘭故事研究的文章 327 篇、碩博論文 18 篇。其中 20 世紀 80 年代形成了木蘭研究的一個小高潮，共有文章 59 篇，內容上主要是關於考證《木蘭詩》年代本事和《木蘭詩》的主題思想。90 年代的 10 年，關於木蘭故事的研究比起 80 年代有所回落，共出現文章 50 篇，少於 80 年代，內容上除考證年代、本事之外，對主題的分析仍在持續，比 80 年代新增了性別分析的文章，雖然數量較少，但新的研究視角已經出現。新世紀木蘭研究的成果之多、範圍之廣、視角之新要遠遠多於八九十年代，其中非常重要的原因就是迪斯尼的動畫大片《花木蘭》的出現，引起了學界關於中西方文化差異的關注。其後的電視劇、電影的熱播，使得木蘭從軍這個傳統的故事又一次在新世紀煥發生機。另外，1993 年河北人民出版社出版了現今為止比較全面的有關於木蘭故事、木蘭文化的著作《木蘭文獻大觀》，該書收錄了自唐代到民國時期的較重要木蘭故事文獻、地方志資料及民國時期到 80 年代的研究文章等資料，雖然所收資料不夠全面，但仍是現今研究木蘭故事的重要文獻資料集。2000 年到 2004 年共有 50 餘篇文章，數量上等同於 90 年代的 10 年。內容上仍以傳統的考證年代、主題為主，這一時期的特點是學界開始對木蘭故里進行研究考證，主要有河南虞城和湖北黃陂之爭。2005 年到 2007 年共有 70 篇，由於動畫片《花木蘭》的出現，這 3 年的研究以比較文學跨文化研究為新的特點。2008 年至今共有 98 篇文章，因為趙薇版國產大片《花木蘭》的熱播，關於經典改編的話題又一次成為木蘭研究中的主角。而與此同時，延續了千年的有關於《木蘭詩》年代本事的考證仍在繼續。在木蘭故事的文本方面，目前對木蘭故事的研究仍主要集中在《木蘭詩》之上，其次為雜劇《雌木蘭》，涉及其他文本的單篇文章僅有數篇，而縱向研究全部木蘭故事的也較少。在對經典作品《木蘭詩》的研究中，關於考證木蘭本事時代的文章一直是學界關注的重點。碩博論文有關於木蘭故事的有 18 篇，以比較文學、民俗學、性別研究、戲曲研究為主，單純古代文學研究的主要是《木蘭詩》的研究。

（一）關於《木蘭詩》的年代

木蘭故事源於民歌《木蘭詩》，而研究木蘭故事首先需要解決的就是《木蘭詩》的年代歸屬問題。民歌《木蘭詩》中沒有提供關於木蘭本事的明確信息，而最早收錄《木蘭詩》的文獻中也沒有對木蘭故事及其作者等信息做明確說明，所以引發了後人對木蘭本事的種種猜測和考證。從宋代開始，學者

們就一直在爭論《木蘭詩》的年代、是否有木蘭其人、木蘭故里在何處等問題。關於《木蘭詩》的年代，歷代學者有持「漢代說」「三國說」「晉代說」「梁代說」等等多種說法。其中比較主流的是「北朝說」和「隋唐說」兩種，關於這兩種說法的論爭一直持續到現在。

1、北朝說

「北朝說」在清代以前支持者不多，宋明時期的文人學者都因「天子」「可汗」的稱謂問題而將《木蘭詩》歸爲隋唐時期作品。但 20 世紀以來，較多學者經過各種研究認爲《木蘭詩》產生於北朝。80 年代開始，「北朝說」開始成爲學界主流說法之一。諸家文學史中也都將《木蘭詩》列爲北朝時期作品。文學史的肯定使《木蘭詩》成於「北朝說」成爲被大眾普遍認同的說法，一般做主題研究、形象分析、性別研究的學者大都認爲《木蘭詩》的年代爲北朝時期，以北朝文化背景來進行分析解讀。讚同「北朝說」的學者大都從文獻資料，如《古今樂錄》《古文苑》《樂府詩集》，以及詩歌中提到的典章制度、歷史地理信息、民歌特色及《木蘭詩》反映的時代風尚等方面來推定《木蘭詩》產生的確切年代。但《木蘭詩》產生於北朝的大背景之下，則是學者們的共識。許可〔註1〕從《木蘭詩》中描寫的戰爭考證其年代，認爲是北魏時期對柔然的戰爭。許善述〔註2〕認爲《木蘭詩》當爲北朝民歌，但不應過份糾結於具體時間，和木蘭是否眞有其人。宋抵〔註3〕利用《古今樂錄》的記錄和北朝民風等證明《木蘭詩》應成於北朝。曹熙〔註4〕利用新發現的「大興安嶺發現了鮮卑石室與太平眞君四年（公元四四三年）的石刻祝文」進行考證。此石刻祝文成爲《木蘭詩》成於北朝時期的有力證據。趙從仁則〔註5〕採用同時期的詩歌、史書等文獻對《木蘭詩》中所出現的「可汗」等稱謂進行考證，認爲「至於「其辭多稱可汗」一事，更不能作爲《木蘭詩》產生於唐代的論據。據史料記載，東晉明帝時代，居於我國北方的柔然已稱「可汗」。又樂府

〔註1〕　許可：《關於〈木蘭詩〉的時代》，《北京師範大學學報》，1981 年第 5 期。

〔註2〕　許善述：《也談宋抵的時代和主題》，《安慶師院學報》(社會科學版)，1982年第 1 期。

〔註3〕　宋抵：《〈木蘭詩〉所反映的時代特徵》，《東北師大學報》，1982 年第 3期。

〔註4〕　曹熙：《〈木蘭詩〉新考》，《齊齊哈爾師範學院學報》，1982 年第第 4 期。

〔註5〕　趙從仁：《〈木蘭詩〉的著錄及其時代問題》，《中州學刊》，1985 年第 5期。

《胡吹舊曲》中有《慕容可汗》一曲，其時間應早在南北朝以前。」所以「可汗」一詞不能作爲《木蘭詩》是唐代所做的證據，反而可以證明此詩應出自北朝時期。80 年代關於《木蘭詩》年代的論證已十分充分，「北朝說」也已經基本定型，此後學界對《木蘭詩》的考證雖然仍在繼續，但方法和材料基本未超過 80 年代的範圍。

2、隋唐說

宋代人認爲《木蘭詩》成於隋唐的較多，如宋代程大昌的《演繁露》中曰：「樂府有《木蘭》，乃女子代父征戍，十年而歸，不受爵賞。人爲作詩，然不著何代人，獨詩中有『可汗大點兵』語，知其生世非隋即唐也。」〔註6〕持此觀點的還有劉克莊的《後村詩話》、嚴羽的《滄浪詩話》、韓本、章本《文苑英華》、章樵《古文苑》、魏慶之《詩人玉屑》等等；明代安磐《頤山詩話》、王世貞《弇州山人四部稿》、馮惟訥《古詩紀》等也讚同此說，「隋唐說」是古代認同比較多的說法。近代以來許多學者也讚同《木蘭詩》爲隋唐時期所做：如姚大榮《木蘭從軍地表徵》〔註7〕、《木蘭從軍時地補述》〔註8〕；徐中舒的《〈木蘭歌〉再考》〔註9〕、《〈木蘭歌〉再考補篇》〔註10〕等一系列文章。這一時期學者們論證《木蘭詩》年代一般從三個方面考證，一是傳統內證法，在《木蘭詩》中找出可供參考的官職、稱呼、地理名稱如：「可汗」「天子」「明堂」「黃河」「黑山」「策勳十二轉」等等；二是從對《樂府詩集》《古文苑》《文苑英華》等文獻資料的不同解讀而認爲《木蘭詩》是隋唐時期作品；三是據「萬里赴戎機，關山度若飛。朔氣傳金柝，寒光照鐵衣。將軍百戰死，壯士十年歸」等詩句風格近似唐朝詩風，尤其是近似於李白五言詩詩風，從文學發展規律上推論《木蘭詩》出於唐人之手。80 年代，關於《木蘭詩》的年代問題學界掀起了一場不小的論爭，齊天舉先生以《文苑英華》的著錄情況爲依據，從《木蘭詩》的題注源流出發，認爲「木蘭故事從隋代開始流傳，《木

〔註6〕 【宋】程大昌：《演繁露》卷十六，文淵閣《四庫全書》影印本。
〔註7〕 姚大榮：《木蘭從軍地表徵》，《東方雜誌》第 22 卷第 2 號，1925 年 1 月。
〔註8〕 姚大榮：《木蘭從軍時地補述》，《東方雜誌》第 22 卷 23 號，1925 年 12 月。
〔註9〕 徐中舒：《〈木蘭歌〉再考》，《東方雜誌》第 22 卷第 14 號，1925 年 7 月。
〔註10〕 徐中舒：《〈木蘭歌〉再考補篇》，《東方雜誌》第 23 卷第 11 號，1926 年 6 月。

蘭詩》成詩於隋末或唐初」〔註11〕。這一觀點引發趙從仁的反駁，趙文〔註12〕針對齊文中認爲「可汗」等詞語出於唐代，推論《木蘭詩》成於唐代的說法，利用同時期的詩歌、史書等文獻的記載指出北朝時期已有「可汗」的稱呼，認爲「至於『其辭多稱可汗』一事，更不能作爲《木蘭詩》產生於唐代的論據。」在《〈木蘭詩〉題注源流辨》〔註13〕一文中又對齊文中提到的《木蘭詩》著錄問題提出質疑。齊趙之爭涉及到了考證《木蘭詩》年代的兩個最關鍵問題：一是內證法是否可靠；二是最早著錄《木蘭詩》的文獻《樂府詩集》題注的眞僞問題。此後近三十間，學者們有關於木蘭詩的研究討論也基本上沒有超越齊趙二位先生考證的範圍。80年代中，隋唐說並不是主流，進入90年代後逐漸開始有學者支持隋唐說。

　　縱觀近三十年來對《木蘭詩》年代的考證，學界大致採用從詩中名物考證年代；從收錄文獻推論時代；從文學發展規律來推斷這三種主要方法。一般內證法考證《木蘭詩》時代通常從中摘錄如「天子」「可汗」「黃河」「黑山」等可供考察的名詞進行考證，這是最爲傳統的一種考證方法。往往「隋唐派」和「北朝派」對同一個詞語有不同的解釋，從而得出不同結論。從宋代開始，因爲「天子」「可汗」問題而認定《木蘭詩》爲唐代的有之，認爲成於北朝也有之，古人由於可見文獻的限制，內證法考證往往會出現矛盾之處。敘事詩中可供查考的名物本來就大大少於小說戲曲，而民歌《木蘭詩》在流傳過程中是否受到文人修改也不得而知，所以內證法雖是傳統方法，但在對《木蘭詩》的考證過程中往往容易引起爭議。

　　從《木蘭詩》收錄的情況來推論其時代可能是目前最爲可靠的證據。據現存資料，《木蘭詩》最早著錄於《古今樂錄》，而《古今樂錄》雖然已經亡佚，但仍能夠能從一些目錄書和其他文獻中得知其爲陳代所作。《樂府詩集》卷二十五《梁鼓角橫吹曲》〔註14〕解題中云：「《古今樂錄》曰：『《梁鼓角橫吹曲》有《企喻》《瑯琊王》《鉅鹿公主》《紫騮馬》《黃淡思》《地驅樂》《雀

〔註11〕齊天擧：《〈木蘭詩〉的著錄及時代問題續證》，《文學遺產》，1984年第1期。

〔註12〕趙從仁：《〈木蘭詩〉的著錄及其時代問題》，《中州學刊》，1985年第5期。

〔註13〕趙從仁：《〈木蘭詩〉題注源流辨》，《信陽師範學院學報》（哲學社會科學版），1986年第1期。

〔註14〕【宋】郭茂倩：《樂府詩集》，北京：中華書局，1979年版，第362頁。

勞利》《慕容垂》《隴頭流水》等歌三十六曲。二十五曲有歌有聲,十一曲有歌,是時樂府胡吹舊曲有《大白淨皇太子》《雍臺》……按歌辭有《木蘭》一曲,不知起於何代也。』」《木蘭詩二首》題注又云:「《古今樂錄》曰:『木蘭不知名。』浙江西道觀察史兼御史中丞韋元甫續,附入。」這兩條文獻是證明《木蘭詩》年代的最重要證據。如果能證明《古今樂錄》中確實收錄有《木蘭詩》,那關於《木蘭詩》的年代問題將不再有爭議。80年代齊天舉、趙從仁等學者有關於《木蘭詩》的論戰就是由考證《樂府詩集》引用《古今樂錄》一句的真偽而起。眾家爭論的焦點即在於郭氏引用此句時語意含糊,前半句的引用和後半句對韋元甫續作的附入斷句不清,導致了後世的種種誤讀。但此句畢竟為證明《木蘭詩》收錄情況的有效證據,在沒有其他更為可靠的證據出現之前,還是應該首先採用《樂府詩集》的引用。

根據詩歌發展規律來證明《木蘭詩》的時代也是從古到今學者們使用較多的方法。《木蘭詩》中有較明顯的北朝民歌風格,這一點目前學界無異議,前幾句幾乎與《折楊柳枝歌》完全相同,但其中「朔氣傳金柝、寒光照鐵衣」四句又有唐人風格,因此有學者推論其為唐代作品。文學作品有其發展的必然規律不假,但《木蘭詩》已被公認為民歌,在長時間流傳過程中是否經過文人的加工修改不得而知,所以單個的名物和幾句詩的風格不足以證明其年代,所以一般詩歌發展規律只能作為補充的證據而不能作為決定性的證據。

《木蘭詩》的年代之爭到現在已告一段落,雖然沒有絕對有利的直接證據,但「北朝說」是目前為止證據最完善、邏輯最通順的說法。大部分學者已認同「北朝說」,在沒有其他更有力的證據出現之前,「北朝說」應是最為接近事實的說法。

(二)木蘭故里之爭

關於《木蘭詩》到底為虛構的文學作品還是實有其人,自古就有猜測和爭論。現在可見的最早收錄《木蘭詩》的宋代《樂府詩集》中也沒有具體說明,由此可知在唐代時《木蘭詩》的作者等信息已經亡佚。對於木蘭是否為歷史上真實出現的人物,宋代已有爭論。宋人的觀點是:杜牧有「題木蘭廟」詩,既已有廟,必有其人;另外,宋代《太平寰宇記》也是較早的記載木蘭故里、木蘭廟的文獻。據統計,從古到今,關於木蘭故里的爭論目前共有虞城、延安、木蘭、完縣、亳州、任成、民勤的「八省十一地」之爭。比較有代表性的看法有虞城說、商丘說、陝西說。近年來,為宣傳本地歷史文化,

關於木蘭故里到底為虞城還是黃陂的爭論開始增多，各地學者開始爭奪木蘭的「歸屬權」。《木蘭詩》中沒有明確說明木蘭的家鄉和戰爭地點，各種正史中也沒有記錄木蘭其人，但歷代文人和民眾仍然願意相信木蘭這位女英雄是實有其人的。在唐代杜牧《題木蘭廟》詩就說明唐代時已有木蘭廟和對木蘭的崇拜祭祀，各地方志中也出現許多關於木蘭故事和當地民眾祭祀崇拜的記載，更有許多地名因木蘭崇拜而設置，這些文獻記錄都成為後人爭奪木蘭故里的證據。

1、黃陂

《南齊書·地理志》《隋書·地理志》《新唐書·地理志》等正史地理志中都有當地政府以「木蘭」為地名的記錄，但都未明確說明原因。《太平寰宇記》中有關於黃陂木蘭女廟的記錄，但並不詳細清晰。明代弘治《黃州府志》、清代康熙《黃陂縣志》中都有關於木蘭廟和當地人祭祀的記錄，明清時期的地理志中所記載的木蘭故事已相當完整且具有一定得地方特色，一些祭祀活動已形成相當的規模。直到今天，黃陂當地仍有著歷史悠久、豐富多彩的木蘭文化。

易德生在《花木蘭故里到底在哪裏》〔註 15〕一文通過梳理方志等歷史文獻，認為花木蘭故里黃陂說的證據來源較早並且多樣化，較具可靠性。同時通過對河南虞城說關鍵證據的辯駁，認為虞城不可能是木蘭故里。作者從宋代《太平寰宇記》中的記載考證：木蘭廟至少在整個唐代都和黃州（今黃陂當時屬黃州）有密切關係。而考證杜牧的生平活動後認為杜牧的《題木蘭廟》應為在黃州所作，這就說明在唐代黃州就有了木蘭廟，這是關於木蘭祭祀的較早記載。」虞城說的關鍵證據如王文和閻文中所提到，即元代元統二年（1334）在虞城所立的《孝烈將軍祠像辨正記》碑及碑文中的記載。作者認為持虞城說的古人之言都是源於碑文，所以都為孤證，不足為憑。楊耐的《木蘭會與木蘭信仰的背後——關於湖北省紅安縣華家河鎮木蘭會的調查報告》〔註 16〕一文中從民間信仰角度來研究木蘭故事。木蘭故事系統中一隻分流為官方表彰的模範女性形象，另一隻則為民間信仰中的孝烈將軍。這種民間信仰各地都有，因此附會出了更為豐富的民間傳說（木蘭的感生神話、顯靈、

〔註15〕易德生：《花木蘭故里到底在哪裏》，《中國地方志》，2007 年第 5 期。

〔註16〕楊耐：《木蘭會與木蘭信仰的背後——關於湖北省紅安縣華家河鎮木蘭會的調查報告》，《中國社會科學院研究生院學報》，2004 年第 5 期。

木蘭之死等等）。作者做了田野調查，統計出了當地木蘭會的一些數據，包括
範圍、時間、形式等等。

2、虞城

虞城說的有力證明是出土了元代《孝烈將軍祠像辨正記》石碑及侯有造
撰寫的碑文。今河南虞城縣營廓鄉有木蘭祠，祠中存有元代、清代石碑各一
座，這是木蘭故事的早期文物材料。虞城當地有著悠久的木蘭文化傳統，歷
代地理志中也有很多當地人的木蘭祭祀崇拜記錄，虞城的木蘭傳說在古代已
相當流行。王大良在《關於〈木蘭辭〉及木蘭的幾個問題》〔註 17〕一文中通
過對虞城當地的歷史文獻和對木蘭詩中所描繪的戰爭的考證得出結論：把木
蘭祖居地定在河南虞城縣營廓鎮北三立的周莊村是比較合適的。馬俊華在
《「木蘭故里」初探》〔註 18〕中通過比對各地地理志中關於木蘭傳說的記載
後，認為虞城應是木蘭故里。

（三）關於《木蘭詩》主題

關於《木蘭詩》的主題，古代一直強調木蘭替父從軍為國盡忠的英勇行
為，將木蘭樹立為忠孝雙全的典範。關於木蘭是傑出的孝女這一點已是無需
爭論的定論，從 20 世紀 80 年代年代開始，學者們開始著眼於挖掘《木蘭詩》
中的其他內涵。80 年代中，關於《木蘭詩》主題的爭論非常激烈，學者們試
圖利用當代思潮重新解釋木蘭詩，所以 80 年代到 90 年代初的《木蘭詩》主
題研究不免都帶有意識形態色彩。90 年代後期開始，性別分析和跨文化研究
開始盛行，尤其是在美國動畫片《花木蘭》和國產大片《花木蘭》上映後，
關於中西視角比對分析的文章數量大增。分析《木蘭詩》主題的文章都是把
《木蘭詩》的年代默認為北朝，所有分析也都是建立在北朝戰爭情況、北朝
女子的勇武等等背景之上。

70 年代末《開封師院學報》發表了林春分的《論〈木蘭詩〉的主題思想》，
認為《木蘭詩》表現了抵禦外侮、熱愛和平勞動的思想，林的文章引起學者
熱烈回應，任崇嶽在《〈木蘭詩〉的主題思想是什麼——與林春分同志商権》

〔註 17〕 王大良：《關於〈木蘭詩〉及木蘭的幾個問題》，《中州叢刊》，1991 年第
1 期。
〔註 18〕 馬俊華：《「木蘭故里」初探》，《虞城縣志》附錄，北京：三聯書店，1991
年版，第 681～686 頁。

一文中〔註19〕指出，《木蘭詩》通過木蘭從軍的故事，歌頌了古代勞動人民抵禦外侮的英雄氣概，寄託了勞動人民對和平安定生活景慕嚮往的思想感情。《須知木蘭是女郎——也談〈木蘭詩〉的主題思想》〔註20〕作者認爲《木蘭詩》讚頌勞動人民出身的婦女英雄。錢文輝在《〈木蘭詩〉主題芻議》〔註21〕一文中持《木蘭詩》「悲劇論」，他在文中列舉了同《木蘭詩》一起收錄在《樂府詩集·梁鼓角橫吹曲》中的六十多曲北朝民歌，認爲其中不少作品就眞實地反映了人民在戰爭中所遭受的苦難，曲折而強烈地表達了人們對和平生活的嚮往，認爲戰爭苦難才是木蘭詩主題。陽國亮〔註22〕認爲《木蘭詩》熱情地歌頌了堅強勇敢的女英雄木蘭，表現了對破壞無數家庭歡樂、使親人骨肉離散的戰爭的譴責，和以堅強的戰鬥精神保衛和平勞動生活的立場，表達了勞動人民的安居樂業、過和平勞動生活的社會理想及其對這一理想的熱烈追求。除了以上明顯帶有意識形態色彩的分析之外，也有學者持古代通行的觀點，認爲《木蘭詩》就是單純的歌頌孝義，如王全華認爲：「《木蘭詩》是北朝時期產生的一首旨在勸孝的民歌，作者著意塑造孝女木蘭的形象，其初衷在於爲社會提供一位可資仿傚的恪守倫理道德規範的典型。」〔註23〕

　　九十年代後，由於熱播影視劇的影響，關於木蘭故事的研究以性別分析，跨文化分析爲主。研究者多以影視劇作品和中國古代文學中的木蘭故事作對比研究，分析中西方文化的不同，這一類文章多以《木蘭詩》爲主要研究對象，間或涉及《雌木蘭》雜劇，較少涉及其他木蘭故事文本。劉慶蓮的《替父從軍傳奇下的女英雄建構策略研究》〔註24〕是比較重要的文章，作者指出：「從性別研究的視角來看，花木蘭替父從軍的傳奇暴露出男權社會對木蘭這個女英雄的建構策略：女英雄存在的理由是服從父權和皇權的需要，爲父權

〔註19〕任崇嶽：《〈木蘭詩〉的主題思想是什麼——與林春分同志商榷》，《開封師院學報》（社會科學版）1979 年第 2 期。

〔註20〕劉彬榮，華雪：《須知木蘭是女郎——也談〈木蘭詩〉的主題思想》，《河南師大學報》（社會科學版）1979 年第 6 期。

〔註21〕錢文輝：《〈木蘭詩〉主題芻議》，《昆明師範學院學報》（哲學社會科學版），1980 年第 6 期。

〔註22〕陽國亮：《試論〈木蘭詩〉的主題思想》，《廣西師範大學學報》（哲學社會科學版），1982 年第 4 期。

〔註23〕王全華：《漫評〈木蘭詩〉主題》，《棗莊師專學報》，1986 年第 1 期。

〔註24〕劉慶蓮：《替父從軍傳奇下的女英雄建構策略研究》，《長江大學學報》（社會科學版），2010 年第 1 期。

和皇權戰鬥和犧牲；存在的方式是需要僞裝男人的身體，借用男人的身份進入英雄的領域；當父權和皇權的使命完成後，女英雄必須回到原來「當戶織」的女人位置本文以當代女性主義視角解讀流傳千載的木蘭從軍故事。」認爲男權話語下，木蘭的英雄行爲必須服從父權和皇權的需要，不能越界。作者利用了外國文學理論解讀傳統作品，但忽略了中國傳統文化背景，其分析和結論難免有些牽強生硬。羅執廷《民間立場與反戰傾向——〈木蘭詩〉解讀》〔註25〕中認爲戰爭人民帶來的只有痛苦：「她是「替爺征」而非「爲國征」。正是這種對「逼」的強調與暗示，泄露了《木蘭詩》原創者的眞實傾向：對戰爭的反感，對戰爭破壞下層人民正常生活的不滿。」

近年來分析《木蘭詩》中的悲劇意味的文章越來越多，如戰爭的悲劇、戰爭對普通人生活的毀滅等等。將木蘭由崇高的英雄變爲平凡的普通人，將木蘭從軍的英雄傳奇變爲炮灰士兵隨時可能喪命的現實戰役，開始探討普通人在經歷長時間艱苦戰爭的人生悲劇。

（四）《四聲猿》研究

在木蘭故事系統中，徐渭的雜劇《四聲猿·雌木蘭替父從軍》是最爲重要的一環之一。一方面，《雌木蘭》一劇是影響力廣泛的經典作品，另一方面，《雌木蘭》的情節豐富了木蘭故事，使木蘭形象更爲完整生動，而此劇中的增設的情節和人物也對後世木蘭故事的創作產生了極大的影響。尤其是《雌木蘭》安排木蘭姓花氏，直接影響了後世戲曲作品中木蘭的姓名，「花木蘭」成爲接受度最高的木蘭姓名。在整個木蘭故事的研究中，除了《木蘭詩》研究之外，《四聲猿》是最受研究者關注的木蘭文本。近三十年來，關於徐渭《四聲猿》和戲劇理念的研究文章共有十餘篇，研究者們一般通過徐渭本人的傳奇經歷、當時的社會背景、思想風潮等來分析《雌木蘭》的本事及其內涵。

張志合《徐渭的生平及其〈四聲猿〉芻議》〔註26〕一文認爲學界對徐渭四聲猿的研究不夠充分，他結合徐渭生平探討其作品的成因及意旨，認爲四聲猿不由一人一事而發。鍾海〔註27〕根據徐渭生平考證其創作原因，認爲雌

〔註25〕 羅執廷：《民間立場與反戰傾向——〈木蘭詩〉解讀》，《名作欣賞》，2003年第 2 期。

〔註26〕 張志合：《徐渭的生平及其〈四聲猿〉芻議》，《河南師範大學學報》，1982年第第 2 期。

〔註27〕 鍾海：《徐渭〈四聲猿〉雜劇的本事和寫作緣由》，《上海師範大學學報》（哲學社會科學版），1982 年第 2 期。

木蘭本事非是源於韓貞女故事。戚世雋〔註 28〕認爲《雌木蘭》主題爲：明代出現許多女扮男裝的女英雄，而徐渭本人的其他詩作中也出現了對女英雄的歌頌，作者認爲徐渭讓女性體現出出眾的才能後又不得不回歸原來的秩序中，收藏起原來的光芒，與自己一生郁郁不得志的人生境遇有關。徐明安《論徐渭雜劇的審美意蘊》〔註 29〕一文通過對徐渭生平境遇等考證其四聲猿的主題，認爲徐渭比較關注婦女問題，也通過《雌木蘭》《女狀元》「一文一武兩位女子的鋪陳描寫和讚揚，曲折地反映了他渴望實現理想抱負的潛在心理和內心深處自我價值不能實現的無窮之恨。」陳志國《論《四聲猿》的悲劇主題》〔註 30〕一文中分析木蘭的悲劇提起很有趣的兩點，一直以來很少有人關注。一是明代功臣被屠殺的問題；二是木蘭的婚姻難題。在戰場上隱瞞性別，征戰十二年的木蘭已經完全脫離了女性原本的生活軌跡，徐渭創造性地爲這個「超級剩女」安排了一場美滿婚姻。徐振貴、焦福民〔註 31〕認爲《雌木蘭》中徐渭主要突出的就是性別的模糊，木蘭男裝從軍十二年而不被發現是因爲眾人皆不具備明辨是非雌雄的能力，不能用心體味事物真相，而世上之事也如雌雄莫辯的木蘭一樣。文章第三部分探討雌木蘭本事，除明確已知的《木蘭詩》外，還提出「翠翹說」「三娘子說」「瓦氏夫人說」「韓貞女說」。並從徐渭自身經歷分析其創作原因是自身經歷過過多的雌雄難辨的糊塗之事。

（五）其他木蘭故事文本研究

木蘭故事的文本有小說、戲曲、子弟書、鼓詞等等多種文體，但對於木蘭故事文本的單篇論文以《木蘭詩》和《四聲猿》爲主，極少涉及其他作品。僅有兩篇論文分別論及子弟書《花木蘭》和蒙古文小說《異說唐朝半北傳》兩種文獻。劉烈茂的《小說戲曲子弟書鼓詞——論車王府抄藏曲本子弟書的文學價值》〔註 32〕一文中首次提到子弟書木蘭故事，認爲子弟書中的描繪擴展了原著，更爲細緻入情。

〔註 28〕戚世雋：《《四聲猿〉發微》，《戲曲研究》，1998 年第 1 期。
〔註 29〕徐明安：《論徐渭雜劇的審美意蘊》，《上海師範大學學報》，1998 年 12
　　　　月第 4 期。
〔註 30〕陳志國：《論〈四聲猿〉的悲劇主題》，《菏澤師專學報》，2001 年第 3 期。
〔註 31〕徐振貴，焦福民：《世事糊塗、雌雄難辨的斷猿哀鳴——徐渭〈四聲猿〉探
　　　　微》，《藝術百家》，2011 年第 1 期。
〔註 32〕劉烈茂：《小說戲曲子弟書鼓詞——論車王府抄藏曲本子弟書的文學價值》，
　　　　《中山大學學報》，1998 年第 6 期。

　　札拉嘎《蒙古文花木蘭故事——〈異說唐朝平北傳〉述略》〔註33〕介紹一直以來被人忽略的文本，是木蘭故事系統中值得關注的一部作品。這部作品填補了木蘭故事鏈條中的空白，對木蘭故事研究有著重要意義。

（六）其他縱向研究木蘭故事流變的文章

　　近年來，學者們對木蘭故事的研究開始縱向關注木蘭故事的流變，分析解讀存在於戲曲、小說、方志、民間文學等各時代各種文體中的木蘭故事。這部分文章雖然數量較少，但質量較高，是研究整個木蘭故事中重要的研究成果。劉佳在《被觀看的女英雄與花木蘭的當代形象》〔註34〕一文中以當代視角解讀古代作品，利用西方理論分析木蘭故事。羅豔秋〔註35〕從文學接受的角度，對《木蘭詩》產生以來在文學接受過程中形成的忠孝節烈、追求平等、豪勇愛國等木蘭的主要形象特徵進行簡要分析，以此揭示木蘭形象審美內涵不斷豐富、古今流傳、經久不衰的重要原因。張澤偉在《木蘭形象解析及其文學影響》〔註36〕中認爲：花木蘭對文學的直接影響在於，在這個形象出現之後，就形成了一個固定的女英雄的模式。細數我國文學中的女中豪傑，比如樊梨花、穆桂英，孟麗君，她們的身上或多或少都可以發現花木蘭的影子。陶磊《論明清戲劇小說中的「仿木蘭」形象》〔註37〕一文中探討了明清時期戲曲小說中獨特的「仿木蘭」現象。作者指出明清兩代，在戲劇和小說領域不但出現了一批以木蘭故事爲題材的文學作品，而且產生了一批像木蘭那樣隱藏女性身份、橫戈馬上甚至出將入相的奇女子形象，作者稱之爲「仿木蘭」形象。研究這些易裝女性形象及其變化，可以更好地探尋政治、經濟、思想潮流和社會觀念對女性意識發展變化的影響。《「木蘭現象」略論》〔註38〕

〔註33〕札拉嘎：《蒙古文花木蘭故事——〈異說唐朝平北傳〉述略》，《民族文學研究》，1997年第1期。

〔註34〕劉佳：《被觀看的女英雄與花木蘭的當代形象》，《藝術評論》，2010年第3期。

〔註35〕羅豔秋：《木蘭形象在文學接受中的演變》，《牡丹江教育學院學報》，2007年第2期。

〔註36〕張澤偉：《木蘭形象解析及其文學影響》，《大眾文藝》（理論），2008年第12期。

〔註37〕陶磊：《論明清戲劇小說中的「仿木蘭」形象》，《湖南大眾傳媒職業技術學院學報》，2008年第6期。

〔註38〕秋禾：《「木蘭現象」略論》，《河南師範大學學報》（哲學社會科學版），1995年第23卷第5期。

作者論「木蘭現象」，也就是木蘭故事的影響。將與木蘭故事相關的文學、小說、戲曲、民間文學、民間祭祀、後代對木蘭主題的闡發等等做出概括介紹。

　　木蘭故事在文學史和文化史上有著強大的影響力，而且在當代繼續煥發著生機，可以說近三十年來學界對木蘭故事的研究已經有了相當大的成果，基本解決了一些主要問題，但仍有不足之處，學界目前對於木蘭故事的研究並不全面和充分。首先，到目前爲止對木蘭故事的文本的研究焦點主要是在《木蘭詩》和《四聲猿・雌木蘭替父從軍》上，對大量其他小說戲曲詩文等的研究還不充分，有些作品如傳奇《雙兔記》《馬上緣》等鮮少有人提及；其次，單部作品的研究居多，整體的、縱向的分析木蘭故事發展流變的研究較少。木蘭故事還有大量可供開發的空間沒有被充分關注、研究。

三、研究方法

　　本文採用寧稼雨先生提出的中國敘事文化學爲主要研究方法。中國敘事文化學結合了西方的主題學和中國傳統的文獻學方法，對古代文學進行了全面縱向的研究。

　　「主題學」（thematics or thematology）一詞最早發端於 19 世紀的德國學者史雷格爾和格林兄弟等對民俗學、民間傳說、神話故事等的搜集研究。隨後，主題學研究很快突破了民間故事與神話的範圍，學者們將視野擴展到更廣泛的文學研究課題之中。主題學研究的意義不僅僅止於方法論，在主題學研究中，有更多層面、更加具體的範疇，例如母題、情境、意象、套語等等。早期的主題學研究對傳說、神話、人物典型等傳統題材著眼較多，而後逐漸擴展到兩性、婚戀、戰爭、宗教、哲學、回憶、孤獨、憂愁、悲哀、夢境、自然、季節、動植物等方面的內容。當主題學進入我國，自 20 世紀初，就發端於對民俗、民間故事的研究。顧領剛、錢南揚、鍾敬文、趙景深等學者通過對中國本土故事的考察，形成了《孟姜女故事研究集》《祝英臺故事集》《中國與歐洲民間故事之相似》《中西童話比較》等成果。以《孟姜女故事的轉變》一文爲例，顧頡剛對我國民間流傳廣泛的孟姜女故事做了追本溯源的梳理，展現了孟姜女故事的流變過程從「不受郊弔」到西漢以前的「悲歌哀哭」，又演變爲「哭夫崩城」直至最後的「曠婦懷征夫」的故事變化。更爲有價值的是，這篇文章將故事的流變與其生長的時代緊密聯繫起來，通過作對故事的不同處理來瞭解作家的心態意向以及各個時代的文化風貌。80 年代臺灣的一

些學者仍然沿用主題學的方法進行研究，成果見於《主題學研究論文集》、臺灣中國文化大學金榮華先生於 1984 年完成的《六朝志怪小說情節單元分類索引》等。而近年來，學者們更加廣泛地應用主題學的方法研究各個時期的文學。

寧稼雨先生的敘事文化學研究方法借鑒了西方主題學研究方法，與此同時結合了中國敘事文學文本現狀和文化傳統。這種研究方法以中爲體以西爲用，對中國古代敘事文學乃至整個古代文學研究具有方法論層面的創新意義，也對突破當下古代文學研究的一些困境，探索新的研究增長點和突破口也有積極的意義。我們的敘事文化學研究借鑒了主題學的研究方法，但又有所不同，是適用於中國本土產生的文學作品的研究方法。在研究對象上，傳統的主題學研究主要關注民間故事的題材和情節模式等等內容，逐漸發展擴大爲對某些文化意象、母題的研究。郭英德先生認爲這種研究方法使得研究對象被擴大化，既可以促進理論體系的擴容，也可能導致理論體系的破裂。當研究者把友誼、時間、離別、隱逸、自然意象、世外桃源、宿命觀念等都納入主題學研究視野之時，主題學研究就有可能成爲包羅萬象的一種「內容研究」範式，從而喪失了自身的理論自足性。敘事文化學研究則縮小了泛化的主題學研究範圍聚焦於一個完整的故事類型，其核心構成要素是情節和人物及其相關意象。在研究方法上，沿用傳統方法對一些經典作品進行研究時，往往會因爲文體的不同而將敘述同一故事的作品分割在兩個領域。例如一個個案故事既有詩文類作品，又有小說戲曲類，那麼從事詩歌研究的學者在對此類題材進行研究時，很可能不去涉及到其他文體的作品，從而可能導致對此故事類型研究的不夠充分。敘事文化學研究方法首先打破了文體上的界限，利用中國古典文獻學的方法將各種有關於個案故事的敘事文學作品從各種文獻中彙集起來。在這個過程中，往往能夠發現一些被以往的傳統文學研究忽略的作品，填補研究上的空白。因爲中國傳統小說觀與西方小說觀不盡相同，在進行研究時往往容易忽略某些重要的文獻，使一些在中國文化史上產生重要影響的作品被邊緣化。敘事文化學研究方法還原了這些作品在故事鏈條發展中的重要作用，打破壁壘的方法也爲敘事文學作品的研究開闢了新的領域。

綜上所述，筆者將採用中國敘事文化學方法對木蘭故事進行研究。首先，利用中國傳統文獻考據手段和當代各種電子數據庫，對該故事主題類型進行

地毯式的材料搜索。就其文體分佈狀況來說，以小說戲曲爲主，同時兼顧詩文、筆記、方志、通俗講唱文學等一切與該故事主題類型相關的文獻材料。其次，在對材料充分瞭解、梳理清晰其年代的基礎上對木蘭故事的孝義主題、易裝主題、女英雄主題和婚戀主題的外在結構和內在意蘊進行分析。包括橫向的政治制度、文人心態等對文本產生的影響，和主題縱向的動態的演變，這種變化既包括情節人物等的異變也包含穩定不變甚至是在某一時代出現的空白。最後，提煉出貫穿木蘭故事演變的核心要素，歸納概括出故事在文學史文化史上的價值。

第一章　木蘭故事文獻綜述

　　木蘭故事是指以木蘭爲主要敘事角色的故事體系，主要講述女英雄木蘭替父從軍的故事。木蘭故事的源頭爲北朝民歌《木蘭詩》，歷經從北朝到清代千餘年的傳播、演變，成爲在文化史和文學史中影響較大的故事類型。記載木蘭故事的文獻數量龐大，體裁多樣，分佈的較爲分散。除完整的以木蘭爲主角的詩詞小說戲曲外，各種詩文集、筆記、類書、小說、戲曲、曲藝文學、民間故事中均有以木蘭爲典故的文字。本章以時代爲順序，將從北朝到清代的木蘭故事文獻分爲生成期、發展期、繁榮期三個階段，綜述歷代的木蘭故事文獻材料。在盡量全面的對現存文獻進行梳理整理之後，對歷代木蘭故事文獻作題錄性質的介紹，並梳理出故事的演進軌跡。

第一節　北朝《木蘭詩》

　　《木蘭詩》，古詩，不題撰人，現存最早收錄《木蘭詩》的文獻爲《樂府詩集》。《樂府詩集》詩總集，一百卷，宋代郭茂倩編。《宋史‧藝文志》著錄。《樂府詩集》有《四部叢刊》本和《四部備要》本。郭氏解題中徵引了許多已散佚的古籍，如南朝宋張永的《元嘉正聲伎錄》、南齊王僧虔的《伎錄》、陳釋智匠的《古今樂錄》等。

　　《樂府詩集》中收錄有兩首《木蘭詩》，一首爲古辭，另一首爲唐人韋元甫所作。郭茂倩在《樂府詩集》中引用了不少《古今樂錄》的內容，但對於《木蘭詩》的引用和題解並不清晰，導致了後世對《木蘭詩》產生年代的種種爭議。《古今樂錄》大約在宋代以後就已失傳，所以，對於明清以後人來說，

《樂府詩集》就是最早記載《木蘭詩》的文獻，而韋元甫所作的《木蘭詩》的續作也是憑藉《樂府詩集》流傳後世。民歌《木蘭詩》沒有清晰標注作者和時代等信息，所以自唐代以來關於《木蘭詩》時代作者的爭論就一直持續至今。有關於《木蘭詩》成詩年代的說法很多，有「三國說」、「北朝說」、「唐代說」等等。其中「北朝說」和「唐代說」一直是學界論證的焦點。宋人一般認爲《木蘭詩》產生於唐代，主要證據就是人物稱謂「可汗」，而清代人對於《木蘭詩》的年代論證較之宋人更爲充分，從詩歌風格和人物稱謂、地理名稱等多方面論證《木蘭詩》年代，駁斥了宋人說法，一般認爲《木蘭詩》產生於北朝。有關於《木蘭詩》年代考證的方法現在基本上分爲兩種，一種是內證法，通過《木蘭詩》中出現的各種名物、地名、官職等等來考證木蘭詩的年代。《木蘭詩》由於體裁的限制，不能像戲曲小說一樣提供大量的名物信息以供考證。另外民歌《木蘭詩》在成詩後到被文人收錄的過程中是否經過文人加工也不能完全確定，所以，單純以詩中名物來進行考證往往會造成相互矛盾的結果。由於古人所見文獻的限制，有關於《木蘭詩》中名物的考證有一些往往顯得比較粗率，尤其是宋代的某些詩話評論的論斷。但前代的隻言片語又往往會成爲後代考證的有力證據。所以，從宋代到現代，用內證法來考證《木蘭詩》年代出現了許多相互矛盾的悖論，而從詩中出現的名物來考證《木蘭詩》成詩時代只能用作考證的輔助。從《木蘭詩》收錄的情況來推論其產生時代，這可能是目前最爲可靠的方法。據現存資料記載，《木蘭詩》最早著錄於《古今樂錄》，而《古今樂錄》雖然已經亡佚，但仍能夠從一些目錄書和其他文獻中得知其爲陳代所作，關於這一點學界並無異議。《樂府詩集》卷二十五《梁鼓角橫吹曲》解題中云：「《古今樂錄》曰：『《梁鼓角橫吹曲》有《企喻》《琅玡王》《鉅鹿公主》《紫騮馬》《黃淡思》《地驅樂》《雀勞利》《慕容垂》《隴頭流水》等歌三十六曲。二十五曲有歌有聲，十一曲有歌，是時樂府胡吹舊曲有《大白淨皇太子》、《雍臺》……按歌辭有《木蘭》一曲，不知起於何代也。』」《木蘭詩》題注又云：「《古今樂錄》曰：『木蘭不知名』。浙江西道觀察史兼御史中丞韋元甫續，附入。」〔註1〕這兩條文獻是證明《木蘭詩》年代的重要證據。如果能證明《古今樂錄》中確實收錄有《木蘭詩》，那關於《木蘭詩》的年代問題將不再有爭議。上世紀八十年代齊天舉、趙從仁等學者關於《木蘭詩》的論戰，就是由考證《樂府詩集》引用《古今

〔註1〕 【宋】郭茂倩：《樂府詩集》，北京：中華書局，1979年版，第362頁。

樂錄》一句的真偽而起。眾家爭論的焦點即在於郭氏引用此句時語意含糊，前半句的引用和後半句對韋元甫續作的附入斷句不清，導致了後世的種種誤讀，而郭氏關於《木蘭詩》的解題過於簡單，沒有其他引文作為輔證，所以有些學者認為此為孤證，不足為憑。但經過研究者的比對和研究，《樂府詩集》對《古今樂錄》引用應為一句，唐代重版《古今樂錄》時，收錄唐人續作，後人引用時一併錄入的說法邏輯上也比較通順，也解釋了郭氏引文不清的疑點。關於《木蘭詩》收錄情況，至今為止沒有新文獻文物材料出現，所以採用推論合理的說法比較合適。

　　根據詩歌發展規律來證明《木蘭詩》的時代也是古今學者使用較多的方法。《木蘭詩》中無論是木蘭剛健尚武的英雄豪情，還是詩歌質樸明朗的語言風格都有較明顯的北朝風格，這一點目前學界意見較為一致。《木蘭詩》前幾句幾乎與《折楊柳枝歌》完全相同，但其中「朔氣傳金柝、寒光照鐵衣」四句又有著唐人詩歌風格，因此有學者推論其為唐代作品。文學作品有其發展的必然規律不假，但《木蘭詩》已被公認為民歌，在長時間流傳過程中是否經過文人的加工修改不得而知，所以單個的名物和單獨幾句詩的風格不足以成為強有力的證據證明其年代，因此，從一般詩歌的發展規律出發來推論詩歌年代，只能作為補充證據，而不能單獨使用。

　　今天，學界關於《木蘭詩》的年代之爭漸趨平靜，雖然沒有絕對有利的直接證據，但「北朝說」亦成為目前為止證據最為完善、邏輯最為清晰的說法。大部分學者已經認同「北朝說」，而各種對木蘭故事、戲曲的研究也在北朝背景下展開。在沒有其他更有力的證據出現之前，在進行木蘭故事及相關作品研究時，採用「北朝說」較為合理。

　　《木蘭詩》是木蘭故事的源頭，敘述了少女木蘭替父從軍的故事：木蘭在聽聞可汗徵兵後哀痛老父年邁多病，無法戰場廝殺，遂女扮男裝替父出征。歷經十二年，獲得赫赫戰功，並在凱旋還朝後獲封「尚書郎」一職。木蘭不在意高官厚祿，只願回家與家人團聚，在回家之後恢復女裝，同行夥伴驚異萬分，發出：「同行十二載，不知木蘭是女郎」的感慨。故事結束在木蘭回家改裝之後，對於其後的生活沒有說明。在《木蘭詩》的敘述中，木蘭對父親的孝和對家庭的愛體現的十分自然淳樸，詩中沒有評論性語言讚揚木蘭的孝道，純用敘述性文字來凸顯北朝平民家庭中質樸的親子之愛。在敘述木蘭的易裝之時也沒有特別強調木蘭如何由女性轉變為男性，如何面對在男性群體

中的隱藏身份的艱難生活和心理變化，而對木蘭回歸後改換女裝的描寫也表現的自然明朗大方。

第二節　唐宋時期的木蘭故事文獻

唐宋時期的木蘭故事以《木蘭詩》中敘述的情節為主，是木蘭故事的生成期。雖然現存有關木蘭故事的唐代文獻較少，小說筆記僅《獨異志》一部中簡略的幾句，但從唐人的詩歌中已有借用《木蘭詩》句式，或是用木蘭形象為典故，可以看出《木蘭詩》在唐代就已經流行，有著一定的影響力。另外宋代地理志《太平寰宇記》中記錄了唐代的木蘭女廟祭祀，說明唐代時，木蘭已經開始成為民間信仰。宋代的木蘭故事較唐代有所發展，但故事情節基本未跳出《木蘭詩》中的範圍，詩文集中以木蘭故事為典故的較多，詩話筆記中開始分析木蘭本事，考證其年代等，但都比較簡略粗糙，但宋人對《木蘭詩》的猜測分析影響了後世的判斷。《樂府詩集》中收錄的《木蘭詩》成為現今可見的最早版本，另外其他官修私修類書中也都收錄有《木蘭詩》，對木蘭故事的進一步傳播創造了條件。

一、詩文

《戲題木蘭花》

七言絕句，唐白居易撰，收錄於《白氏長慶集》。

「戲題木蘭花」最後一句「怪得獨饒脂粉態，木蘭曾作女郎來」，使用木蘭易裝故事為典故，強調了木蘭的女性身份。典故的使用說明在白居易所處的中唐之時，《木蘭詩》及木蘭故事已經開始傳播。脂粉多為女性化妝專用，白居易以此來指代女性的特質，用本身原為女性的木蘭展現出其本質中柔美的女性姿態來比喻木蘭花的美麗。白居易此詩是較早使用木蘭易裝典故的詩歌，後人文集及評論中常引此詩，在推論《木蘭詩》年代之時此詩也常被用作證據。

《湖南觀雙柘枝舞賦》

賦，唐代盧肇撰，出《文標集》。盧肇，字子發，袁州宜春（今江西宜春縣）人，會昌三年（843）應進士舉，時李德裕為相，薦於主考官，遂以狀元及第。《遂初堂書目·別集類》著錄盧肇《文標集》，不記卷數。趙希弁《郡

齋讀書志附志》載《文標集》三卷。

　　盧肇《湖南觀雙柘枝舞賦》在介紹雙柘枝舞時，用木蘭易裝故事爲典故。「……我之服也，非妹喜之牝雞；我之容也，非木蘭之雄兔。既多妙以多能，亦再羞而再顧。鼓絕而曲既終，倏雲朝而雨暮」〔註2〕唐代雙柘枝舞爲源於佛教造像的舞蹈，舞者先在蓮花中，花坼乃現，舞蹈以優雅取勝。盧肇以木蘭易裝後剛健的男性化容姿來對比舞者的柔美，說明中唐時木蘭易裝故事已經有了一定程度上的傳播。

《題木蘭廟》

　　七言絕句，唐杜牧撰，出《樊川集》卷四。

　　《樊川集》卷四「題木蘭廟」詠史詩一首，杜牧此詩應作於會昌二年到會昌四年他在黃州任刺史期間，說明此時黃州民間的木蘭崇拜已經形成規模，宋人程大昌在考據時以此爲據認爲：「既有廟貌，有曾做女郎，則誠有其人矣，亦異哉！」〔註3〕。詩中「彎弓征戰」歌頌了木蘭替父從軍戰場廝殺的英勇，也用夢中「畫眉」這種對於女性生活的懷念展現出了易裝女性男女雙重身份的心理變化。後兩句則歌頌了女英雄對於國家的忠貞和貢獻，「幾度思歸」表現了平凡人對於戰爭的厭惡和對家鄉的思念，而「拂雲堆上祝明妃」一句則用同樣捨身爲國的王昭君來激勵自己爲國征戰的豪舉。此詩爲七言絕句，僅二十八字，卻在有限的篇幅內，展現了女英雄複雜的易裝心理矛盾，和在反覆鬥爭中堅定的愛國豪情。

《木蘭歌》

　　古詩，唐韋元甫撰，收錄於《樂府詩集》。韋元甫生平見《舊唐書》卷一一五。

　　韋元甫《木蘭詩》是早期木蘭故事流變中極爲重要的文本，內容大致與古《木蘭詩》一致，沒有增添刪改情節人物，但更多強調木蘭的孝道及其高尚的道德。韋本人是官聲不錯的高級官員，經歷唐王朝由盛到衰，最後卒於中唐大曆六年。原《木蘭詩》中沒有對於木蘭道德方面的評論文字，而韋元甫所作則提出了：「世有臣子心，能如木蘭節。忠孝兩不渝，千古之名焉可滅。」將北朝《木蘭詩》中單純的平民親子之情和木蘭對於家庭的保護上升到了「忠

〔註2〕　【清】董誥編：《全唐文》，北京：中華書局，1983年版，第7994頁。
〔註3〕　【宋】程大昌：《演繁露》卷16，文淵閣《四庫全書》影印本。

孝兩全」的高度，讚揚木蘭的高尚節操，認爲木蘭可作爲世間臣子的表率。將木蘭的形象由民間質樸少女宣揚爲崇高的道德偶像。韋詩對於木蘭易裝後的生活和心理沒有描述，但也表現了木蘭的英勇善戰：「馳馬赴軍幕，慷慨攜干將。朝屯雪山下，暮宿青海傍。夜襲燕支虜，更攜于闐羌。將軍得勝歸，士卒還故鄉。」唐代官員韋元甫筆下的木蘭征戰生活北朝《木蘭詩》少了幾分悲壯而更添主動出擊的豪情。

《木蘭》

五言絕句，宋林同撰，出《孝詩》。林同字子眞，號空齋，福清（今屬福建）人，抗元而死。生平見劉克莊《林同詩序》《昭忠錄》。《宋史》卷四五二《林空齋傳》所載事蹟有誤，《四庫全書總目》卷一六四已作辨正。

《江湖小集》卷九十五中收錄林同《孝詩》中《木蘭》一首讚美木蘭作爲女兒對父親的孝行，將木蘭與古孝女緹縈並稱，認爲在孝道方面，男女同樣對父母有著摯愛深情和盡孝的責任。《孝詩》選取古今著名孝子孝女事蹟，每事一歌，共三百首，是宋代勸孝文獻的一種。《孝詩》中收錄木蘭孝行故事說明宋代之時木蘭的模範孝女形象已經開始定型。

《木蘭》

五言絕句，宋洪適撰，出《盤洲集》。洪氏號盤洲，及以此爲其文集名。傳世版本有《四庫全書》本、底本是毛氏汲古閣影宋抄本；《四部叢刊》本，底本爲季振宜舊藏宋刻本。

《木蘭》一詩詠木蘭花，用木蘭易裝征戰的典故。

二、詩話筆記

《元氏長慶集》

別集，今存六十卷，補遺六卷，唐元稹撰。白居易《元稹墓誌銘》中提到，元稹「著文一百卷，題爲《元氏長慶集》」。《新唐書・藝文志》著錄《元氏長慶集》爲一百卷，又有《小集》十卷、《元白繼和集》一卷、《三州唱和集》一卷。晁公武《郡齋讀書志》中著錄《元氏長慶集》六十卷，云：「今亡其四十卷。又有《外集》一卷，詩五十二篇，皆宮體。」

《元氏長慶集》卷二十二「樂府古題序」中提到：「樂府等題，除《鐃吹》《橫吹》《郊祀》《清商》等詞在《樂志》者，其餘《木蘭》《仲卿》《四愁》《七

哀》之輩，亦未必盡播於管絃明矣。後之文人，達樂者少，不復如是配別。但遇興紀題，往往兼以句讀短長，爲歌詩之異。」〔註4〕元稹在對於古樂府的評論中確立了《木蘭詩》的樂府體裁，雖未提及木蘭故事的詳細內容，但從側面體現了唐人對於《木蘭詩》的接受。

《獨異志》

小說集，三卷，唐李冗輯。《新唐書·藝文志》小說家類著錄，十卷，作者李冗。《獨異志》中記有唐武宗廟號，可見其成書年代當在宣宗之後。《獨異志》兼收志怪與志人小說，按時間排序，除雜錄古事外，對唐代流傳的奇聞異事亦多記載。《四庫全書總目提要》載「其書雜錄古事，亦及唐代瑣聞，大抵語怪者居多。」〔註5〕

《獨異志》中簡要講述了木蘭替父從軍，人不知其爲女子的故事，與《木蘭詩》中的故事基本相同，但極爲簡短。「古有女木蘭者，代其父從征，身備戎裝凡十三年，同夥之卒不知其是女兒。」故事僅突出了兩點：一爲木蘭易裝出征爲替父從軍，二是木蘭十二年易裝生活不爲人知是令人驚異的「奇聞異事」。這也是木蘭故事收錄於《獨異志》的原因。

《酉陽雜俎》

筆記小說集，二十卷，續集十卷，唐段成式撰。《新唐書·藝文志》小說家類著錄。段成式（803863）字柯古，臨淄（今山東淄博）人。父親官至宰相，段成式以蔭入官，爲秘書省校書郎，累遷吉州刺史，終太常少卿。《酉陽雜俎》體例仿《博物志》，收錄志怪、雜錄、傳奇、名物考證等內容。有明代脈望館刻本，《四庫全書》本等。

《酉陽雜俎》卷十六毛篇「駝」條中引用《木蘭詩》中「明駝」典故：「駝，性羞。《木蘭篇》：明駝千里腳，多誤作鳴字。駝臥腹不貼地，屈足漏明，則行千里。」〔註6〕此篇未提及木蘭故事情節內容，爲考證性文字，意在收錄考證異獸「明駝」。

〔註4〕 【唐】元稹撰，冀勤點校：《元稹集》，北京：中華書局，1982年版，第254頁。

〔註5〕 【清】紀昀總纂：《四庫全書總目提要》，北京：中華書局，1997年版，第740頁。

〔註6〕 【唐】段成式撰，方南生點校：《酉陽雜俎》，北京：中華書局，1981年版，第160頁。

《演繁露》

筆記，十六卷，續編六卷，宋程大昌撰。《文獻通考》中著錄為雜家類。程大昌（1123～1195）字泰之，徽州休寧（今屬安徽）人。紹興二十一年進士，任吳縣主簿。紹熙五年，以龍圖閣學士致仕。慶元元年卒，年七十三，諡文簡。《演繁露》內容和體例上頗似辭書。可供研究歷史作參考。《四庫全書總目提要》稱其「精深明確，足為典據」。有嘉靖《學津討原》本、《四庫全書》本等。

《演繁露》十六卷中簡要講述樂府詩集中收錄的木蘭詩故事，強調木蘭的孝義英勇：「女子能為許事，其義且武，在緹縈上。」盛讚木蘭的孝義與成就，並將木蘭與古孝女模範緹縈相比，顯示出此時木蘭已經開始成為道德偶像。程大昌以「可汗大點兵」一句推論《木蘭詩》年代為隋唐，最後以白居易詩和杜牧詩考證木蘭實有其人。

《詩林廣記》

詩話，宋蔡正孫撰，《四庫全書》集部詩文評類著錄。蔡正孫字粹然，自號蒙齋野逸，名不見宋、元正史。書中自序言書成於「變亂焦灼之後」〔註7〕，末題「歲屠維赤奮若」，《四庫提要》考定為元太祖至元二十六年己丑（1289）。又謝枋得《謝疊山外集》存蔡作《和疊山老師韻》詩，有「肩上綱常千古重，眼前榮辱一毫輕，離明坤順文箕事，此是先生素講明」之句，知蔡氏乃謝枋得門人，南宋亡後為遺民。《詩林廣記》或名《精選詩林廣記》《名賢叢話詩林廣記》《精選名賢叢話詩林廣記》《新刊精選古今名賢叢話詩林廣記》。今有明弘治張鼐刻本等舊本及中華書局 1982 年常振國、絳雲校點本，前、後集各十卷。

《詩林廣記》中收錄了杜牧《題木蘭廟》、《樂府詩集》中收錄的《木蘭詩》、《演繁露》、《隱居詩話》等等唐宋人有關於木蘭故事的記載，是資料彙編性質的文獻。後附劉克莊詩強調木蘭的孝義。

《古文苑》

文章總集，九卷，不著撰人。南宋趙希弁《讀書附志》卷五著錄《古文苑》九卷：「右《古文苑》，世傳孫洙巨源於佛寺經龕中得唐人所藏文章一編，莫知誰氏錄也，皆史傳所不載，《文選》所未取，而間見於諸集及樂府，好事

〔註7〕 【宋】蔡正孫：《詩林廣記》，北京：中華書局，1982 年版，第 1 頁。

者因以《古文苑》目之。」〔註8〕其後南宋鄭樵《通志略》、明高儒《百川書志》、清《四庫全書》等均有著錄此書。《四庫全書總日》對此書的內容及章樵注作了進一步的闡述和評價，但對其來源及成書年代等仍沿用舊說。

《古文苑》收錄《木蘭詩》讚美木蘭的孝義和貞潔。

《竹莊詩話》

詩話，二十二卷，宋何汶撰，《宋史·藝文志》著錄，中作何璐汶。何汶，號竹莊，處州（今浙江麗水）人。慶元二年進士，開禧二年，爲德安府教授。嘉定八年，知清流縣。《竹莊詩話》今存二十四卷，成書於南宋開禧二年（1206年）。有四庫全書本。

《竹莊詩話》中對《木蘭詩》的年代作了初步的考證，分析了《隱居詩話》中對木蘭詩的分析，認爲《木蘭詩》年代無考。認爲木蘭孝義的意義大於她的英勇，而木蘭超凡脫俗的能力是其成爲孝女偶像的重要素之一，其他由於自殘自殺而聞名的「孝女」不能與成就突出戰功赫赫的木蘭相比。後附《木蘭詩》全文。

《後村集》

別集，六十卷，宋劉克莊撰。汪閬源《藝芸精舍宋元本書目》於別集宋本類著錄有「《劉後村集》六十卷」。劉克莊，（1187～1269）字潛夫，號後村，莆田（今屬福建）人。咸淳四年，任龍圖閣學士。五年卒，年八十三，諡文定。《後村集》宋本不可見，以天一合所藏《大全集》一百九十六卷者爲最足，後來藏家，多從天一合本傳錄者。

《後村集》卷十六有《木蘭詩》五言絕句一首，詩云：「出塞男兒勇，還鄉女子身。尚能吞北虜，斷不慕西鄰。」詩中敘述木蘭易裝從軍故事，前半部分突出木蘭男性身份的剛勇，和回歸女性身份的馴順。後半部分讚美木蘭英勇善戰但恪守貞操的品德。卷一百七十三中評論《木蘭詩》，認爲《木蘭詩》爲唐代所作：「焦仲卿妻詩，六朝人所作也。木蘭詩，唐人所作也。樂府惟此二篇作敘事體，有始有卒，雖辭多質俚，然有古意。」〔註9〕

〔註8〕 【宋】晁公武撰、孫猛校正：《郡齋讀書志校正》，上海：上海古籍出版社，1990 年版，第 260 頁。

〔註9〕 【宋】劉克莊：《後村詩話》，北京：中華書局，1983 年版，第 6 頁。

《臨漢隱居詩話》

詩話，一卷，宋魏泰撰。《宋史・藝文志》著錄。魏泰字道輔，號漢上丈人，曾著《東軒筆錄》，並行於世。《四庫全書總目提要》（注釋）稱：「泰曾為曾布婦弟，故嘗託梅堯臣之名撰《碧雲騢》，以詆文彥博、范仲淹諸人。及作此書，亦黨熙寧而抑元祐。是書今傳各本，以《知不足齋叢書》本為最善，以《歷代詩話》本最易見。」〔註10〕

《臨漢隱居詩話》中考證《木蘭詩》年代，有「蓋世傳《木蘭詩》為曹子建作，似矣」一語，可見宋時對《木蘭詩》的年代考證，漢魏曹植說是一種比較普遍的說法。但作者認為「可汗」一詞應出於漢魏之後，所以《木蘭詩》年代無法確定。後面評論杜牧《題木蘭廟》一詩，認為「殊有美思。」讚美杜牧構思巧妙。

《詩人玉屑》

詩話總集，二十一卷，宋魏慶之編輯，《晁氏寶文堂書目》《百川書志》《千頃堂書目》均有著錄。魏慶之字醇甫，號菊莊，建安（今福建建甌）人。《四庫提要》稱「仔書著於高宗時，所錄北宋人語為多，慶之書作於度宗時，所錄南宋人語較備。二書相輔，宋人論詩之概，亦略具矣」〔註11〕。本書有宋刻十卷本、二十卷本，元明以後刻本，多為二十卷，又有日本寬永十六年刻本為二十一卷。

《詩人玉屑》卷十一中，分析《木蘭詩》各個版本及簡單考證《木蘭詩》年代作者。認為郭氏樂府《木蘭詩》兩篇，一篇為古辭，一篇為韋元甫續作。但認為《木蘭詩》中「朔氣傳金柝、寒光照鐵衣」幾句有太白詩風。

《滄浪詩話》

詩話，一卷，宋嚴羽撰。《澹生堂藏書目》《八千卷樓書目》著錄。嚴羽字丹丘，一字儀卿，自號滄浪逋客。邵武（今屬福建）人。生卒年不詳，據其詩可推知他主要生活於理宗在位期間，至度宗即位時仍在世。《滄浪詩話》現有《說郛》本和《津逮秘書》本。

《滄浪詩話》中考證《木蘭詩》的年代版本，其觀點與《隱居詩話》所

〔註10〕【清】永瑢、紀昀主編：《四庫全書總目提要》，北京：中華書局，1997年版，第5370頁。

〔註11〕【清】永瑢、紀昀主編：《四庫全書總目提要》，北京：中華書局，1997年版，第1072頁。

論基本相同。

《賓退錄》

筆記，十卷，宋趙與時撰。《補續全蜀藝文志》《百川書志》著錄。有宋臨安府陳宅經籍鋪刻本。趙與時（1174～1231），字行之，爲宋王朝宗室，以《宋史》宗室世系考之，當爲太祖第七世孫，《宋史》中無傳。書中考證經史，辨析典故，所記兩宋人物掌故大多比較翔實可信。據書中作者後序，書成於嘉定十七年（1224）。

《賓退錄》中摘錄《木蘭詩》簡述木蘭故事，認爲「送兒歸故鄉」一句中「兒」爲女性自稱，見天子使用女性自稱有矛盾之嫌。

《紺珠集》

筆記小說集，十三卷，宋朱勝非編輯，《郡齋讀書志》《直齋書錄解題》著錄。朱勝非（1082～1144），字藏一，蔡州（今屬河南）人，事蹟見《宋史》本傳。本書現有宋紹興七年刊本，明天順庚辰（1460）刊本，《四庫全書》亦收入。

《紺珠集》卷八中收錄《木蘭詩》。

三、其他

《太平寰宇記》

地理總志，二百卷，宋樂史撰。《直齋書錄解題》《崇文總目》著錄。是繼《元和郡縣志》後又一部現存較早較完整的地理總志。現有《四庫全書》本。

《太平寰宇記》卷一百二十七記錄，初唐就有木蘭女廟，「木蘭女廟在縣南二里，唐武德六年，州人盧祖尚曾任弋陽太守，從黃州移於此故」〔註12〕。那麼由此推論，關於木蘭的崇拜應早於初唐武德年間，而《木蘭詩》的年代應該更早。這是比較早的關於木蘭故事的地理志記載。

《朱子語類》

語錄彙編，一百四十卷，宋黎敬德編輯。《文獻通考》《晁氏寶文堂書目》著錄。主要版本有宋咸淳二年《朱子語類》書影刊本、明成化九年（1473）陳煒刻本、清呂留良寶誥堂刻本、廣州書局本等。

〔註12〕　【宋】樂史編輯：《太平寰宇記》，北京：中華書局出版社，2007年版，第2510頁。

《朱子語類》卷第一百四十中認為木蘭詩中有「可汗」一語，應為唐人所作。朱熹此論影響了後人對於《木蘭詩》年代的考證。

《文苑英華》

文學類書，一千卷，《崇文總目》《郡齋讀書志》著錄。宋太宗趙炅命李昉、徐鉉、宋白及蘇易簡等二十餘人共同編纂。

《文苑英華》卷三百三十三收錄《木蘭詩》及韋元甫的續作。

《記纂淵海》

類書，一百九十五卷，宋潘自牧纂輯。《百川書志》《國史經籍志》著錄。潘自牧，金華（今屬浙江）人，慶元二年進士，官至龍遊令。該書成書於宋朝嘉定二年（1209年），現有《四庫全書》本。

《記纂淵海》摘錄部分《木蘭詩》及韋元甫續作，但題其名為「晉木蘭詩」。

第三節　元明時期的木蘭故事文獻

與唐宋時期的木蘭故事相比，元明時期有關木蘭故事的文獻數量大增。各種詩選、類書等均有收錄《木蘭詩》，廣泛的收錄轉載促進了《木蘭詩》的傳播，也進一步擴大了木蘭故事的影響。這一時期木蘭故事的內容仍以詩詞典故和詩話筆記中對木蘭本事時代的考證為主，除了延續宋代以來的歌頌木蘭的孝義，明代開始有讚美女性的勇武和智慧，認為強悍的女性勝過於男性的論調出現。繼《太平寰宇記》之後，各種地理志中出現了地方木蘭崇拜和木蘭傳說，各地關於木蘭的姓氏、時代的說法均不相同，初步形成了具有地方特色的木蘭文化。明代時期出現了冼夫人、韓貞女、黃善聰等戎服易裝的傳奇女性，文人在歌頌這些女性的功績和傳奇事跡時往往用木蘭故事作為比對，認為這些英雄女性是當代的木蘭。

明代出現了第一部以木蘭為主角的雜劇《四聲猿·雌木蘭替父從軍》，徐渭的《雌木蘭》擴大豐富了木蘭故事，增加了新的人物和情節，完善了《木蘭詩》中留下的空白。《雌木蘭》的情節模式為後世的木蘭故事創作提供了新的範式，對清代到現代的木蘭故事影響極大，成為繼《木蘭詩》之後的新的經典作品。從明代開始，木蘭故事由詩文、筆記、評論走向戲曲小說等通俗文學，在故事角度的關注上更為世俗化，從此時開始，對於木蘭易裝細節和易裝後面臨的現實難題的關注開始出現。

一、詩文

《黃宗道播州楊氏女》

七言古詩，《清容居士集》卷第四十五收錄，元袁桷撰。袁桷號清容居士，故以號爲書名。詩中歌頌一名同木蘭一樣英勇殺敵的女性楊氏，盛讚女性的勇武善戰，最後用木蘭易裝從軍典故。詩歌基調高昂熱烈，對於女性的勇武和技藝做出了毫不保留的讚揚，結尾以木蘭作比表示著木蘭的勇武女英雄形象已經固定。

《于氏琵琶行》

七言古詩，《桐江續集》卷二十收錄，元方回撰。方回（1227～1307），字萬里，號虛谷，歙縣（今屬安徽）人。曾評選唐宋以來律詩，編爲《瀛奎律隨》。《于氏琵琶行》一詩讚美才藝出眾，有豪放之風的女藝人于氏，以古今奇女子作比，前用木蘭故事爲典故：「君不見木蘭女郎代戍邊，鐵甲臥起二十年，不知誰作古樂府，至今流傳木蘭篇。」強調了木蘭從軍的艱辛不易。本詩主要讚美女性的高超技藝，並列舉古代女性令人驚歎的能力如木蘭的勇武善戰，公孫大娘的精妙劍術，王昭君的高超琵琶藝術。

《金谷縣葛烈女廟》

七言古詩，《玩齋集》卷二收錄，元代貢師泰撰。貢師泰字泰甫，宣城（今屬安徽）人。浙江鄉試舉人，歷官吏部侍郎，禮部、戶部尙書等職。《四庫總目》稱貢師泰詩文：「文章足以凌厲一時，而詩格尤爲高雅，虞，楊、范、揭之後，可謂挺然晚秀矣。」〔註13〕

詩中講述葛烈女爲救父親投身熔爐的故事，歌頌烈女的孝心和壯烈的犧牲。以古孝女緹縈救父和木蘭替父從軍作比，讚美有能力的孝女「才略過男子」，但也指出葛烈女的犧牲更值得敬佩。

《慶李千戶納室》

七言律詩，元胡天遊撰，收錄於《傲軒吟稿》。胡天遊名乘龍，號松竹主人，又號傲軒，岳州（今屬湖南）人。當元末兵亂之時，胡天遊隱居不仕，生平作詩頗多，而兵燹之餘，所剩無幾，集中所錄，僅存十一。其詩慷慨激烈，風格豪放，時人比之於趙孟頫。

〔註13〕【清】永瑢、紀昀主編：《四庫全書總目提要》，北京：中華書局，1997年版，第873頁。

詩中用木蘭故事爲典故，最末一句：「從此談兵應有助，木蘭原是女將軍。」一句使用木蘭故事爲典故，強調木蘭的勇武智慧。

《送袁士常從軍》

七言律詩，收錄於《中庵集》。劉敏中字端甫，號中庵，濟南章丘（今屬山東）人。元世祖至元年間，由中書掾擢兵部主事，拜監察御史，後爲御史臺都事、翰林直學士、翰林承旨等。卒諡文簡。二十五卷。

卷二十二「送袁士常從軍」詩中爲朋友袁士常從軍送行，因袁君不捨老母而用木蘭故事爲典故，讚揚女子的忠孝勝過男子：「人倫重君親，出處由義決。何期一女子，忠孝雙皎潔。」鼓勵袁君忠君報國，像木蘭一樣用成就爲家庭增添榮譽。

《題木蘭廟》

七言絕句，《秋澗集》卷第二十八收錄，元王惲撰。王惲字仲謀，衛州汲縣（今屬河南）人。官至翰林學士，知制**浩**。王惲爲元好問弟子，工散文，能詩詞。《秋澗集》有明弘治河南刻本，振綺堂仿元鈔本，《四部叢刊》本。

前有關於木蘭廟、孝烈將軍的記錄。

詩中歌頌了木蘭的英勇善戰和豐功偉績以及一心爲家國而未有絲毫在意個人情感的奉獻精神，認爲木蘭是值得民眾崇拜牢記的女性英雄。

《題武林姚氏頤壽堂》

七言律詩，收錄於《蛻庵詩》卷二，元張翥撰。《元史》張翥本傳稱其受業於李存：「存之學，傳於陸九淵，盧從之遊，道德性命之詆，多所研究。」

卷二「題武林姚氏頤壽堂」詩中以木蘭故事爲典故，讚美木蘭的孝義。

《木蘭辭》

雜言古詩，《鐵崖先生古樂府》卷三收錄，元楊維楨撰。楊維禎號鐵崖，《鐵崖先生古樂府》爲其門人吳復所編有影印明成化間刻本。

楊氏題記曰：「木蘭古辭二首，世疑金柝鐵衣句，非漢魏語。余觀二辭，前辭爲古，後詞蓋又擬者之作也。吾爲此辭，又將發蘭之所未發也。」

《古樂府》卷三橫吹曲歌辭錄有《木蘭詩》及韋元甫之作。認爲木蘭「詐作男子，代父征行，其辭最苦」。強調木蘭從軍的艱苦，也提出「言萬里赴戎機關山度若飛，朔氣傳金柝，寒光照鐵衣。相和曲有度關山，亦類此皆言傷別之意。」認爲《木蘭詩》表面的慷慨激昂明朗向上的風格之中暗含有悲劇

意味。從現實層面考慮了木蘭從軍之苦。

《古詩紀》

詩總集，一百五十六卷，明馮惟訥編。馮惟訥，字汝言，山東臨朐人。嘉靖進士，官至江西左布政使。《古詩紀》有明嘉靖刻本和萬曆間刻本。

卷一百七梁第三十四收錄《木蘭詩》及韋元甫續作。

卷一百五十別集第六收錄《後村詩話》中對木蘭詩年代的論斷

卷一百五十五別集第十一收錄明前各家詩話中關於《木蘭詩》的考證和評價。

《木蘭辭》

雜言古詩，收錄於《斗南老人集》卷二，明胡奎撰。胡奎（1335～1409）字虛白，一字應文，號斗南老人。海寧（今屬浙江）人。

卷二《木蘭辭》，爲擬古仿《木蘭詩》之作。故事情節大致如北朝《木蘭詩》，凸顯出木蘭男性化的果決剛強：木蘭下機換戎裝，燈前不灑淚千行。後有議論：「木蘭忠孝有如此，世上男兒安得知」指出了女性的能力和氣概勝過世間男子。

《擬古少季從軍四首》

五言古詩，收錄於《蓮須閣集》，明黎遂球撰。黎遂球，字美周，番禺人。《明史》卷二百七十八有傳。明啓、禎間，遂球與陳子社等人修復南園舊社，有南園十二子之稱。

《木蘭辭》

七言律詩，收錄於《倪小野先生全集》卷三，明倪宗正撰。倪宗正，字本端，號小野，《餘姚縣志》卷二十三有其本傳。

《木蘭辭》詩中歌頌木蘭從軍故事，盛讚木蘭以柔弱女子之身而承受了從軍之苦，並且其英勇和孝義爲家庭帶來了榮譽，最後單獨點出了木蘭十二年來恪守貞操的不易和高尚。

《孝烈將軍》

七言古詩，收錄於《歲寒集》，明孫珫撰。孫珫字原貞，德興人，永樂十三年（公元一四一五年）進士，官至兵部尚書。《歲寒集》收錄於《四庫全書》，前有李東陽序。

《孝烈將軍》一詩較原詩更爲細膩哀婉，故事情節同《木蘭詩》一致，但增添了不少木蘭的心理活動和細節描寫。詩中體現了木蘭作爲女性在軍隊中生活的艱辛。而以往詩文中極少出現的有關易裝女性在男性群體中生活的複雜心理的詩句。詩中最後高調讚揚了木蘭十二年來守身如玉的艱辛和高尚。

《謁洗夫人廟詩》

五言律詩，收錄於《甔甀洞稿》，明吳國倫撰。吳國倫（1517～1578）字明卿。興囯（今屬江西）人。「後七子」之一，嘉靖進士，官至河南左參政。《甔甀洞稿》詩文別集，五十四卷，續稿二十七卷《澹生堂藏書目》、《內閣藏書目》著錄。

《謁洗夫人廟詩》五言律詩八首，詩中用木蘭典故。認爲木蘭之孝只能解救父親一人的危機，而洗夫人可以繼承她丈夫的事業，平定一方，盛讚女性的能力。

《木蘭詞》

七言絕句，收錄於《可經堂集》，明徐石麒撰。徐石麒字寶摩，浙江嘉興人。天啓二年（1622）進士，授工部主事，後官至尚書一職。嘉興城破之時，徐石麒自縊而死。其詩敦厚新穎，不染流俗，《明史》卷二七五、《明詩紀事》辛簽卷五有傳。《可經堂集》有《四庫禁燬書叢刊》本。

卷五《木蘭詞》有七言絕句一首，敘述木蘭從軍故事，意在歌頌木蘭的勇武善戰。

正德《姑蘇志》

地理志，六十卷，明吳寬、王鏊、杜啓纂修。有明正德刊本。首頁有正德元年王鏊序，次范志序，盧志序，成化十年劉昌姑蘇郡邑志序。全書多沿用盧志正文，而以雙行注補詩文於下。卷二十一官署內府治條稱嘉靖問火云云，可證經嘉晴修補。

卷十四收錄白居易《戲題木蘭花》詩。

《（萬曆）高州府志》

地方志，十卷，明代曹志遇等纂修。有明萬曆年間刻本。

卷八詩抄中題詠洗夫人廟詩，多用木蘭故事爲典。讚美女性的豐功偉績。

二、詩話筆記

《研北雜誌》

筆記，二卷，元陸友撰。《元史藝文志》著錄。陸友字友仁，一字宅之，號硯北生，元代平江（今江蘇蘇州市）人。編有《陸氏藏書目錄》。著有《墨史》《研北雜誌》《研史》《印史》《杞菊軒稿》等。

卷下提到完縣城北有木蘭廟，祭祀孝烈將軍。這是較早的關於木蘭民間「封號」的記載。當地人認為此處是當年木蘭征戰之地，並有宋人的題記及所刻古樂府辭。

《水雲村稿》

筆記，十五卷，元劉壎撰。《元史藝文志》著錄。劉壎字起潛，江西南豐人。工詩文，卓犖不群。生平見《水雲村稿》卷八《自志》、《元詩選》二集甲集、《古今圖書集成・文學典》卷八上。水雲村為其所居地名，因以自號，又因之名其集。

卷七題跋中提到「又一圖曰木蘭代戍，凝妻斷臂，今亡矣。未知校此孰勝也。」證明元時有以木蘭從軍為題材的畫作出現，但已亡佚。

《頤山詩話》

詩話，明安盤撰，《明史藝文志》《千頃堂書目》著錄。安盤字公石，號頤山，嘉定州人。弘治十八年進士，歷任吏部給事中等職，屢次抗疏言事，以犯顏直諫名於世。因大禮議之爭受廷杖而亡。《頤山詩話》成書時間在嘉靖七年。《明史・藝文志》著為二卷，收入《四庫全書》的卻只有一卷本。此書流傳的版本極少，除《四庫全書》外，後來《四庫全書珍本初集》也收錄此書，而且是四庫珍本入選的唯一明代詩話。

《頤山詩話》中主要考證《木蘭詩》年代。認為《木蘭詩》應為唐人所作，原因一是：「萬里赴戎機，關山度若飛。」幾句明顯有唐人風格，二是可汗為唐代番國天子之稱。但同時也提出了《木蘭詩》中兵制和稱謂的混亂矛盾之處。《頤山詩話》中指出：「況同行十二年，言動起居豈無一事足以發露？不知木蘭是女郎，未必然也。」認為木蘭的易裝不可能不被發現。

《詩藪》

詩話，二十卷，明胡應麟撰。《明史藝文志》《千頃堂書目》著錄。

《詩藪》內編三考證《木蘭詩》年代。從詩歌發展規律和《木蘭詩》提

到的名物兩方面綜合考慮，方法比較科學，認爲《木蘭詩》第一首爲晉代所作，第二首爲唐人擬作。胡應麟的考證是古代《木蘭詩》考證中比較重要的文獻資料。

《雙槐歲鈔》

筆記，十卷，明黃瑜撰，《明史藝文志》著錄。黃瑜字廷美，香山人。明景泰舉人，官至長樂知縣，因個性勁直棄官歸家，自號雙槐老人，並以此命名其文集。《雙槐歲鈔》涉及內容較廣，記錄洪武到成化年間之事，凡二百二十條。載有政治制度、詩詞歌賦以及民俗內容等，所記習俗首尾貫串，翔實可靠，頗有參考價值。

卷十「木蘭復見」條講述黃善聰易裝從商的傳奇故事，強調黃善聰的貞潔和世人對易裝而守貞的盛讚。後列舉歷代女子易裝進入男性的公共領域做出一番事業的例子，對於像木蘭一樣能夠易裝離家的女性古今皆有，稱黃善聰爲：木蘭復見。作者將當代易裝女性與木蘭相比較，但沒有提及木蘭的功績和道德，重點在於易裝女性的傳奇經歷和易裝過程中的守貞。

《詩家直說》又名《四溟詩話》

詩話，四卷，明謝榛撰。《八千卷樓書目》著錄。謝榛字茂秦，自號四溟山人，又號脫屣山人。山東臨清人。爲「後七子」中人，本書內容以理論與批評爲主；卷三與卷四中記錄有作者本人的一些經歷軼事，如早年與李攀龍等交遊的情形，頗具史料價值。清人丁福保輯《歷代詩話續編》收錄該書，名爲《四溟詩話》。本書有清光緒十一年（1885）長沙玉尺山房刊王啓原《談藝珠叢》本等。

卷一引《滄浪詩話》等詩話對木蘭詩年代的考證，列舉魏太武帝時柔然王已稱可汗，駁斥了此前的唐代說，認爲《木蘭詩》應爲北魏時所作。是《木蘭詩》年代考證中的頗爲重要的證據。且全詩的語言風格與唐人李白不相類。

卷三評論《木蘭詩》藝術風格。認爲全詩古樸自然，純爲古樂府風格，僅中間：「萬里赴戎機」幾句與李白詩風類似，盛讚《木蘭詩》的藝術成就無法模仿。

《呂新吾全集》

別集，一卷，明呂坤撰。《明史·藝文志》著錄。有萬曆年間刻本清光緒年間修補本。呂坤，字叔簡，寧陵人。萬曆二年進士。爲襄垣知縣，有異政。

調大同，徵授戶部主事，歷郎中。遷山東參政、山西按察使、陝西右布政使。萬曆二十五年（1597 年）上書論天下安危，抨擊時弊，不報，遂辭官歸鄉著書。

《呂新吾全集・閨範圖說》中「木蘭代戎」條記錄木蘭故事，故事大致同《木蘭詩》而比較簡略，稱木蘭爲唐代商丘人，替父從軍，十二年來人不知其爲女子，歸賦戍邊詩一篇，即爲傳世之《木蘭詩》。作者盛讚木蘭的操守和貞潔，並將木蘭的守貞與傳統士人對於個人操守的維護相提並論。

《湧幢小品》

筆記，三十二卷，明代朱國禎撰，《明史・藝文志》著錄，有天啓間朱氏家刻本。朱國禎（1558～1632），字文寧，明代烏程（今浙江湖州）人，萬曆進士，官至翰林院編修、國子監祭酒、禮部尙書、東閣及文淵閣大學士、首輔。《湧幢小品》全書三十二卷，涉及內容十分廣泛，多反映了明代中葉的政治、經濟、軍事、社會、文化及宗教方面的情況，書中所記偏於史事，很多是朱氏親歷的所見所聞，可視爲第一手史料；書中不少爲他人所未發，可補一些史書上記述的缺誤。

卷二十一女將中「木蘭將軍」條記載木蘭故事，稱木蘭爲隋煬帝時人，姓魏氏。其餘故事與《木蘭詩》相同，唯結局改爲煬帝欲納木蘭爲後宮，木蘭以死相拒，帝追贈其爲將軍。土人立廟祭祀。故事源於《孝烈將軍祠像辨正記》，強調木蘭的貞潔剛烈，但將昏君指爲隋煬帝。

《名山藏》

紀傳體明史，一百卷，明何喬遠撰，《千頃堂書目》著錄。何喬遠字稚孝，號匪莪。晉江（今屬福建）人。萬曆進士。初任刑部主事，後因事謫官家居，崇禎二年（1629）官任南京工部右侍郎，不久致仕，卒於家。《名山藏》成書於萬曆至崇禎間，崇禎十三年刊行。本書以記分目，共三十七類。如《典謨記》即本紀，《坤則記》即《后妃傳》，書中有《王享記》，記述外國及國內少數民族地區情況，有關海西女眞和建州女眞的記載，是研究清朝入關前社會歷史及與明政府關係的重要史料。

卷四十七輿地記中有孝烈將軍廟的記載，並明確指出是唐代所封。

卷八十九列女記中有韓貞女黃善聰合傳，故事敘述幾乎與《雙槐歲鈔》相同，最後一句認爲此二女可與木蘭相比。

《明一統志》

原名《大明一統志》，明代官修地理總志，共九十卷，李賢、彭時等奉敕修撰。《國史經籍志》《澹生堂藏書目》著錄。

卷二十七記木蘭故事，故事大致同《孝烈將軍祠向辨正記》而稍有修改。首先修改了木蘭的籍貫：「木蘭隨宋州人」其次將逼婚的昏君指為隋恭帝；第三增加了「木蘭有智勇」一句，強調木蘭的英勇和智慧。

卷六十一記木蘭將軍冢、木蘭廟。此處記木蘭為朱氏，故事與《木蘭詩》相同。

《（弘治）黃州府志》

地方志，十卷，明盧希哲編。《千頃堂書目》著錄。本書為該地現存最早地方志書。其中「藝文類」凡古今碑文題詠，皆取其有關可備考據者收錄，或記載有關山川、風俗、人物的吟詠之作。有明弘治十三年刻本，1965 年《天一閣藏明代地方志選刊》本。

卷二記木蘭山命名原因為，木蘭將軍墓在此處，隋時以此命名此山。

卷四記木蘭山下忠烈廟、將軍冢，相傳為木蘭將軍，姓木氏，代父西征。後有「獨詩中有可汗語非晉即唐人也」的推論，認為木蘭為晉唐時人。

卷七收錄《木蘭詩》及韋元甫續作。

卷九藝文中收錄《木蘭寺記》題為太和魯蒙簡參政著。文中記錄魯蒙簡到黃陂木蘭寺的遊記見聞與木蘭寺的由來。但未提及木蘭故事。

《（萬曆）保定府志》

地方志，四十卷，明賈淇、章時鸞修，馮惟敏纂，王國楨續修，王政熙續纂，明萬曆增修。有明隆慶五年（1571 年）刻本。保定府志始修於明成化章律，至明弘治七年（1494 年）成書。明隆慶二年（1568 年），知府賈淇請准修府志囑馮惟敏纂，開館編修。賈去，知府章時鸞繼事。書成於隆慶五年（1571 年）。

卷四古蹟志中「孝烈將軍廟」一條中，記錄木蘭故事，情節大致與《木蘭詩》相同，但稱「以父當戎，並無一子」與原《木蘭詩》中木蘭有幼弟不符。稱《木蘭詩》為木蘭自作，唐代時封其為孝烈將軍，里俗相傳，神姓魏氏，為漢文帝時人。

卷三十六人物志中「貞女」條中稱木蘭為漢文帝時人，姓魏氏，因漢文

帝屯兵此處，所以木蘭隨父親來此，遂爲完人。明確木蘭從軍年齡爲二十歲，父親無子，所以代父從軍。其後故事與《木蘭詩》所述相同。將木蘭故事收入貞女條意味著此時更爲強調木蘭的貞潔。

卷三十七藝文志中有河南錢景初爲《木蘭詩》所作之題詞，讚美了木蘭的貞潔孝義。

《廣輿記》

地理志，二十四卷，明陸應陽輯。《千頃堂書目》著錄。本書取材《明一統志》，增加歷代史官，列省郡乘等內容，刪繁就簡，考證較爲細緻。此書將元代以來社會通行的地理志增補考訂，人物故事記錄止於宋，稍及元人，規避當代人物。本書有萬曆刻本，因此書稱明爲國朝，所以乾隆年間列入軍機處第十次奏進全毀書目。

卷六提到木蘭故事，認爲《木蘭詩》爲唐代產生，木蘭本人爲作者，木蘭故里爲商丘。

三、戲曲小說

《歷朝野史》

又名《靳史》，志人小說集。正編九卷，續編二卷。明查應光撰。《文選樓藏書記》著錄。現存上海有正書局鉛字活印本，前有天啓乙丑（1625）仲夏既望，摩娑居士查應光自序及其書凡例，自序稱其書原名《靳史》。查應光字賓王，休寧（今屬安徽）人，萬曆舉人，有《勵崎軒詞》等著作。其事蹟見《明詞綜》卷五。書中收歷朝史傳及野史筆記，每條均注明出處，有一定校勘輯佚價值。卷一到卷九記上三代到明代歷史軼事，續編二卷則全爲清代事，爲清人所續。書中所記歷史軼事多具故事性和人物形象，故有一定小說價值。

卷二十五記錄五代時黃崇嘏女扮男裝故事，以木蘭女扮男裝代父從軍爲引子，講述女性易裝傳奇和其超凡的能力。

《嘯餘譜》

戲曲聲韻叢書，十一卷，明程明善輯，《千頃堂書目》著錄。明善字若水，安徽歙縣人，天啓中監生。編者以爲「人有嘯而後有聲」，樂府詞曲，皆其餘緒，故名「嘯餘」；其中戲曲著作四種：朱權《北曲譜》（採自《太和正音譜》）、

沈璟《南曲譜》（採自《南詞全譜》）、周德清《中原音韻》、卓從之《中州音韻》。《嘯餘譜》所輯每每割裂原著，故價值不大。原書成於明萬曆四十七年（1619），今存萬曆原刻奉。另有清康熙壬寅（1662）張漢重校本。

樂府原題《木蘭辭》一條中，簡略敘述木蘭故事，稱贊木蘭易裝的成功。

《菊坡叢話》

又名《菊坡叢語》筆記小說，二十六卷，明單宇撰。《千頃堂書目》小說家類著錄《菊坡叢話》二十六卷。單宇字時泰，號菊坡，臨川（今屬江西）人。正統四年進士，官至諸暨等縣縣令，《明史》有其本傳。《明史·藝文志》、今傳《續說郛》本一卷，題《菊坡叢語》。《四庫全書總目》入集部總集類。

卷十收錄《演繁露》等詩話對木蘭故事的考證和評論。

《幽怪詩譚》

傳奇小說集，六卷，現存九十六則，題西湖碧山臥樵纂輯，栩庵居士評閱。未見著錄。存明刻本與清抄本。書前有崇禎己巳聽石居士《小引》。《小引》解釋了《幽怪詩譚》取名的含義，闡述了作者的詩學觀點，尤為重要的是傳遞了「湯臨川賞金瓶梅詞話」這一重要信息。因此，《小引》在詩學史與小說史上佔有極重要地位。《小引》闡發了《幽怪詩譚》的宗旨，作者把詩歌與小說聯兼起來，把文言小說與長篇白話小說聯繫起來，打破了以詩文為正宗的傳統觀念。

卷九「木蘭辭句」條中認為女子如木蘭者勝於平庸男子，木蘭緹縈等古孝女可稱「忠孝大節」。《木蘭詩》中：「借兒女情事，發英雄本色」強調木蘭的英雄氣概。

《智囊全集》

文言小說集，二十八卷，明馮夢龍編。《四庫全書總目》小說家類存目著錄。現存明天祿閣刻本和清初斐齋刻本題《智囊補》，明末還讀齋刻本題《智囊全集》，清初又有十卷袖珍本題《增智囊補》，《筆記小說大觀》本題《增廣智囊補》。

閨智部雄略卷二十六收錄木蘭、韓貞女、黃善聰等女扮男裝的故事。意在讚美女性「善藏其用、以權濟變」的智慧。但在結尾強調女性沒有特殊理由如木蘭替父從軍而易裝進入公共領域就是「非禮」的行為，而如唐代孟嫗一樣隨意改變性別身份就被認為是「人妖」而受到譴責。

《醒世恒言》

明代話本小說集，四十卷，明代夢龍編輯。與《喻世明言》(《古今小說》)、《警世通言》合稱「三言」。現存明金閶葉敬池刊本，四十卷。

卷十中提到劉奇認爲劉方的易裝是學習木蘭的行爲：「劉奇見了此詞大驚道，據這詞中之意，吾弟乃是個女子了，怪道他恁般嬌弱，語音纖麗，夜間睡臥不脫內衣，連襪子也不肯去，酷暑中還穿著兩層衣服，原來他卻學木蘭所爲。」〔註14〕故事中認爲易裝女性將木蘭視爲自己的模範，仿照其易裝實現自己的傳奇。

卷二十八《李秀卿義結黃貞女》一回中入話中用木蘭替父從軍故事。評論稱女性的能力高強，全忠全孝勝過男性，並列舉歷史上眾多優秀女性，最後引出明代著名的易裝女性黃善聰故事。

《醒世恒言》敘述木蘭故事比較簡略，大致情節同《木蘭詩》但強調木蘭經歷的千辛萬苦回到家鄉，依然保持了貞潔，突出其道德的崇高，守貞的不易和易裝的成功。最後以七言絕句：「緹縈救父古今稀，代父從戎事更奇。全孝全忠又全節，男兒幾個不虧移。」稱贊木蘭易裝經歷的傳奇性和高尚的品質，比較起唐代對木蘭忠孝兩全的評價，又增加了保全貞潔的一項，認爲木蘭的高尚品德勝過了男性。

《少室山房筆叢》

文言筆記小說集，正集三十二卷，續集十六卷，明胡應麟撰，《千頃堂書目》小說類著錄。本書有明萬曆三十四年刊本、《少室山房四集》本，《四庫全書》本、《廣雅書局叢書》本。

《少室山房筆叢》巳部二酉綴遺上列舉歷代女性有能力掌兵權者和勇武者，包括木蘭，後附一武功卓絕的貧民女性故事，強調了女性的超凡能力。

《少室山房筆叢》辛部莊嶽委譚上考證女子纏足史，以木蘭易裝從軍故事爲例，認爲《木蘭詩》中提到木蘭易裝僅僅稱雲鬢花黃，而未言其他。此條文字意在考證纏足歷史發源何時，但關注到了木蘭故事中的易裝細節纏足問題，是在文言筆記中首次提出的。

《焦氏筆乘》

筆記小說，二十卷，明代焦紘撰。《千頃堂書目》《明史》子部小說家類

〔註14〕　【明】馮夢龍編著：《醒世恒言》，北京：中華書局，2009 年版，第 127 頁。

著錄。《四庫全書總目》入子部雜家類，八卷。有明萬曆刻本、明萬曆三十四年（1600）謝與棟刻本，均題爲《筆乘》。又有《粵雅堂叢書》本、《叢書集成初編》本均爲《筆乘》六卷，續集八卷。

卷三「我朝兩木蘭」條提到「木蘭，朱氏女子」，爲木蘭安排了姓氏朱氏。後敘述明代韓貞女黃善聰故事，譽其爲「我朝兩木蘭」。故事強調易裝女性的艱辛和保持貞潔的不易，尤其是在黃善聰故事中突出了黃善聰在公開場合證明了自己的貞潔才被家人接受，以易裝貞女來比作「我朝木蘭」也意在強調木蘭易裝從軍十二年人所不知的貞潔。

《古今說海》

文言小說叢書，一百四十二卷，明陸楫編輯，《千頃堂書目》著錄。陸楫字思豫，上海人。另著有《蒹葭堂稿》。事蹟見《蒹葭堂稿》卷八附林樹聲撰《陸君墓誌銘》。《古今說海》刊成於明嘉靖年間。序言曰：「凡古今野史外記、叢說勝語、藝書怪錄、虞初稗官之流，靡不品騭抉擇，區別彙分，勒成一書，刊爲四部，總而名之，曰古今說海」〔註15〕。本書輯錄前代至明小說，每篇雖略有增刪，但故事大致完整，有明萬曆年刊本。

卷一百十說略二十六收錄木蘭及黃崇嘏故事。故事極簡略，後附杜牧《題木蘭廟》詩。認爲女性易裝：「女子作男兒，其事甚怪」。簡略敘述黃崇嘏易裝故事，認爲此事尤怪。總體對女性易裝不持贊成態度，認爲是奇怪之事，而沒有盡孝等強大理由的易裝就更不值得贊賞。

《三寶太監西洋記》

通俗演義又名《三寶開港西洋記》《西洋記通俗演義》《西洋記》，白話長篇神魔小說，明羅懋登撰。羅懋登，字澄之，號二南里人，生平不詳。書成於萬曆二十五年（1597）。有明萬曆二十五年刊本、明萬曆三山道人刊本、清步月樓覆明萬曆映旭齋藏版本、清咸豐九年（1859）廈門文德堂刊本，清光緒七年（1881）上海《申報館叢書》排印本、上海書局石印本、1985 年上海古籍出版社排印本、上海占籍出版社影印本等。

故事中多次提到木蘭，以木蘭從軍爲行爲典範。

〔註15〕中華書局編輯部：《叢書集成初編目錄》，北京：中華書局，1983 年版，第4 頁。

《酹江集》

全名《新鐫古今名劇酹江集》，戲曲合集，明孟稱舜編。《四庫全書總目》著錄。孟稱舜字子若，又字子適、子塞。會稽（今浙江紹興）人，一說烏程（今浙江吳興）人。崇禎間諸生，屢試不第。《酹江集》共收元明雜劇三十種，其中包含編者本人的作品，並附鍾嗣成《錄鬼簿》。《二胥記》條中有作者簡介。該集與《柳枝集》合稱《古今名劇合選》。有《古本戲曲叢刊四集》本。

收錄《雌木蘭替父從軍》一折。徐渭《雌木蘭》雜劇故事情節大部分與《木蘭詩》相同，敘述木蘭因父親年老衰弱，替父從軍，經十二年征戰，得勝還朝，回歸故鄉的故事，但在原故事的基礎上有所擴充和增加。《雌木蘭》中為木蘭安排姓氏為花氏，父親名字花弧，花木蘭遂為後世的文學作品繼承，成為流傳最廣接受度最高的木蘭名字。另外原《木蘭詩》中並未交代木蘭回歸後的生活，而元代《孝烈將軍祠向辨正記》中改編了木蘭受昏君逼婚而死的悲劇結尾。《雌木蘭》中為木蘭安排了一位敬佩木蘭替父從軍的高尚孝道而求婚未婚夫王生，使其在回歸家庭後能夠得到一般女性的完滿人生，這個情節也同樣被後世繼承。《雌木蘭》中在易裝細節上關注了木蘭纏足的細節，用纏足放足的艱難表現了女性易裝轉換身份的心理困境，原北朝《木蘭詩》中沒有提到木蘭的易裝細節，北朝女性也沒有纏足習慣，而《雌木蘭》雖以北朝為故事時代背景，但人物習慣、官職和語言等都沿襲了明代的風俗，纏足細節就是其中之一。

《雌木蘭》成為了木蘭故事體系中的新經典，其中對於原《木蘭詩》故事中所作的每一點改編都在後世的木蘭故事中得到了繼承和發展。

《雙環記》

明代傳奇，鹿陽外史作。呂天成《曲品》、祁彪佳《曲品》均有著錄。已佚，《群音類選》選其《代弟從軍》、《金環惜別》、《中秋賞月》、《雙環會合》等齣，現在可見。故事根據民歌《木蘭辭》改寫，敘述秦弘之女木蘭，為官差代弟從軍，別時贈金環，隨身佩帶。木蘭從軍歸，「把羅襦換鐵衣」，「須信道拜將封侯女氏魁」。呂天成《曲品》評論云：「此木蘭從軍事，今增出婦翁及夫婿，串插可觀。此是傳奇法。詞亦佳。」祁彪佳《遠山堂曲品》也說：「記木蘭從軍事，全不蹈徐文長一語。鋪敘戰功，爛然生色。但於關情之處，轉覺未盡。」

《沈氏日旦》

筆記小說集，六卷，明沈長卿撰，《明史藝文志》著錄。沈長卿，字幼宰，杭州人，萬曆舉人，還著有《沈氏弋說》十卷。有明崇禎刻本。

卷五認爲木蘭從軍十二年不爲人知，外貌必爲醜陋，否則軍隊中好男色者必會發現。是文言筆記中首次對於木蘭易裝後掩藏身份的困難和同性戀困擾的文字。

卷六認爲緹縈木蘭俱非凡人，有如此成就的女性在男性中也不可多見。承認女性的超凡能力。

《耳談類增》

文言小說集，五十六卷，明王同軌撰，《千頃堂書目》著錄。王同軌，字行父，黃州黃岡人，撰有《耳談》、《耳談類增》等小說集。《四庫全書總目》子部雜家類存目評論《耳談類增》云：「其書皆纂集異聞，亦洪邁《夷堅志》之流。」〔註16〕本書所錄多爲正德至萬曆間時事，故事情節奇詭曲折，陶冶序云「其事不必盡核，理不必盡合，文不必盡諱」。增訂本成書於萬曆三十一年，卷首有張文光，江盈科及作者的序。

卷八奇合篇「劉奇劉方夫婦」條，認爲女性必須先有過人的資質，才有奇異的行爲。後有「木蘭祝英臺俱解文，劉方亦成韻，蓋必有異穎，始有異事」一句，不似前代故事強調木蘭的勇武而認爲木蘭和祝英臺一樣讀書識字之人。

《五雜俎》

文言筆記，十六卷，明謝肇淛撰。《明史‧藝文志》小說家類著錄。謝肇淛（1567～1624）字在杭，號武林、小草齋主人，晚號山水勞人。明萬曆二十年（1592）進士，歷任湖州、東昌推官，南京刑部主事、兵部郎中、工部屯田司員外郎。《五雜俎》中有明刊本、明萬曆刊本、明萬曆四十四年（1616）潘氏如韋軒刊本等。

卷八人部四中評論古今女扮男裝的奇女子。認爲「士人之好名利，與婦人女子之好鬼神，皆其天性使然，不能自克。故婦人而知好名者，女丈夫也。」〔註17〕後列舉古今易裝女性，提到木蘭故事，強調了木蘭易裝從軍的不易和隱藏身份的艱辛。

〔註16〕【清】永瑢、紀昀主編：《四庫全書總目提要》，北京：中華書局，1997年版，第743頁。

〔註17〕【明】謝肇淛：《五雜俎》，上海：上海書店，2001年版，第144頁。

四、其他

《名疑》

類書，四卷，明陳士元編輯。《八千卷樓書目》著錄。該書前有隆慶己巳自序，成書時間當在此之前。《名疑》收錄內容上到三代，下迄元代，博採史傳及諸家雜說，凡古人姓名異字及更名更字與同名者，皆一一援據諸書，分條收載。體例雖較冗雜，但其采撮繁富，頗廣見聞。

卷三收錄黃崇嘏姓名及故事，附韓貞女事，認爲其易裝從軍可比古之木蘭。

《山堂肆考》

類書，二百二十八卷，補遺十二卷，明彭大翼編撰，張幼學增訂。《千頃堂書目》、《八千卷樓書目》均有著錄。該書輯錄群書軼事，於萬曆二十三年編輯完成，後有部分損佚。萬曆四十七年，張幼學重加輯補整理成書。《山堂肆考》分爲宮，商，角、徵、羽五集，四十五門。有萬曆二十三年（1595）周顯金陵書林始刊本，萬曆四十七年梅墅石渠閣刊增補本，清北京文錦堂刊本。

卷九十八親屬類中收錄古木蘭詩、杜牧詩等，認爲木蘭爲晉人。

《續文獻通考》

政書，二百五十四卷，明王圻撰。《八千卷樓書目》著錄。本書爲《文獻通考》的續編，所紀上起南宋嘉定年間，下至明萬曆初年。體例仿傚《文獻通考》，又兼取《通志》之長，收錄人物。該書有萬曆刻本存世。

卷七十九節義考，錄有黃善聰故事，末尾認爲黃善聰可爲「木蘭復見」。

第四節　清代及近代木蘭文獻

清代是木蘭故事的集大成時期。清代的木蘭故事在數量上幾乎是前代的總和，出現了詩詞、筆記小說、章回小說、戲曲、鼓詞、子弟書、寶卷等多種文體來敘述木蘭故事。長篇小說和傳奇作品的出現意味著木蘭故事的成熟，此時的木蘭故事，規模變大，內容增多，情節也越來越豐富曲折，補充了《木蘭詩》和《雌木蘭》因篇幅過短而在故事內容方面留下的空白。木蘭故事的內容在清代分爲兩個分支：一支爲黃陂木蘭故事系統，故事爲悲劇結局，時代爲隋唐時期。此故事中木蘭無配偶，後被奸人陷害或遭昏君逼婚而

自殺。代表作品爲《木蘭奇女傳》《花木蘭歷史演義》《木蘭寶卷》等。另一支延續徐渭《雌木蘭》故事，故事爲大團圓結局。時代爲北魏，木蘭有配偶，得勝還朝後得到皇帝的諒解和讚許，衣錦還鄉與未婚夫成婚。代表作爲《雙兔記》《閨孝烈傳》《繪圖花木蘭征北鼓詞》等。木蘭易裝從軍的情節還影響了才子佳人小說、戲曲、女性彈詞小說的創作。清代通俗文學作品中大量出現了女性易裝出走的情節，有相當一部分易裝女性明確表示以木蘭爲榜樣和前例。爲了家庭安危，易裝出走進入男性領域的情節模式成爲清代通俗文學的一個重要的特點，木蘭故事的影響力在清代進一步擴大。

一、詩歌

《二喬觀兵書圖》

七言古詩，清百齡撰，收錄於《守意龕詩集》卷十三壬子中。百齡（1748～1815）字菊溪，漢軍正黃旗人。乾隆進士，歷任奉天、順天府丞、湖南按察使、湖廣總督。嘉慶十八年（1813年），拜協辦大學士。二十年，病歿江寧（今江蘇南京）。《守意龕詩集》收錄了作者爲宦期間的詩作2000餘首，多反映滿族生活。後附其子札拉芬所著《南陔遺草》一卷，詩作三十餘首。有1846年刻本傳世。

詩中敘述江東二喬夜觀兵書，激勵東吳兵將奮勇殺敵的情境，讚美女性的軍事才華和慷慨壯志。末尾用木蘭典故表達了對剛勇有才華的女性的認同和稱讚。

《木蘭詞》

五言古詩，清王采薇撰，收錄於《長離閣詩集》卷二。王采薇（1753～1776）字薇玉，武進人，知縣王光燮女，太史孫星衍妻。其詩集《長離閣詩集》一卷，收詩七十一首，詞一首。《清史稿》、《鄭堂讀書記》著錄。

五言古詩「木蘭詞」中通過歌頌木蘭故事，傾訴女子不能走出家門做出一番事業的悲哀。反對重男輕女、女子纏足等陋習。詩中末尾強調木蘭不依附父親與丈夫，憑藉自己的實力獲取了屬於自己的成功和榮耀，盛讚木蘭能夠走出家門建功立業的英雄豪情和其非凡的成就。

《木蘭怨》

五言律詩，清蔡衍鎤撰，收錄於《操齋集》卷四詩部。蔡衍鎤字間清，

號操齋，福建漳浦人。《操齋集》現存康熙間刻本，凡文部十六卷、詩史一卷。

詩中敘述木蘭因長期征戰，睽違天倫，不能出嫁的愁怨。一般詠木蘭詩內容皆剛勁明朗，強調木蘭的勇武強悍，或是歌頌其替父從軍的孝道與守身如玉的堅貞。此詩一反常論，將木蘭視同一般小女人，末尾強調了木蘭因從軍而錯過最佳婚育年齡的悲劇性。

《弔黃伯香太守》

七言律詩，清陳夔龍撰。收錄於《松壽堂詩鈔》卷四大梁集。《松壽堂詩鈔》詩集，十卷，清陳夔龍撰。未見著錄。陳夔龍生於咸豐七年，卒於民國三十七年。歷官湖南巡撫，擢任四川、湖廣、直隸總督，兼北洋大臣。辛亥後寓居上海。所撰《松壽堂詩鈔》有徐琪、陳田序及自序，有宣統三年刻本。

「弔黃伯香太守」詩中提到女兒最愛談論木蘭故事，表現出當時清代女性對木蘭故事的喜愛。

卷十偕園集注中提到父親為女兒講述木蘭故事：「木蘭豈是癡兒女，志在分陰運甓陶。余曾以木蘭從軍、陶侃運甓事，為女言之。女為之心動色舞。」顯示出木蘭故事在清代仍然是女性教育中很受歡迎的一部分，陳夔龍詩：「木蘭豈是癡兒女」中對女兒強調的木蘭的非凡成就和出眾的能力志向。

《畫屏女士》

七言絕句，清陳文述撰，收錄《頤道堂詩外集》卷七古今體詩。陳文述字文伯，一字雋甫，號退庵，又號碧城外史，別號頤道居士，浙江錢塘人。生於乾隆三十六年，卒於道光二十三年。

詩中描述了木蘭戰場征戰的艱辛和木蘭的勇武，與其柔弱女兒之身形成強烈對比。

《木蘭廟》

七言律詩，清陳正瓈撰，收錄《五峰集》卷一。陳正瓈，桐城人，此書前有錢謙益題詞，因內有怨望之語被禁燬。〔註18〕，《四庫全書總目》著錄。

《木蘭廟》詩敘述木蘭故事，使用元代「孝烈將軍」故事版本。盛讚木蘭不輸男兒的赫赫軍功和勇武剛猛的非凡能力，認為如木蘭一樣品德高尚軍功卓越女英雄，在公共領域獲取成就名垂千古勝似入宮承恩。

〔註18〕王彬：《清代禁書總述》，北京：中國書店，1999年版，第456頁。

《雜詠》

五言律詩，清羅金淑撰，收錄於《沅湘耆舊集》，《八千卷樓書目》著錄。羅金淑字麗生，善化人，適湘陰拔貢鄒藻，有《碧芙蓉館遺草》。沅湘為湖南舊稱，全書彙集明初到清道光朝五百餘年間，湖南文人各體詩作，共收錄一千六百九十九人，一萬五千六百八十一首作品。後二十一卷為女士、方外、仙鬼雜詩等。有道光二十三年（1843）新比鄧氏南村草堂本。

卷一百九十《雜詠》詩中感歎身為女性不能像男性一樣走出閨閣做出一番事業的悲哀，前用木蘭典故：「昔有木蘭女，軍中據雕鞍」，歌頌木蘭身為女性卻能在軍隊中獲得成就，詩中暗含了作者的豪情壯志不能抒發的抑鬱之情。

《女道・木蘭代戎》

七言律詩，清石承楣撰，收錄於《沅湘耆舊集》，《八千卷樓書目》著錄。承楣字湘雲，湘潭人。內閣中書洛川知縣石養源女，同縣諸生袁士彪室，而鷳庭給事石承藻之姊。有《繪水月軒詩鈔》

石承楣為呂坤《閨範》中所記錄古賢女賦詩，《木蘭代戎》為「女道」善行中的一首。呂坤強調的是木蘭的孝道與貞潔，而作者則強調了木蘭的成就和壯志。

《木蘭篇》

七言古詩，清代高景芳撰，收錄於《紅雪軒稿》卷二。高景芳字遠芬，漢軍正紅旗人。浙閩總督高琦女，江寧張宗仁妻。此集前有其夫張宗仁、弟高欽序及自序，卷一文、卷二至卷五詩，卷六詞，後有其弟高鉅的跋，本書康熙五十八年高欽刊刻。

《木蘭篇》歌詠木蘭故事。情節與《木蘭詩》大致相同，但結尾認為孝義的志向男女相同，巾幗英雄歷代有之。

《木蘭祠》

七言律詩，清代黃景仁撰，收錄於《悔存詩鈔》卷六。黃景仁字仲則，一字漢鏞，號鹿菲子，江蘇武進人。《悔存詩鈔》存詩五百餘首，翁方綱選，現存嘉慶元年丘縣劉大觀刻本。

詩中歌頌木蘭的純孝，認為木蘭女的孝行應該被錄入史冊，供後人景仰。後描述塞外征戰千難萬苦，「明駝歸里驚同伴，白骨填荒愧健兒」突出了木蘭不輸男性的堅毅和勇武。

《木蘭辭》

七言古詩，清黃師憲撰，收錄於《夢澤堂集》卷一。黃師憲，字當湖，應城人，崇禎十五年舉人，康熙年間官至寶慶府學教授。《夢澤堂集》計《詩集》三卷，《資江唱和集》一卷，《文集》四卷。有康熙年間刻本。

「木蘭辭」擬木蘭口吻作長詩。描述木蘭在聞得老父需服兵役後已於替父從軍的慷慨激昂之情，此詩中木蘭認爲自己天生神力，應該在戰場上有所作爲，並以古名臣英雄事蹟激勵自己，後強調自己作爲女兒不輸男子的能力和志向，最後稱：「有時立功在漢南，女中男子秦木蘭」。木蘭姓氏自古有魏氏、朱氏、花氏、木氏等多種說法，但稱秦氏的惟此一詩和鹿陽外史傳奇《雙環記》兩部文獻，而以時間論，此詩在後，可能受《雙環記》影響。

《念奴嬌‧木蘭從軍圖》

詞，清黃曾撰，黃曾字菊人，錢唐人。道光十二年舉人，官至直隸知縣，有《瓶隱山房詞》，收錄於《國朝詞綜續編》。《國朝詞綜續編》詞總集，二十四卷，清黃燮清編選。《八千卷樓書目》著錄。本書繼承《國朝詞綜》而輯。本書志在存人存詞，搜羅甚廣，但精審不足。本書有同治十二年鄂垣刻本。《四部備要》亦收入。

「念奴嬌木蘭從軍圖」詞歌頌木蘭故事，讚頌木蘭身爲女性的忠孝兩全，「黑水流荒，黃河路險，蓮瓣何曾怯。」是較少的在詩歌中提到木蘭易裝後纏足細節的文字。既寫出木蘭的勇武無雙，也點出了易裝女性隱藏的性別特徵。

《青芝山館詩集》

詩別集，二十二卷，清樂鈞撰。未見著錄。樂鈞初名宮譜，字符淑，號蓮裳居士，江西臨川人。嘉慶六年舉人，爲翁方綱弟子。《清史稿》有傳。樂鈞另撰有《斷水詞》三卷，初刻於嘉慶二十二年，與《青芝山館詩集》合刊。道光間重刊，則析出單行。

《青芝山館詩集》卷五古今體詩「故明總兵官秦夫人良玉錦袍歌並序」中歌頌秦良玉事蹟，以木蘭故事爲典故，盛讚女英雄的勇武堅毅。

《青芝山館詩集》卷十八古今體詩「木蘭」讚美木蘭的英勇和才華。認爲木蘭有著過人的才華才能完成震驚世人的傳奇之旅，完美的完成替父從軍的驚人孝行。後有「昔讀木蘭詩，今對木蘭像」一句，應爲遊木蘭廟有感而發。

《木蘭》

七言律詩，清沙琛撰，收錄於《點蒼山人詩鈔》。沙琛字獻如，號雪硼，又號點蒼山人，雲南太和人。乾隆四十五年中舉。嘉慶年間歷任建德、太和、六安知州，後被黜免，卒於鄉里。《點蒼山人詩鈔》有清刻本，《四庫全書總目》著錄。

詩中敘述木蘭歸家後一家團聚，木蘭改換女裝場景，讚頌木蘭雖為柔弱女子卻有出眾本領，和不愛功名的高尚品德，格調輕快明朗。

《哭女》

七言律詩，清姚世鈺撰，收錄於《清詩別裁集》。姚世鈺，字玉裁，號薏田，歸安諸生。

「哭女」詩一首，敘述父親懷念女兒幼時愛讀《木蘭詩》的場景，用《木蘭詩》典故比喻父母對女兒的思念，情真意切、哀婉動人。

《孝烈將軍祠》

七言古詩，清刁素雲著，收錄於《紅薇閣詩草》。刁素雲，江蘇奉賢人，陸雋東妻。此集錄詩五十首，附於陸雋東《景雲堂詩稿》後。有光緒八年葛啟龍刻本。也收錄於《名媛詩話》。

《紅薇閣詩草》中收錄「孝烈將軍祠」詩一首，用商丘木蘭故事。歌頌木蘭的忠勇。

《木蘭從軍圖》四首

七言律詩，清石韞玉撰，收錄於《獨學廬稿》卷三。石韞玉字執如，號琢堂，一號竹堂，晚號獨學老人，江蘇吳縣人，乾隆五十五年一甲一名進士，官至重慶府知府，山東按察使。《獨學廬稿》乾隆至道光年間陸續刊刻。

第一首敘述木蘭替父從軍的孝道和易裝的成功，後兩首讚頌木蘭的功績，最後讚頌木蘭身為女性創造的奇蹟，認為優秀女性勝於男性：「文武才難歎道窮，翻教巾幗著雄風。芳名合與黃崇嘏，同入辭人樂府中。」

《孝烈將軍》

七言律詩，清史夢蘭撰，收錄於《全史宮詞》。史夢蘭，字香崖，號硯農，樂亭人。道光庚子舉人，官朝城知縣，加四品卿銜，有《爾爾書屋詩草》。作者所撰宮詞上自古有熊氏，下至明末，共一千五百餘首，每首後均注明其事。此集有清咸豐六年刊本。

《全史宮詞》卷十三木蘭詩宮詞一首，用隋代魏木蘭故事爲典故。讚美木蘭拒絕君王求愛的貞烈。

二、詩話筆記

《野語》

筆記，十卷，附《西吳蠶語》二卷、《西吳菊略》一卷，題「伏虎道場行者編」，未見著錄。有清道光乙巳塵隱廬刻本。作者生平不詳，前有清嘉慶十三年荊溪周之冕序。《野語》分語逸、語幻、語屑、語餘四類，目錄前均有小引。

《野語》卷九「木蘭考」中收錄各版本木蘭故事並有評論。有「毘陵宋于庭先生翔鳳題木蘭圖附考證云」考證木蘭故事。認爲木蘭爲隋大業時人。又記「郡人汪君薪甫云：歸德府志載，監察御史張維恕有孝烈將軍廟略」，記木蘭爲隋時人，因不從君王的臨幸自殺身亡，追諡爲「孝烈將軍」。但認爲此說比較荒誕，不合常理。俞劍花又云：「完縣即古曲逆地，有孝烈將軍木蘭廟後錄。」故事與歸德府志相同。後有附有韓貞女故事，認爲韓貞女可配享木蘭廟。

《劇說》

戲曲論著，六卷，清焦循撰，未見著錄。焦循字理堂（一字裏堂），江蘇甘泉人，嘉慶舉鄉試，與阮元齊名。本書摘錄並評價唐宋以來一百六十六部文獻中有關戲曲的論述，探討劇目題材、腳色起源、表演藝術等問題。所摘引原書一部分已佚。

《劇說》卷五評述徐渭《雌木蘭》雜劇，指出徐渭在《木蘭詩》基礎上增加了王郎成親情節，後附商丘地方志中收錄的木蘭故事，及《孝烈將軍祠像辨正記》原文，最後指出：「所傳木蘭之烈，則未嘗適人者。傳奇雖多謬悠，然古忠孝節烈之蹟，則宜以信傳之。因文長有王郎成親之科白而詳之於此。」

《越縵堂詩話》

詩話，三卷，清李慈銘撰，近人蔣瑞藻編。《八千卷樓書目》著錄。李慈銘字悉伯，號蓴客，浙江會稽人。光緒六年進士，官至山西道監察御史。《越縵堂詩話》係蔣瑞藻編輯李慈銘《越縵堂日記》中論詩之語而成，但並未全部收錄，其中同治二年以前、光緒十五年以後十數年之言論，未及輯入。

《越縵堂詩話》卷下之上考證木蘭故事，認爲《過庭錄》中對《木蘭詩》的考證比較可信：「詩中所云，可汗者，突厥啓民可汗也；天子者，隋煬帝也。宋氏謂木蘭之父蓋啓民部落人。」李慈銘通過對《木蘭詩》中所描述的戰爭和地名的考證後認爲木蘭故事應爲隋煬帝時期發生。

《諸史異彙》

筆記，二十四卷，明末清初李清編輯，未見著錄。作者摘錄讀史中有益教化之事，分頭編排，每卷一類，每類條數不等，每條均加標題。以倫常爲分類順序，如君臣、父子、夫婦、朋友、德行等，浙江省圖書館藏傳抄本。

《諸史異彙》卷三夫婦類「女代」條簡述木蘭故事，情節同《木蘭詩》而極爲簡略，稱：「木蘭代父從征，身備戎裝，凡十二載，歷十八戰。雖同行之卒，不知爲女郎也。朝廷嘉其勇，授爵不拜但乞還，命將士衛至其家。」原《木蘭詩》未明述木蘭所經戰役，而此處則稱木蘭歷「十八戰」。

《采菽堂古詩選》

漢魏六朝詩總集，一名《采菽堂定本漢魏六朝詩鈔》，二十卷，《傳世樓書目》著錄。清陳祚明編選，陳祚明，號稽留山人，書室名采菽堂。此書有康熙四十八年（1709）刊本，乾隆間有重刻本。

《采菽堂古詩選》卷二十八收錄《木蘭詩》後有評論，認爲《木蘭詩》的藝術風格應屬漢魏時期之作，而非唐人所作。其後逐句評析其藝術價值。

《白茅堂集》

別集，四十六卷，清顧景星撰，《四庫全書總目》著錄。顧景星字黃公，號赤方，蘄州人。康熙十八年，以博學鴻詞科舉薦，以病辭。其生平見孫靜庵《明遺民錄》卷三七、《清詩紀事》卷二。《清史列傳·顧景星傳》：「顏其堂曰白茅，取《易》『無咎』之義也。」〔註19〕有康熙年間原刻本。

卷十三「石陽女」條記錄黃州木蘭女廟記載，與地方志所記相同。

《因寄軒文集》

別集，全書十七卷，初集十卷，二集六卷，補遺一卷。清管同撰。未見著錄。有道光間管氏刊本，又有光緒間重刊本。

〔註19〕王鍾翰點校：《清史列傳》，第 18 冊，北京：中華書局，1987 年版，第 5749 頁。

二集卷五中爲陳寶田的著作作序，認爲女子的天資不如男子，男尊女卑意識極其強烈，認爲歷史上如木蘭一樣的奇女子僅爲個別現象，普通女性沒有經世之才者儘量不要傚仿。

《看山閣集閒筆》

別集，十六卷，清代黃圖珌撰，未見著錄。黃圖珌字容之，別號蕉窗居士、守眞子。雍正間官至杭州、衢州同知，卒於乾隆時期。著有《看山閣集》和《雷峰塔》等傳奇六種。《看山閣集閒筆》一書分人品，文學，仕宦，技藝、製作、清玩，芳香、遊戲八部。文學部又分文章，詩賦，詞曲、詩書、圖畫六章。有乾隆十年《看山閣集》刻本。

《看山閣集》閒筆卷十四芳香部「俠氣」條，認爲古今女子唯有木蘭具有俠氣，當今女子無法模仿。

《瞥記》

筆記，七卷，清梁玉繩撰，《清史稿‧藝文志》著錄。梁玉繩字曜北，自號清白士，浙江錢塘人。有《史記志疑》、《人表考》、《元號略》、《呂子校補》、《誌銘廣例》、《蛻稿》等著作。《瞥記》卷一、二雜考經文注疏，卷三、四雜考諸史，卷五雜考諸子；卷六雜談詩文，卷七爲雜事，皆爲讀書有得所作之文。

《瞥記》卷七中收錄元代孝烈將軍版本木蘭故事，敘述極爲簡略，認爲與《木蘭詩》不符。

《東泉詩話》

詩話，八卷，清代馬星翼撰，未見著錄。《東泉詩話》有清末坊間刻本，但墨壞紙劣，又難以尋覓。現收錄於杜松柏《清詩活訪佚初編》中，臺灣新文豐出版公司 1987 年出版。

卷一中考證《木蘭詩》年代等，認爲當代的小說戲曲中對木蘭故事的改編，尤其是婚戀內容不符合詩歌原意。

《養一齋詩話》

詩話，十卷，清潘德輿撰，《清史稿‧藝文志》著錄。後附《李杜濤話》三卷。第一卷著重闡釋作者的詩學思想，其餘各卷結合歷代濤作，詩淪，闡發在創作和批評鑒賞方面的具體主張。有道光刻本與《清詩話續編》本。

卷四考證《木蘭詩》作者並收錄各家看法，認爲《木蘭詩》語言風格應爲北周時之作，而前人但以「可汗」一詞作爲考證依據並不妥當。

《兩浙輶軒續錄》

詩總集，五十四卷，附補遺六卷，清潘衍桐編輯，《八千卷樓書目》著錄。潘衍桐，字孝澤，號峰琴，同治七年進士。本書爲阮元編《兩浙輶軒錄》續編，兩浙爲浙東，浙西。現存光緒十七年刊本。

《兩浙輶軒續錄》卷十《萍影集》十卷「孝烈祠」詩中用完縣孝烈將軍故事爲典故，盛讚女性英勇之氣。

《說詩晬語》

詩話，二卷，清沈德潛撰，《八千卷樓書目》著錄。本書上卷前總論詩道，從第十二則開始，依次論述《詩經》、楚辭、漢魏、六朝、唐詩；下卷前續論宋、金、元、明詩，後泛論做法、題材、選詩、考訂等問題。全書體例整齊，作者論詩持「溫柔敦厚」的詩教，重視詩歌體制聲調的作用。有《沈歸愚詩文全集》本，《四部備要》本。

《說詩晬語》卷上通過詩歌發展規律考證《木蘭詩》年代，認爲《木蘭詩》應爲北朝詩歌。

《柳亭詩話》

詩話，三十卷，清宋長白編，《八千卷樓書目》著錄。宋長白，原名俊，一名岸舫，字長白，山陰人。本書編成於康熙乙酉年。全書記錄上自三代，下迄清初與詩歌相關內容，引書豐富，涉獵甚廣，有評論考證。有光緒八年天茁園刻本。

《柳亭詩話》卷十六考證《木蘭詩》年代本事，認爲流傳甚廣的隋魏木蘭故事荒誕不經。

《過庭錄》

筆記，十六卷，清宋翔鳳撰，《四庫全書總目》著錄。本書爲作者讀書筆記，徵引廣博，考證較爲嚴謹。有光緒七年會稽章氏《式訓堂叢書》本、《皇清經解續編》本。

《過庭錄》卷十六「木蘭詩」條通過木蘭詩中的地理名物稱謂等考證其年代，比較詳細，認爲木蘭爲隋大業年間人。

《海秋詩集》

詩別集，二十六卷，清湯鵬撰，《八千卷樓書目》著錄。收詩兩千餘首，前有喬松年、劉伯堁序，後有程恩澤、林則徐、姚瑩、張際亮、魯一同等評

語、跋文。《海秋詩集》有道光十八年刊本。另有同治十二年其子湯壽銘補刊本，比道光本多出後集一卷。

卷八五言古詩「木蘭從軍」詩，寫戰爭的悲苦艱難和女性的忠義。

《蛾術編》

筆記，八十二卷，清王鳴盛撰，《八千卷樓書目》著錄。王鳴盛字鳳喈，號禮堂，又號西莊，晚號西沚，江蘇嘉定人。乾隆十九年進士第二名，累官至內閣學士，著作頗豐。《蛾術編》取《禮記・學記》：「蛾子時術之」之意，彙編了作者三十餘年讀書考證筆記，分《說錄》、《說字》、《說地》、《說人》、《說物》、《說制》、《說集》、《說通》八類。有道光二十一年（1841）吳江沈氏世楷堂刊本。

卷七十七說集三收錄木蘭故事，強調儘管木蘭勇武強悍但仍然爲女性，易裝的女性最終還要回歸原本的性別身份。

《康輶紀行》

筆記，十六卷，清姚瑩撰，《清史稿・藝文志》著錄。姚瑩字石甫，嘉慶年間進士，官至四川同知。本書輯錄作者數次進藏見聞雜錄，及西藏各地區地理歷史風俗等內容。自敘所紀六端：一、乍稚使事始末；二、剌麻及諸異教源流；三、外夷形勢風土；四、入藏諸路道里遠近；五、泛論古今學術事實：六、沿途感觸雜撰詩文。有道光年間《中復堂全集》本，《小方壺齋輿地叢鈔》本和《筆記小說大觀》本。

卷五考證木蘭本事，認爲其爲北魏時人。

《癸巳存稿》

筆記，十五卷，清俞正燮撰，《八千卷樓書目》著錄。俞正燮字理初，道光元年舉人。俞正燮有《癸巳類稿》三十餘卷，成於道光十三年癸巳，十四年後，將剩餘文字刊行爲《癸巳存稿》。

《癸巳存稿》卷十三「亳州志木蘭事書後」收錄木蘭故事。

《留溪外傳》

類書，清陳鼎撰，十八卷。陳鼎另外著有《東林列傳》一書，已著錄。《留溪外傳》分忠義，孝友、理學、隱逸、節烈、貞孝、闇德、神仙等十三部，記錄明末清初時諸事。本書搜集廣博，資料豐富，但失實之處頗多，所記怪異之事，近於小說家言，難以據爲實錄。有《常州先哲遺書》本。

　　卷十五貞烈部《杜烈女列傳》中講述杜小英故事。杜小英母夢祝英臺而生小英，自幼聰慧多才。小英讀《木蘭詩》、黃崇嘏傳，認為女性混跡於男性之中不和禮法，後遭遇戰亂，小英並未像韓貞女等女性一樣易裝出走保護自己，而是自殺以保全貞潔。但與一般女性因恐懼和脅迫匆忙自盡不同，小英為了彰顯自己的名譽，用計策拖延匪徒，使得自己的死成為一種公開表演。從元代開始，就已經頻頻出現女性讀《木蘭詩》的記錄，和女性羨慕或仿照木蘭行為的文獻記載。

《（康熙）黃陂縣志》

　　地方志，十五卷，清楊廷蘊等纂修，現存清康熙五年刻本。

　　卷一輿地志中「木蘭山」條稱木蘭山為木蘭將軍出生地，四方人頂香禮拜多有靈驗。「將軍凹」條記錄木蘭將軍墓。

　　卷十一人物中「木蘭」條記錄木蘭故事，稱：「木蘭，本縣朱氏女，生於初唐。」其後替父從軍等故事與《木蘭詩》相同，唯最後強調其終身未適。

　　卷十三藝文志中收錄文人祭祀木蘭或遊覽木蘭山、木蘭廟之文章詩歌。文章四篇，詩歌22首。

《（康熙）商丘縣志》

　　地方志，二十卷，清劉德昌修，葉沄纂。劉德昌字後公，順天文安縣人，康熙三十八年（1699）來任。葉沄字松川，江蘇崑山縣人。現存清康熙四十四年刻本。

　　卷四祠祀類中記錄孝烈將軍廟。

　　卷十一列女類中記錄木蘭故事，稱木蘭為魏氏，故事敘述與《閨範圖說》相同。

　　卷十四雜著類中收錄元侯有造《孝烈將軍祠像辨正記》一文。文中稱木蘭性魏氏，替父從軍後，帝欲納其為後宮，木蘭以死相拒，帝追贈其為孝烈將軍。文中認為《木蘭詩》為隋初所作，可汗為突厥帝號。讚美木蘭的超凡才能和貞烈節操。

《（雍正）完縣志》

　　地方志，十卷，清朱戀德修，田璦纂。現存雍正十年（1732年）刻本。朱戀德，江南常州府靖江人，監生。清雍正九年（1731年）任完縣知縣。田璦，邑人。廩生。

　　卷一輿地志收錄田瑗所作《木蘭祠》一文。文中稱木蘭亳州人，魏氏。生來體型碩大，力量過人。單于侵犯邊境，木蘭替父從軍，情節大致與《木蘭詩》相同，但詳細曲折處有類小說。讚美木蘭的孝義和過人的勇武。

　　卷九藝文志中收錄元達世安所作《漢孝烈將軍記》一文。稱木蘭魏氏，漢文帝時亳州人。故事情節與《木蘭詩》中所述相類，文中盛讚木蘭的孝義。

《（雍正）畿輔通志》

　　地理志，一百二十卷，清唐執中、李衛修、陳儀、田易編纂。有清雍正十三年刊本。因爲《康熙畿輔通志》「搜輯討論未能詳確」（《雍正畿輔通志・凡例》），所以清雍正七年「詔天下重修通志，上之史館，以備大一統之採擇」。此志較康熙志資料翔實，並糾正了康熙志的錯誤與疏漏。

　　《（雍正）畿輔通志》卷四十九收錄完縣木蘭故事

　　《（雍正）畿輔通志》卷八十七列女收錄木蘭故事

　　《（雍正）畿輔通志》卷一百十七收錄《木蘭詩》

《（雍正）河南通志》

　　地理志，清田文鏡，鄒升恒，王士俊等纂修。雍正八年抄本七十二卷，雍正十三年刊本爲八十卷。《四庫全書總目》著錄。全書分爲四十三目：聖製、輿圖、沿革、風俗、古蹟、孝義、列女、藝文等等。對前代《河南通志》有較多的增補。

　　《（雍正）河南通志》卷四十八收錄孝烈將軍廟故事

　　《（雍正）河南通志》卷七十三收錄木蘭詩

　　《（雍正）河南通志》卷七十四收錄邑人詠孝烈將軍廟詩

《（嘉慶）大清一統志》

　　地理志，五百六十卷，清穆彰阿、潘錫恩等纂修。全書體例在前兩志的基礎上進行了一些增補。

　　卷十五中記錄清高宗巡幸完縣東的孝烈祠，並題詩留念。

　　卷一百二十九收錄木蘭故事，認爲木蘭姓魏氏，隋恭帝時人

　　卷三百三十八收錄黃陂木蘭山傳說

《（光緒）安徽通志》

　　地方志，三百五十卷，補遺十卷，光緒年間重修。體例在道光安徽通志的基礎上增爲一紀十一志，部分類目有變動。另外，增入咸豐、同治兩朝的

事蹟，因而篇幅也爲之大增。

卷二百八十四中「潁州府」條，收錄木蘭故事，認爲木蘭姓魏，一名花弧，爲隋恭帝時人。後因拒婚，自殺身亡，追封爲「孝烈將軍」。

三、戲曲小說

《壺天錄》

志怪小說集，三卷，清百一居士撰。作者眞實姓名無可考。據書中所記，知爲光緒年間江蘇淮陰人。內容多記天地異象、災祥、人事、鬼怪、奇異等。書名係取壺中見天，小中見大之意，即以日常山川怪異、忠孝節義皆爲昭示天道的現象，旨在勸善懲惡。有《申報館叢書》本、《清代筆記叢刊》本、《筆記小說大觀》本。

卷上記錄一個普通平民女孩在戰亂時期，改扮男裝遊歷各省的傳奇事蹟，認爲女子的智慧即使是聰慧的男性也有所不及，以木蘭易裝故事爲比對。

《堅瓠集》

筆記小說集，六十六卷，清褚人穫撰。凡首集至十集每集四卷，續集四卷，廣集、補集、秘集各六卷，餘集四卷。有道光十二年（1832）尋春書屋刊本、民國間《清代筆記叢刊》本與《筆記小說大觀》本、民國十五年（1926）柏香書屋鉛印奉。

廣集卷一「女丈夫」條，錄木蘭故事，認爲木蘭爲商丘人。並同時收錄其他女性女扮男裝故事。敘述簡略，盡具故事梗概，與《木蘭詩》大致相同。

《雙兔記》

清代傳奇，清禮恭親王永恩撰，爲《漪園四種》中的一部。有清乾隆禮親王府刻本，四十齣，十六冊。

故事基本延續《木蘭辭》情節和《雌木蘭》人物設置，稍有變動。故事敘述北魏時期，賊寇作亂，皇帝下令徵兵。花父年老體衰，長女木蘭受菩薩啓示決定替父從軍，並通知未婚夫王青雲家。木蘭征討黑山時受到敵方豹千金愛慕，豹千金爲和木蘭結婚暗中幫助木蘭攻打黑山。成功剿匪後，木蘭得勝還朝表明身份受封一品夫人。

《雙兔記》繼承《雌木蘭》故事，但將木蘭的夫婿王生的戲份加重，將木蘭與王生的婚約提前至木蘭從軍之前，增加豹千金愛慕男裝的木蘭的情

節，爲木蘭隨行的士兵姓名爲何如古、莫欠珠。暗示其有眼無珠，同行十二年不辨木蘭眞實身份。木蘭家養雙兔，難辨雌雄，以此爲傳奇之名，本劇充滿建功立業的英雄豪情，以木蘭之口多次提出優秀的女子遠勝於男，女性也應靠自己的本領建功立業的言論。《雙兔記》中對《雌木蘭》的改編被後來的《閨孝烈傳》和《花木蘭征北鼓詞》繼承。

《北魏奇史閨孝烈傳》

章回小說，共十二卷四十六回，清張紹賢撰。張紹賢字爾修，自署籍貫爲「閩川」，但在《福建通志》的人物傳、選舉志等材料中均未發現此人記載。原書前有鐵庵梅道人序云：「以予所聞，女將最著莫過於北魏之木蘭女代父戎邊十二年，人不知其女也。因寫圖繫詩，以寄慨焉。」

本書內容大致是根據《木蘭辭》改編，並採用徐渭《雌木蘭》中部分人物姓名，在情節人物方面也受到了《雙兔記》的影響。故事敘述北魏拓跋珪時，黑山賊首賀虎，率十萬賊寇，企圖攻打北魏。北魏朝廷在民間大量徵兵，花木蘭父親身在軍籍但年老體衰，不能出征，木蘭女扮男裝替父從軍在戰場上屢建戰功。花木蘭在小紅山招安敵軍時被扣爲人質，被迫與小紅山賊首趙讓表妹盧玩花公主成親。木蘭不得已向盧玩花道出實情並求得諒解，並許以玩花將來同嫁王青雲，二人結爲姊妹。盧玩花在黑山做內應，木蘭率軍渡過黑河，進剿黑山。與此同時，木蘭未婚夫王青雲考中狀元奉旨監軍，奉命調來紅衣大炮攻打黑山，剿滅賊寇。盧玩花在魏主論功行賞之時道出木蘭女扮男裝實情，魏主欣賞木蘭節孝無雙，封其爲節孝一品夫人，將木蘭官職轉贈其弟花芳，並榮封花氏夫婦。盧玩花被爲忠義夫人，二女同歸王青雲。《閨孝烈傳》是最早以木蘭爲主角的長篇小說，對木蘭故事的發展影響較大，鼓詞《花木蘭征北》中的部分情節設置就沿襲了《閨孝烈傳》。

本書有道光三十年（1850）藏德堂刻本。1990 年上海古籍出版社出版簡體橫排本，1991 年黃山書社出版橫排本，均爲道光本重新標點重排。

《忠孝勇烈奇女傳》

又名《忠孝勇烈木蘭傳》、《木蘭奇女傳》，四卷三十二回，清嬴園舊主著。

故事敘述隋末唐初之時，朱若盧孫女朱木蘭爲木蘭山神下凡，自幼聰慧，文武兼備，又能通曉三教精義。喪吾和尙傳授木蘭佛法與寶劍，並告知其日後當有一番大作爲。時值唐太宗征討突厥，木蘭女扮男裝代父從軍，在軍隊

中受到了祖父昔日好友尉遲恭李靖的賞識和保護。木蘭在征戰過程中遭遇妖狐，以靈符破狐妖妖術，大破玉門關，凱旋途中在五台山遇儒學大師，聞孔孟之道。木蘭得勝還朝後，受封爲武昭侯。木蘭上表陳情，道出實情不願入朝作官。太宗改封木蘭爲武昭公主。後因唐太宗聽信讒言，第三次召木蘭入京，木蘭三上陳情表，執劍剜心，以明其忠貞之志。太宗大悔，諡木蘭爲貞烈公主，題其坊曰「忠孝勇烈」，葬於木蘭山下。

《奇女傳》的藝術成就較差，雖題名爲木蘭的傳奇故事，但木蘭在故事的三分之一時才出現，對於人物的性格形象描述較爲枯燥平面，不及《閨孝烈傳》生動傳神。該書大部分內容宣揚易經佛道教知識，並將李靖尉遲恭程知節等人故事融入其中，應該受到了《隋唐演義》的影響。《奇女傳》中的木蘭一改此前木蘭故事中，木蘭的平民少女形象，此書中朱氏木蘭爲木蘭山靈下凡，祖父朱若虛家資巨富並結交了當朝名人異人，木蘭也受到了高人指點和高官的護祐，以及自家家將的保護，從進入軍隊開始就成爲高級軍官，遠離士兵群居生活，易裝的身份由上司的保護，同其他木蘭故事頗不相同。而清代通俗木蘭故事中通常會有木蘭的婚戀情節，《奇女傳》則在喪吾和尚教授木蘭佛法之時就告誡木蘭要成爲上等女子首先要遠離世俗的情慾與婚姻，而在結尾中也將元代「孝烈將軍」逼婚而死的結局改爲太宗誤聽讒言猜忌木蘭有害社稷，木蘭因此自盡。全書中刻意避免了木蘭從易裝到婚姻中任何可能出現的異性糾葛，維護了木蘭純潔神靈的形象。《奇女傳》對於木蘭故事的影響較大，清末小說《花木蘭歷史演義》和《木蘭寶卷》就直接繼承了《奇女傳》的故事結構和情節設置。

該書版本較多：有道光七年（1827）淦川周彙宗跋刊本、光緒四年（1878）常州樂善堂刊本、光緒四年重刊常州道生堂藏板本、光緒十九年品文堂刊本、光緒十九年積善堂刊本、光緒二十二年上海文宣書局刊本、光緒三十一年文在茲善書坊刊本、光緒三十三年大盛堂刊本等。

《隋唐演義》

章回小說，二十卷一百回，清褚人獲編輯，今存四雪草堂本。首有褚人獲序，末署「康熙乙亥（三十四年，1695）冬十月既望長洲褚人獲學稼氏題於四雪草堂」。次有《隋唐演義原序》，末署「正德戊辰三年，仲春，花朝後五日，賜進士出身、資政大夫、南京參贊機務、兵部尚書致仕、前吏部尚書、國子監祭酒、左春坊左諭德兼經筵日講官、同修國史三山林瀚撰」。《隋唐演

義》中第五十六回至六十二回中敘述木蘭替父從軍故事，但與《木蘭詩》情節不同，講述木蘭與竇線娘的姐妹情誼以及木蘭妹妹又蘭與羅成的感情糾葛故事。時代爲隋末時期，木蘭姓花氏，爲突厥人。突厥可汗與劉武周勾結欲攻打中原，故招兵買馬，木蘭之父身在軍籍，但年老體弱不能出征，木蘭代父從軍，易裝而行。一年後花父病逝，母親袁氏改嫁。木蘭在戰場上被夏公主竇線娘俘虜，並交代眞實身份，得到線娘的同情，兩人結爲姐妹。竇建德兵敗後，線娘與木蘭投降唐主，二女孝心得到竇后嘉獎，木蘭得賞還鄉並約定爲線娘帶信給其未婚夫羅成。突厥曷娑那可汗欲納木蘭爲妃，木蘭不從，命妹妹又蘭代替自己送信，後自刎而死。《隋唐演義》裏面的木蘭故事中主角爲竇線娘，木蘭易裝改服替父從軍的傳統故事不在故事主線之內，木蘭僅爲配角，勾連了竇線娘及花又蘭與羅成的姻緣，木蘭的易裝從軍和改裝回歸等情節比較簡略而不及其他同時期小說戲曲中生動細緻符合情理。唐宋人盛讚木蘭忠孝，而此處木蘭對於自己的國家則表現出了無所謂的態度，只爲自己的父親與家庭才易裝從軍，被竇線娘俘虜後輕易就承認了自己的女性身份並與線娘成爲姐妹，而木蘭結局又融合了元代孝烈將軍故事中昏君逼婚情節，讓木蘭自盡身亡。

《隋唐演義》中的木蘭故事對後世戲曲有一定影響，傳奇《馬上緣》就以此故事爲藍本，情節幾乎一致。

《馬上緣》

清代傳奇，吳梅岑撰，《今樂考證》著錄。現存清道光間烏絲欄稿本《今樂府選》所收本。題《馬上緣》，署名吳梅岑，現存十四齣，吳梅岑生平不詳。

故事敘述隋末時期，竇線娘與羅成的愛情故事。竇線娘在征戰過程中結識替父從軍的花木蘭，並與木蘭結拜爲姐妹欲撮合木蘭與羅成婚姻。木蘭歸鄉後，狼主得知實情向木蘭求婚，花父已經同意，但木蘭堅決不從。木蘭妹又蘭受姐姐託付去幽州見羅成，木蘭自盡而亡。狼主爲之建塋立碑，春秋二祭。此故事出於《隋唐演義》。

《花木蘭》

子弟書，清蒙古車王府藏本，共六回。

故事敘述木蘭姓花氏，年方十六，美貌多才，跟隨父親學習武藝，志向遠大，有建功立業之心。適逢朝廷點兵，花父年近七十，患腳氣病多年，難

以行走，木蘭欲替父從軍。其後大段鋪敘父母對女兒的不捨和家人離別之情。木蘭離家後遇到年輕英俊的軍官柳青，木蘭對柳青十分信任依賴，在軍隊柳青也主動關懷木蘭的心理狀況並提供保護，但故事到此並未完結。

子弟書用了大部分文字來鋪敘木蘭與父母的感情，和父母如何不捨年輕的女性走出家門承受艱辛的軍隊生活，生動體現了親子之愛。故事雖未完結，但木蘭在易裝生活中結識年輕軍官並產生曖昧情愫的情節，在木蘭故事中是首次發生。此前的木蘭故事都避免了木蘭易裝後與異性的接觸以維護孝女的貞潔形象，而婚戀情節多發生在女性之間或是由家庭作主訂婚的未婚夫中。

《繪圖花木蘭征北鼓詞》

又名《新編唐李淵選將征北鼓詞，鼓詞，錦章圖書館石印本，1924 年版。共二十五回。

故事敘述唐初時期，高祖徵兵討伐賊寇豹子頭賀虎。花木蘭父親花弧年老體衰無法出征，木蘭替父從軍，進入軍隊征討摩天嶺。木蘭足智多謀善於用計，詐降進入敵軍與敵方樂天公主成婚，木蘭對公主表明身份，取得原諒。後在樂天公主的幫助下，攻破黑山，得勝還朝。天子封賞，木蘭上述表明實情，受封為乾國公，與王青雲成婚。鼓詞描述感情細膩豐富，對於木蘭父母對於女兒的不捨和木蘭出征後懷念家鄉親人的心理活動敘述的生動傳神，婉曲動人。在木蘭的雙性婚姻中也用了大量心理活動描寫突出了兩個女性的不同心裏矛盾和化解問題後日漸深厚的姐妹情誼。對於木蘭征戰經歷情節描述得較此前的小說和戲曲更為細緻生動，另外豐富了花木蘭弟弟妹妹甚至是家中丫鬟的故事，這幾位人物分別出現在《木蘭詩》《雌木蘭》《雙兔記》《閨孝烈傳》中，但都僅僅一筆提過，沒有展開。鼓詞中豐富了原故事中次要人物的人生，木蘭弟弟花聰同姐夫王青雲一同上京趕考，中第二名武舉，與王青雲同赴戰場協助姐姐，突出描述了小將花聰年輕剛勇略帶魯莽的性格和勇武無雙的本領。妹妹紅蘭表現出對姐姐的崇拜，不願嫁人，而代替姐姐在家中承擔起侍奉雙親照料弟弟的責任，紅蘭後嫁與受過木蘭救命之恩的軍官馬樂。而家中侍女秋羅也有了一定的戲份，她受到木蘭囑託照料木蘭一家，表現出對於木蘭大小姐的忠貞，不願早嫁離家，惟願同主人家團圓一處等待木蘭凱旋。後秋羅在木蘭回歸後嫁與木蘭結識的軍官史猛。故事中的所有正面人物都被安排了大團圓結局。

本書版本眾多，除錦章圖書館本還有清京都文和堂本刻本；上海江東茂

記書局民國十八年石印本；上海大成書局民國二十年石印本等等。〔註20〕

《花木蘭歷史演義》

章回小說，上海競智書局民國十四年石印本。

故事與《木蘭奇女傳》基本相同，甚至大量摘錄了《奇女傳》的文字，但改變了《木蘭奇女傳》中的人物姓名，改用《雌木蘭》中的花氏姓名，並採用《雌木蘭》中的大團圓結局，融合了《木蘭奇女傳》與《雌木蘭》。

《木蘭寶卷》

又名《木蘭寶傳》寶卷，兩卷，原題江漢散人一清撰。民國甲子春重刻，林上輝刊。前有人物繡像，其中木蘭與父母為一幅，木蘭戎裝，面目清秀。

本書是《木蘭奇女傳》的改編，其故事情節和絕大部分敘述同《奇女傳》相同，韻散結合，宣揚佛法。

《木蘭從軍》

四川唱本，成都思賢堂民國二十四年石印本。分為《木蘭從軍》、《木蘭出塞》、《木蘭榮歸》、《木蘭受封》四冊。封面為木蘭戎裝圖，畫風簡約。

故事情節與《木蘭詩》基本相同，但略去木蘭在軍隊中征戰部分，主要表達家庭親子之情。主要人物為木蘭、木蘭父母、木蘭弟弟，故事大段鋪敘木蘭與家人離別的不捨和木蘭離家後父母弟弟對她的深切思念，關於木蘭的易裝和戰場廝殺只用一句帶過。

四、版畫繪畫

《花木蘭》

乾隆年間木版畫，線繪彩版，畫工不詳。收錄於《中國木版畫集成·日本藏品卷》。

海社美術館藏。圖中木蘭面容清秀，手持長槍，戰馬在其身後。木蘭頭戴兜鍪，但身著女裝，青衣綠裙。

《木蘭從軍》

清末楊柳青版畫，橫四裁，半印半繪，聖彼得堡俄羅斯社會科學院彼得

〔註20〕李豫等編著：《中國鼓詞總目》，太原：山西古籍出版社，2006 年版，第 615 頁。

大帝人類學與民族學博物館藏。收錄於《中國木版畫集成·俄羅斯藏品卷》。

　　畫中展現木蘭戎裝像，手持長槍，身帶弓箭。

《古裝仕女之花木蘭》

　　四條屏，清末，墨版印刷，谷風堂藏。收錄於《中國木版畫集成·上海小校場卷》。

　　圖中木蘭身著鎧甲射箭，用蘭花指展現女性特質。

《花木蘭》

　　繪畫，畫工不詳。收錄於《新增百美圖說》光緒十三年石印本。

　　圖中木蘭戎裝，頭戴兜鍪與戰馬並立。

《唐木蘭》

　　繪畫，吳有如繪。收錄於《吳有如畫傳》，中華圖書館民國五年石印本。

　　圖中展現木蘭離家，父母親人相送場景。題為唐木蘭，認為木蘭為唐代時人。

《代父從軍》

　　繪畫，清俞葆真繪，收錄於《百孝圖》，清同治十年刻本。

　　畫中展現木蘭戎裝離家，父母相送，依依不捨的場景。

第二章　木蘭故事與孝文化

　　孝文化是中國文化中最爲重要的部分之一，它源於人類最原始的愛和對生命給予者的感恩。對父母的孝的感情是人類本能，又在人類文明的進程中轉化成一種道德倫理，進而成爲社會制度，演變爲「孝德」「孝道」。孝文化被視爲中國文化的表徵之一，對於中國歷史的發展有著重要意義。蕭群忠先生認爲：「傳統中國文化在某種意義上，可稱爲孝的文化傳統中國社會，更是奠基於孝道之上的社會，因而孝道乃是使中華文明區別於古希臘羅馬文明和印度文明的重大文化現象之一。在傳統的中國社會與文化中，孝道具有根源性、原發性、綜合性，是中國文化的一個核心觀念與首要文化精神，是中國文化的顯著特色之一」〔註1〕孝文化也是具有普世價值的文化，它不僅僅是封建時代的核心價值觀，而且對現代精神文明建設依然有著積極意義。木蘭故事中的孝文化主題是木蘭形象成爲文學文化史上的典範人物的最重要原因，也是木蘭故事在千餘年的故事流變中，始終受到關注、較爲恒定的主題。在孝文化主題的籠罩下，木蘭易裝出走、進入男性世界獲取功名的「越界」行爲不僅不是對禮教秩序的背離，而且成爲近似於奇蹟的英雄傳奇，被主流文化接納並歌頌宣揚。木蘭故事的孝文化主題首先暗含於源頭故事《木蘭詩》之中，但並沒有明確的議論性文字強調木蘭從軍的道德因素；在唐代，木蘭故事中的「孝」被韋元甫發掘出來，並提升至「忠孝兩全」的高度；宋元時期的木蘭故事中的孝文化書寫延續了唐代對於木蘭孝道的定義，並隨著故事的廣泛傳播和孝文化的民間化，木蘭在這一時期成爲了孝女模範；明清的木

〔註1〕蕭群忠：《中國孝文化研究介紹與摘要》，《倫理學研究》，2004 年第 4 期，
　　　　第 107 頁。

蘭故事對於孝文化的書寫中，孝女與眾不同的能力得到了重視。而從明代開始，敘述木蘭故事文體開始有通俗文學出現，雜劇《雌木蘭》成為了故事中的新經典，通俗文學中不僅僅將木蘭奉為道德典範，同時也使得父母子女間天然的親情得到了最大的凸顯。從北朝到清代，木蘭從質樸的民間少女開始轉變為高尚的道德典範，她的品德與成就得到了讚揚和崇拜，而故事中的天然親情則隨著通俗文學的發展重新回到文本當中。木蘭的孝道使得她成為了受人矚目，並具有強大影響力的孝女偶像，木蘭故事也被作為勸孝的文獻在民間迅速傳播，廣泛接受。

本章從孝文化的角度關注木蘭故事，首先進行文化溯源，追溯孝文化在文學中的發展脈絡，總結文學文化中的孝文化發展演變軌跡。然後將木蘭故事置於孝文化背景之下，分析其生成、發展、興盛的演變軌跡，進而揭示其內在的文化內涵。

第一節　孝文化溯源

「孝」的觀念來源於人類最為原始的親情，從周代時起，制度化儀式化的孝文化就開始發展，表現為對祖先的尊崇和祭祀。在春秋戰國之時，孝文化開始由國家行為向家庭內對父母的尊重孝養方向轉變，如《蓼莪》詩中所云子女對於父母撫養之恩的感慨：「父兮生我，母兮鞠我。拊我畜我，長我育我。顧我復我，出入腹我。欲報之德，昊天罔極。」〔註2〕而真正確立了比較系統化的孝道理論，並影響後世文化走向的是儒家學者。漢代以後，隨著儒家思想經由政治權力的推動成為官方的政治思想之後，在日漸理論化制度化的孝文化中，對於社會不同階層以及不同社會分工的兩性，開始出現了不同的要求和更加詳細的規定。伴隨著文學體式的演進，孝女文學經歷了從史傳、詩歌、文言小說、筆記、乃至通俗文學作品的演變歷程。先秦到漢代時期的孝文化中，很少有關於女性孝德和孝女故事的記錄，而直到唐代之後針對女性的孝德教化隨著孝文化的發展開始出現，《列女傳》和正史、詩歌、文賦、筆記小說中都收錄了有著高尚道德和傑出成就的女性故事，關於女性的道德教育課本如《女孝經》等也隨之出現。這些女性偶像故事的傳播促使了民間文化中對於孝德孝道的接受，同時也使得偶像的傳奇故事得以成為文學中的常見素材。木蘭故

〔註2〕程俊英，蔣見元：《詩經注析》，北京：中華書局，1991年版，第569頁。

事的孝文化主題與社會孝文化尤其是孝女文化的發展變化息息相關。

一、唐前孝文化：女性缺席的孝文化

　　先秦儒家學者對於孝文化的理論首先體現在儒家經典作品《論語》之中。以孔子爲代表的先秦儒家學者將「孝」與「仁」聯繫在了一起，將孝道文化從血親的感情上升爲一種哲學。《論語・學而》中就指出：「孝悌也者，其爲仁之本與」〔註3〕、「弟子入則孝，出則悌，謹而信，泛愛眾，而親仁。」〔註4〕儒家思想將存在於原始感情中的天然的「孝」提煉出來，並將其上升爲「仁」的哲學高度，由己及人，向他人和全社會推廣延伸以達到建立「老者安之，朋友信之，少者懷之」的理想社會。孟子繼承了孔子的理論，將源於人類本心的「孝」作用於政治理論，推廣宣揚「仁政」的思想。孔孟時代的儒家思想理論和其他哲學思想已經上升到相當的高度，但社會生產力顯然沒有與思想家的理論高度相配合。在這一時期內，相對先進的封建社會沒有完全建立起來，加上各個諸侯國之間的頻繁戰爭和政權更迭使得普通民眾的生活雪上加霜，孟子學說中保證老人老有所養的孝道理論和建構和平富裕王國的想法正是在這個人民生活朝不保夕的時代中產生。在孔孟等先秦儒家思想家的理論中，個人的情感必須上升到國家行爲，國家的政策也必須保護個人的美好情感。「仁政」就是君主最明智的選擇，反之則會：「今之制民之產，仰不足以事父母，俯不足以畜妻子；樂歲終身苦，凶年不免於死亡。」〔註5〕在經過了先秦學者如孔子孟子等人對於孝道理論的建構之後，儒家經典《孝經》的出現意味著孝文化理論的奠定，而《孝經》也伴隨著儒家文化在思想界的統治地位成爲文化經典，影響後世。《孝經》一書作者不詳，千百年來，學者們眾說紛紜，論戰不休，有認爲孔子所作，如《漢書藝文志》記載：「孝經者，孔子爲曾子陳孝道也。夫孝，天之經，地之義，民之行也。舉大者言，故曰孝經。」〔註6〕東漢鄭玄也在《六藝論》中提出：「孔子以六藝題目不同，指意殊別，恐道離散，後世莫知根源，故作《孝經》以總會之。」〔註7〕；宋儒

〔註3〕　【宋】朱熹：《論語集注》，濟南：齊魯書社，1992年版，第2頁。
〔註4〕　【宋】朱熹：《論語集注》，濟南：齊魯書社，1992年版，第4頁。
〔註5〕　【清】焦循：《孟子正義》，北京：中華書局，2010年版，第5頁。
〔註6〕　【漢】班固：《漢書・藝文志》，北京：中華書局，1962年版，第1362頁。
〔註7〕　【宋】邢昺：《孝經正義》，出自《十三經注疏》，北京：中華書局，1980年版，第2539頁。

則提出可能爲孔子學生曾子或是曾子門人的總結整理，如晁公武在《郡齋讀書志》中指出：「今其首章云：『仲尼居，曾子侍。』非孔子所著明矣。詳其文意，當是曾子弟子所爲書也。」〔註8〕朱熹也認爲：「《孝經》，『夫子曾子問答之言，而曾氏門人之作記也。』」〔註9〕此說影響較廣，今人多有認同，但不管作者爲何人，《孝經》此書都基本反應了先秦儒家學者的孝理論，是對先秦孝德思想的總結之作。《孝經》將先秦儒者的孝道思想建構成一個完整的體系，將「孝」奉爲道德的本原：「夫孝，德之本也，教之所由生也。」〔註10〕並將孝道政治化，如《三才章》云：「曾子曰：『甚哉，孝之大也！』子曰：『夫孝，天之經也，地之義也，民之行也。天地之經，而民是則之。』」〔註11〕讓孝道思想成爲天地間最合理的秩序，從而獲得支持政治制度的通行證，提出「夫孝，始於事親，中於事君，終於立身。」的思想〔註12〕，將孝由個人的倫理道德向國家性的政治倫理轉化，其「以孝治天下」的思想對後世的社會管理模式有著重要的意義。《孝經》在漢代就受到了統治階層的高度重視，在北宋時成爲「十三經」之一，被奉爲儒家學說的經典，對後世建設孝文化影響極爲深遠。

經過了先秦學者的理論建構之後，漢代的孝文化有了新的發展。儒家思想借由皇權的力量統一了思想界，存在於先秦理論中的「以孝治天下」在漢代眞正成爲了被付諸實踐的政治理論。本來發自人們內心，作爲一種個人美德的「孝」在漢代成爲社會秩序，並首次被納入到法律當中，成爲漢代「孝治」的重要措施。如漢文帝十二年頒詔曰：「孝悌，天下之大順也；力田，爲生之本也；三老，眾民之師也；廉吏，民之表也……其遣謁者勞賜三老、孝者帛，人五匹；悌者、力田二匹；廉吏二百石以上率百石者三匹。及問民所不

〔註8〕 【宋】晁公武編，孫猛校：《郡齋讀書志校證》，上海：上海古籍出版社，1990年版，第125頁。

〔註9〕 【宋】朱熹《孝經刊誤》，選入《四庫全書》，上海：上海古籍出版社，1987年版，第105頁。

〔註10〕 【唐】李隆基注：《孝經注疏》，上海：上海古籍出版社，2009年版，第3頁。

〔註11〕 【唐】李隆基注：《孝經注疏》，上海：上海古籍出版社，2009年版，第28頁。

〔註12〕 【唐】李隆基注：《孝經注疏》，上海：上海古籍出版社，2009年版，第5頁。

便安，而以戶口率置三老、孝、悌、力田官員，令各率其意以道民焉。」〔註13〕由政府設立官員監督民間行爲，並實施獎勵。在人才選拔方面，是否有著被廣爲認可的孝行也成爲了最重要的一條。漢武帝時詔令官員「令二千石舉孝廉」、「初令郡國舉孝廉各一人」，中央政府令地方長官們推舉本地品德優秀有出眾孝行的人進入中央，再經過朝廷考核後被分配到各地成爲各級官員。這一制度在初期能夠比較有效的選拔人才，穩定基層秩序，維護統治的穩定，董仲舒就指出：「臣愚以爲使諸列侯、郡守、二千石各擇其吏民之賢者，歲貢各二人以給宿衛，且以觀大臣之能。所貢賢者有賞，所貢不肖者有罰。夫如是，諸侯、吏二千石皆盡心於求賢，天下之士可得而官使也。遍得天下之賢人，則三王之盛易爲，而堯舜之名可及也。」〔註14〕

在「孝」成爲漢代的基本國策之一和人才選拔的標準之後，孝道理論開始成爲知識界的熱門學問。漢武帝時，置《孝經》博士，增設《孝經》成爲儒家經典之一。元平元年秋七月，大將軍霍光奏議曰：「禮，人道親親故尊祖，尊祖故敬宗。大宗毋嗣，擇支子孫賢者爲嗣。孝武皇帝曾孫病已，有詔掖庭養視，至今年十八，師受《詩》、《論語》、《孝經》，操行節儉，慈仁愛人，可以嗣孝昭皇帝後，奉承祖宗，子萬姓。」〔註15〕漢宣帝能夠成爲帝王侯選人顯然有著更爲複雜的政治原因，但在他公開的知識背景中，學習過《孝經》值得一提就說明在漢代之時，《孝經》已經成爲皇子教育中必不可少的一部經典。在地方上的學校教育中，《孝經》也成爲了重要的科目，平帝元始三年，安國公上奏：「序癢置《孝經》師一人。」《四民月令》中也稱：「十一月，研水凍，命幼童讀《孝經》、《論語》等篇章。」除教育外，政府還將引導當地民眾思想、廣施教化的行爲設定爲地方官員必備的職責，使孝道思想的尊親孝養的行爲成爲社會風俗。《後漢書·百官志一·司徒條》載：「司徒，公一人。本注曰：掌人民事。凡教民孝悌、遜順、謙儉，養生送死之事，則議其制，建其度。」《漢書·韓延壽傳》中載：「（韓延壽）所至必聘其賢士，以禮待用，廣謀議，納諫爭。舉行喪讓財，表孝悌有行。修治學官⋯⋯又置正、

〔註13〕　【漢】班固：《漢書》卷4《文帝紀》，北京：中華書局，1962年版，第22頁。

〔註14〕　【漢】班固：《漢書》卷56《董仲舒傳》，北京：中華書局，1962年版，第2513頁。

〔註15〕　【漢】班固：《漢書》卷8《宣帝紀》，北京：中華書局，1962年版，第238頁。

五長，相率以孝悌」〔註16〕。自上而下的孝德教育和政治制度讓孝的思想浸潤到人們的精神世界之中，促使民眾認同孝德思想，進而使人們更加認同「以孝治天下」的統治秩序，緩和了一部分社會矛盾，對促進社會安定發展起到了不小的作用。

先秦時期的孝文化中幾乎沒有有關於女性孝行規範與女性孝行故事的記錄，在這一時期，比較系統化的關於女性的道德標準還沒有被建立起來，女性被排除在了孝文化的理論之外。在漢代表彰女性的道德，記錄女性故事的《列女傳》中，劉向將上古到當代的優秀女性分為：母儀、賢明、仁智、貞順、節義、辯通六類。分類的標準說明了這一時期主流文化中對於女性道德的要求，孝作為儒家文化推崇，男性極為重視的品德並沒有出現在表彰女性道德的傳記之中。在著名的孝道理論經典著作《孝經》中，孝子是經常出現的詞彙，而孝女、孝婦則不見蹤影。後世與木蘭齊名，經常並列出現的孝女偶像緹縈則在劉向《列女傳》中被列為「辨通」一類。東漢才女班昭撰寫了對後世影響極為深遠的《女誡》，明確女性應該遵守的道德規範，而作為當時已經成為政治制度的「孝」仍然不在女性道德的範圍之內。《後漢書‧列女傳》中收錄了十八位優秀的女性，她們被表彰的原因以貞潔柔順為主，有孝行者僅為曹娥、趙娥、叔先雄三人。在先秦兩漢的時期內，孝文化經由儒家學者的理論化和政治權力的推行，開始成為社會主流文化，成為了道德標準和人才選拔的制度。孝文化與政治緊密聯合，是男性進入政治中心的必經之路，相對遠離政治的女性自然不在孝文化籠罩的範圍之內。無論是《禮記內則》、《列女傳》還是女性自己撰寫的《女誡》，柔順都是重要的女性美德，順於娘家長輩和夫家長輩就可以在某種程度上達到女性的道德標準。

漢代以後的魏晉南北朝時期，少數女性的孝行開始出現於正史列女傳中。如《晉書‧列女傳》中王廣女為父復仇的事蹟、《魏書‧列女傳》中的貞孝女宗、河東孝女姚氏、平原女子孫氏事蹟等等。這些女性為親復仇的壯舉和極端的孝行受到了歷史書寫者的注意，她們的事蹟被記錄下來，但沒有一個專門的門類來定義這些女性。在南北朝的戰亂時期，統治階層利用孝文化使政權合理化，鞏固統治秩序，男性通過孝行得到了榮譽和利益，而女性的孝行被掩蓋起來，沒有得到充分的重視。但女性的德行在這一時期並非完全

〔註16〕 【漢】班固：《漢書》卷76《韓延壽傳》，北京：中華書局，1962年版，第3211頁。

受到忽視，《隋書・經籍志》中就收錄了約十種「列女傳」一類的女性故事文獻，還有杜預的《女記》和不著撰人的《美婦人傳》等文獻。女性的才華、美麗成爲了文學中歌詠的對象，某些女性美德也受到了重視，而作爲所有男性士人應該遵守的道德規範「孝」則極少在女性故事中出現。這並非說是女性不具有孝的美德，而是女性的孝沒有得到官方的應有重視。勞悅強先生認爲女性孝行罕見於唐前的正史記錄中，與《孝經》的三段式孝道有關，女性無法從這部經典的孝道理論著作中獲得實際生活的指導，她們的孝行也無法進入史冊〔註 17〕。木蘭故事在北朝時期產生，但在《木蘭詩》的敘述之中，木蘭的孝行沒有得到直接的評論，而是隱藏於敘述之中，通過故事的開展和人物的經歷讓讀者感受女英雄木蘭對於父親淳樸自然的孝與愛。《木蘭詩》的中隱藏於文本中的孝元素既與民歌特質有關，也與唐前孝女記載極少的孝文化發展軌跡有著一定的關係。

二、唐代的木蘭故事孝文化：女孝重於婦孝

　　木蘭的孝被首次明確的提出是在唐代的文本之中，而唐代也是孝女開始出現在正史中的時期。唐代鄭氏撰有《女孝經》一書，仿照《孝經》的模式，提出了針對於女性的孝德標準和孝行指導。《女孝經》的出現補充了此前孝道理論中關於女性的缺失，開始將女性置於社會孝文化的範圍之內。除此之外，唐代有關於女性道德規範的女訓書籍開始大量出現，影響較廣的有宋若莘的《女論語》十卷。《論語》與《孝經》本爲儒家經典，是所有知識分子必備的知識背景，仿照儒家經典體例，針對於女性的《女論語》、《女孝經》的出現則說明了在唐代女性的道德教化開始受到重視。兩唐書中對於女性孝行的記錄也較前代開始增加，在 56 名女性之中，因爲孝行而被記錄和表彰的女性達到了 10 人，在比例上大大超過了前代。而中國歷史上唯一的女帝武則天則撰寫了《孝女傳》二十卷，雖然此書現今不存，但僅從書名就可以得知，「孝女」在唐代開始成爲一個比較通行的名詞，女性的孝德也得到了統治階層的關注。唐代女性孝文化的另一個特點則是女之孝重於婦之孝，梳理兩唐書中所收錄的女性孝行故事中可以得知，女兒孝養本家長輩的故事多於媳婦對於夫家的孝。正史的記載不足以說明民間的實際生活，但正史史料的選擇可以反

〔註 17〕勞悅強：《〈孝經〉中似有還無的女性——兼論唐以前孝女罕見的現象》，《中國文哲研究集刊》，2004 年第 3 期。

映出主流文化對於女性孝德的態度。在門閥制度體制沒有完全失去其影響的唐代，女性與本家家族的聯繫仍然比較緊密，法律制度也在一定程度上支持本家家長掌控女性命運的權力。唐代女性孝行故事中出現了較多的爲父報仇、代父受刑等孝親行爲，如著名的謝小娥故事，這些爲了盡孝而破壞法律的女性幾乎都得到了赦免，並且得到了讚揚和賞賜。在唐代官方的文獻和文學作品中都強調了女兒對於本家的孝行，木蘭故事中木蘭對於父親的孝行也在唐代時期被文人發掘出來。韋元甫詩中「女勝於男」的論調本身就暗示著唐人對於女兒對於本家責任的重視。將木蘭故事置於整個唐代的孝女文化背景之中就可以發現，木蘭故事的孝文化元素在這一時期被發掘宣揚出來並非偶然，而是完美的契合了孝女文化的發展軌跡。

三、宋元明木蘭故事孝文化：開始深入民間的儀式化、通俗化的孝

宋元時期是木蘭形象逐漸偶像化經典化的時期，木蘭故事中的孝文化部分反覆被詩歌和筆記頌揚稱贊，木蘭開始由北朝詩歌中淳樸的少女轉變爲高高在上的道德偶像，其原本源於原始血緣之愛的孝行也被奉爲崇高的道德受到了主流文化的推崇。木蘭形象被奉爲孝女偶像得到了文人的一致讚揚，而伴隨著她的偶像化歷程，木蘭故事也得到了較快的傳播和廣泛的接受。但在另一方面，木蘭故事中道德元素的過多強調也抑制了故事中傳奇部分的發展。木蘭的典範化歷程與宋元孝文化的民間化發展有著密切的關係。宋元時期，孝文化從上層社會的政治制度、人才選拔的標準開始深入的普及到了民間社會，成爲百姓道德規範中最爲重要的核心內容。帶有勸孝意味的木蘭故事也伴隨著宋代孝文化的民間化、世俗化向社會的各個階層普及開來。同時，伴隨著女性教育的進步和社會對於女性道德的進一步強調，孝女偶像木蘭與曹娥、緹縈一樣都成爲了女性行爲的樣本存在於教育之中。

宋元時期的孝文化已經開始出現了通俗化、民間化的發展趨勢，而明代的孝文化則在這個方向上發展的更爲迅速。南宋時期上層精英知識分子推行的理學思想在明代時期被統治者封爲新的經典，並借由政治權利向全國各階層推廣。結束了異族統治，重新建立漢民族政權的政府試圖用純粹正統的儒家思想來建立起民眾對新政權的認同和歸順，在政策和教育等多方面重視著對於民間道德倫理的控制。明代的俗文學發展迅速，而百姓日常用書和收錄百姓禮儀生活民俗的通俗類書也在及宋代之後盛行開來，各種針對文化程度

不高的普通百姓的家訓、行為規範也較宋元時期發展的更快。洪武三十年九月，朱元璋親自制訂頒佈了通俗化的《教民六諭》（也稱《聖諭六言》）用來指導民間的道德行為：「孝順父母，恭敬長上，和睦鄉里，教訓子孫，各安生理，毋作非為。」〔註 18〕精英思想家王陽明在就任地方官時也撰寫過通俗鄉約來規範人民的行為，正德十三年的《南贛鄉約》中提出：「故今特為鄉約，以協和爾民，自今凡爾同約之民，皆宜孝爾父母，敬爾兄長，教訓爾子孫，和順爾鄉里，死喪相助，患難相恤，善相勸勉，惡相告戒，息訟罷爭，講信修睦，務為良善之民，共成仁厚之俗。」〔註 19〕而一些更為通俗的勸孝文獻則利用描述父母養育子女的艱難來打動讀者的天然孝心，如《夏津黃氏家訓》後附有勸孝歌：

> 世有不孝子，浮生空碌碌。不知父母恩，何殊生枯木。十月未成人，十月居母腹。渴飲母之血，饑餐母之肉。兒身將欲生，母身如殺戮。父為母酸心，母對父啼哭。惟恐生產時，身為鬼魅屬。一旦見兒生，母身喜再續。自是慈母心，日夜勤撫鞠。母臥濕簟席，兒眠乾茵褥。兒眠正安穩，母不敢申縮。全身在臭穢，不暇思沐浴。橫簪與倒冠，形容不堪錄……〔註 20〕

這種迎合普通人情感需求的勸孝文獻意在溫和的導向人心向善，穩定家庭秩序進而穩定國家秩序。應該承認的是，民間化的孝文化傳播對於教化民眾、宣傳美德、穩定底層社會起到了一定的作用，但也出現了一些問題。推崇孝道偶像和形式化孝儀導致了一些民間陋俗的盛行，殘虐生命的盡孝、儀式化的厚葬和毫無理由的順從都存在與明代的民間孝文化中。被世俗化和條文化的先鋒思想在明代的傳播和接受中已經開始慢慢失去鮮活的生命力而開始腐朽變質，普通百姓所接受的不再是系統化的、理性而充滿對時政批判力的思想，而是一些僵化的規定和摧殘人性的條文。通過自殘身體表達超人的孝道曾經在宋元時期出現，這種驚人之舉最開始得到了人們的關注、同情和讚美，但統治階層很快就發現自殘自虐、不合人性的「孝」完全不利於社會的穩定發展，愚孝帶來的惡性後果肯定大於推廣孝行的積極意義。

〔註 18〕《明太祖實錄》卷 255，洪武三十年九月戊辰條。

〔註 19〕【明】王陽明：《王文成公全書》卷 17《南贛鄉約》，明隆慶六年謝廷傑刻本。

〔註 20〕方學城，梁大鯤：《夏津縣志續編》，臺北：臺灣成文出版社，1986 年版影印本。

《明史・孝義傳》中記載了一件政府處理民間愚孝行爲的案例：

> 至二十七年九月，山東守臣言：「日照民江伯兒，母疾，割肋肉以療，不愈。禱岱嶽神，母疾瘳，願殺子以祀。已果瘳，竟殺其三歲兒。」帝大怒曰：「父子天倫至重。《禮》父服長子三年。今小民無知，滅倫害理，亟宜治罪。」遂逮伯兒，杖之百，遣戍海南。因命議旌表例。禮臣議曰：「人子事親，居則致其敬，養則致其樂，有疾則醫藥籲禱，迫切之情，人子所得爲也。至臥冰割股，上古未聞。倘父母止有一子，或割肝而喪生，或臥冰而致死，使父母無依，宗祀永絕，反爲不孝之大。皆由愚昧之徒，尚詭異，駭愚俗，希旌表，規避里徭。割股不已，至於割肝，割肝不已，至於殺子。違道傷生，莫此爲甚。自今父母有疾，療治罔功，不得已而臥冰割股，亦聽其所爲，不在旌表例。」制曰：「可。」〔註21〕

愚昧的平民試圖用殘酷的手段獲取榮譽，這宗發生在民間的案件被層層上傳驚動了中央，對於何種孝行的旌表事實上體現出了政府對於民間思想的控制，模仿「前賢」的殘酷愚孝存在於民間，人們通過自殘自虐來獲取榮譽感，並相信這種行爲使平凡人生神聖化，但政府則必須理性的控制任何可能威脅到統治的因素。旌表意味著鼓勵，極端孝行在某種特殊情況之下可能是感情的爆發和不理智的愛，但在宋代以後孝文化在民間的廣泛傳播中，越來越多失去理性和原本意義的「孝行」在民間出現。另一方面，政府對於高尚道德的旌表爲平民階層帶來了榮譽與利益，也引發了利益之爭。李夢陽曾有上奏：「正德六年六月，臣奉敕諭巡視江西學校，所過地方採訪風俗，布善德意。現得各府州縣多有篤行義士，貞烈婦女，率泯沒無聞。追問其故，皆言：窮鄉小戶，有善莫錄。即蒙有司申達，而輾轉核實，胥吏乘機勒取酒食財物，往往坐寢其事。」〔註22〕利益與榮譽使得原本純潔的高尚道德逐漸變質，而爲了榮譽迫使宗族中的女性做出違背其本性的極端孝行、極端貞烈行爲也時有發生。但在統治階層和主流文人的觀念中，過多的極端行爲其實並不值得讚賞推行。從明代中期之後，中央政府逐漸失去了對於民間強有力的管控力，

〔註21〕【清】張廷玉等：《明史》卷296《孝義傳》，北京：中華書局，1974年版，第7593頁。

〔註22〕【明】李夢陽：《空同先生集》卷39《請表節義本》，偉文圖書出版有限公司民國六十五（1976）年版，第1108頁。

不受推崇的儀式化孝行與殘酷極端的盡孝方式仍然不顧政府的反對大量存在於民間社會之中。這些具有極端行為的孝女偶像具有很強的榜樣力量，她們的行為為更多的女性提供的盡孝的樣範。木蘭故事也同樣是一個具有強烈暗示意味的女性偶像範本，木蘭神奇的孝行在明代被進一步突出出來，她純潔的道德與出眾的成就捆綁在一起，使其成為了女性偶像中引人注目的一位。從宋代到明代，伴隨著孝文化的民間化過程，木蘭的孝女形象進一步普及，而在孝女敘述中木蘭的孝女形象也開始由單純的道德高尚的偶像向傑出的、不可複製的偶像轉化。

四、清代木蘭故事孝文化：官方記載中的極端孝行與通俗文學中人性的覺醒

　　孝文化一直是封建社會中的核心文化，清代政府對待孝文化的態度與前代並無不同。以少數民族身份入主中原的滿族統治者試圖用正統的儒家文化來盡快籠絡人心，證明自己政權的合理性。所以，清代前中期的統治階層非常注重對於儒家正統的維護，以穩定國家秩序，推行教化，鞏固統治地位，「以孝治天下」的封建傳統治國方式在清代並沒有根本性的變化。但與前代有所不同的是，少數民族政權面臨著漢族知識階層或明或暗的抵抗和排斥，從清政府入關開始，直到康熙十二年三藩之亂被平息之後，帝國的形勢才算真正地穩定下來。層出不窮的滿漢民族之爭、帶有奴隸制殘餘的滿族貴族與進入新政府的漢族知識分子的利益之爭、統治階層內部的爭鬥、經過戰爭摧殘的生產力和大量貧民的產生等因素都導致了滿清政府必須要以強而有效的政策來穩定局勢，用士族文人無法拒絕的「正統」儒家思想來作為統一思想秩序的工具。清帝國真正建立漢族認同和國家統一的康熙帝就指出了傳統的忠孝思想對於穩定國家秩序的重要意義，他在康熙九年時提出「聖諭十六條」中指出：「朕維至治之世，不以法令為亟，而以教化為先。其時人心醇良，風俗樸厚，刑措不用，比屋可封，長治久安，茂登上理。蓋法令禁於一時，而教化維於可久，若徒恃法令，而教化不先，是舍本而務末也。」〔註23〕而此時的社會形勢不容樂觀：「風俗日敝，人心不古，囂凌成習，僭濫多端。狙詐之術日工，獄訟之興靡已。或豪富凌轢孤寒，或劣紳武斷鄉曲，或惡衿出入衙

〔註23〕《清聖祖實錄》卷34，康熙九年冬十月初一日條，見《清實錄》第4冊，北京：中華書局，1985年版，第461頁。

署，或蠹棍詐害善良。萑苻之劫掠時聞，仇忿之殺傷迭見。」所以，面對這種複雜的情況，嚴刑峻法未必比道德教化更爲有效，只有制訂「尚德緩刑，化民成俗」的教化策略，才能眞正的穩定底層社會。而之後的雍正皇帝繼承並發揚了康熙的「十六條」，撰成《聖諭廣訓》一書，以皇權的力量向民間推行。毛禮銳《中國教育通史》第三卷中就指出：《聖諭廣訓》是「清朝的聖經，爲郡縣學訓練士子的標準，教化全國人民的法典」。〔註24〕清代政府吸取了明代的經驗，利用各種手段加強中央集權和對知識分子和民間社會的控制，政府政令對於民間的影響力通過強權能夠比較有效的實施。清代統治者也是從個人修養到教育程度都是整個封建社會帝王中水準最高的，恪守儒家道德規範的帝王的自律和以身作則帶動了下屬臣子的行爲規範和此類政令的推行，這就使得清代的孝文化重新向儒家「正統」的方向發展。但在另一方面，社會經濟仍在進步，物質生活進一步豐富，明代影響頗廣的王學思想和文學中主情主性情的傾向對清代的文學文化有著重要的影響。一旦生活水準得到豐富，欲望得到過滿足那麼就很難由縱慾轉變爲禁欲。在清代越來越多元而複雜的社會中，比較單一的前代的孝文化標準顯然有些行不通。雖然儀式化的孝，與不合情理的極端孝行依然存在，但文人們也開始反思孝的本質。嘉道時期的石蘊玉曾指出：

> 夫孩提之童，無不知愛其親，豈生人之性有孝與不孝耶？其不孝也，皆積習所移也。試以今之人言之，富，人之所欲，世有爭財而忘其親者矣；貴，人之所欲，世有貪仕宦而不顧父母之養者矣；婚姻，人之大欲，世有溺愛其妻子而日與父母疏遠者矣，此豈秉彝之本然？〔註25〕

人類原始的情感在經歷的政治化、理論化和儀式化之後，再次恢復了原本的純潔本質。比較起明代對於奇特、極端孝行的熱切關注，清代的文獻中則出現了關於「人之常情」的描述。如高承夏，字志鴻，早孤，事節母張慕孝。家貧……夜深，母恐過勞，命先睡，即假寐作鼾聲，母熟睡，復挑燈默誦。〔註26〕同清代木蘭故事中關於父母與子女的愛的描述相似，這一段關於孝子的記錄同樣生

〔註24〕毛禮銳、沈灌群：《中國教育通史》第 3 冊，濟南：山東教育出版社，1987年版，第 123 頁。

〔註25〕【清】石蘊玉：《獨學廬四稿》卷 2《孝行錄序》，第 96 頁，道光間刊本。

〔註26〕民國《上海縣志》卷 18 人物，「叢書·華中」，第 14 號，第 3 冊，第 16 頁。

動描繪出日常生活中貼心的孝子與慈愛的母親之間平常卻深刻的愛。而光緒《吳江縣續志》的編纂者也以較大的篇幅說明了日常生活中人情化的孝的重要意義：

> 人子侍疾養親居喪盡禮，常也；割股療病、千里歸骨，變也。
> 變者固難，常亦豈易哉。夫遭遇亦不一矣。生不逮養，終慕哀號；
> 患難倉猝，死生莫顧；身處貧賤，孝養未追。三者，人所時有，處
> 之尤有不忍言，乃徵之學士大夫所記載與父老所傳聞，而樂為稱述
> 焉。〔註27〕

另一方面，清代官方所旌表的孝子孝女中，出身平民階層的比例有所增加，在《清史稿·孝義傳》中，中下層的孝義之人占到了大多數。經過了宋元到明代的孝文化民間普及，到清代之時，民間的孝文化已經相當成熟穩定，各種通俗勸孝文獻繼續流行，而俗文學的進步和新文體的開創也使彈詞、鼓詞、子弟書等受廣普通百姓歡迎的通俗文學體裁成為了勸孝文獻的新載體。

　　從宋元時期到清代，木蘭故事的孝文化經歷了從道德偶像化到民間化世俗化人情化的歷程，木蘭的孝女形象也由比較僵化的偶像向傳奇式的女性英模和人情化的孝女開始轉變。木蘭的孝女形象從提出、確立、發展到多元化的歷程，與社會孝文化的轉變息息相關，聯繫緊密。木蘭故事孝文化的演變軌跡也與女性觀的變化有著密切的關係。北朝到唐代，尤其是結束了戰亂較為穩定繁榮的唐代時期，女性的道德教化和文化教育開始受到重視，有著出眾孝德的木蘭故事就被發現並重寫，以突出其道德影響力。宋元時期的儒學再次發展中興，並吸收了佛道新觀念，形成了新的儒學：理學。伴隨著社會經濟的發展和思想界的新變化，主流文化的女性觀也在發生的微妙的變化，許多具有較強影響力的學者開始專門指出女性應該遵守怎樣的道德規範，如張載《女戒》中強調培養女子順從的品德：

> 婦道之常，順為厥正。是曰天明，是曰帝命。嘉爾婉婉，克安
> 爾親，往之汝家，克施克勤！爾順維何？無違夫子。無然皇皇，無
> 然訾訾。彼是而違，爾為作非？彼舊而革，爾為作儀？惟非惟儀，
> 生女則戒。〔註28〕

除此之外，司馬光、程氏兄弟、朱熹等有著強大影響力的學者也都有強調女

〔註27〕光緒《吳江縣續志》卷18《人物三·孝友》，「集成·江蘇」，第20冊，第427頁。

〔註28〕【宋】張載：《張載集》，北京：中華書局，1978年版，第354～355頁。

性道德規範的文字。學者們對女性道德的一些說法並非是強制性的法律，但也說明了知識階層對於女性群體的重視和期許，在唐代以前比較被忽視的女性道德在宋代得到了重視和強化。學者們希望女性同男性士人一樣重視道德修養和節操名譽，由於兩性生活範圍和社會責任的不同，女性的道德和操守就體現爲絕對的孝順與絕對的貞潔。精英文化階層的高標準和高要求在此時尚未對底層社會產生眞正的強大影響力，而到了明清時期，對於女性道德要求就通過政治權利和文人的推崇逐漸普及到了民間。明清時期的女性觀一方面延續著前代關於絕對道德的要求，並日益嚴格化；另一方面也伴隨著社會的發展和轉變開始出現異動。女性的才華、能力受到了重視，在某些文學作品中，女性合理的感情被允許表達出來。原本被過份壓抑的人情人性受到了一部分文人學者的關注和理解。所以，在明清時期的木蘭故事中，尤其是通俗文學作品中，以往對於道德的高調評價被木蘭作爲女兒對於父母的眷戀與愛的充滿感情的文字所代替。孝女仍然具備高尚的孝德，但這種孝德的表現形式則更爲人情人性化。

　　總而言之，木蘭故事的孝文化經歷了北朝時期暗含與文本內部的淳樸情感，到唐宋元時期的道德偶像化歷程，再到明末清代對於人情人性和回歸，這一系列的變化與整個社會中對於女性道德的態度、社會女性觀、等等因素都有著密不可分的聯繫。

第二節　北朝至唐代的木蘭故事孝文化：從民間淳樸的孝女到被文人讚頌的道德典範

　　北朝與唐代的木蘭故事處於初期的生成發展期，在這個時期內，故事文獻有限，傳播的範圍也並不廣泛。這一時期的木蘭故事文體爲詩歌居多，比較完整敘述木蘭故事的主要是北朝《木蘭詩》和唐代的韋元甫的《木蘭歌》。儘管現在沒有《木蘭詩》作者的明確信息，但北朝時期的《木蘭詩》帶有明顯的民歌風格，故事中木蘭的「孝道」的描寫也表現得十分淳樸自然，沒有直接評論性的文字讚揚女英雄不同尋常的孝心。唐代的木蘭故事敘述多出自文人筆下，而完整講述木蘭故事的韋元甫爲中唐官員，他發現了《木蘭詩》中所蘊含的有益道德教化的部分，熱烈的歌頌木蘭高尚的孝道，將原《木蘭詩》中的淳樸感情抬高爲至高無上的孝德，並將木蘭塑造爲道德偶像。唐代

的木蘭故事文本有限，但對於後世的影響較大，從唐代韋元甫對於木蘭道德的定型開始，木蘭的孝道就不僅僅是家庭中私人的感情，而逐漸成為可以被後人崇敬膜拜的高尚道德。

一、北朝：不經雕琢的淳樸情感

《木蘭詩》敘述了木蘭的傳奇經歷，但促使木蘭走出家門完成傳奇一生的直接原因則是她對於父親純潔的孝道。這種原始的情感促使少女離開家庭選擇了一條極為艱辛的人生道路，在殘酷的戰爭中，木蘭極有可能成為戰爭中的炮灰，無聲無息的喪生沙場。而故事中所敘述的「策勳十二轉，賞賜百千強」的英雄壯舉，讓木蘭毫髮無損，甚至容貌不變的回到家鄉，則完全是傳奇故事中的傳奇想像。北朝時代背景中的平民少女木蘭在從軍之前對戰爭和死亡有著一定的認識，為了保全父親的生命和家庭的完整，木蘭堅定地選擇了一次死亡之旅。這種為了父親和家庭的犧牲奉獻就成為後人所宣揚崇拜的崇高的「孝」。在《木蘭詩》中，「孝」被表達的十分淳樸自然，民歌中木蘭對父母之間的情感是未經文化薰染和規則訓誡的，發自內心的原始親子之愛。女兒對父母的愛使得她願意奉獻自己年輕的生命，而父母同樣牽掛自己心愛的女兒，時時刻刻都在思念她的安慰，為女兒的離去而痛苦：「朝辭爺娘去，暮宿黃河邊。不聞爺娘喚女聲，但聞黃河流水鳴濺濺。旦辭爺娘去，暮宿黑山頭，不聞爺娘喚女聲，但聞燕山胡騎鳴啾啾。」〔註29〕在經過了十二年的思念之後，木蘭放棄了一般男性夢寐以求的高官厚祿和榮譽，回到了家鄉。此時的父母應該比離家時更加衰邁，但年邁的老夫妻仍然「爺娘聞女來，出郭相扶將」，互相攙扶著走到村莊路口，只為早一刻見到心愛的女兒，家中的姐姐和弟弟也都在為木蘭的歸來而欣喜地準備。《木蘭詩》中無論是木蘭替父從軍的堅定決心，還是父母對女兒的深切思念都體現出了沒有絲毫雕琢的淳樸自然，正因為這種淳樸的敘述使得木蘭與親人的情感更顯得深厚而感人。北朝時期的戰爭環境和平民生活背景使得少女木蘭可能不會接受太多的文化教育，而比較起貴族和士人階層，平民女性受社會倫理規則的束縛也相對較少，平民家庭中家人互相依靠的親密關係讓親情中最原始也最強烈感情得以表達出來。可以想見，平時木蘭的父母對她的愛有多強烈和直接，家庭

〔註29〕【宋】郭茂倩：《樂府詩集》，上海：上海古籍出版社，1993年版，第236頁。

生活有多麼和睦溫暖，她自願爲父親犧牲保全家庭的願望就有多執著。《木蘭詩》中描述木蘭英雄傳奇的篇幅實際並不如描述家庭親情的篇幅多，木蘭的孝行表現爲純眞而原始的家庭親子之愛，詩中並無一言提到文化的規訓，也沒有對木蘭的行爲進行道德上的評論讚揚，但顯然這直白而淳樸的民歌比後世各種續、擬《木蘭辭》中熱烈的讚譽和道德上的昇華更加具有打動人心的力量。《木蘭詩》中孝文化的另一個特點則是身爲女兒的木蘭在家長無法對家庭負責時主動承擔了家庭的責任。在故事的開始，木蘭就在爲家庭所遇到的危難擔憂，她自主做出了替父從軍的重大決定並果斷地付諸實踐。整個故事都是圍繞著木蘭這個主體展開，父母的意見沒有在詩歌中出現，孝女木蘭承擔了一般家庭中成年男性應該承擔的責任，也成就了男性也難以企及的成就。

《木蘭詩》中的孝文化特點與北朝時期特殊的時代背景有著密切的關係：

首先，北朝統治者極爲重視孝文化。在經過了兩漢孝文化的政治化和孝德教育的民間普及之後，孝文化已經成爲社會文化中最重要的一部分之一。魏晉南北朝的統治者仍然延續了漢代「以孝治天下」的政治傳統，但此時的「孝治」已經開始成爲統治階層的一種政策，而失去了漢代時以此教化民眾達到和諧自治的初衷。北朝時期的政權極不穩定，戰亂頻繁，政權更迭較快，作用於和平年代的儒家倫理道德在這個時期對於各階層的控制力都比較弱。北魏王朝是由少數民族入主中原首先建立起來的王朝，以強大的武力征服漢民族的鮮卑人在文明程度和社會制度上明顯弱於武力值低下的漢民族，爲了維護自己的統治，北魏統治者開始接受統一漢民族文化的儒家文化，並且接受了漢民族較爲先進的政治體系。宣揚孝文化無疑是有利於統治穩定的一種政策，孝文化在穩定了家庭秩序的同時也能穩定國家的秩序，在政權更迭頻繁的時代中有效規避了民間社會對於不同朝代、不同當權者的無所適從。北朝統治者採取了一系列措施保證民間社會對於孝文化的進一步認同，例如獎勵旌表孝子孝行、強化孝德教育等等。《魏書・孝感傳》、《周書・孝義傳》等國家正史記錄中都有國家對於民間孝子孝行的記錄和表彰，利用政府力量進行宣傳獎勵使得本應存在於家庭之中較爲私密的孝行成爲一種公開的，至高無上的榮譽，更加促進了民間社會對於孝文化的認同感。

北朝孝文化除了在政策上和法律上的表現之外，也出現在教育制度之中，自漢代之後，「孝」這種原本出於天性的情感在政府政策的影響之下開始變成需要學習和培養的知識和品德。北魏孝文帝時期，儒家經典《孝經》被

翻譯成爲鮮卑語，傳授給鮮卑貴族子弟，而在孝文帝的漢化改革之後，原本《孝經》的作用被進一步凸顯。北齊北周統治者同樣重視《孝經》的研究和普及教育，著名的《顏氏家訓》就是由由南入北，歷仕北齊、北周的學者顏之推撰寫。書中強調了家庭教育對於子弟孝觀念的塑造作用，認同孝道是最高尚的道德，並指出《孝經》在知識體系中的重要作用，其《勉學第八》中說：「雖百世小人，知讀《論語》、《孝經》者，尚爲人師。」〔註30〕家庭教育中的孝德教育無疑會對少年兒童的價值觀念塑造起著非常重要的作用，使孝親尊親成爲得到民間普遍認同的價值觀。木蘭的孝行源於其原始的血緣之愛，這一點毋庸置疑，但在整個社會都崇尚孝行並視其爲最高榮譽的時候，被記錄在文學作品和歷史文獻中的情感和行爲就會有了無意識的傾向性。《木蘭詩》中沒有明顯的道德教化之語，但親情描寫卻佔了較大的篇幅，成爲詩歌中最動人的情感表達。爲了保護自己的父親，木蘭毫不猶豫的做出了可能犧牲自己的重要決定，這種無私的愛在當事人心中可能是出於原始的親情，但在敘述者看來就可以成爲高尚的情操，可以被表彰被宣揚被後世封爲道德典範，從《木蘭詩》對後世的影響中看來，這一點顯然是非常成功的。

　　其次，在北朝社會中，女性的生活與同期南朝女性有一定的不同，她們可以承擔更多的家庭責任，同時擁有更多的自由。《顏氏家訓·治家篇》中就提到了南北女性的不同之處：

> 　　江東婦女，略無交遊，其婚姻之家，或十數年間，未相識者，唯以信命遺贈，致殷勤焉。鄴下風俗，專以婦持門戶，爭訟曲直，造請逢迎，車騎塡街衢，綺羅盈府寺。代子求官，爲夫訴屈，此乃恒、代之遺風乎？南間貧素，皆事外飾，車乘衣服，必貴整齊；家人妻子，不免飢寒。河北人事，多由內政，綺羅金翠，不可廢闕，羸馬悴奴，僅充而已；倡和之禮，或爾汝之。〔註31〕

這段文字描述了北方婦女進入公共領域掌管家政和外交活動的情況，這些強悍而能夠掌管一定權力的女性顯然不是儒家禮教中讚揚的性格和責任，北朝統治階層雖然接受了儒家文化，並積極向先進的文化靠攏，但戰亂和女主掌

〔註30〕　【南北朝】顏之推：《顏氏家訓集解》，北京：中華書局，1993 年版，第 91 頁。

〔註31〕　【南北朝】顏之推：《顏氏家訓集解》，北京：中華書局，1993 年版，第 23 頁。

權的政治環境以及民族習慣等因素使得北朝女性也擁有了一定的掌握權力的空間。在北朝社會中，像木蘭一樣的未婚女性能夠在家庭中有著一定程度上的話語權，在北魏墓誌中記載的女性生活中可以看出，能夠支撐門庭，幫助家人，有決斷力的強勢女性受到了輿論的讚揚。如《張玉憐墓誌》稱女子張玉憐教養弟妹：「事父母以孝謹著稱，撫弟妹以仁惠垂問。」〔註32〕和《尒朱元靜墓誌》中父母早亡獨立支撐家庭的郡主：「母清河長公主，不待早亡。父相尋夙世。郡君處長，鞠養於家，恩同母愛，義似君嚴。……教弟光德，授妹令儀。」〔註33〕這些能夠支撐門庭的堅強女性受到了當時主流文化的稱贊。禮教規則和法律條文不能照顧到家庭生活的每個特殊情況，而當男性家長老邁衰弱之時，家中女性就有了展現自己能力的機會。木蘭的孝行中體現著她作爲一個成年長女對於家庭的責任感，在北朝女性可以走出家門「持門戶，爭訟曲直」的時期，由年輕力壯的女性代行家長責任就顯得很容易被人接受。當然，木蘭的事蹟存在於英雄傳奇之中，她的身上有著強悍英勇的北朝女性的影子，她們向男性一樣勇武智慧、剛毅果敢，在家庭和國家出現危難的時候挺身而出保家衛國，承擔自己的責任，無論是朝廷中掌權的女主、戰場上的女將還是普通家庭中代行家長職責的平凡女性，都如木蘭一樣承擔了儒家禮教規則中沒有賦予女性的責任。

二、唐代：「以順移忠、立身揚名」的孝道與木蘭形象典範化過程

在唐代，木蘭故事中的孝文化部分開始得到重視，韋元甫的《木蘭歌》中主要強調了木蘭的忠孝，並熱烈讚揚了這種高尚的情操。韋詩的格調與《木蘭詩》完全不同，增加了作者對於木蘭高尚英勇行爲的評價之語，並極力的讚揚木蘭行爲中的道德因素。

首先，韋元甫詩與原本北朝《木蘭詩》不同的是在木蘭從軍之前，木蘭本人就對艱苦困難，九死一生的軍旅生活有著清晰地認識：「老父隸兵籍，氣力日衰耗。豈足萬里行，有子復尚少。胡沙沒馬足，朔風裂人膚。老父舊羸病，何以強自扶。」〔註34〕這一段從軍生活描寫顯然與北朝《木蘭詩》不同，

〔註32〕趙超：《漢魏南北朝墓誌彙編》，天津：天津古籍出版社，1992 年版，第 319 頁。

〔註33〕趙超：《漢魏南北朝墓誌彙編》，天津：天津古籍出版社，1992 年版，第 418 頁。

〔註34〕【宋】郭茂倩：《樂府詩集》，上海：上海古籍出版社，1993 年版，第 237

將從軍的艱辛和危險提前到木蘭從軍之前，意味著唐代文人筆下的木蘭比之北朝民歌中的木蘭更為理智，她對從軍的苦難有著清晰的認識卻還是毅然決定替父從軍，就更深刻體現了木蘭孝行的高尚。其次，韋元甫所作的《木蘭歌》將木蘭塑造為「忠孝兩全」的道德偶像，稱：「世有臣子心，能如木蘭節。忠孝兩不渝，千古之名焉可滅。」〔註35〕淳樸平民少女在韋元甫的筆下演成為了一位高尚的道德典範，她的孝行由其個人行為上升到應該被所有官員大臣傚仿的高度。在北朝《木蘭詩》中，其實並無一語提到木蘭對待國家利益的態度，她選擇出征完全是出於對於父親的愛和對自己小家庭的保護而選擇了易裝出征的艱難道路。而在韋詩中，這種基於個人家庭利益的行為被提高到「忠孝兩不渝，千古之名焉可滅」的高度上，木蘭客觀上對於國家的貢獻被突出出來，她的孝行也是為國家做出了貢獻，這種貢獻使得木蘭形象在唐代時被文人奉為一位可以名傳千古的道德楷模。

　　唐代木蘭故事中的孝文化敘述的改變與唐代的士人精神有著密切的關係。唐代僅此一首詩對木蘭「忠孝兩全」的高尚行為做出了讚揚，但單獨的一部文獻並非意味著這種觀點的出現是歷史的偶然，是韋元甫的個人行為。韋詩對後世的影響力顯然不如北朝《木蘭詩》，但對於整個故事孝文化方面的流變來說，韋元甫對於木蘭行為的界定卻顯得意義非凡。從後人對於木蘭孝行的敘述來看，顯然受韋元甫的觀點影響頗大。北朝《木蘭詩》的作者不詳，對其作者的探討研究至今沒有定論，但更多的研究者認為此詩應該出自民間文人之手，而在流傳過程中經過了文人的修改而定型。《木蘭詩》的廣泛流傳和深遠影響力源於其故事的傳奇性和淳樸真實的自然情感，而韋詩能夠長久流傳並影響深遠不得不說有著韋元甫高級官員身份的因素。《舊唐書・韋元甫傳》曰：

　　　　韋元甫，少修謹，敏於學行。初任滑州白馬尉，以吏術知名。本道採訪使韋陟深器之，奏充支使，與同幕判官員錫齊名。元甫精於簡牘，錫詳於訊覆，陟推誠待之，時謂「員推韋狀。」元甫有器局，所蒞有聲，累遷蘇州刺史、浙江西道都團練觀察等使。大曆初，宰臣杜鴻漸首薦之，徵為尚書右丞。會淮南節度使缺，鴻漸又

頁。

〔註35〕　【宋】郭茂倩：《樂府詩集》，上海：上海古籍出版社，1993 年版，第 237頁。

薦堪當重寄，遂授揚州長史、兼御史大夫、淮南節度觀察等使。在
揚州三年，政尚不擾，事亦粗理。大曆六年八月，以疾卒於位。
〔註36〕

從簡單的傳記中可見，韋元甫其人是一位官職頗高，聲名不錯的官員，在崇
尚文學的唐代，留下作品極少的官員韋元甫的政治作為顯然比其文學成就要
高。這位「精於簡牘」、「有器局」的官員努力維護統治秩序和主流文化，他
發現了原本北朝《木蘭詩》中所具備的，被包含在了淳樸原始的情感之中的道
德因素，而將其明確的表達出來，並試圖歌頌木蘭的孝義來達到教化的目的。

孝文化發展到唐代仍然是這個時代的核心價值觀，繼承自前代的「以孝
治天下」的基本政策和《孝經》的重要影響依然存在，但在唐代，由於教育
制度的完善使得孝德教育的影響進一步發展，而新興的科舉制度和儒家經典
的研究普及更是深化了孝的觀念。一方面，統治階層和上層知識界極為重視
儒家經典中《孝經》的重要地位，將研究教授《孝經》的重要性進一步提升。
天寶時的國子祭酒李齊古在《進御注孝經表》中說「臣聞《孝經》者，天經
地義之極，至德要道之源，在六籍之上，為百行之本」〔註37〕《舊唐書》中
所載的唐穆宗與薛放的對話就表明了在唐代《孝經》作為經典知識的重要地
位：「六經所尚不一，志學之士，白首不能盡通，如何得其要」對曰「《論語》
者六經之菁華，《孝經》者人倫之本，窮理執要，真可謂聖人至言。是以漢朝
《論語》首列學官，光武令虎賁之士皆習《孝經》，玄宗親為《孝經》注解，
皆使當時大理，四海又寧。蓋人知孝慈，氣感和樂之所致也。」上曰「聖人
以孝為至德要道，其信然乎」〔註38〕當然，考試的指揮棒有著比統治者和主
流文人的倡議更加強大地力量。科舉考試出現於隋代，而真正成為為國家選
舉人才的有效制度則是在唐代。唐代的科舉科目較多，而必考科目則是《孝
經》與《論語》。這也就意味著，所有能夠通過考試進入到國家政治體系中的
文人學子必須對於《孝經》有著充分的研究，在從小接受孝經教育潛移默化
地將孝的觀念融入思想之中，並在其為官之後繼續貫徹、實施孝治政策。完

〔註36〕【後晉】劉昫：《舊唐書》卷 115《韋元甫傳》，北京：中華書局，1975 年
版，第 2291 頁。
〔註37〕【清】董浩《全唐文》377 卷，李齊古《進御注孝經表》，北京：中華書局，
1983 年版，第 3831 頁。
〔註38〕【後晉】劉昫：《舊唐書》卷 154《薛放傳》，北京：中華書局，1975 年版，
第 4127 頁。

善的學校教育與國家選拔人才的考試相互配合，相互促進，使得孝德教育的影響力在唐代進一步被擴大。「敏於學行」的官員韋元甫能夠得中進士，獲取官職並步步高升，必然也同唐代的所有士人一樣經受了《孝經》的教育，並認同主流的「孝治」觀念。韋元甫能夠敏感的發覺了北朝《木蘭詩》中並未明言的道德因素，並將其由自然情感上升到高尚孝德的程度，顯然與唐代士人的教育和整個唐代的孝治政策有著密切的關係。

　　另外，唐代的孝文化中的「移忠作孝」觀也影響了對唐人木蘭替父從軍行為「忠孝兩不渝」的定義。在唐代，作為基本政策的「孝治」有了新的發展，出於個人感情的「孝」和對國家君主的「忠」被聯繫在了一起。《舊唐書》卷二十四《禮儀四》中記錄了唐太宗於貞觀十四年三月丁丑在國子學中發表的言論：「孝者，善事父母，自家刑國，忠於其君，戰陣勇，朋友信。揚名顯親，此之謂孝」〔註39〕武則天的《臣軌・序》云「然則君親既立，忠孝形焉。……奉國奉家，率由之道寧二事君事父，資敬之途斯一。臣主之義，其至矣乎」〔註40〕唐玄宗《孝經》注中也直接提出了「移忠作孝」的觀點：「移事父孝以事於君，則為忠矣」〔註41〕從漢代開始，「孝」被賦予了政治含義，而在之後的王朝統治中，「孝」也發揮著穩定民心的有效作用。在唐代，統治者更是明確指出了「忠」與「孝」的聯繫，要求臣民對待君主像子女對待父親一樣，但是國家利益顯然要高於個人與家庭的利益，所以《臣軌・至忠章》又云：「欲求忠臣，出於孝子之門。非夫純孝者，則不能立大忠。夫純孝者，則能以大義修身，知立行之本。……欲尊其親，必先尊於君欲安其家，必先安於國。故古之忠臣，先其君而後其親，先其國而後其家。何則君者，親之本也，親非君而不存國者，家之基也，家非國而不立。」〔註42〕統治階層對臣下有著「移忠作孝」的要求，認為這種思想觀念有助於維護統治秩序。在唐帝國前期，這種忠孝觀的確對維護帝國穩定和平起到了一定作用，但很快的，在改變唐帝國命運的安史之亂期間，中央集權的力量被削弱，地方軍閥勢力開始興起，對於國家君主絕對的「忠」開始受到挑戰。為了挽回統治者的尊嚴，中唐統

〔註39〕 【後晉】劉昫：《舊唐書》卷24《禮儀四》，北京：中華書局，1975 年版，第 917 頁。
〔註40〕 【唐】武則天：《臣軌・序》，粵雅堂叢書，第 4 頁。
〔註41〕 【清】阮元：《十三經注疏・孝經注疏》，北京：中華書局，1979 年版，第 2558 頁。
〔註42〕 【唐】武則天：《臣軌・至忠章》，粵雅堂叢書，第 10～11 頁。

治者大力宣揚儒家文化和忠孝精神，希望重新獲得臣子的信任。但不幸的是，中唐帝王的一系列不當政策，對直言忠諫的士族文人如韓愈、陸贄、元稹、白居易等的排擠貶斥導致了士族文人階層對於皇權「忠」觀念的削弱，而這種忠誠度信任度的減弱對於一個王朝來說是相當危險的。由杜牧《題木蘭廟詩》和《太平寰宇記》中對於初唐木蘭廟和木蘭崇拜的記載來看，唐代的木蘭故事傳播和民間對於木蘭的崇拜已經有了一定的規模，韋元甫選擇對木蘭進行熱烈的讚美，盛讚其道德情操的高尚，並將其行為與士人臣子相提並論，顯然有著更為明確的政治含義。在這個時期內，作為維護統治的中唐官員韋元甫認識到了這一點，從《舊唐書》中對其日常作為和生平表現的敘述來看，韋元甫其人應為較有政治頭腦的政客，他敏銳的發現了《木蘭詩》中含有有益於當代教化的部分：木蘭的行為是主觀對父親的孝，而客觀對國家的忠。也許北朝《木蘭詩》中木蘭的原型可能深切痛恨著國家政權給百姓和家庭帶來的苦難，使她不得不離開家庭、面對死亡的威脅，在成功凱旋後也絲毫不在意統治者的讚賞和高官厚祿，她的心目中只有自己的親人和家庭。但在韋元甫的改寫之下，木蘭的行為由「孝」而上升到「忠孝兩全」，木蘭的成功使得她的「忠孝兩全」具有了值得宣揚的價值，這種高尚行為顯然有利於中唐精神文化建設，重新建立起士人階層和普通民眾對於國家的忠誠，保持政府和民間社會的穩定。

第三節　宋元：勝於男子的孝女

　　唐代的韋元甫對於木蘭故事中孝文化的敘述做出了強調和改編，使得木蘭由民間少女開始向道德偶像方向轉變。但唐代的文獻畢竟有限，而真正使得木蘭故事廣泛傳播，強化木蘭高尚孝女形象的則是在宋元時期。宋元時期的木蘭故事大部分以讚揚木蘭孝義為主，敘述故事的文體中詩歌和詩話筆記佔了絕大多數。在這一時期中，《木蘭詩》被各種類書、詩總集記錄傳播，敘述木蘭故事文獻數量較唐代有了極大的發展，這使得木蘭開始成為家喻戶曉的道德偶像。

一、宋元：深入民間的孝德

　　從宋代開始，詩話筆記中開始較多的出現《木蘭詩》考證，以及使用木

蘭故事爲典故的詩文作品。《樂府詩集》中收錄完整的《木蘭詩》和韋元甫的《木蘭詩》顯然對於宋元時期的木蘭故事傳播有著重要意義，《樂府詩集》之後，《古文苑》、《紺珠集》、《記纂淵海》、《文苑英華》等詩總集、類書中紛紛收錄了《木蘭詩》。《樂府詩集》稱《木蘭詩》是韋元甫「得於民間」說明唐代的《木蘭詩》流傳範圍有限，而宋代各種官私類書詩總集中的收錄轉載使得《木蘭詩》的傳播接受進一步擴大，這種廣泛的傳播和接受成爲了木蘭在宋元時期成爲道德偶像的一個先決條件。

　　隨著《木蘭詩》的傳播，在南宋時期，有關於木蘭故事的考證、評論類文獻開始增多，以木蘭故事爲典故的詩文也開始增多。如《演繁露》卷十六稱木蘭：「女子能爲許事，其義且武，在緹縈上」〔註43〕；《竹莊詩話》卷二提出：「木蘭孝義女也，勇不足以言之。耳世之女子，有所感激憤厲，或果於殺身而不能成事者，古蓋有之。至於去就終始，皆得其道，如木蘭者，鮮矣」〔註44〕；《古文苑》卷第九稱：「若木蘭者，亦壯而廉矣。使載之烈女傳，緹縈曹娥將遜之，蔡琰當低頭愧汗，不敢與比肩矣」。宋元時代對於木蘭故事的敘述中以評論考證和典故類居多，而且多強調木蘭故事中的道德因素，這與唐代韋元甫對於《木蘭詩》的「定性」有一定的關係，但更多的是說明在一個故事開始向民間廣泛傳播之時，「孝文化」部分最先吸引了宋人的注意。木蘭的道德偶像化在元代的《孝烈將軍祠像辨正記》中達到高峰：

　　　　歷代女子，凡立名節與天地間，名不死者，無此間世超異之才，必無此出類拔萃之操烈，必不能建不世出戰敵之功，而享廟食無窮者也。管見之，容後知訂正可也，雖然大丈夫立斯世也，其負英雄豪傑志氣，立奇節，建大功，垂名不泯著，世豈乏人！蓋薄天憨鄙，儒夫強悍者陷於惡，庸魯者流於蠢。萬一而遇父兄之嚴，師友之教，以義理薰陶其性惰，以詩書增益其聞見，其能變化氣質去憨變惡，易蠢改庸者，尚不一二見之，況涉世之艱，處世之變，竟不知死節之義爲何如，良可悲耳！夫孝烈生長閭閻，當隋末雜霸兵爭之世，微將軍處心，出嶽不拔，金石不易，曷以建亘古未聞之功，天地始終之烈也，今幾千載，凜凜如生，惡者聞風而感化，變

〔註43〕程毅中主編：《宋人詩話外編》（下冊），北京：國際文化出版公司，1996年版，第711頁。
〔註44〕【宋】何汶：《竹莊詩話》，四庫全書本。

> 強悍而爲純良，蠢者慕德而改轍，易庸俗而改剛勇，俾薄夫敦，懦
> 夫有立志，豈嘗見功力節，超越古今烈女之右，實可爲丈夫碌碌檀
> 世無能爲之祠垂名不朽必矣〔註45〕

在元代的故事之中，木蘭作爲女兒的特質被忽略，而其孝德與高尚的節操則被突出出來加以盛讚。在作者眼中，木蘭的行爲和節操可以成爲當事男子之表率，並有著很強的教化功能。木蘭在元代的民間信仰中開始被奉爲「孝烈將軍」，她的事蹟被廣泛宣傳，而她的孝行也被無限的拔高，並趨於神化。

北朝《木蘭詩》中沒有絲毫強調木蘭的道德因素，但在效果上卻是用最爲質樸的情感深深地打動人心，使木蘭的純孝和犧牲精神躍然紙上。而到了唐代，文人與官員發現了故事中的道德因素，並強化宣傳這種因素，以期在世風日下、道德淪喪的時代中建立一位充滿正能量「忠孝兩全」的道德偶像，鼓勵人們對父母家庭盡孝，對國家盡忠。宋元時期，木蘭的道德偶像地位被進一步強化，但與唐代敘述中將木蘭與男性臣子的道德與行爲相提並論不同的是，宋代開始將宋元人將木蘭與古時其他孝女並提，並開始思考分析這些有著傳奇事蹟和高尚情操的女性的出色品質。緹縈、曹娥都是古代有著較強民間影響力的孝女偶像，她們的故事通過正史記錄、《列女傳》、詩歌典故以及各種民間勸孝文獻的傳播慢慢深入人心，使這些孝女成爲家喻戶曉的道德模範。《木蘭詩》的傳播和木蘭形象在故事中的定位顯現出此時的木蘭已經開始由存在於文學作品中的人物形象轉變爲有影響力的民間道德偶像，成爲「一般知識、思想與信仰。」同前代一樣，宋元時期的孝文化依然強盛，從統治階層到民間社會對待人們的「孝德」都非常重視，孝文化經過了近千年的建設、發展和傳播，已經成爲所有階層人深入骨髓的，不可更改的道德觀念。作爲最高道德的「孝」在政治、法律、社會制度、家庭倫理和文學等方面都有體現，而正因爲孝文化滲透在社會生活的各個方面，每個時期的表現和重點也會有所不同。宋元時期是孝文化向民間廣泛傳播，並形成有特色的民間孝文化的時期，而這個時期的道德偶像民間化傾向也與宋代的市民文化有著密切的關係。

經濟文化繁榮的宋代一向被認爲是市民階層文化興起的時期，市民的趣味和需求促進了宋代的俗文學發展，同時市民的教育需求也開始進步。從宋

〔註45〕李修生主編：《全元文》，卷1422，南京：江蘇古籍出版社，1999年版，第132頁。

代開始，通俗的民間勸孝文、針對兒童道德建設的童蒙讀物、民間俗訓等日常讀物大量出現，這當然有印刷技術進步的客觀原因，但最為主要的則是宋人的主觀需求：隨著社會生產力的提高和文化的進步，由政府向民間推行的孝德教育仍在繼續，但人們已經開始自覺地追尋更符合自己階層口味、思想傾向、生活現實的道德教育，已達到人們自主提高素質的教化目的。

　　道德偶像的典範作用不容忽視，存在於各種正史文獻中的孝子和他們出眾的孝行，漸漸由知識精英才能閱讀的文獻中轉移到通俗教育讀物中。兩宋文人從歷史文獻和一些文學作品中發掘出可為典範的例子編入通俗讀物，用道德模範的事蹟引導人們向善。知識精英們和統治階層對待孝文化有著其維護統治秩序的政治目的，而普通民眾則在一代代的教化和規訓中將「孝道」默認為不可改變的核心價值觀。一些被認為是「愚孝」的極端孝親行為成為了民間道德偶像崇拜的副產品，這些極端行為讓當代人無法理解，就連封建統治者和精英文人也並不完全贊成，但極端行為的崇拜和模仿切切實實的存在於民間社會中。如《宋史》中就記載了一段女性極端孝行的例子：「呂仲洙女，名良子，泉州晉江人。父得疾瀕殆，女焚香祝天，請以身代，剖股為粥以進。時夜中，群鵲繞屋飛噪，仰視空中，大星燁煜如月者三。越翼日，父瘳。女弟細良亦相從拜禱，良子卻之，細良恚曰：『豈姊能之，兒不能耶！』守真得秀嘉之，表其居曰『懿孝』。」〔註46〕而記錄市井民俗的《夢粱錄》中也有相似的故事：「孝婦盛氏，事舅姑盡孝，躬紡織、烹飪以養姑，姑性太急，婦盡禮怡聲下氣，每侍立無敢惰怠，娣姒敬順和睦……姑病篤，貧無資醫救，執簪珥裙襦鬻之而以供其費，又刲脅取肝為常膳……姑食而病癒。」〔註47〕有著高尚孝德，做出常人難以企及的極端孝行的女性被記錄在各種文獻之中，她們中的絕大多數會被歷史湮沒，但極個別的孝女會在代代傳誦中成為道德偶像，流傳後世。女性孝德在相當長的時期內極少出現在正史記載和文學作品之中，在唐代之後，孝女孝婦的故事才開始受到重視。在經過唐代的發展和宋代女性孝德教育的普及化民間化之後，女性的孝德開始成為女性道德中極為重要的部分，有著傑出孝行的女性開始被記錄在史冊之中。從《宋史列女傳》、《元史列女傳》中的女性傳記中可以看出，能夠被收錄於史料中

〔註46〕【元】脫脫：《宋史》卷460《呂良子傳》，北京：中華書局，第13491頁。
〔註47〕【宋】吳自牧：《夢粱錄》卷17《后妃列女》，中華書局，1985年版，第155頁。

的女性幾乎都有著極為不尋常的人生，她們的孝行等道德行為往往導致了慘烈的結局。普通女性的平凡人生被歷史忽略，能夠得到重視的則是有著血腥、慘烈的「異行」的傳奇女性。

　　有著幾乎不可複製的傳奇故事、和高尚道德的木蘭顯然就可以成為一位優質的偶像，《木蘭詩》的藝術成就和廣泛傳播使得這位偶像得以很快被大眾接受。例如在宋人林同所編纂的勸孝文獻《孝詩》中，有著特殊孝行的木蘭就成為了其中被歌頌的偶像。木蘭的替父從軍從現實層面來說可以算作自我犧牲，宋元人讚揚她的行為因為傳奇故事賦予了木蘭驚人地成就，然而就犧牲精神一方面看來，木蘭的孝行也可以算是一種極端行為。人們對於日常生活中不可能出現的傳奇行為的崇拜和模仿讓普通人也具備了神聖性，對於沒有木蘭一樣才華能力的普通人來說，自殘身體甚至是犧牲性命的孝親行為比起戰場上的赫赫戰功更有可行性。我們一般把宋明理學作為導致民間愚昧習俗如絕對的貞潔，絕對的孝道的罪魁元兇，但這些精英文人的先鋒思想顯然更有理性，並沒有要求通過法律和政策強制性的對不同階層不同生活情況的人們採取同一道德標準。而在精英思想下移到世俗民間之時，系統化的理論就開始慢慢轉化成固化的條文被民間接受，這種轉變一方面促使了思想的快速傳播和接受，另一方面也導致了思想的扭曲和僵化，使一種文化由先進慢慢走向腐朽。宋代孝文化的民間化使得木蘭開始成為被廣泛接受的民間孝女偶像，到了元代時期，木蘭的偶像地位已經徹底奠定。元代元好問的《寄女嚴三首》詩中有：「竹馬幾時迎阿姊，五更教誦木蘭篇」之句。其即事詩中也云：「四長東州貢姓名，阿茶能誦木蘭行。元家近日添新喜，掌上寧兒玉刻成。」元好問教育幼女讀《木蘭詩》有教授兒童經典文學的意圖，然而更多的則是將木蘭作為道德偶像的對女兒「女德」的培養教育。元貢師泰《金溪縣葛烈女廟》詩中欲讚頌為父自焚的葛烈女高尚的情操和壯烈的行為，以傳統孝女偶像緹縈和木蘭作比，詩歌典故的廣泛使用和元代民間「孝烈將軍」的祭祀崇拜證明了在這一時期，木蘭已經成為知名度較廣的民間道德偶像。

二、女勝於男：開明文人的人文關懷

　　宋元時期木蘭故事孝文化的另一個特點就是，許多敘述者都開始強調作為女兒的木蘭比普通的男性要強，認為世人不必過於重男輕女，忽視女兒的孝心。林同的勸孝詩集《孝詩》中有《木蘭》一首，稱：「慎勿悲生女，均之

有至情。縈能贖父罪，蘭亦替爺征。」〔註 48〕提出女兒爲父母和家庭的付出
並不遜色於男性，出色的孝女緹縈和木蘭能夠做出相當大的成就成爲被世人
讚頌的偶像，因而不必爲了生女而悲傷。貢師泰《金溪縣葛烈女廟》詩中也
提到了相似的觀點：「君不見緹縈上書更肉刑，木蘭遠赴可汗兵。固知才略過
男子，不如孝女英烈能捐生。又不見湘妃江邊淚斑竹，韓憑冢上連理木。固
知精誠可相召，不如孝女感化獨神速。赤龍並駕糸嬋娟，萬古日月懸中天。
人生雖死名不死，吁嗟丈夫應愧爾。」〔註 49〕在貢師泰的敘述中，孝女的「孝」
與士人的「名」被聯繫在一起，顯然能夠捨死捐生的孝女獲得了文人士大夫
的讚譽，這種壯烈的用生命換取的榮譽讓男性「應愧爾」。這種木蘭故事中「孝
女勝於男」的思想首先出自唐代韋元甫的《木蘭詩》中的：「親戚持酒賀父母，
始知生女與男同」。「不重生男重生女」的典故源於《長恨歌》中通過不同尋
常的寵愛爲家人獲取名利的楊貴妃故事，這種「不重生男重生女」的論調中
含有明顯的諷刺意味。而孝女通過不同尋常的高尚孝行獲得了知識界和民間
的一致承認，並且孝行將被記載到各種文獻之中流傳後世，萬古流芳，這種
「名」與「利」顯然要高尚的多。儒家文化要求男性士人應當愛惜羽毛，恪
守儒家禮教制度，孝養父母，忠君報國，但事實上並非所有士人都能做到完
美。而社會對於普通女性的期待相對男性會低一些，被局限在「內」的女性
不需要承擔過多的社會責任，當女性做出不同尋常的舉動之時，往往會得到
特別的旌表和讚美。但不幸的是，如木蘭一樣有著出眾才華和能力，並有機
會展示自己的女性極爲罕見，而普通女性的孝行得以被記錄的通常是因爲她
們的自殘自虐甚至是犧牲生命。

　　在中國封建社會的任何一個時期中，女性的地位都低於男性，兩性無法
在政治經濟等各方面獲得平等的資源，父權社會中對於傳承自己姓氏血脈的
男丁的重視也導致了女性在家庭中容易受到歧視。事實上，宋代民間存在溺
女嬰的陋習，而文人和官員則往往抨擊這種現象，試圖用各種措施來改善這
種有傷天倫的惡習。讚揚女性中勇敢而高尚的道德典範，用女兒們的成就和
孝行告訴世人，女兒同樣可以成爲對家庭和親人強大地助力，平民百姓們不
必有傷殘天倫的愚蠢思想。這種「女勝於男」的道德教化並不意味著男女平

〔註48〕 【宋】林同：《孝詩》，《宋集珍本叢刊》86 冊，四川大學古籍所編，2004
　　　　年版。

〔註49〕 【清】顧嗣立：《元詩選》初集，北京：中華書局，1987 年版，第 1403 頁。

等，而是針對有礙社會穩定和儒家「仁愛」思想的民間陋習的反撥，宋元官員和學者並非如一般認知中全部是壓迫女性，強制要求女性絕對貞潔的「道學家」，而相反的，有相當部分的宋元學者的某些思想在現在看來也比較理智、寬容而開明。在封建時代的價值觀中，女性的地位低於男性，且生活範圍被局限在內闈，但這並不意味著女性不值得被尊重和愛護，作為與「陽」相生相伴的「陰」，殘酷的斬斷女性的生存顯然不符合中國傳統哲學思想的要求，也違背了儒家對人「仁愛」的期待。無論是民間婦女改嫁，普通女性對於愛情的嚮往和對異性的主動追求，都是活生生存在於生活中，是在一定程度上可以被諒解和接受的部分。因為對統治階層來說，適度寬容人類天然的情感，允許民間底層為了生存的再嫁、改嫁等行為並不會動搖其統治基礎。引導民眾愛惜天然的骨肉親情，保護相對弱勢的女性群體，同時宣揚女性的成就和道德可以有效地穩定底層社會，獲得女性群體對於統治階層和核心價值的認同。

　　元代元好問的《寄女嚴三首》詩和即事詩中有關女性學習《木蘭詩》的詩句顯示出在元代，《木蘭詩》已經開始出現在女性教育之中，木蘭形象也開始逐漸成為被女性廣為接受的女性偶像。女性的孝德教育一直是女性教育中的重點問題，唐代時出現了許多女性自己創作，針對於女性教育的專門教科書，如太宗長孫皇后《女則要錄》、王搏妻楊氏《女誡》、陳邈妻鄭氏《女孝經》及宋若華姊妹《女論語》等。宋代的家庭教育較之前代開始有了較大的發展，各種階層的家訓、女教書開始在市場中出現，一般士族女性和家庭富裕的女性有機會得到良好的教育，有才華能夠進行文學創作的女性開始增多，如《臨漢隱居詩話》載：「近世婦人多能詩，往往有臻於古人者，王荊公家最眾。張奎妻長安縣君，荊公之妹也。佳句最多，著者『草草杯盤供語笑，昏昏燈火話平生』。吳持安妻蓬萊縣君，荊公之女也。有句曰：『西風不如小窗紗，秋意應憐我憶家；極目江山千萬恨，依前和淚看黃花。』劉天保妻，平甫女也。句有『不緣煙子穿簾幕，春去春來那得知。』荊公妻吳國夫人亦能文，嘗有小詞《約諸親遊西池》句云：『待得明年重把酒，攜手那知無雨又無風。』皆脫灑可喜也。」〔註 50〕而關於女性教育中最為重要而又最為普遍的部分就是其道德教化，如孝道教育。流行頗廣的《女論語·事父母章》中就向女性詳細介紹了她們在家庭中應盡的義務：

〔註 50〕胡文楷：《歷代婦女著作考》，上海：上海古籍出版社，1985 年版，第 41頁。

女子在堂，敬重爹娘。每朝早起，先問安康。寒則烘火，熱則扇涼。饑則進食，渴則進湯。父母檢責，不得慌忙。近前聽取，早夜思量。若有不是，改過從長。父母言語，莫作尋常。遵依教訓，不可強梁。若有不諳，借問無妨。父母年老，朝夕憂惶。補聯鞋襪，做造衣裳。四時八節，孝養相當。父母有疾，身莫離床。衣不解帶，湯藥親嘗。禱告神祇，保祐安康。設有不幸，大數身亡。痛入骨髓，哭斷肝腸。幼勞周極，恩德難忘。衣裳裝斂，持服居喪。安埋設祭，禮拜家堂。逢周遇忌，血淚汪汪。莫學忤逆，不敬爹娘，才出一語，使氣昂昂。需索陪送，爭競衣妝。父母不幸，說短論長。搜求財帛，不顧哀喪，如此婦人，狗彘豺狼。〔註51〕

這種通俗的文字和日常化的生活指導很容易被文學水平不太高的普通女性接受，在道德傾向方面產生重要影響，而民間偶像和各種孝義文化的宣傳就更加促進了女性的孝親觀念。與男性不同的是，宋代女性雖然有權利接受教育，甚至是比較高級的教育，但生活的範圍被規定在了「內閨」，她們無法參與公共事務，在公共領域展現自己的才華，道德修養和文化素質必須完全展現在家庭之中，成為男性強大而恭順的內助。木蘭易裝走出家庭建功立業的故事僅僅出現在傳奇之中，日常生活中的普通女性要展現她們高尚的道德情操就只能在家庭之中恭順的侍奉父母和公婆。教育的普及和提高並不能說明女性地位的提高，但可以說明社會的進步和文化的發展，民眾的整體素質都在提升，人們對於女性有了更多的要求和期待，希望受到良好教育的女性能夠成為優秀的妻子和母親，為撫育下一代的成長做出貢獻。兩性在生活中彼此依靠，相互影響，所以在社會發展之時，兩性的道德水準和知識水平也必須一同發展提高，才能保證家庭的和諧和社會的穩定，而當社會越來越進步之時，處於優勢地位的男性也就更能清醒的認識到生活中女性對於其或顯性或隱性的重要影響。女教的發展同時也帶動了女性道德偶像的廣泛傳播和接受，木蘭作為一位道德完美，成就突出的優秀女性，有著充分的理由成為女性的典範，並對後世的女性文學和女性生活產生著影響。

綜上所述，承接唐代對於木蘭故事中孝文化因素的發掘，宋元時期的木蘭故事中孝文化部分得到了敘述者充分的重視。木蘭形象在在唐宋元的敘述

〔註51〕 【唐】宋昭若：《女論語》，收於《狀元閣女四書》，光緒壬辰年（1892）善成堂校刊。

中，木蘭因爲其英勇無畏的行爲和爲父犧牲生活甚至是在生命的高尚情操被奉爲道德模範，在一代代的敘述中由民間淳樸的少女，慢慢轉型成爲典範化的偶像，這使得木蘭故事在民間的傳播接受速度加快，但也導致了原本故事中富於想像力、趣味化和生動的內容，如易裝傳奇在典範化過程中被忽視。宋元時期的典範化過程與社會孝文化的發展和市民階層的興起等因素息息相關。首先，經濟的發展和印刷術的進步使得宋代的雕版書籍開始盛行，大量的類書和總集類書籍得以在市場上流傳。在唐代傳播有限的北朝《木蘭詩》在宋代被類書轉載收錄，並開始向民間廣泛流傳，這是木蘭形象能夠在宋元時期成爲民間偶像的客觀原因。其次，宋元孝文化的民間化和通俗化使得木蘭故事中的孝文化部分較之其他文化內涵在這一時期更受敘述者的關注，木蘭這位富有犧牲精神、創造出傳奇事蹟的道德偶像得到了宋元人的一致讚揚。繼承了唐人對木蘭行爲的提升和定性，伴隨著宋元孝文化的發展，木蘭在此時成爲了眞正對士人階層和民間社會都有著較大影響力的偶像。

第四節　明代：智慧與勇武的孝女

明代的木蘭故事中，孝文化部分仍然是重點內容，但在各文化主題在整體故事中的比例上不如宋元時期多。很顯然，木蘭故事主題中作爲主流文化的孝文化仍然保持著它的影響力，不過明人已經發現了故事中其他更富趣味性的部分：易裝傳奇。儘管孝文化主題在明代不再是故事中最爲重要的部分，卻仍然體現出了不同於唐宋元時期的新特點。木蘭的勇武和她在十幾年中獲取的赫赫戰功從《木蘭詩》的初始傳播期就得到了敘述者的一致讚美，她的強悍能力和高尚品德都是無與倫比的出眾。明代的木蘭故事孝道主題的敘述中，木蘭的能力與其孝行被賦予了因果聯繫：只有像木蘭一樣個性剛強獨立、有著過人的智慧和勇武的女性才能夠取得如此成就，木蘭的孝心也因爲其成就而得到充分的表達和彰顯。

一、智勇雙全的超能力：成爲典範的必要條件

明代的木蘭故事孝文化主題的敘述中開始增加了對於女性「智勇」的稱讚，如《明一統志》卷二十七中記載的木蘭故事：「木蘭隨宋州人，姓魏氏。恭帝時徵兵禦戎，木蘭有智勇，代父出征。歷年一紀，閱十有八戰，人莫識

之。凱還，天子嘉其功，除尚書不受。懇奏省親，及歸，釋戎服，衣舊裳，同行者駭之。遂以事聞於朝，召赴闕，欲納之宮中，木蘭曰：臣無媲君之禮。遂自盡，帝驚憫，贈將軍，諡孝烈。鄉人爲之立廟祀焉。」〔註52〕這段故事的文字基本與元代侯有造的《孝烈將軍祠像辨正記》相同，唯獨增加了「木蘭有智勇」一句。智勇是木蘭能夠取得赫赫戰功的重要條件，但在以往的敘述中，木蘭的智勇是暗藏在她的經歷之中，讀者必須憑藉對木蘭征戰十二年的想像推論她是多麼聰明智慧，勇武強悍。到了明代，孝女木蘭的能力和成就得到了重視，馮夢龍的《智囊補》將木蘭故事收錄在了閨智部雄略卷。智慧和謀略一般被認爲是男性所有，但女性的才華和能力也在此時受到了重視，尤其是像木蘭一樣通過自己的「超能力」實現孝行，並獲取成功的優秀女性。《耳類增談》卷八奇合篇「劉奇劉方夫婦」條中指出女性必須先有過人的資質，才有奇異的行爲：「木蘭祝英臺俱解文，劉方亦成韻，蓋必有異穎，始有異事。」孝文化原本應爲充滿正能量的文化，封建統治者也希望道德偶像向人民傳播正能量，以維護社會穩定和倫理秩序。原本存在於日常生活中平淡而瑣碎的孝道，源於血緣之愛的對長輩的關懷不容易被人們發現並宣揚，但卻是孝文化最爲基礎最核心的部分，是實際生活中應該被最重視的部分。而相對反常的孝行往往更能吸引大眾的目光，割股挖肝、郭巨埋兒式的殘酷的，帶有戲劇表演性質的極端孝行在一開始得到了同情和贊賞，因爲極端行爲並非常人所能達到，所以在一般人的認知中，劇烈的痛苦與強烈的感情和高尚的情操成爲正比。而愚昧盲目的模仿和以此爲手段獲取榮譽和利益的行爲就不再是值得贊賞和旌表的行爲，一部分文人學者開始贊賞那些更爲明智更符合情理的孝行。在唐宋元直到明中期之前，木蘭故事一直存在文人筆下的詩歌筆記之中，文人的心態和女性觀對於這一時期的木蘭故事影響較大。木蘭和其他女性的能力使她們做出了驚人的成就，儘管在北朝故事原型中，孤身少女極有可能在戰場上喪生，成爲另一種極端盡孝。但在歷代的敘述和經典化歷程中，木蘭從軍已經成爲傳奇，智勇雙全的少女通過高強本領取得了赫赫戰功，她爲父盡孝爲國盡忠，她所取得的成就也成爲了「孝」的一部分被人們銘記、贊賞。

　　這些對木蘭智勇超能力的讚頌和新經典《雌木蘭》大多出現在明代中晚期，僵化的理學思想在這個時期開始鬆動，社會經濟的發展和文壇中「主情」

〔註52〕【明】李賢修等撰：《大明一統志》，臺北：臺聯國風出版社，1977 年版。

思想的萌動使得木蘭故事開始由純粹的道德偶像向有一點點煙火氣和人情味的道德偶像方向轉變。智慧與能力是弱勢群體能夠在艱險環境中生存的必須條件，人們不再希望這位受人喜愛的女英雄受到傷害，所以通過強調木蘭的能力淡化了從軍的危險和痛苦，使得女英雄得以保全生命、貞操，並獲得榮譽。凱旋回歸、高官厚祿和依舊親密而幸福的家庭是對於孝女冒著生命危險的十二年艱辛軍旅生活的最好回報，高尚的道德和完美的成就同時鑄就了木蘭的輝煌人生。馮夢龍在其《情史》中有這樣一番議論：「情主人曰：自來中小節烈之事，從道理上作者必勉強，從至情上出者必真切。夫婦其最近者也，無情之夫，必不能為義夫，無情之婦，必不能為節婦。世儒但知理為情之範，孰知情為理之維乎。」〔註53〕馮氏筆下的「情」並非單指男女之情，而可以理解成為廣義上的人類合情合理的正常情感，理學思想原本為了規範不合理的欲望和情感，希望精英人士能夠提高自身的精神境界有效克制「非禮」的欲望，但顯然明代的理學已經失去了其原本的意義，也不再適應於經濟高速發展，物質生活日漸豐富的明代中晚期社會，對於合理的「情」的要求成為了新的社會環境中的必然趨勢。李贄用人類原始的「童心」來取代社會化的道德標準，認為：「天下之至文，未有不出於童心焉者也。」「蓋聲色之來，發於情性，由乎自然，是可以牽合矯強而致乎？故自然發於情性，則自然止乎禮義，非情性之外復有禮義可止也。惟矯強乃失之，故以自然之為美耳，又非於情性之外復有所謂自然而然也。」〔註54〕徐渭也主張：「古人之詩本乎情，非設以為之者也。」〔註55〕對於人類正常情感的尊重的同時，也暗含了反對戕害生命和人權的各種「愚孝」和「苦節」。這是木蘭故事中的孝文化主題在明代中的新發展。

二、《雌木蘭》：掌控家庭命運的強悍女性

《雌木蘭》對於木蘭故事的意義已經無需多言，徐渭的改編使得《雌木蘭》成為了一部新的經典，也使得故事呈現出新的形態。雜劇的體裁有益於這個故事模式被豐富和擴充，此前在詩歌和筆記評論中無法展開的情節得以

〔註53〕 【明】馮夢龍：《情史類略》，長沙：嶽麓書社，1984 年版，第 36 頁。

〔註54〕 【明】李贄：《焚書續焚書》卷 3「讀律膚說」，北京：中華書局，1975 年版，第 132 頁。

〔註55〕 【明】徐渭：《徐渭集》卷 19「蕭甫詩序」，北京：中華書局，1983 年版，第 534 頁。

在雜劇中充分表現。《雌木蘭》中的孝文化部分體現出了與以往故事中不同的形態，這些細微的改變被後世的故事創作所繼承和發展。

（一）良好教育與獨立思考

徐渭筆下的花氏木蘭是劇中的女主人公，而在故事的敘述中，木蘭也是家庭的主宰。在北朝《木蘭詩》中，原始故事中的木蘭就已經體現出了家庭中掌權女性的特質，但敘事詩的題材限制了故事的發展。在木蘭形象道德化演進的唐宋元時期，作爲偶像存在於詩歌和筆記中被讚頌崇拜的木蘭也沒有機會向讀者展示其家庭和孝行的原因及細節。通俗化的雜劇將木蘭的傳奇生活化，提供了較爲充分的空間向讀者展示孝女的生活和家庭。在故事的開頭，木蘭通過自述展現了其家庭狀況：父親是軍官，家境還不錯，弟妹幼小，無法幫助家庭。成年的長女木蘭在故事的一開頭就表現出了超強的責任感，同《木蘭詩》中的表現一樣，她在代替父親替家庭的未來打算。木蘭在決定替父從軍之前有了比較充分的考慮，她跟隨父親讀書習武：「況且俺小時節，一了有些小氣力，又有些小聰明。就隨著俺的爺也讀書，學過些武藝。」〔註56〕從故事的人物設定上來看，木蘭比弟妹年長較多，長期作爲獨生女在環境簡單但條件尚可的小家庭中應該得到了父母全部的愛。花父教女讀書在明代平民社會中比較常見，是女性受教育的普遍方式，而武藝就顯然不是普通女性教育中的一環。在文學敘述中我們發現，能夠得到不同尋常教育的女性通常都是家庭中最受重視的女子，教育背景是木蘭故事中的一個細節，但在這個細節中卻可以反映出木蘭作爲女兒的家庭地位。例如在《二刻拍案驚奇》中出現的，同花木蘭一樣出身武將家庭，易裝救父的聞蜚娥同樣能文能武，得到了父親的愛和依賴。聞蜚娥是聞家的掌權人，她用自己的眞能力和假身份來支撐門庭，自主選擇終身伴侶，並在父親遇到危機時採取有效地營救。聞家的實際家長是文化水平較高，更有能力的聞蜚娥，而聞父對女兒的愛和縱容使得聞蜚娥成爲了一位有能力易裝救父的孝女。《雌木蘭》中展現的花氏家庭與聞家相類似：女兒擁有出衆的天資、父母的愛、受到了超出同時期平均水平的良好教育，這些因素讓木蘭有了獨立思考的能力和自主決定命運的自信。在故事的敘述中，作爲女兒的木蘭冷靜地分析當前的形式，自己的優勢和替父從軍的可能性，並指揮「下屬」小環付諸實踐，木蘭對於未來的從軍

〔註56〕 【明】徐渭：《徐渭集》，北京：中華書局，1983年版，第1198頁。

生活不再向唐代韋元甫《木蘭詩》中表現的對艱苦生活的憂心忡忡，而是表現出了對於保衛家庭、建立功勳的豪情壯志：「休女身拼，緹縈命判。這都是裙釵伴。立地撐天，說什麼男兒漢！」「這與他兩條皮生出麒麟汗，萬山中活捉個猢猻伴，一彎頭平踹了狐狸塹。到門廳才顯出女多嬌，坐鞍轎誰不道英雄漢。」〔註57〕

（二）失去發言權的家長

女兒擁有過人的智慧和勇武強悍的性格，而曾經作為中級軍官的父親現在則是：「他年華已老，衰病多纏。想當初搭箭追雕穿白羽，今日呵，扶藜看雁數青天。呼雞喂狗，守堡看田；調鷹手軟，打兔腰拳。提攜咱姊妹，梳掠咱丫環。見對鏡添妝開口笑，聽提刀廝殺把眉攢。」〔註58〕消磨了壯志的老父曾經為家庭帶來了榮譽和利益，教育出了出色的下一代，但歲月和疾病已經讓男性家長不再有能力繼續支撐門庭。相對於女兒木蘭對危機的冷靜思考和充分準備，花父的舉動則是：「急得要上弔。」先斬後奏的木蘭讓她的父母心疼哭泣，但老兩口沒有做出強硬的阻攔。在故事中，始終是木蘭的母親在代替她的父親發言，失語的家長意味著家庭中傳統父權制格局已經開始動搖。在受禮教規則制約較少的小家庭中，有能力的女性暫時代替了家長的責任，就像明代文人對女性領導洗夫人的讚頌和認同一樣，儒家禮教的彈性允許人們為了生存對規則做一些暫時的改變，女代父權的木蘭絲毫不會引起男讀者對於失落父權的威脅感，因為她代行家長職責的前提是為了保護父母家庭、為父盡孝、為國盡忠。高尚的初衷之下，任何有越界嫌疑的行為都可以被諒解，也會得到讀者的認同。明代通俗文學中，男女兩性傳統秩序的顛倒和父權失落的情節比比皆是，例如《醒世姻緣傳》《醋葫蘆》《療妒羹》一類的世情小說描寫強悍的女性如何在家庭中控制她們的丈夫，這種女性的「妒悍」和男性的軟弱通常會被認為是社會政治秩序混亂、道德淪喪等在家庭中的一個小小的縮影而受到學者的譴責。而相對理性正派的女性將她們的強悍用在了保衛家庭，代替軟弱無能的家長行使職權的時候，這種行為就會得到理解和讚美。《醒世姻緣傳》中實際行使族長權力的晁夫人、精明強悍但有時會呵斥丈夫的狄婆子、拋頭露面用完美的外交活動拯救丈夫事業的童太太都是實際上掌管家庭權力的強勢女性，她們的行為也不是完全遵守儒家禮教對

〔註57〕【明】徐渭：《徐渭集》，北京：中華書局，1983年版，第1198頁。
〔註58〕【明】徐渭：《徐渭集》，北京：中華書局，1983年版，第1199頁。

女性的要求。這些女性因為其初衷的純潔和在事實上維護了家庭的利益而受到了表揚，越界並非完全不可，但必須有合理的理由，在完成了初始目的之後，越界的女性必須回到原有位置，讓越界行為變成暫時性地代理和緊急情況下的「從權」。以女兒之身代替父親完成兵役任務的木蘭毫無疑問的違反了「在家從父」的傳統規則，衰邁的父親根本無法約束這個獨立自主的女兒，女兒木蘭展現了她自己的強力意志，她對父親的孝心之下也隱藏著戰場征戰獲取名利實現自我價值的雄心。

　　當然，與清代作品相比，在《雌木蘭》中，女性的雄心或可稱之為野心表現的並不明顯，她的首要任務是代替父親完成兵役，但對於女性雄心地描寫是以往木蘭故事中沒有出現的內容。在北朝《木蘭詩》中，木蘭感受戰場殘酷是在從軍之後，唐代韋元甫《木蘭詩》讓木蘭提前明白從軍生活九死一生，年邁的父親可能無法保全性命，宋元故事僅僅強調道德因素，而對故事細節涉及極少，到了明代，這個內涵豐富而故事框架中又蘊含無數可共想像的因素的傳奇故事才開始被通俗文學重視並發展。木蘭從軍在《雌木蘭》中體現得遊刃有餘，充滿了英雄豪情，是真正的傳奇故事敘事模式，木蘭自己也認為：「這功勞得將來不費星兒汗。」女性智慧勇武的超能力被雜劇誇張擴大，而具有了一定的喜劇效果，木蘭的非凡成就成為了故事的重點，而非前代中含有犧牲意味和悲劇性的「苦孝」。自虐式的孝文化在明代社會中一直存在，通過傷殘肢體、毀滅生活的貞女和孝女也一直存在與於正史記錄和民間文學中，依然有文人讚美這些女性為了崇高精神所做出的奉獻，但《雌木蘭》及其他木蘭故事中出現的一點點異動也透漏出明代社會已經開始欣賞有才華有能力的女性和她們所做出的成就。木蘭成為了一種符號，她替父從軍的傳奇成為了一種模式，後人在對這位偶像及其傳奇事蹟進行傳承和歌頌的同時也在某些時候傚仿著偶像的精神和行為。明代的其他通俗作品中同樣提到了有能力的女性「仿木蘭」的現象，如《西洋記》卷五中提到：「金定道：木蘭女代父征西，豈不是個女子。妾自幼跟隨父兄，身親戎馬，武藝熟嫻，韜略盡曉，更遇神師傳授，通天達地，出幽入冥。番王道：也自要小心些。姜金定道：若不生擒僧人，活捉道士，若不拿住唐英張柏，火燒寶船誓不回朝。」〔註59〕有著出眾能力的女性不願意放棄能夠為國家盡力或是為家庭盡孝的機

〔註59〕【明】羅懋登：《三寶太監西洋記》，北京：華夏出版社，1995 年版，255頁。

會，女性的能力增加了她們的自信，也增強了男性掌權者對她們的信任度。這些「仿木蘭」的女性都有著超出普通女性的教育背景，她們的智慧和勇武是保證她們完成傳奇經歷的基礎。

（三）明代女性觀的進步

明代女性觀的進步導致了明代木蘭故事中人情化和對孝女能力地讚美。據對胡文楷《歷代婦女著作考》中著錄文獻地統計，明清前歷代單獨出版正式著作的婦女共有 117 人，而明朝一代就達到了 242 人，清朝更多達 3667 人〔註60〕。這僅僅是有文集正式出版的女性人數，撰有零星詩文傳世的女性更遠遠超過此數。明清時期，主流文人開始對女性的才華與能力表現出了強烈的興趣。數量眾多的閨秀才女湧現出來，她們積極地進行各種類型的文學創作，公開出版個人詩文集，女性創作的彈詞小說和戲曲也開始風靡大江南北，受到廣泛歡迎。這使得一直漠視女性創作的主流文人不得不關注這一社會現象。人們開始對女性的最終價值到底是「才」還是「德」展開討論，持這種論調最有名的文人是家族裏前後擁有二十幾位閨秀才女的葉紹袁，他在《午夢堂集》中明確提出女性的「三不朽」：「丈夫有三不朽，立德立功立言，而婦人亦有三焉，德也，才與色也，幾昭昭乎鼎千古矣」。〔註61〕一些有影響力的文人名士也開始強調才華和智慧對於女性的重要性，袁枚《隨園詩話補遺》卷一稱：「俗稱女子不宜為詩，陋哉言乎聖人以《關雎》《葛覃》《卷耳》冠《三百篇》之首，皆女子之詩」。戴鑒《國朝閨秀香咳集》序中也提出「詩所以道性情，固盡人而有者也。世多云女子不宜為詩，即偶有吟詠，亦不當示人以傳之，何其所見之淺也。昔夫子訂詩，周南十有一篇，婦女所作居其七。召南十有四篇，婦女所作居其九。溫柔敦厚之教，必宮幃始，使拘拘於內言不出於閨之說，則早刪而去之，何為載之篇章，被之管絃，以昭示來茲哉。」〔註62〕一部分學者指出對女性進行高等文化教育有助於幫助她們知書明理，使女性能夠自覺地遵守道德教化。《閨範》的作者呂坤曾就保守派反對女子讀書一事提出反對意見：「今人養女多不教讀書識字，蓋亦防微杜漸之意。然女子貞

〔註60〕 胡文楷著，張宏生合著：《歷代婦女著作考》（增訂本）上海：上海古籍出版社，2008 年。

〔註61〕 【明】葉紹袁著，冀勤輯校：《午夢堂集序》北京：中華書局，1998 年版，第 2 頁。

〔註62〕 【清】許癭臣輯：《國朝閨秀香咳集》，上海：上海申報館叢書，鉛印本。

淫之道多不在此。果教以正道，令知道理，如《孝經》《烈女傳》《女訓》《女誡》之類，不可不熟讀講明，使她心上開朗，亦閨教之不可少。」〔註63〕章學誠《婦學篇》中也說：「古之賢女，貴有才也。前人有云：『女子無才便是德』者，非惡才也，正謂小有才而不之學，乃爲矜飾驚名，轉不如村嫗田嫗不至貽笑大方也。」精英階層開始正視女性教育的重要性，而大量女性詩文集的公開出版也意味著她們背後男性家長的大力支持，和主流文化對這種社會現象的默許。優秀女性群體的出現和受到承認也成爲了木蘭故事中孝女英雄木蘭的智勇和能力受到重視的另一個原因。徐渭在《雌木蘭》創作中就明確受到了明代勇武強悍女性地影響，明代被稱爲「我朝兩木蘭」的韓貞女黃善聰故事流傳甚廣，勇武女將秦良玉和三娘子的出現也成爲明代女英雄的新傳奇。徐渭在萬曆四年，應宣化總督吳兌之邀來到塞北，見到了主貢市的三娘子，作《邊詞》二十六首讚揚優秀女性：「漢軍爭看繡兩襠，十萬彎弧一女郎。喚起木蘭親與較，看她用箭是誰長。」萬曆八年，徐渭又作客馬水口，創作《西北三首》：「西北誰家婦？雄才似木蘭。一朝馳大道，幾日隘長安。紅失裙藏鐙，塵生襪打鞍。當壚無不可，轉戰諒非難。」女性的智慧和勇武給徐渭留下了深刻印象，在他眼中這些有能力且道德高尚的女性理應得到贊賞，而有著超常才華的女性的野心和欲望也得到了承認。明中後期的思想解放和重情思潮讓人性中合理的一面逐漸被解放出來，一直以來作爲道德偶像受人崇拜的木蘭故事中被忽略的人性化的一面也開始出現在明代的故事敘述中。

　　明代的木蘭故事是木蘭故事演變過程中的轉型期，在故事孝文化方面地新發展包含了時代地進步和文學地發展等多方面因素，雜劇的體裁也不同於以往的詩歌筆記，提供更多的空間來描繪人物感情。敘述木蘭故事文體地改變也是造成木蘭故事孝文化主題開始轉型的重要原因，孝女故事在唐前極少出現於史冊和文學之中，在唐後則較多地存在於正史列女傳、筆記文言小說等作品之中。明代以女孝爲題材的通俗文學作品數量較前代有了極大的提升，以戲曲爲例，現存表現女性孝行的戲曲有 7 種，如《節孝記》《躍鯉記》《埋劍記》《五福記》等，在內容上，以表現女性孝養長輩親屬爲主〔註64〕。慘烈極端的孝行存在於史冊之中，而主要受眾群爲底層文人百姓的戲曲則著

〔註63〕　【明】呂坤著：《閨範》，官箴書集成編纂委員會，官箴書集成，合肥：黃山書社，1997 年版。
〔註64〕　范紅娟：《明清女孝戲曲初探》，《信陽師範學院學報》，2012 年第 3 期。

重強調了日常生活中女性的孝行。這種勸孝的戲曲道德教化意味很濃，而其較爲生動的故事和通俗流暢的語言唱白也比一般的詩文更容易被人接受，因而也具備更強的教化效果。舞臺上的孝女孝婦的孝行爲觀眾提供了娛樂的同時也在潛意識中提供了人們日常生活的樣範，而廣受歡迎的戲曲等通俗文學也促使了偶像故事更快更廣地傳播接受。木蘭故事地傳播經由了唐代韋元甫的重寫和宋代類書總集的收錄轉載，直到明代開始成爲了雜劇通俗文學中的素材。在此之前，敘述故事的文體一直以詩歌筆記爲主，而《雌木蘭》不僅僅是故事內容上的轉折點，在文體方面也有著同樣的轉折。從《雌木蘭》開始，木蘭故事開始走向通俗文學，清代的木蘭故事開始以通俗文學爲主導，並且在人物、情節等諸多方面也受到了《雌木蘭》的極大影響。

第五節　清代：高尙的道德楷模與世俗化的親情

清代的木蘭故事文體方面較之前代更爲全面，通俗小說戲曲和曲藝文學成爲了故事的新載體。經歷了前代的積累，木蘭故事在清代達到了高潮，故事中的各個主題都在這一時期得到了充分地演繹。在敘述故事的文體方面，清代也有了新發展，篇幅較長，形勢較爲靈活的通俗文學更利於情節地擴充和人物形象地豐富，使這一時期的木蘭故事孝文化主題出現了新特點：唐宋元時期模式化典範化的孝在清代的通俗文學作品中被描寫得更有人情味，父母與子女的親情描寫被突出出來，甚至有些作品通篇以描繪家庭親子之情爲主。另一方面，從唐代就已經開始的對木蘭道德的歌頌一直沒有斷絕，但單純的道德偶像歌頌在清代已經開始式微。

一、女性筆下的木蘭故事：孝心之下暗含的野心

明清時期是封建時代女性文學大發展的時期，除了傳統的詩文作品，女性創作的彈詞小說和戲曲等通俗文學地出現成爲了清代文學史上特有的現象。木蘭女作爲歷史悠久、影響廣泛的優質女性偶像也同樣地成爲女作家們常常歌詠創作的對象，彈詞小說中也出現了大量的與木蘭經歷相似的易裝女英雄。同樣是歌頌孝女的高尙品德和傑出的孝行，女性筆下的木蘭從軍與以往男性筆下的道德偶像呈現出不同的形態。如高景芳《紅雪軒稿》卷二《木蘭篇》云：

符秦氣焰方昭灼，廟堂初用王景略。聲教雖難及豫吳，軍容已
足威沙漠。兜鍪之間有異人，弓刀技藝皆絕倫。替爺從軍十二載，
克敵塞外事業新。歸來論功不受賞，請假還家到鄉黨。父母歡愉弟
妹迎，鏡裏容華覺年長。脫卻戎妝換縞綦，黛眉掃出春風姿。依然
不改女兒樣，同行夥伴皆驚奇。人生立志孝與義，男女形殊心不
異。呂榮荀灌俱慨慷，寧止木蘭增意氣。〔註65〕

王采薇《長離閣詩集》卷二《木蘭詞》中言：

生男勿喜歡，生女勿悲酸。女生當懸弧，女足亦莫雙行纏。不
見木蘭女，代爺征可汗。出門望行塵，日色青漫漫。顧笑諸少年，
泣行何汍瀾。流塵凝雙眉，飛露綴兩肩。閨中何能貴，不及鐵衣錦
韉黃金鞍；閨中何能豪，不及衝霜度雪聽風湍。蛇矛丈八氣決前，
精感白日昏沙煙。生還見天子，天子動色言。腰金佩玉作纖步，綽
約顧影驚千官。上堂拜父母，父母疑重看。開簾覓我故時鏡，手脫
長劍分雙鬟。君不見東家女兒好顏色，朝貧穿針暮貧織。西家女兒
衣盈箱，自矜嫁得金郎。男兒封侯妾何有，要取黃金自懸肘。〔註
66〕

在這兩首詩中，女作者都有著相似的想法，認為女性應該有同男性一樣建功
立業展示自己的機會。她們希望憑藉自己的能力和才華在社會中謀得一席之
地，而非如一般女性一樣作為男性的附庸，自矜於父親與丈夫帶來的金錢與
地位。在女性文本中，木蘭的地位和榮譽由自己充滿勇氣與智慧的十二年征
戰獲取，因而更值得敬佩和傚仿。同樣是歌詠木蘭高尚的孝德，女作家的關
注點在於木蘭的忠孝是源於其不遜於男性的豪情壯志，對於傳統偶像和封建
道德觀地推崇中暗含著「男女形舒心不異」的男女平等之論。這些受到良好
教育的女性同樣有著建功立業的豪情，她們與男性有著同樣的教育背景和能
力，卻不得不將自己深藏於深閨之中。木蘭盡孝在女性作者眼中是一種展示
自己才華和品德的機會，女性作者們願意向世人展示自己的能力，憑藉高尚
的品德和自強自立的精神獲取尊重和榮譽。當然，從唐宋以來，對於木蘭忠
孝地歌頌中就不乏「女勝於男」的言論，但男性作者最終意指的是：在封建
社會中，女性承擔的社會責任與男性不同，如木蘭一般的優秀女性不僅僅有

〔註65〕【清】高景芳撰：《紅雪軒稿》，六卷，康熙刻本。
〔註66〕【清】王采薇撰：《長離閣詩集》，一卷，嘉靖刻本。

超凡脫俗的高尚情操，主動承擔了超出預期的責任，而且創造了男性也難以奇蹟的成就，這樣的道德楷模值得人們讚揚並景仰。換言之，男性在意的是木蘭的孝行維護了儒家禮法和父權家長的權益，而在功成名就之後馴順地回到了原有的位置。而對於女性來說，孝心是一種充滿誘惑的理由，在「盡孝」地掩護之下，女性表現出了對於能力、成就、和進入公共領域實現自我價值的渴望。對於一部分具有「野心」的清代女性來說，木蘭易裝之旅意味著獲取榮耀之旅。通過「盡孝」這個理由，女性有了公開展示自己才華的機會，她們獲得了巨大的成就，而又不會影響女性的榮譽。在孝文化地籠罩下，女性有了充分的理由做出一些有「越界」嫌疑的危險之事而不受任何非議。木蘭的易裝傳奇就是女性中的一個完美樣本，有文獻證明，《木蘭詩》在元代之時就已經成為女性讀物，女英雄木蘭在歷代地傳播接受中成為女性心中的偶像，不僅僅是因為她的孝道，木蘭的傳奇經歷和非凡成就也打動了生活相對單調的平凡少女。《再生緣》中的皇甫長華就以木蘭為女性的榜樣：「小姐筵前心欲碎，一聲悲歎起櫻桃。咳，好生慚愧，空長癡癡十五年，可能忠孝未能全。父母出戰難隨去，不及當年花木蘭。小姐完言遮粉面，悲聲哽咽淚如泉。」長華認為少女應該在家庭遇到危機之時仿傚木蘭一樣挺身而出，解決危難。而事實上皇甫長華在後來果然易裝落草，成功地保護了自己的母親，完成了孝女的責任。另一位易裝女英雄孟麗君則在孝心之下隱藏了自己的野心：

> 想當初，宋朝正值寧宗帝。有二位，女扮男裝蓋世人。一個是，落蕊奇才謝氏女；一個是，廣南閨秀柳卿雲。俱因事急施良計，接木移花上帝京。金榜標名都及第，到後來，團圓骨肉有芳名。麗君生在元朝內，萬卷詩書也盡聞。七步成章奴可許，三場應試我堪行。日常間，父親三人分題目，每比哥哥勝幾分。奴若改妝逃出去，學一個，謝湘娥與柳卿雲。倘然天地垂憐念，保祐得，皇甫全家不受刑。那其間，蟾宮折桂朝天子；方顯得，繡戶香閨出俊英。倘若夫家俱被害，孟麗君，何妨做了報仇人。奴若不，轟轟烈烈為奇女，要此才華待怎生。〔註67〕

對於夫家的孝心和保全貞潔地需要當然是最為合理的易裝理由，但顯然孟麗

〔註67〕 【清】陳端生著：《再生緣》，鄭州：中州古籍出版社，1982 年版，第 142 頁。

君合理的理由之下流露出了越界的野心。她希望能夠通過易裝得到展示自己才華的機會，成爲轟轟烈烈的奇女。清代女性筆下的彈詞小說中，易裝出走有著傳奇經歷的少女幾乎都與木蘭一樣有不得已的理由：她們的家庭或是本人的貞潔遇到了危機，爲了保護家人的安危和自身的名譽，她必須採取特殊時期的特殊辦法：易裝出走。盡孝與守節是封建時代儒家禮教對於女性地最高要求，爲了維護孝心與貞操，即使採取了暫時「越界」的特殊手段也會被社會輿論允許，就如易裝從軍的木蘭被奉爲孝女偶像一樣。然而當這些女性真正進入到公共領域並獲取成就之後，對於權力和利益地需求，對於過獨立有尊嚴的生活地渴望就使得女性無法再回歸原有的位置屈服於相對枯燥而單調的家庭生活。在這一點上，清代女性作品中「仿木蘭」的易裝女性與木蘭故事中的結局迥然不同。木蘭故事中，家人團圓和平穩安定的家庭生活是木蘭經歷了血與火的考驗後最爲渴望的歸宿，她毫不在意的放棄了十二年征戰所獲得的官職和地位。而清代彈詞小說中的易裝女性則渴求地位與名利，因爲高官厚祿給予了易裝女性尊嚴與榮耀，代表了社會對於女性能力地承認，這一點是普通女性所無法企及的。傳統的木蘭故事模式給有野心的女性提供了一個既不會觸怒主流文化，又有空間展示自己才華進行「越界」之旅的故事範型。這也是易裝故事得到女性歡迎且不會受到主流文化非議的原因。

　　清代的女性文化較之明代有了進一步的發展，在女性作品的數量、種類上都有非常大地進步。社會地發展和變革也衝擊著傳統的性別格局，從明中期之後，傳統的儒家禮法制度就開始受到西洋新知的衝擊，一向以自我爲中心的天朝人必須被動的承認世界正在多元化。西方人的技術與價值觀連同鴉片和槍炮一起打開了古老帝國的大門，統治者和知識階層必須開始面對新的危機，迎接新的挑戰。儒家思想曾經是先進的思想文化，孝治思想有效地穩定了社會，減少了爭端，但到了政治經濟形勢複雜，內憂外患齊聚的清代中後期，單純的順從長輩和權威的道德教育已經無法跟上社會的形勢。而在社會變革之時，知識女性階層也在開始考慮自身的價值和傳統生活方式的意義，孝道當然是現階段無法違背的核心價值觀，但在孝道的掩護之下實現個人價值的傳奇故事開始受到了女性群體地歡迎。彈詞小說中的易裝故事模式正如才子佳人後花園的俗套一樣，雖然千篇一律但仍有其打動人心，引人遐思的空間。故事模式給女性帶來的強烈代入感，而一遍遍地仿寫、續寫也帶給女作者女讀者同樣地快感。

二、人性的回歸：通俗文學中對家庭親情的關注和細膩描繪

　　木蘭故事在清代的發展中達到了高峰，出現了三部以木蘭爲主角的長篇小說：《木蘭奇女傳》《閨孝烈傳》《花木蘭歷史演義》，部分出現木蘭故事的《隋唐演義》；傳奇戲曲《雙兔記》《馬上緣》《雙環記》《木蘭從軍》等等，通俗曲藝作品如鼓詞《繪圖花木蘭征北鼓詞》、子弟書《花木蘭》等。從北朝的《木蘭詩》到明代《雌木蘭》出現的近千年中，木蘭故事地流傳一直以詩文筆記爲主，篇幅較短的文學體裁併不利於故事的擴充和發展，而對木蘭忠孝、貞潔品德地讚頌和木蘭形象的道德模範化也限制了這個充滿獵奇色彩、越界意味的故事類型地進一步發展。長篇通俗文學爲展開故事情節、豐富人物性格提供了一個機會，清代的木蘭故事中，不僅僅是易裝傳奇和婚戀主題得到了豐富和發展，孝文化部分也呈現出了與前代不同的形態。作爲傳統道德模範的木蘭對於父母的孝在絕大部分清代通俗作品中都體現的相當有人情味，女兒與父母的愛和互動在在故事中被充分體現出來。應該說，在故事的源頭北朝《木蘭詩》之中，木蘭與父母的天然親子之情就有著體現，如「爺娘喚女聲」和「爺娘聞女來，出郭相扶將」。天然的親情激發了木蘭的孝，這種源於血緣之愛的情感被後世文人作爲可以教化世人的高尚典型。

　　在唐宋元時期，木蘭被奉爲道德典範，原詩中她的質樸眞摯情感被在歷代地敘述中轉變爲至爲高尚的道德情操，而到了明代中後期，木蘭故事中天性的孝和父母對於女兒地愛在《雌木蘭》中又有提及，清代的通俗文學作品這本身源於天性之愛的孝又被列爲了重點。傳奇《雙兔記》中在描述木蘭決定替父從軍之時，花弧又驚又痛，教導女兒內則女訓，認爲作爲父親不能讓年輕的女兒去送死況且軍營男女混雜，有礙女兒清譽。木蘭則認爲：「況人生夢中幻境又誤間，何必分女共男，將來一死何足戀，趁著這氣力全，二八之歲正芳年，幹一椿事業可經天，方顯得不枉在人間。」〔註68〕木蘭母親不捨女兒經歷辛苦和危險：「兒呵，你要這樣，你母親可就疼殺了。」木蘭以死相逼，父母才勉強同意。身爲父母當然希望兒女生活得平安如意，木蘭的父母在危機來臨之時也沒有絲毫犧牲兒女人生的念頭。木蘭的孝心和建功立業之心使得她做出了替父從軍的決定，但父母並不同意。《雙兔記》中父母對於女兒替父從軍的反對在木蘭故事中是第一次出現，這一點細節體現出了父母對

〔註68〕 【清】永恩：《游園四種》，乾隆禮親王府刻本。

於子女的關愛，木蘭則以死相逼，用女兒的任性來迫使父母同意自己的決定。木蘭的父母甚至因爲女兒地離家而導致了夫妻矛盾，母親不捨嬌女遠行，遷怒於丈夫：「啊，我兒哪裏去了，外：安人少哭。老：你這無恥的又說什麼。唱（五供養）：天可憐嬌兒此去諸事由天，若能保平安，不枉行孝念。」〔註69〕牽掛女兒的父母還讓老家人千里送棉衣，生怕女兒受到絲毫委屈。在情節上繼承《雙兔記》改編的章回小說《閨孝烈傳》中也同樣強調了木蘭與父母的親子之情，尤其是父母對於子女的疼愛。木蘭在家庭中的主導地位在此前的故事中都是推論而出，而在《閨孝烈傳》中，故事則直接指出：「原來花桑之和賈氏有了年紀，懶管家務，所以把家業盡交花木蘭管理，由她使用，家人由她調遣。所以花小姐吩咐出來的話，誰敢不遵。」〔註70〕故事中第三回用了半回的文字詳細描寫父母在聽聞女兒意欲替父從軍後的痛苦爲難，母親賈氏：「我的嬌兒呵，你哪裏去得？只說得這一句話，將花木蘭扶住，撲簌簌兩眼流下淚來。」父親花桑之則眼淚汪汪，叫聲：「夫人，這還有什麼商量：自古及今，哪有女兒出兵之理，這雖是女兒的一點孝心，我爲父的哪裏忍使她去。」〔註71〕老兩口既感慨女兒的純孝，又愧疚自己無能，父母複雜的心理被表現得淋漓盡致。在木蘭以死相逼，表現出不可扭轉的決心之後，父母也勉強同意了女兒的要求，但母親對於女兒的依戀仍然不可遏制：「賈安人心中那裏捨得，連忙隨後趕來，看看花小姐已出了客廳，老安人就不便出去，只得把身子閃在屏風後，眼裏含著淚……三人才要出門，忽聽得賈安人在屏風後放聲大哭……老安人一面遞給，一邊眼睜睜瞧著花木蘭戀戀不捨。」〔註72〕《閨孝烈傳》在藝術上成就較差，但在這一段眞摯而細膩的對父母愛女之情地描摹卻不遜於同時期任何一流之作。親子之間的愛被通俗作品詳細地向讀者展現出來，從而使得傳統「高大全」的孝女形象有了生命力和生活氣息。

如果說唐宋元時期的木蘭故事中以強調木蘭作爲女兒對於父母地奉獻犧牲爲主，那麼從明末到清代，父母對於女兒的愛就開始被凸顯，尤其以曲藝說唱類作品最爲突出。鼓詞《繪圖花木蘭征北鼓詞》、子弟書《花木蘭》、四川唱本《木蘭從軍》中都有分量比較大的文字來描述父母如何不捨女兒遠行，

〔註69〕【清】永恩：《漪園四種》，乾隆禮親王府刻本。
〔註70〕【清】張紹賢：《閨孝烈傳》，合肥：黃山書社，1991年版，第10頁。
〔註71〕【清】張紹賢：《閨孝烈傳》，合肥：黃山書社，1991年版，第14頁。
〔註72〕【清】張紹賢：《閨孝烈傳》，合肥：黃山書社，1991年版，第16頁。

如何牽掛女兒的安危，在女兒回歸之後的悲喜交加。子弟書《花木蘭》中用了大量文字來鋪敘父母對女兒地不捨和疼愛，反覆強調寧可自己喪生沙場，也不捨嬌女冒險受苦：

> 花公說我勸孩兒休生此念，女孩兒家靜守閨門是正經。你本是一朵花兒才開放，怎比我蒲柳之姿已凋零，與其叫嬌兒身作疆場的鬼，莫如我一堆老骨去奔前程。何況你自幼何曾離父母，你的娘怎捨我兒去上軍營。安人說嬌兒若去老身先死，我在那黃泉路上等你的魂靈……（木蘭堅持替父從軍的決定）

> 安人說莫非真要拋捨了我，難為你鐵石心腸絕了孝情。可憐我嬌養孩兒如雛鳳，恨不能口兒銜著掌兒上擎。可憐我乳哺三年非容易，恨不能一口氣兒便吹成。可憐我推乾就濕吃辛苦，恨不能變著法兒疼。到如今長成人物便要離父母，也忍得年老的爹娘似風裏的燈。看看你這如花似玉的嬌模樣，怎禁得杳杳長途沐雨櫛風。而況且軍中苦楚言不盡，教我心中怎不慟情。老天殺無端教女學武藝，弄得他志大心高要去從戎。〔註73〕

在子弟書《花木蘭》中，木蘭的父母並不希望女兒以這種激烈的方式去盡孝，母親甚至認為女兒替父從軍遠離家庭讓父母擔憂才是不孝。父母希望女兒平安順意，繼續普通人的人生，哪怕木蘭無才無德胸無大志，在家中繼續享受父母疼愛也勝過去戰場征戰辛苦。四川唱本《木蘭從軍》更是略過了從軍征戰細節，完全以描述家人感情為主，例如描寫父親木老漢向木蘭講述十二年對女兒的思念：

> 父的兒自從軍朝朝牽掛，人須在病苦中心在天涯。盼年歲秋復冬春去又夏，望不到一封信兩眼望瞎。父為兒去求籤測字問卦，等我兒見一面瞑目黃沙。想著急拍胸膛自毀自罵，總之我惜老命做事有差。又愁兒涉高崗元黃戎馬，又慮兒感時疫庸醫誤事。又慮兒兵敗北敵眾我寡，又慮兒藏不住水月鏡花。幸虧你處非常能真能假，十二年無缺陷完璧歸家。〔註74〕

以往木蘭故事中，表達感情的都是木蘭的母親，而「替父從軍」故事中的男

〔註73〕劉烈茂，郭精銳主編：《蒙古車王府鈔藏曲本》，江蘇古籍出版社，1993年版，第991頁。
〔註74〕四川唱本，《木蘭榮歸》，成都：思賢堂民國二十四年本。

性家長父親卻處於一種失語的狀態。父親對於感情地表達較爲含蓄，鮮少有長篇大段的鋪敘內心情感。在以上木蘭故事中，木蘭的父母都不同意女兒出征，擔心愛女的安危，木蘭以生命相威脅父母才勉強放行，而在木蘭離家之後，父母也百般不捨，思念萬分，甚至導致夫妻關係的變差。

木蘭的崇高孝行在唐宋元和明代中期之前的故事敘述中是值得誇讚的榮耀，而在清代通俗作品中，女兒地離去給父母留下了無盡的傷痛，「孝女」的虛名帶來的榮耀比不上平凡人平安團聚的幸福人生，木蘭離家從軍在其個人是爲父盡孝，也同時帶有了自我價值實現的目的，而對於父母來說，因爲自己的無能讓心愛的女兒冒險吃苦成爲了最大的傷痛。小家庭中親密無間，較少受到禮教束縛的親子之愛使得通俗小說中的木蘭重現又展現出北朝《木蘭詩》中淳樸自然的感情。唐宋元明時期單純地強調子女向父母道德化模式化盡孝，在明末到清代的通俗文學中開始轉變爲父母子女雙向的愛地表達，正因爲木蘭在日常生活中得到了父母無微不至的愛，所以在家庭出現危難之時她才會出於本能地保護自己的雙親與家庭。父母與女兒地情感互動讓曾經模式化的道德偶像重新煥發出人性的光輝，木蘭故事中孝文化主題地人性化回歸也與清代人情小說發展的因素有關。

隨著時代地進步和文學地發展，文學作品中關於人情人性地描述也在不斷趨於複雜化和多元化，對於傳統的孝文化描寫也是如此。在清代，傳統式的孝女描述仍然存在於文學作品和歷史記錄、傳記筆記等文獻之中，而通俗文學中出現的對人的眞實感情地尊重，對人類複雜情感地體察和生動描述則是時代進步的新元素。經濟地發展、時代地變革和西洋文化地輸入等原因使得清代各階層的精神世界發生了一定的變動，但延續了幾千年的價值觀不會在短時間內完全從人們的生活中退散。廣受歡迎、傳播極廣的通俗文學作品中對於人情人性的尊重和敏感體察意味著廣大的受眾已經習慣並喜愛這種更爲符合人類本性的情感表達。源於人類原始血緣之愛的「孝」，在經過了政治化制度化倫理道德化的改變之後，又重新回歸了其原本的位置。

第三章　木蘭故事與易裝文化

　　木蘭故事中的易裝傳奇是故事中極爲重要的一個部分。從北朝到清代，敘述木蘭故事的一百餘部文獻之中有半數以上的作品與易裝相關，其中明清時期的二十六部小說戲曲作品全部與易裝主題有著極爲密切的關係。易裝是整個木蘭故事中最富傳奇色彩的部分，對明清時期的通俗文學影響極大，也成爲了敘事文學中的一個重要題材。在一千多年的故事演變中，北朝和唐代將木蘭的易裝視爲慷慨壯烈的奇蹟，態度比較明朗大方；宋元時期木蘭故事廣泛傳播，木蘭被視爲道德偶像，但對故事地敘述卻迴避了易裝情節；明代的木蘭易裝故事有了突破性地發展，雜劇《雌木蘭》成爲木蘭故事系統中的新經典。較長篇幅的雜劇對於木蘭易裝故事的敘述更爲細緻，強調易裝細節和保持貞潔的不易；清代的易裝故事則在明代的基礎上更爲豐富多元，完善了明代的易裝細節，使得故事更符合情理，也更加曲折離奇引人入勝。在一千多年的木蘭故事演變中，易裝故事從明朗的傳奇到避而不談的空白再到興盛和豐富，這個轉變的歷程展現了社會環境、禮教風俗等多方面複雜因素對於故事文本地影響。

　　本章從易裝文化角度關注木蘭故事，首先梳理了易裝的文化淵源，總結易裝故事在文學中的發展脈絡；然後通過木蘭易裝故事歷代的故事演變，考察故事的文化內涵，進而揭示出影響故事生成和演變的內在文化動因。

第一節　易裝文化溯源

　　服裝對於人類有著特殊的意義，從人類社會中出現等級和制度開始，人們身上的服裝就不再僅僅是保護身體的工具。不同的服裝定義了不同階層人

的身份地位，是人類外在最明顯的身份證明。兩晉司馬彪所撰《續漢書》首次在正史中設置了《輿服志》，用以專門記載輿服制度，《輿服志》的出現代表著服裝制度的成熟。此外，《晉書・輿服志》《南齊書・輿服志》《隋書・禮儀志》《舊唐書・輿服》《新唐書・車服志》及《宋史・輿服志》《遼史・儀衛志・輿服志》《金史・輿服志》《元史・輿服志》《明史・輿服志》《清史稿・輿服志》等，幾乎各代的正史中都有關於當代服裝禮儀風俗制度地記載，可見服飾制度在封建時代的重要意義。對於封建時代的人們來說，服裝地作用首先是區分了性別，然後則是劃分了社會中的各個階層。以《隋書・禮儀志》為例，《禮儀志》中首先分述了男女兩性的服裝，次序上男性先於女性，高級階層先於低級階層，不同等級的官員、平民都有著不同地著裝要求，而女性的服飾則隨著其從屬的男性的級別地變化而變化。各個階層的服裝制度要求不僅僅是出於經濟條件地限制，更多的是人們地位身份地象徵。輕易地改變自己階層所規定的服裝意味著犯罪，尤其是那些低級階層僭越高等階層服裝的行為。身為高等階層，也不能隨便地改變自己服裝，過於隨心所欲地穿著會被認為是「服妖」，受到當時主流文化地譴責。而當大量民眾不顧法規，隨意穿著時，就是被認為是亂世的前兆。儒家文化的三綱五常理論強調社會秩序，讓社會各個階層的人、家庭中各種角色的人明確自己的職責並安於自己的地位，使社會能夠有序安定地發展。所以，歷代以儒家文化統治天下的封建王朝都十分重視關於禮儀制度和服裝文化，都會在法律中對於不同階層、不同場合的服裝有著詳細的規定。人類社會中服裝區別最大的當屬男女兩性的服裝，服裝最為直觀的區分了性別，在一個人的一生之中，可能會因為身份地位的變遷而嘗試不同階層的服裝，但基本不會有機會穿著異性的服裝。易裝，對於任何時代的人來說都不是生活中的常態。

　　無論在任何時代，公開與主流文化和道德準則作對都是及其個別且極富勇氣的行為，尤其是對於在封建社會中處於弱者地位的女性來說，對抗主流文化意味著要面臨極大地風險。沒有話語權的女性不能自主參與制訂社會規則，只能被動的服從由掌握權力的男性統治者規定好的禮教規則。男性統治者指定的規則限定了女性的生活範圍，也界定了她們思想的界限。《周易・家人》中就指出：「女正位乎內，男正位乎外，男女正，天地之大義也。」〔註1〕

〔註1〕 【魏】王弼注、【唐】孔穎達等正義：《周易正義》，上海：上海古籍出版
　　　　社，1990年版，第4卷，第91頁。

從宇宙秩序的高度界定了男女兩性在家庭生活和社會生活的分工。《禮記‧內則》篇則更爲細緻地規定了男女生活空間及著裝規則：「男不言內，女不言外。」「內言不出，外言不入」「男子居外，女子居內，深宮固門，閣寺守之，男不入，女不出」「男女不通衣裳」〔註 2〕詳細的禮制爲女性的生命軌跡做出了規劃，被定義於「內」的女性必須將活動的範圍局限在家庭之中，不能隨意外出更不能進入被男性掌控的領域參與公共事務。處於被統治者地位的女性想要打破這一規則比一般男性士人更加艱難，統治階層往往爲了維護自己的統治地位加倍的關注被統治者的些微動向，確保沒有任何威脅自己統治秩序的事端發生，所以，在封建時期，儘管一般情況下女性不參與政治，不參與經濟活動，不參與有關國計民生的重大決策，但男性仍然小心謹慎地看守著這被定義爲弱者的群體，努力讓女性沒有任何違反現有秩序的機會。既然不被允許進入到公共領域，既然掌控公共領域的必須是男性，那麼，出於各種目的必須要進入公共領域的女性就必須隱藏自己的性別身份以男性身份出現，女性易裝故事便由此產生。

一、宋前女性易裝概況

殷商之時，成熟的宗法制度還沒有形成，父權制度也沒有從家庭領域的制度上升到政治制度。性別意識雖然已經產生，但還沒有形成系統化的規則制度。在這個時期中，生產力極度不發達，成年男性和成年女性同樣是生產、祭祀、戰爭等活動中不可或缺的重要勞動力。所以此時的女性要比後世處於宗法制度和儒家禮法控制下的女性有著更多的自由。女性不需掩飾身份也可以出入公共領域，參與公共事務。從殷商時期的金文、卜辭等文獻來看，貴族女性，尤其是有著出眾能力，特殊貢獻的女性在國家中有著較高的地位，受到了君主的讚美和人民的愛戴。殷商時期神權至上，國家中如有大事必須向上天詢問，通過占卜得到上天的指示，而卜辭中大量有關女性的內容也證明了此時女性在國家中的重要地位。以婦好故事爲例，這位著名的女性領導人公開的參與到政治、戰爭和社會生產之中，受到殷王武丁和民眾地讚美。由於上古時期文獻極少，沒有資料能夠證明婦好是否是穿著男裝上陣，但以當時的生產力情況和服裝情況來看，爲了戰場上活動的方便，戎裝的女性基

〔註 2〕 【漢】鄭玄注、【唐】孔穎達等正義：《禮記正義》，上海：上海古籍出版社，1990 年版，第 27 卷，第 518 頁、531 頁。

本上可以被認為是等同於一般的男裝。在上古時期，生產力極度不發達，禮儀和規則都不完善，生存顯然是最為關鍵的問題，男性和女性的不同社會分工顯然還沒有形成固定的制度。所以，在性別分隔制度沒有成型的上古時期，女性有機會進入到公共領域之中，不需要掩飾自己的原本性別，這些強悍有能力的貴族為整個國家的安全和繁榮做出了貢獻，理所當然的進入到了後世被認為是男性專屬的領域，作為戰爭的將領保衛自己的領地和民眾。在這個時期內，並不存在著後世中「越界」的易裝，和易裝所帶來的種種煩惱，在殷商卜辭和金文中出現的婦好及其他湮沒於歷史中，沒有留下姓名和事蹟的女性一樣，在部落和人民需要的時候，自然而然地改換戎裝，奉獻自己的力量。

　　進入到戰國時期後，宗法制度已經成熟，也已經出現了比較完備的禮法規則和男女不同社會分工的道德準則。但由於長時期的戰亂導致勞動力、兵力銳減，在特殊時期，強壯的女性也可以超越她們的本職工作，充當戰鬥力。《史記‧田單列傳》中記載了田單在與燕國的戰爭中，啓用女兵來進行防禦的事蹟：「田單知士卒之可用，乃身操版插，與士卒分功，妻妾編於行伍之間，盡散飲食饗士。令甲卒皆伏，使老弱女子乘城。」〔註3〕說明在戰爭的關鍵時期，女性也能發揮自己的力量，而且這種軍事行為是公開的。《墨子備城門篇》中記錄：「守法五十步，丈夫十人，丁女二十人，老、小十人計之，五十步四十人」。又，「廣五百步之隊，丈夫千人，丁女二千人，老、小千人，凡四千人，而足以應之。此守術之數也。」其中的「丁女」──成年女性，承擔著和「丈夫」同樣的守城工作，在城池受到侵略而戰鬥力不足的時候，女性也必須走出家門參與到防衛和後勤工作當中。在這種情況下，女性可以公開進入本來應該是男性領域的戰場，不論是守城還是征戰，都不可能穿著平時女性特徵明顯，不便行動的女裝。行動便捷，有一定防護作用的戎裝應該才是比較正常的裝備。在戰國時期，儘管已經公開出現了女性從軍，但畢竟女性不是常備戰鬥力，應該沒有單獨為女性準備的特殊戎裝，在戰爭生死攸關的時刻，臨時拿男性服裝使用是在情理之中的。在生產力不發達和戰爭頻繁，朝不保夕的先秦兩漢時期，禮法雖已成型，但首先要讓位於生存，女性和男性性別隔離在戰爭時期當然就不再重要。女性公開以戎裝或是男裝進入公共視野的情況中，如女英雄婦好一樣有著崇高地位，受人敬仰，又有著征戰指

〔註3〕　【漢】司馬遷撰：《史記》第 82 卷《田單列傳》，北京：中華書局，1959　年版，第 2455 頁。

揮天賦的女性領導極為少見。絕大多數的女性都是在生死關頭在男性將領的指揮下被迫進入戰場，她們的努力和奮鬥可能使戰局扭轉，獲得勝利，也可能像其他男性低級士兵一樣成為炮灰，悲慘死去。女性易裝從軍的行為在這個時期並不像後世文學作品中對於女性將領的描述那麼浪漫傳奇，而是處處充滿著死亡的威脅。

　　秦漢時期，男女生活空間，職責分隔的禮教制度已經開始成為從上層社會到民間底層都需要遵守的社會準則，但女性也有公開進入政壇和戰場記錄。在成年男子無法應付繁重的兵役勞役之時，統治階層往往用成年女性來補充勞動力的不足。秦漢時期的戰爭頻繁，生產力較為低下，剛剛形成的道德倫理規則必須讓位於生存，統治者不得不讓一部分女性進入男性專屬領域進行勞作。《列女傳・仁智傳・魯漆室女》有「男子戰鬥，婦女轉輸，不得休息」的記錄，說明特殊時期女性也要在戰場上從事後勤工作，保證戰鬥地有效進行。而秦漢時期這些被統治者驅使進行高強度勞作和危險兵役的女性沒有留下易裝改服的文獻記載。秦漢時期的貴族男性服裝為大袖寬袍，袍分曲裾和直裾兩種，普通貧民一般穿著短小而便於勞動操作的衫褲。貴族女性服裝為大袖寬衣，庶民女子為上衣下裙，裙腰較高而上衣窄小。高腰裙便於女性日常生活的家務勞作，但顯然並不適用於高強度的兵役和勞役，從事運輸防禦工作的女性極有可能改換方便活動的男性服裝以適應高強度的勞動。

　　從上古時期婦好的故事到秦漢時期的女性兵役材料，我們從中可以看出，在禮教制度沒有成型的時期，男女雙方的生活領域和職責並沒有被完全分開，身為女性的婦好和男性的王同樣擁有權力，也共同承擔著保衛部落人民的職責。婦好徵兵上戰場的行為不需要男性身份地掩飾，因而也就不需要易裝。而到了秦漢時期，儒家思想已經開始成為社會中的主流，更在漢朝時期借由政權地力量成為統攝王朝的意識形態，儒家禮制中對男女兩性的要求開始從上流社會深入到底層和民間，即使是統治階層的女性也不再具有和婦好同樣的自由和權力。一般情況之下，女性進入男性專屬的公共領域已經不被允許，但當戰爭開始人力不足的時期，在統治者的權力意志之下，底層女性則必須進入原本已經被男性控制的公共領域：戰場，去補充男性戰鬥力的不足。在這個時期，這些進入男性領域的女性可能身著男性戎裝，從事男性的工作，但並不是傳統意義上的易裝故事。秦漢女兵的易裝不是出於其本人的意志，而是出於統治者的強權要求。她們被迫從事著超出體力地艱苦勞動，

甚至是在前線作爲炮灰以迷惑敵軍。底層女性和底層男性一樣，生命與尊嚴都被統治階層視爲草芥，絲毫沒有自主權。女性的易裝和女性進入到公共領域的事情在漢魏之前雖時有發生，且被史冊記錄，但都與後世文學作品之中的易裝故事有著較大的差距。雖然如此，但在歷史記錄中，這些勇敢、強悍、具有陽性氣質的女性以及她們在公共領域的作爲都爲後世女性地易裝行爲提供了樣範。

魏晉南北朝到唐代的這一時期內，社會上開始出現了較多的女性易裝現象，除了木蘭故事之外，著名的梁祝故事也源於六朝時期。晚唐張讀在其《宣室志》中引用了梁元帝蕭繹的《金縷子》中的梁祝故事：

> 英臺，上虞祝氏女，僞爲男裝遊學，與會稽梁山伯者同肄業。山伯，字處仁。祝先歸。二年，山伯訪之，方知其爲女子，悵然如有所失。告其父母求聘，而祝已字馬氏子矣。山伯後爲鄞令，病死，葬鄞城西。祝適馬氏，舟過墓所，風濤不能進。問知有山伯墓，祝登號慟，地忽自裂陷，祝氏遂並埋焉。晉丞相謝安奏表其墓曰『義婦冢』。〔註4〕

一般來說，易裝較多地出現於戲劇表演和文學作品之中，而在現實生活中的易裝則較爲罕見。無論男女，處於比較嚴格的性別分離制度之中，想要改變自己的性別特徵都很困難，不僅僅是技術上的難題，更有著來自社會輿論的巨大壓力。而在魏晉南北朝到初盛唐時期中的歷史記載中，卻出現了較多的女性易裝現象。除了木蘭和祝英臺這兩個流傳千古的著名易裝女性故事之外，《南史》中還記載了一位易裝爲官的女性故事：「東陽女子婁逞變服詐爲丈夫，粗知圍棋，解文義，遍遊公卿，仕至揚州議曹從事。事發，明帝驅令還東。逞始作婦人服而去，歎曰：『如此之伎，還爲老嫗，豈不惜哉。』此人妖也。陰而欲爲陽，事不果故泄，敬則、遙光、顯達、慧景之應也。」〔註5〕與廣受稱贊的木蘭故事相比，婁逞缺少進入男性領域的合理理由，她具備出眾的才能，試圖通過自身的努力獲取功名地位，但很顯然男權社會並不認可這樣的行爲。婁逞的易裝行爲被文人視爲「服妖」，政府下令她回歸原有的性別身份，但除此之外她沒有受到更爲嚴苛的懲罰。改變性別的行爲破壞了社

〔註4〕 【清】翟灝：《通俗編》，卷37「梁山伯訪友」條引【唐】張讀《宣室志》。

〔註5〕 【唐】李延壽：《南史》，卷45《崔慧景傳附東陽女子婁逞傳》，北京：中華書局，1975年版，第1143頁。

會秩序，無論是受到讚揚的木蘭、受到同情的英臺還是受到譴責的婁逞都有意地掩飾自己的易裝身份，試圖不被發現。而公開的易裝行爲，則是對傳統倫理秩序的有力挑戰。《晉書・五行志》和《宋書・五行志》的服妖篇中出現了對當代女性肆意改變服飾秩序的記載：「惠帝元康中，婦人之飾有五兵佩，又以金銀玳瑁之屬，爲斧鉞戈戟，以當笄。」除了頭飾之外，女性的鞋子也發生了變化：「初作屐者，婦人頭圓，男子頭方。圓者順之義，所以別男女也」而「至太康初，婦人屐乃頭方，與男無別」。〔註 6〕相信讖緯預示的南北朝人認爲女性的「服妖」現象預示了賈后專權和晉王朝的滅亡。除了女性之外，處於上層社會的世族男性的易裝現象更爲普遍。魏晉時期的世族男性多有修飾儀容，傅粉化妝的愛好，在《世說新語》中，特有「容止」一類，用來收錄時人品評人物容貌、服裝、氣質風度的文字。化妝本爲女性的特權，但魏晉一部分世族男性逾越了這個性別的界限，模糊了原本清晰的性別特徵。《世說新語》卷下「容止」條記載：「何平叔美姿儀，面至白；魏明帝疑其傅粉。正夏月，與熱湯餅。既啖，大汗出，以朱衣自拭，色轉皎然。」《晉書・五行志》和《宋書・五行志》也都記載「尚書何晏好服婦人之服」，魏明帝曹叡則「著繡帽，披縹紈半袖」〔註 7〕「傅粉何郎」遂成爲後世一個形容男性美貌的著名典故。《顏氏家訓・勉學篇》中也記載了南朝時期的世族男性服飾風尚：「梁朝全盛之時，貴遊子弟……無不薰衣剃面，傅粉施朱，駕長簷車，跟高齒屐，坐棋子方褥，憑斑絲隱囊，列器玩於左右，從容出入，望若神仙。」明帝與何晏是在政壇和文壇有著較強影響力的人物，他們的行爲對於世風當然有著較強的影響力，特別的容貌與服飾創造出魏晉名士注重容貌修飾、品評外形風度的風尚，然而過份的特別則被視爲「服妖」受到當時主流文化的譴責，而戰爭時期女性的易裝則往往出於保全生命的現實目的，北朝時期正史與詩歌中記載的勇武征戰，不亞於男性男性的女子不在少數，如李波小妹、楊大眼妻潘氏等等，她們在上戰場廝殺之時自然是身著便於行動的戎裝。特殊的戰爭環境和少數民族風俗的影響造就了北朝女性勇武善戰的特徵，也使得戎服和胡服成爲了北朝女性服飾的一個特點。呂一飛先生在分析南北朝時期漢族和少數民族服飾的特徵時指出：「（少數民族）男女服裝界限不甚嚴格，

〔註 6〕　【唐】房玄齡等：《晉書》卷 27《五行志上》，北京：中華書局，1974 年版，第 824 頁。

〔註 7〕　【唐】房玄齡等：《晉書》卷 27《五行志上》，北京：中華書局，1974 年版，第 823 頁。

有些服飾男女通用，所以，女著男裝的情況從漢族的眼光來看，比較普遍。
如上文所談到的鮮卑長裙帽，男子可以戴，婦女也可以戴。合袴，男人可以
穿，女人也可以穿。小袖袍，男人穿，女人同樣穿靴，也是男女都可以穿，
等等。但是在漢族服飾中，男女的界限卻非常嚴格，不能混同。胡服的這一
特點，是因為其社會中尚存母系氏族的古風遺樸，婦女社會地位較高，與男
子平等，沒有男尊女卑的社會風氣等原因所造成的。」〔註8〕在一定程度上繼
承了北朝胡風和母系氏族遺存的唐王朝中，女性胡服與易裝的現象依然比較
常見。在初盛唐時期，女性著男裝或胡服是一種社會風尚，史傳、筆記和小
說中都有女性在公開場合穿著男裝、胡服或戎裝的記載。《新唐書‧五行傳》
有載：「高宗嘗內宴，太平公主紫衫、玉帶、皂羅折上巾，具紛礪七事，歌舞
於帝前。帝與武后笑曰：『女子不可為武官，何為此裝束？』」太平公主的易
裝行為沒有受到父母的批評制止，對於女兒在公開場合更改服飾秩序的行
為，高宗和武后僅僅覺得有趣，而沒有加以譴責。《新唐書》卷三十四志第二
十四中記載開元進士李華曾抨擊當時的服裝潮流：「婦人為丈夫之象，丈夫為
婦人之飾，顛之倒之，莫甚於此」，「吾小時南市帽行，見貂帽多，帷帽少，
當時舊人，已歎風俗。中年至西京市帽行，乃無帷帽，貂帽亦無。男子衫袖
蒙鼻，婦人領巾覆頭。勿謂幼小，不遵訓誡，所見所聞，頹風敗俗，故申明
舊事，不能一一也。」李華認為當時的流行風尚是對傳統道德規則的叛逆，
他對易裝潮流的譴責也說明當時的易裝現象之普遍。而考古文物中女性著男
裝的現象也比較多見，唐代墓葬中常見女扮男裝和女性身著胡服的畫像和陶
俑，如永泰公主墓、懿德太子墓、章懷太子墓等。另外昭陵長樂公主墓中出
土男裝女騎馬俑和胡服女騎馬俑各一、唐高祖外孫女段蘭璧墓中有男裝女騎
馬俑一尊，天井 4—5 壁畫中有男裝侍女像、新城長公主墓中過洞 2—5 壁畫
中有捧包裹秉燭的男裝侍女像等等，傳為宋徽宗摹本唐人張萱的《虢國夫人
遊春圖》中也有男裝女侍的形象。從北朝時期開始的胡風傳入和民族融合也
對唐代時期的女性易裝產生了影響，唐代有相當部分的女性易裝是身著胡
服，輕便利於行動而性別差異較小的胡服。在北朝木蘭故事之中，木蘭的改
裝顯得比較自然，故事中沒有提供木蘭如何從少女裝扮為男性士兵的細節，
只簡單敘述了木蘭準備戰略物資的過程，也沒有提供木蘭改換性別身份所遇

〔註8〕 呂一飛：《胡族習俗與隋唐風韻》，北京：書目文獻出版社，1994 年版，第 1
頁。

到的困難。唐代對於木蘭易裝故事的敘述非常明朗，易裝本來十分常見，但木蘭十二年易裝而不為人知在敘述者看來是個奇蹟。易裝故事中所蘊含的越界危險和性意味在故事中都沒有提及。從北朝到唐代對於易裝故事的明朗大方態度顯然與社會中較多的女性易裝現象有著密切的關係。

二、宋代以後存在於文學作品中的易裝

從女性易裝的歷史來看，宋前的女性易裝多出於史書和現實生活之中，而宋以後，現實生活中的女性易裝現象減少，易裝女性開始較多地出現於文學作品和戲劇表演之中，尤其是在明清時期，易裝傳奇開始成為通俗文學作品中重要的故事類型。才子佳人小說、戲曲、女性所創作的彈詞等等通俗文學中存在著大量的女性易裝故事。

宋前的女性易裝產生原因有二：一是因為生產力極度低下，或是戰爭時期的特殊需求，要求女性易裝或戎裝進入到男性領域參與生產或戰爭。二是由於禮教制度不夠規範，統治階層對於女性打破性別秩序的行為不甚在意。木蘭易裝故事的產生與以上兩種原因都有關聯。而到了宋代以後，社會經濟有了較大幅度地提升，比較穩定的社會環境和日漸發展的經濟條件使得女性不必過多的承擔兵役與勞役的職責，而日益發展並深入到民間生活中的禮教制度也使得兩性生活空間的分隔越來越嚴格，女性不再像唐代一樣有公開易裝的自由。從宋初開始，統治者就開始有意識地整頓服飾制度，規範各階層與行業的服飾等級差別。從唐代以來的女性道德教育到宋代以後開始向民間普及，《女孝經》《女論語》《女小兒語》《女兒經》等女性教科書專門強調女性道德規範，試圖通過教育使女性完全服從於儒家倫理道德。另外，在思想界，學者們更為關注女性對家庭生活乃至於社會生活中的重要意義，所以對於女性道德與行為的要求也越來越嚴格。宋明理學的開山祖師周敦頤在《通書‧禮樂》中指出：「禮，理也；樂，和也。陰陽理而後和。君君、臣臣、父父、子子、兄兄、弟弟、夫夫、婦婦，萬物各得其理，然後和，故理先而樂後。」他還認為：「治天下有本，身之謂也；治天下有則，家之謂也。本必端，端本，誠心而已矣；則必善，善則，和親而已矣。家難而天下易，家親而天下疏也。家人離，必起於婦人，故暌次家人。」張載在《女戒》中十分強調對女子順從品質的培養，認為：「婦道之常，順為厥正。是曰天明，是曰帝命。嘉爾婉婉，克安爾親，往之汝家，克施克勤！爾順維何？無違夫子。無然皂

臬，無然訾訾。彼是而違，爾焉作非？彼舊而革，爾焉作儀？惟非惟儀，生女則戒。」對於女性道德的強調和約束更嚴格的限制了女性思想與行為，有良好教養的上層社會女性的生活空間應該被嚴格的限定在閨閣之內，她們的純潔道德和良好操守被認為是士人階層的榮耀。宋元時期出現在史料中的女性公開易裝現象明顯少於唐代，易裝的女性圖像、雕塑等等也極為罕見。所以，在宋元時代的木蘭故事之中，充滿越界危險的易裝故事被敘述者忽略，木蘭的易裝在這一時期出現了空白，這與宋元時代禮教制度進一步嚴格化、民間化，和思想界開始重視女性道德規範有著比較密切的關係。

明清時期的女性易裝開始較多地出現在文學作品之中，小說、戲曲、曲藝作品中都常常以女性的易裝作為素材進行創作。木蘭易裝故事也在這一時期得到了極大地豐富與發展。明代時期出現了與木蘭並稱的「我朝兩木蘭」韓貞女與黃善聰，這兩位易裝女性的故事被明人史冊、筆記、小說中層層轉載，重述，在明代影響頗廣。韓貞女故事較為簡單，對於其本人的心態、易裝改裝的困難等描述較少，而黃善聰故事則相對豐富也更曲折動人。黃善聰在易裝過程中與異性有著正常的交往，雖然她嚴守秘密保持了貞潔之身，但異性朋友的求愛和他們受到祝福的婚姻使得這個故事被蒙上了浪漫的色彩。黃善聰得到了世俗意義上的幸福結局，她的故事也為明代木蘭故事的改寫提供了靈感和素材。這受到讚揚的「兩木蘭」地出現也並非常態，韓貞女遭遇了賊寇戰亂，為保全生命不得不易裝改服，作為底層士兵混跡於軍隊之中。韓貞女並未像木蘭一樣在逆境之中奮發圖強，用智慧和勇武獲取戰功，所以並未成為傳奇偶像，她僅僅是一個普通女子，在困境之中憑藉小心謹慎和運氣保全了生命和名譽。黃善聰未經戰亂和危難，她的易裝源於困窘的市民家庭環境，在幼年之時，黃善聰服從於家長的意志易裝隨父經商，慢慢成長為一個普通的小商販。這兩位易裝女性雖於木蘭經歷相似甚至在明代與木蘭齊名，但卻缺少非凡的成就和道德上的感召力，所以並未如木蘭一樣成為大量通俗文學中的故事素材。明清以後，易裝女性的故事開始廣受歡迎，戲曲、小說、彈詞、鼓詞等通俗文學中易裝情節大量出現。在這些易裝故事之中，女性的欲望得到了一定程度上地彰顯，求偶與實現自我價值等目的開始在文本呈現，易裝過程中產生的衝突、誤會、易裝女性心裏的轉變和糾結也得到了豐富。在明清時期的易裝故事中，男性與女性的文本有著較大的不同：在男性文本中，既有如木蘭一樣解救親人危難而出走的女性，也有為了尋找合

適才子配偶的易裝佳人，對於男性文本來說，易裝只是使故事豐富曲折的手段，在達成目的之後，這些易裝女性通常會馴順地回歸原本的身份。在女性文本中，易裝成為了女性實現自我價值，施展才華獲取認可的必經之途，易裝女英雄通過在公共領域的成就獲取滿足感，這種傳奇故事也同樣取悅了無法走出家門的閨秀讀者們。女性文本中的易裝女性通常不願意回歸閨閣，戰場與朝堂上帶來的榮譽感和獨立自主的快感使得她們不願再雌伏於閨中，受制於他人。所以，女性筆下的易裝女英雄往往如木蘭一樣有著高尚的目的，純潔的操守和傑出的成就但卻不願如木蘭一樣平靜的回歸原本的性別身份。

從宋代到清代，易裝故事開始從現實中淡化，而被大量的應用在通俗文學作品之中，成為民眾喜聞樂見的故事模式。易裝女主角的女性心理、易裝細節等內容在故事中被豐富和發展，易裝故事中存在的戲劇性、衝突性和曖昧的性意味都在故事中得到一定程度上的體現。木蘭故事的發展演變也暗合了這一時期整個易裝故事的演變脈絡。

第二節　北朝至唐代的木蘭易裝故事：慷慨壯烈的奇蹟

北朝到唐代時期是木蘭故事產生並初期傳播期，這一時期的木蘭故事數量有限，敘述故事的文體以詩歌筆記占絕大多數，在故事情節人物形象等方面也基本沒有脫離原北朝《木蘭詩》。在故事的易裝主題方面，北朝到唐代的敘述者驚異於木蘭易裝十二年的奇蹟，並讚美了女英雄的品德與成就。這一時期的故事中對於易裝傳奇的態度比較明朗大方，木蘭的易裝顯然是一個奇蹟，受到了關注與讚揚，但此時的故事中沒有特別提出易裝是一件不可思議的事情，木蘭的傳奇在於十二年來不為人知的奇蹟和其出眾的成就。北朝到唐代時期的故事顯然與這一時期的時代背景和社會中頻繁出現易裝女性的風尚有著密切的關係。

一、北朝時代背景與勇武而強悍的女性

由於詩歌體裁的局限，《木蘭詩》中對木蘭易裝的描寫比較簡略，沒有提到易裝細節。僅僅用「東市買駿馬，西市買鞍韉，南市買轡頭，北市買長鞭」幾句描寫了木蘭準備從軍所需的物資，但沒有提到女性如何成功易裝為男

性，更沒有提到一個少女如何在男性群體中維護自己的秘密。木蘭回家後的「開我東閣門，坐我西閣床。脫我戰時袍，著我舊時裳。當窗理雲鬢，對鏡貼花黃。」從戎裝改換為普通女性裝扮，這一系列的動作都顯得非常大方自然，沒有絲毫的扭捏羞澀和為難痛苦。不管是易裝為男性，還是回歸為女性，在《木蘭詩》中都體現出一種比較明朗大方的態度。木蘭這十二年隱藏真實身份的生活在《木蘭詩》中略有描述：「萬里赴戎機，關山度若飛。朔氣傳金柝，寒光照鐵衣。將軍百戰死，壯士十年歸。」這幾句詩比較形象的描繪了普通士兵的從軍之苦，但如果單拿出來說是男性士兵的經歷也並不突兀。《木蘭詩》中沒有提供木蘭如何隱藏自己的女性秘密；如何與男性士兵相處；如何克服女性生理難題；如何以一個未經世事的少女之身去面對與之前的生活經驗完全不相同的世界。《木蘭詩》提供了一個充滿想像空間的情節架構，但對於其中最吸引讀者遐思的細節問題並沒有作過多描述。《木蘭詩》中向讀者展現了一個奇蹟：一位少女易裝為男性進入戰場殺敵，全身而退並獲取赫赫戰功，她的真實身份十二年來都不曾被人發現。木蘭需要易裝進入戰場來代替父親的兵役，並且在長達十二年的時間裏都要嚴守這個秘密不被人發現，說明在北朝時期，女性作為普通士兵上戰場不是制度所允許的現象。但從《木蘭詩》沒有過多描述易裝細節和易裝後的困境可以發現，女性的易裝和勇武在當時看來是自然而然的事情。木蘭從軍前僅僅是有從軍裝備的準備，而沒有提到少女是否會騎馬和基本的武藝，彷彿木蘭在閨閣中就已經精通騎射，從軍僅僅是需要掩飾性別而不需要再強調技能上的磨練。在面對徵兵危機時，木蘭的第一念頭即是替父從軍，說明對於少女木蘭來說，紡織雖然是日常生活的一部分，但作為士兵需要的騎射技能也不在話下。只有對自己的本領有著相當的自信才能能在短時間內做出替父從軍的決定。

（一）戰爭環境的影響

《木蘭詩》描述了戰亂時期的家庭悲劇和英雄傳奇，戰爭是詩歌的最重要背景。從漢末開始，三國紛爭之後的「八王之亂」和「永嘉喪亂」使得當時的社會生產力遭到嚴重損壞，人民流離失所，無以為生。西晉王朝滅亡後，北方地區進入到「五胡十六國」的亂世征戰之中，在一百多年間，北方地區經歷了五個民族：匈奴、鮮卑、羯、氐、羌統治的十六個執政時間極短的王朝：成漢（304～347）、漢趙（304～329）、後趙（319～351）、前涼（301～376）、前燕（337～370）、前秦（351～394）、後燕（384～409）、後秦（384

～417）、西秦（385～431）、後涼（386～403）、南涼（397～414）、北涼（397～439）、南燕（398～410）、西涼（400～421）、夏（407～431）、北燕（409～436）。頻繁的政權更迭與戰爭動亂必然導致人口銳減，民不聊生，人民生活的困苦艱難。《慕容皝載記》中形容戰後的場景：「百姓流亡，中原蕭條，千里無煙，飢寒流隕，相繼溝壑。」〔註9〕《晉書·孝愍帝紀》中記錄戰爭之後：「千里無煙爨之氣，華夏無冠帶之人，自天地開闢，書籍所載，大亂之極未有若茲者也」。〔註10〕《冉閔傳》中描述石趙戰爭：「青、雍、幽、荊州徙戶及諸氐、羌、胡、蠻數百餘萬，各還本土，道路交錯，互相殺掠，且饑疫死亡，其能達者十有二三。諸夏紛亂，無復農者。」〔註11〕北魏王朝統一北方之後，北方地區經過了短暫的和平，由於統治階級內部矛盾得不到解決，很快又爆發了內戰六鎮起義，從北魏建立到分解為東魏西魏的一百多年間，相對和平穩定的時期不到五十年。而後的北齊、北周政權崛起，取代了東魏西魏政權，北方地區仍然不得安寧，烽火連天。從漢末到隋王朝建立的三百多年間，北方地區長期分裂，各個政治集團爭權奪利導致了戰爭頻繁，干戈迭起。在這種社會環境下，即使是要通過戰爭獲取政權和利益最大化的統治階層及精英文人都對必須承認戰爭給人民帶來的痛苦。曹操《蒿里行》云：「白骨露於野，千里無雞鳴。生民百遺一，念之斷人腸。」〔註12〕陶淵明《歸園田居·其四》寫道：「徘徊丘隴間，依依昔人居；井竈有遺處，桑竹殘朽株。借問採薪者：此人皆焉如？薪者向我言：死歿無復餘。」〔註13〕而生活在社會最底層，直接接受戰爭帶來的死亡體驗的則是普通民眾，他們對於戰爭之苦的控訴則更為深切。北朝時期的民歌中有許多是在控訴戰爭帶來的苦難。

　　《企喻歌辭》：「男兒可憐蟲，出門懷死憂。屍喪狹谷中，白骨無人收。」〔註14〕

〔註9〕 【唐】房玄齡等撰：《晉書》卷109《慕容皝載記》，北京：中華書局，1974年版，第2823頁。

〔註10〕 【唐】房玄齡等撰：《晉書》卷5《孝愍帝紀》，北京：中華書局，1974年版，第2144頁。

〔註11〕 【唐】房玄齡等撰：《晉書》卷107《冉閔傳》，北京：中華書局，1974年版，第2795頁。

〔註12〕 【三國】曹操著：《曹操集譯注》，北京：中華書局，1979年版，第13頁。

〔註13〕 【晉】陶淵明著，王瑤編注：《陶淵明集》，北京：人民文學出版社，1956年版，第35頁。

〔註14〕 【宋】郭茂倩編撰：《樂府詩集》，北京：中華書局，1979年版，第363頁。

《紫騮馬歌辭》:「十五從軍征,八十始得歸。道逢鄉里人,家中有阿誰」〔註15〕

《隔谷歌》:「兄在城中弟在外,弓無弦,箭無括。食糧乏盡若爲活?救我來!救我來」〔註16〕

無論戰爭的理由是否正當,無論是侵略方還是保家衛國的正義的一方,最底層的人民永遠無權享受戰爭帶來的最終利益,只能以血肉之軀被動地承受戰爭的殘酷破壞。所以在這樣的戰亂時代裏,在原有的秩序與規則幾乎都被破壞之時,對於民間百姓來說,生存就是首要問題,所謂「男女大防」的性別規則自然也就不如前代的嚴格。戰爭的環境造就了北朝彪悍的民風,這一時期男女多勇武豪邁,善於騎射,以便在特殊環境之下能夠保護生命財產的安全。這種民風在文學作品中也有體現,《琅琊王歌辭》中描述武士對於兵器的喜愛:「新買五尺刀,懸著中梁柱。一日三摩娑,劇於十五女」〔註17〕,《折楊柳歌辭》中對於騎手的讚美:「健兒須快馬,快馬須健兒。蹕跋黃塵下,然後別雄雌」〔註18〕都體現了北朝時期對於勇武精神的讚美。這個時期也湧現出了許多英勇不亞於男性的女子,如《魏書·楊大眼傳》中記載的北魏名將楊大眼妻潘氏:「善騎射,自詣軍省大眼。至於攻陳遊獵之際,大眼令妻潘戎裝,或齊鑣戰場,或並驅林壑。及至還營,同坐幕下,對諸僚佐,言笑自得,時指之謂人曰:『此潘將軍也。』」潘氏的勇武豪放之氣和不遜於男性的騎射本領受到了丈夫的讚揚,她的易裝戎服,進入戰場殺敵是公開的行爲,沒有受到非議和質疑。〔註19〕除了官軍中的勇武女將領,在民間有黑社會性質的團體中,女性也一樣地強悍善戰,《魏書·李安世傳》記載:「廣平人李波,宗族強盛,殘掠生民。……公私成患。百姓爲之語曰:『李波小妹字雍容,褰裙逐馬如卷蓬。左射右射必疊雙。婦女尚如此。男子安可逢!』」〔註20〕在這樣的社會環境中,木蘭的勇武和強悍絕不是個別現象,無數像木蘭一樣的女性爲了在戰亂環境下生存下來,練就了一身本領,在家庭和國家需要的時

〔註15〕 【宋】郭茂倩編撰:《樂府詩集》,北京:中華書局,1979 年版,第 365 頁。

〔註16〕 【宋】郭茂倩編撰:《樂府詩集》,北京:中華書局,1979 年版,第 368 頁。

〔註17〕 【宋】郭茂倩編撰:《樂府詩集》,北京:中華書局,1979 年版,第 363 頁。

〔註18〕 【宋】郭茂倩編撰:《樂府詩集》,北京:中華書局,1979 年版,第 369 頁。

〔註19〕 【北齊】魏收撰:《魏書》卷 73《楊大眼傳》,北京:中華書局,1974 年版,第 1634 頁。

〔註20〕 【北齊】魏收撰:《魏書》卷 50《李安世傳》,北京:中華書局,1974 年版,第 1176 頁。

候同男性一樣戰場殺敵。如楊大眼妻潘氏和李波小妹一樣強大的女性在戰爭時期也是珍貴的資源，可以公開戎裝進入戰場，戰爭時期朝不保夕的危險環境和女性自身的能力讓北朝時人的生存需求戰勝了和平時期對於禮教規則。

（二）北朝掌權女性與少數民族風俗遺存

《詩經・國風》的開篇章節《周南》和《召南》所言「關關雎鳩，在河之洲，窈窕淑女，君子好逑」以及「維鵲有巢，維鳩居之，之子于歸，百兩御之。維鵲有巢，維鳩方之。之子于歸，百兩將之。維鵲有巢，維鳩盈之。之子于歸，百兩成之。」中描述了歷代儒者理想中的后妃形象，女性的貞靜、柔順、恭敬等美德受到了讚美。另一方面，作為隨時接觸最高統治者的女性，能夠克制自己的欲望，為國君和國家奉獻犧牲的同時不過份參與政治的女性也是收到主流文化讚美的對象。所謂「男子正位乎外，為國家之主，故有知則能立國。婦人以無非無儀為善，無所恃哲，哲則適以覆國而已……蓋以其多言而能為禍亂之梯也。若是，則亂豈真自天降……特由此婦人而已。」〔註21〕如果女性對於權力過於熱衷，憑藉特殊身份參與政治非常容易惹禍端，《詩經・大雅・瞻卬》中「哲夫成城，哲婦傾城。懿厥哲婦、為梟為鴟。婦有長舌，為厲之階。亂匪降自天，生自婦人」的「亡國亂後」周幽王後褒姒則是女媧的典型。在封建王朝的任何時期，主流道德觀都要求女性恪守本分，貞潔柔順，這些要求歷代大同小異。但在事實生活中，上層社會與普通民眾之間，不同風俗的各地區之間，漢民族與少數民族之間都存在著差異。對於出於家庭內部，幾乎無法參與到社會生活的女性來說，生存質量的高低與當時的主流道德觀有一定的關係，但不是絕對的關係。

北朝女性掌權者頗多，勇武豪放者不在少數，這些公開進入公共領域的女性並沒有因為這樣的行為而招致非議。她們的行為是適應當時特殊社會要求的，所以這些在後世中可能招致非議的行為，在北朝時期就成為了英雄的象徵。另外，北朝時期出現了許多歷史上有名的掌權女性，如獻明皇后賀氏、文成昭太后常氏、文明皇后馮氏、宣武靈皇后胡氏等，這些女政治家直接參與了王朝的創建、發展和改革，對於整個國家的有序運行有著至關重要地作用。女主掌權在歷史上並不罕見，而在少數民族建立的政權中尤其常見，北魏時期的鮮卑拓跋氏的母系社會傳統沒有在漢文化影響下完全消失，尊母的

〔註21〕　【宋】朱熹注：《詩經集傳》，收於宋元人注《四書五經》中冊，北京：中國書店，1985 年版，第 1、6、39、150 頁。

民族習俗和傳統使得這個時期的女性相較於其他時代更能夠名正言順地公開進入男性掌控的政治世界。女主當國不能直接說明當時整個社會中女性的地位都會因此提高，但當女性進入政壇阻力較少時，可以從另一個側面體現出在北朝時期，普通女性進入公共領域的阻力也會相對較小。當上層社會中女性掌權成為常態之時，中下層社會中女性大膽表明自己對生活的希望，對自己命運的安排就不再是偶然。北朝女性不僅僅是擁有和男性一樣的騎射本領，在面對兩性問題時也頗為大膽，如《捉搦歌》中的女主角「誰家女子能行步，反著裌襠後裙露。天生男女共一處，願得兩個成翁嫗。」〔註22〕；《地驅歌樂辭》大膽渴求情慾與婚姻的女性：「門前一株棗，歲歲不知老。阿婆不嫁女，那得孫兒抱。」〔註23〕自主決定命運，大膽表明自己的欲望和要求本來不是儒家倫理道德對女性的要求，但在戰亂頻繁、朝不保夕的時代中，底層女性為了生存的需要必然要放棄束縛自由的禮教規則，主動規劃自己的生活和命運。

在《木蘭詩》中，木蘭的家庭中沒有成年剛健的男子來支撐門庭，保護家人。男性家長已經衰老，無法再為家中婦孺提供庇護，所以成年的女兒木蘭主動承擔起保衛家庭的重擔。木蘭從軍的行為是其主動地選擇，而非父權家長的要求，木蘭承擔了本不需要她承擔的責任，所以在家庭中獲得了更多的話語權。從木蘭聽聞徵兵消息、作出決定到準備戰略物資，易裝出走一系列重要的決定都是自主執行，沒有受到家長的制約和儒家女性道德準則的束縛。木蘭雖為未婚少女但其決斷力和執行能力絕不亞於成年男性，替父從軍，易裝出走是決定她和她家庭命運走向的重大事件。北朝時期少女木蘭的自主行為並不是女性意識的覺醒，而是戰爭背景下為了生存的無奈選擇。無數像木蘭一樣的平民百姓被動地捲入到戰爭之中，他們中的絕大部分在殘酷戰爭中失去生命，極個別之人能夠憑藉高強武藝和運氣全身而退。木蘭的奇蹟不僅僅是一個女性易裝不為人知的奇蹟，在殘酷戰爭環境之下，即使是身為年輕健壯的男性，能夠在長期戰爭中生還，並獲取軍功和高官職位都是極為罕見地奇蹟。木蘭的自主選擇並不意味著為家庭獲取榮耀，而更多地是替父親成為戰場上的炮灰，主動地選擇了死亡之旅。《木蘭詩》的剛健明快風格削弱

〔註22〕 【宋】郭茂倩編撰：《樂府詩集》，北京：中華書局，1979年版，第369頁。
〔註23〕 【宋】郭茂倩編撰：《樂府詩集》，北京：中華書局，1979年版，第370頁。

了當時戰爭的殘酷和木蘭易裝從軍的悲劇性，在北朝時期絕大所數戰死沙場的無名亡魂都被歷史淹沒，而木蘭的易裝奇蹟和圓滿結局則沖淡了她十二年來戰場廝殺，直面死亡的殘酷生命體驗。

二、唐代審美風尚對易裝故事的影響

《木蘭詩》在唐代開始傳播開來，雖然此時有關於木蘭故事的文本較少，但每一條文獻記載都對後世有著非常強的影響力，白居易詩《戲題木蘭花》中，利用了木蘭易裝的典故，說明木蘭花的嬌美姿態，也強調了木蘭的女子身份。杜牧《題木蘭廟詩》中表明木蘭雖易裝爲男性並在戰場上廝殺，但在潛意識中仍然希望回歸自己的女兒身份，這是第一次對易裝後心裏的描寫。《獨異志》中記錄奇談異事，顯然木蘭故事中少女易裝而不爲人知，尤其是在人口極爲密集的軍隊中，同男性一樣同寢同食而能成功隱藏身份十二年的奇異性是入選這部作品的原因。韋元甫詩主要關注點在於歌頌木蘭的忠孝，對於易裝涉及較少。有關於木蘭的作品中的大部分關注點在於木蘭的易裝傳奇，其中可見唐人的興趣點所在。

易裝在上層社會中不是奇聞，從北朝時期開始的尚武的風潮在唐初還沒有完全退散，而對於木蘭的易裝，唐人並沒有表現出更多的驚訝。從史籍，圖畫，墓誌中就可以發現，唐代女性女扮男裝並不算是十分特別的事，宮廷女性和普通侍女都有以易裝形象出現在大眾面前的記載，而並不是爲了隱藏自己的身份。最高階層有著特殊權利的太平公主在父皇母后面前改換男裝是標明自己的志向和能力不輸男子，這種一次性的易裝表明了女性對於自身地位處境的一種態度，無法自主自身的侍女的男裝可能是出於主人的需要和趣味。總之，唐代文獻材料上的易裝行爲的大多是出於貴族女性的意志，這當然與當時女性地位變化有關，在世族門閥制的餘波還沒有完全退散的唐代，貴族女性強有力的娘家保證了她們的地位，而唐代初期那些赫赫有名的掌權女性也對普通女性的生活產生了微妙地影響。這些唐代女性比較公開的易裝展示從一個側面說明了當時的風氣和潮流的開放，木蘭的易裝在唐人看來比較神奇但並不算是特別奇異的事，令人感到興趣的是易裝十三載而不被人發現的奇蹟。

第三節　宋元木蘭易裝故事：受到忽略的傳奇

　　在宋元時期，《木蘭詩》開始廣泛傳播，影響力也日漸增大，木蘭故事成為人盡皆知的女性傳奇。同時，宋代學者也開始考證《木蘭詩》本事，試圖還原這位女英雄的生平，姓氏，家鄉等等。宋代的有關木蘭故事記載的文獻中，絕大部分是考證《木蘭詩》本事的，另一部分則是對木蘭高尚道德的歌頌。從唐代韋元甫對木蘭忠孝的歌頌開始，木蘭開始逐漸成為道德偶像，宋元時人對木蘭故事的關注點著重在木蘭的道德層面上，文人們盛讚這位少女的功績，認為有這樣出色的女兒勝過平庸的兒子，勸導世人不必重男輕女。木蘭故事中最富有傳奇色彩的部分是女性易裝從軍的經歷，而在宋元時期的木蘭故事敘述中，易裝傳奇被敘述者集體忽略。元代侯有造《孝烈將軍祠像辨正記》一文中首次增加了與原《木蘭詩》版本不同的故事情節。在侯有造的敘述中，木蘭姓魏氏，替父從軍回歸之後遭到帝王的逼婚，被迫自盡。這個悲劇版的木蘭故事對後世影響極大，《隋唐演義》中的木蘭故事和《木蘭奇女傳》都是採用了類似的悲劇結局。在《孝烈將軍祠像辨正記》中，木蘭果決勇武，有著絲毫不輸於男性的氣概，她在替父從軍時：「世傳可汗募兵，孝烈痛父耄羸，弟妹皆稚呆，慨然代行。服甲冑，佩鞬囊，操戈躍馬，馳神攻苦，鈍鉎成陣，膽氣不少衰，人莫窺非男也。歷年以紀，交鋒十有八戰，策勳十二轉。朝覲，天子喜其功勇，授以尚書。隆寵不赴，懇奏省視。擁兵還譙，造父室，釋戎服，復閨裝，舉皆驚駭。咸謂自有生民以來，蓋未見也。」〔註24〕在元代故事這種中性化的描寫中，絲毫看不出木蘭的女性身份向男性轉化的痕跡，將木蘭的性別變為男性也未為不可。木蘭在故事中是一位崇高的神，而非人，道德化和神性化的形象轉變使得木蘭作為人的特質被忽略。

　　在宋元時代，木蘭作為道德偶像和有著傳奇經歷的神祇被文人歌頌，受百姓景仰祭祀，民歌中淳樸的少女在敘述和改寫中成為高高在上的偶像和模範，木蘭的孝義和英勇是備受推崇，有益教化的高尚品質，而易裝傳奇則因為可能與越界和曖昧有牽連而被文人選擇性的無視。由於被視為道德偶像，木蘭故事在宋元時期進一步傳播，影響力有所擴大，但另一方面，過多的道

〔註24〕李修生主編：《全元文》卷 1422，南京：江蘇古籍出版社，1999 年版，第 132 頁。

德提升也削弱了故事的戲劇性。北宋時代爲避免重蹈唐五代時期武人亂國的覆轍，提倡文人政治，進士科錄取的名額大大多於唐代，普通知識分子通過考試獲取官職的幾率增大。制度的變革促使儒家經典和倫理道德日益成爲普及性的社會準則，在宋代皇權和精英文人的共同努力下，在全國範圍內，尤其是遠離中央政權的邊遠地區和少數民族聚集區內開辦學校，普及儒家經典和主流意識形態規定的道德觀，追求完美道德和理性化的生活秩序從帝國的上層向下層層層滲透。宋代開始，在唐代可以公開傳抄的房中書如《素女經》《玉房秘訣》等描寫性愉悅的《天地陰陽交歡大樂賦》之類的文章在宋代不再在公開場合出現。對於女性身體的禁忌比前代加強，兩性秩序進一步嚴格化。而相對安穩和平的環境中也幾乎不存在像上古時代和戰爭亂世時，女性出於不得已的原因進入公共領域的狀況。宋人對於女性的要求開始多向柔順，孝悌等方面發展，對於普通女性來說，向英雄一樣保家衛國的機會約等於零。絕大多數女性的生活軌跡就是在家庭中相對穩定的度過一生，那麼，對於這些普通女性來說，值得讚美的性格一是具有陰性色彩的性格，如柔、順、貞、靜；二是適應大家族共居的性格，如孝、儉、勤等。所以，在宋元時期，木蘭對父親純真的孝道和她爲家庭國家犧牲奉獻精神得到了宋元文人的稱讚。

木蘭的易裝傳奇雖然是故事中最有戲劇性也最容易被改寫的情節，但易裝故事在充滿獵奇性的同時也充滿了危險意味。首先，女性的易裝意味著性別秩序的混亂，女性進入男性領域並獲取官職的行爲破壞了統治秩序。木蘭純潔的孝心掩蓋了她越界行爲的本質，強調規則的宋元文人並不願過多提到故事中可能招致非議的部分，以免讓英雄形象受到絲毫的質疑。其次，易裝成爲男子，然後十數年來與男性同寢同食的經歷極有可能使木蘭的行爲帶有曖昧地色彩，也會影響人物的高尚感。木蘭在宋元時期被文人奉爲崇高的道德偶像，過多的強調其道德層面的高尚，必然要迴避可能與性相關的易裝情節。從已知史料上來看，木蘭故事在宋代才開始廣泛的傳播開來，在民間有著強大的影響力，而書寫傳播故事的幾乎都是中上層文人。文人的趣味和道德取向決定了宋元時期的木蘭故事的基本走向，易裝這個具有越界嫌疑和曖昧色彩的情節在這個時期被選擇性忽略。

第四節　明代木蘭易裝故事：禮教與人情交織的易裝故事

　　明代是木蘭故事發展的轉型期，在文體和內容兩方面都有著較大的變化。明代前期的木蘭故事在內容上基本延續了宋元時代對木蘭品德的歌頌，文體方面則以詩文、筆記爲主。明中後期開始，出現了以木蘭爲主角的戲曲和涉及到木蘭故事的白話小說，木蘭故事開始成爲通俗文學中的重要素材。明代的易裝故事較之前代更爲關注易裝女主角的貞操問題，只有符合禮教制度對女性道德的最高要求，易裝經歷才不會成爲她們人生中的污點。在嚴守道德規範的同時，明代的木蘭故事也更爲人情化世俗化，補充了前代所忽略的木蘭易裝的細節、易裝後遇到的生理心理問題和回歸原本性別後的人生道路等情節。明代木蘭易裝故事的變化與明代士人階層的女性觀變化、通俗文學的發展、明代中後期文壇「主情」思潮的產生等因素有著密切的關係。在這一時期，雜劇《雌木蘭》成爲了木蘭故事中的新經典，影響了清代的木蘭故事情節走向。

一、趨於世俗化與合理化的易裝情節

　　在明代之前，唐宋元三代關於木蘭故事的傳播基本以考證《木蘭詩》本事，歌詠木蘭孝道或英勇行爲爲主，木蘭故事的焦點仍然在《木蘭詩》一部文獻上。民歌《木蘭詩》雖爲經典作品，價值頗高，但作爲一個故事而言則過於簡略，有許多人物和敘事的空白受詩歌的體裁局限是難以塡補的。《雌木蘭》創造性地豐富了木蘭故事，其新增設的人物和情節成爲後世改寫木蘭故事的新範式，改編自經典的《雌木蘭》因其創造性地成功改編，也成爲新的經典作品在後世廣泛流傳。《雌木蘭》在體裁上的創新也使得故事的內容有了大幅度的變動，在易裝主題上，篇幅較長的雜劇也關注到了木蘭易裝從軍的前提和易裝的細節。

（一）木蘭的教育背景和家庭環境

　　在北朝時期尚武風俗的影響下，勇武善騎射的女性並不罕見，《木蘭詩》中描述的少女木蘭購買戰爭裝備的行爲非常自然熟練，也具備基本的騎射能力能夠戰場廝殺獲取軍功。而到了明代時期，普通女性很難有機會接受騎射訓練，讀者也很難想像一般女性能夠有去沙場征戰的能力。產生於明代的故

事必須爲木蘭的勇武尋找合適的理由，雜劇《雌木蘭》中就通過木蘭的自述交代了其教育背景：「況且俺小時節，一了有些小氣力，又有些小聰明，就隨著俺的爺也讀書，學過些武藝。」〔註25〕在徐渭筆下，有著傑出成就的孝女木蘭不同於僅憑藉瞬間衝動做出選擇的明代「烈女」「貞女」。木蘭的決定有著現實基礎：她既聰明機警，又有著不錯的騎術武藝，這些都決定著一個少女能否在殘酷的戰爭環境下生存下來。在《木蘭詩》和明前的木蘭故事中，對木蘭的家庭環境關注不多，有學者考證「軍書十二卷，卷卷有爺名」的原因是木蘭父親身在軍籍，可能爲低級軍戶。在這樣的戰亂背景和家庭環境之中，木蘭可能沒有機會接受良好的文化教育，但受家庭環境影響和勇武世風的影響應該掌握基本騎射技藝。從軍十二年不露出破綻不僅僅是隱藏自己的生理身份，更意味著在殘酷的戰場上掌握有自保的本領。《木蘭詩》中的木蘭經過十二年征戰，戰功赫赫，班師回朝後得授尚書郎一職，說明木蘭的本領應該十分出色，超出一般男性，能夠建立戰功獲得官職則說明木蘭具備良好的軍事才能，智勇雙全。《雌木蘭》中，作者徐渭爲木蘭安排了一個軍官家庭，其父花弧是退休的千戶長。千戶長一職本出於元代，是元代軍事系統中一種高級軍官，成吉思汗親自任命萬戶長和千戶長。千戶長在平時作爲行政長官管理轄區民眾，在戰時作爲軍事長官領導民兵作戰，花父的官職決定了在戰爭時期他必須對自己的屬民負責。在經濟條件方面，花家除主人之外還有小環伺候，應該是滿足溫飽問題猶有餘裕的小康之家。作爲女兒的木蘭，並不需要向父親學習武藝，但在家中沒有兒子的情況下，許多父親都願意把聰慧的女兒「假充男子教養」，滿足一下教子的樂趣，這也讓木蘭獲得了能夠馳騁沙場的本領。木蘭爲家中長女，受到父母的寵愛照料，生活可謂無憂無慮，但這個和美的家庭之中卻掩藏著重大的危機：沒有強悍有力、支撐門庭的成年男性家長。成年的長女木蘭自然而然的成爲家庭中的領導者，她擁有男性一樣的自主性和堅定性，主動的承擔起保衛家庭的重任。木蘭的強勢性格決定了她可以堅定的決定自己和家庭的命運，也在易裝生活中可以堅強的承受離開家庭的孤獨恐懼、戰爭的殘酷與隱藏身份的痛苦。出現在明代通俗文學作品中的易裝故事不僅僅是木蘭一個，徐渭的另一部作品《女狀元辭凰得鳳》以及《二刻拍案驚奇‧女秀才移花接木》一回中，出現了同木蘭一樣易裝支撐門庭的女性。《女狀元》中的黃春桃父母雙亡生活困難，她回憶自己曾經的

〔註25〕 【明】徐渭：《徐渭集》，北京：中華書局，1983 年版，第 1198 頁。

家庭生活和教育背景時提到：「依稀猶記嫗和翁。珠在掌，恁憐儂。一自雙榆，零落五更風。撇下海棠誰是主？杜鵑紅。生來錯習女兒工。論才學，好攀龍。管取桂名，金榜領諸公。」〔註26〕出生於書香門第官宦之家的黃春桃得到過父母的寵愛，受過良好的文化教育，這讓黃春桃擁有了參加科舉考試獲得官職的能力。《女秀才》中的聞蜚娥則和木蘭一樣出生在中級軍官之家，家境比較富裕。聞家父親因為沒有年長的兒子，遂讓聰慧的長女女扮男裝讀書進學，支撐門庭。在作為秀才光耀家族的日子裏，少女聞蜚娥漸漸成長為實際的一家之主，而年老的父親則越來越依賴女兒的意見。在父親遇到危難之時，聞蜚娥像木蘭一樣易裝離家，為家庭奔走。憑藉讀書時積攢的人脈關係，聞蜚娥很快的解決了問題，救出父親，順便解決自己的婚姻大事。在整個易裝歷險過程中，聞蜚娥的個人主動性得到了極大的張揚，關於家庭命運、易裝出走、婚姻友情的全部重大決定完全由她自己決定，父親和未來的丈夫對其決策的影響力極為有限。聞蜚娥傳奇故事的成功之處在於她從小受到等同於男性的教育，和父親家人全心全意的信任和依賴。受到家長支持的易裝和進入公共領域獲取地位的行為雖然危險，但較低的秀才身份很容易被隱藏下來，所以並不對統治秩序造成威脅，聞蜚娥的易裝行為是為了支撐門庭，保護家庭的利益，其動機也容易被接受。這個存在於明代的仿木蘭故事展示了像木蘭一樣的強勢女性的傳奇人生，易裝的行為沒有受到譴責和非議，聞蜚娥甚至還像風流不羈的男性士人一樣為自己追求了一位才貌雙全的人生伴侶。

明代的女性教育無論在範圍上還是在程度上較之前代都有了較大的發展，從官方到民間，各種類型的女教書層出不窮，普及面進一步擴大，女性的文化程度也有了大幅度的提高。明代女性文集的出版數量大增，這些有才華的女性開始在社會中嶄露頭角，在史冊中留下印記。在木蘭故事和其他有著易裝傳奇的女性故事中，易裝女性的教育背景開始成為重要的部分。這些受到良好教育的女性擁有了和男性一樣的能力和野心，在家庭遇到危機的時候，她們有能力解決這個危難，出眾的能力給予了她們自信心，而家人的愛與支持則賦予了女性易裝進入男性社會的合理性。

（二）對易裝細節的關注

在易裝傳奇中，女性如何掩飾原有的性別特徵，將自己成功改造成一個

〔註26〕【明】徐渭：《徐渭集》，北京：中華書局，1983 年版，第 1207 頁。

男人，是千百年來讀者最感到興趣的部分。改變性別進入到完全陌生的領域將會遇到意想不到的困難，以前的生活經驗可能無法再爲新環境提供指導，木蘭將如何面對新的危機，將如何處理與異性的關係成爲讀者們關注的焦點。易裝傳奇的故事結構中蘊含了各種獵奇性的內容，讀者可以將自己的想像和經驗任意填充進這個充滿張力的故事之中。在明代木蘭故事易裝傳奇開始成爲較受敘述者關注的主題之後，明代人的風俗習慣、女性觀、人生經驗等等內容就體現在故事的演變之中。

　　在北朝《木蘭詩》中，木蘭的易裝和改裝描寫較少，易裝後的生活也沒有詳細的鋪敘，這一段空白爲後人填充易裝生活提供了充分的空間。北朝時期的平民女性沒有纏足的習俗，這是她們能夠像男性一樣騎射馳騁的重要條件之一，北朝時期的木蘭只需要更換戎裝就可以比較完美的扮演一個男性。而到了明代，纏足成爲幾乎所有女性必須經歷的人生體驗，無論是讀者還是作者都必須考慮如何掩飾這種過於明顯的性別特徵。胡應麟《少室山房筆叢·辛部莊嶽委譚上》中也提到木蘭易裝與纏足問題：「婦人纏足，謂唐以前無之。余歷考未得其說，古人風俗流傳如墮馬愁眉等，史傳尚不絕書，此獨不著。太白至以素足詠女子，信或起於唐末，至宋元而盛矣。又古言婦人弓腰而不言弓鞋，言纖指而不言纖足，則陶宗儀之說未爲無。見晉木蘭歌述婦人改服，但稱雲鬢花黃，略不言足，誠似可疑。第六朝前婦人之履不知與男子竟有別否？此雖閨閣靡關涉，然是古今變革之大者，尚俟詳考定之。」〔註27〕明代故事中與《木蘭詩》中描寫的易裝不同的是，北朝時期的木蘭只需在服裝髮式上做出改變，而纏足的明代花木蘭則要經歷更大的痛苦：突然放足也會造成痛楚和不便，而對心理上的打擊可能會比生理上更爲沉重。纏足使得性別特徵極難被更改，也很容易被他人發現，再回歸原來的性別時也會受到極大地阻礙。讓北朝時代背景下的木蘭經歷纏足顯然不符合邏輯，《雌木蘭》對於纏足這一易裝細節的安排雖然不合邏輯但卻是世俗化人情化的情節設計，照顧到了當時讀者和觀眾的共同經驗。纏足是女性的外在性別特徵，木蘭在面對自己引以爲傲的「金蓮」時表現出了矛盾與糾結：「生脫下半折凌波襪一彎，好些難。幾年價才收拾得鳳頭尖，急忙得改抹做航兒泛，怎生就湊得滿幫兒楦。回來俺還要嫁人，卻怎生？」〔註28〕在明代的審美中，美麗的纏足代表

〔註27〕【明】胡應麟：《少室山房筆叢》，上海：上海書店出版社，2009年版。
〔註28〕【明】徐渭：《徐渭集》，北京：中華書局，1983年版，第1198頁。

著女性美的一部分，也是女性忍受痛苦，接受自己性別身份的規訓的標誌。勇武的女英雄木蘭同樣受到了這種性別文化的規訓，在從軍之前，她留戀自己的女性身份，在表現出雄心壯志的同時也在考慮回歸後婚姻家庭的問題。並不是十分契合主流文化的徐渭在木蘭易裝的這個小小細節中透漏出他對於主流文化的某種認同：越界的女英雄木蘭將會在男性世界中展開自己的傳奇，她擁有同男性一樣的雄心，試圖在易裝之旅中實現自我價值。但在內心深處，木蘭的願望仍然是回歸自己原本的女性身份。與利用傳奇故事模式解決木蘭的戰場征戰過程一樣，木蘭的纏足問題也有傳奇性的解決辦法：「這也不愁他，俺家有個漱金蓮方子，只用一味硝，煮湯一洗，比偌咱還小些哩。（唱）把生硝提得似雪花白，可不霎時間漱瘂了金蓮瓣。」〔註29〕在這裡，簡單的「漱金蓮方」解決了現實生活中完全不可能實現的困難，也暗示著木蘭的易裝與回歸同樣將是在這種傳奇敘事中實現。在成功解決纏足問題，在外形上隱藏好了女性特徵之後，木蘭又將面臨著如何與男性士兵相處，在軍營戰爭環境中保護自己的問題。在木蘭決定從軍後，其母就憂慮到女兒的安全問題：「千鄉萬里，同行搭伴，朝餐暮宿，你保得不露出那話兒麼？」而木蘭也實際體驗到了女性的生理難題「只愁這水火熬煎，這些兒要使機關。」

這些在《木蘭詩》中沒有涉及到的生活實際問題，在宋元時代的木蘭故事中幾乎被忽略的易裝難題在《雌木蘭》中得到了補充，這些細節和尷尬的生理困境讓木蘭的英雄傳奇有了人情味和煙火氣。通俗文學的性質讓木蘭故事中減少了僵化的道德說教，而增強了趣味性和獵奇性，木蘭這位道德偶像也要面對普通人都無法避免的生理難題。明代故事中關於木蘭易裝的細節描述在清代的女性易裝故事中被繼承下來，並在各種文體的故事中被不斷地豐富和改寫。

二、易裝與保持貞潔的艱辛

木蘭之所以成為道德偶像受人崇拜，在於其高尚的孝道與完美的貞潔，相對於前代對於木蘭孝道的讚美，明代文人更為關注木蘭的貞潔。《倪小野先生全集》卷三《木蘭辭》一詩中強調木蘭：「軍書忽下有爺名，擎杼拋機代遠征。香夢頻驚金柝急，弱身翻覺鐵衣輕。肝腸激烈揚軍氣，鄉里咨嗟羨女英。

〔註29〕【明】徐渭：《徐渭集》，北京：中華書局，1983年版，第1198頁。

十二年來同火伴，晨昏動止獨分明。」《歲寒集》卷下《孝烈將軍》詩中描寫
木蘭易裝後：「死生訣別去親側，上馬回頭淚頻滴。貼身衣帶結不解，只恐戎
行人察識。」而回歸家庭後表明貞潔之身：「女身愛惜重千金，只因父子恩情
深。輕出閨門備行伍，誓將一死明我心。我心竟白人間□，孝烈褒封合公義。」
保持貞潔之身並向世人證明自己的純潔成為易裝女性必須遵守的規則。易裝
而進入男性世界對於女性來說是刺激而充滿危險的行為，長年累月身處男性
群體之中極有可能讓自己的名譽受到非議，而只有完美地保持了貞操才能將
易裝出走的越界行為畫上完美地句號。明代文獻中不乏女子易裝出走故事的
記載，比如著名的韓貞女及黃善聰故事，就常常被比喻成為當代的木蘭。《留
青日箚》卷二十「復見兩木蘭」條中對黃善聰故事的描寫，從側面表現出明
代人對於女性易裝的質疑：

> 黃善聰，應天淮清橋民家女。年十二失母，其姊已適人。獨父
> 業販線香，憐善聰孤幼，無所寄養，乃令為男子裝飾，攜之旅遊盧
> 鳳間者。數年，父亦死，善聰即詭姓名曰張勝，仍習其業自活。同
> 輩有李英者，亦販香，自金陵來，不知其女也，約為火伴，同寢食
> 者逾年。恒稱有疾，不解衣襪，夜乃溲溺。弘治辛亥正月，與英皆
> 返南京，已年二十矣。巾帽往見其姊，仍以姊稱之。姊言：「我初
> 無弟，安得來此？」善聰乃笑曰：「弟即善聰也。」泣語其故。姊
> 大怒且詈之曰：「男女亂群，玷辱我家甚矣，汝雖自明，誰則信
> 之？」因逐不納。善聰不勝憤懣，泣且誓曰：「妹此身苟污，有死
> 而已，須令明白，以表寸心。」其鄰即穩婆居，姊聊呼驗之，乃果
> 處子。始相持慟哭，手為易男子裝。越日英來，候再約同往。則善
> 聰出見，忽為女子矣。英大驚駭，問知其故，怏怏而歸如有所失，
> 蓋恨其往事之愚也。乃告其母，母亦嗟歎不已。時英猶未室，母賢
> 之，即為之求婚。善聰不從，曰：「妾竟歸英，保人無疑乎？」交
> 親鄰里來勸，則涕泗橫流，所執益堅，眾口喧傳以為奇事。廠衛聞
> 之，乃助其聘禮，判為夫婦。嗚呼！觀此二貞女，則雖南齊之東陽
> 婁逞，五代之臨邛黃崇嘏，又何以加之？可謂我朝兩木蘭矣。〔註
> 30〕

對於流落在外，備受艱辛的親妹妹，黃家姐姐的態度冷血殘酷，顯得非常不

〔註30〕 【明】田藝蘅：《留青日箚》，上海：上海古籍出版，1992 年版，第 371 頁。

近情理。儘管黃家不過是平民百姓，但是在姐姐心目中，虛幻的家門榮譽仍然高於親妹妹的生命。黃善聰易裝改服，常年置身於男性群體的經歷對她的名譽造成了極大威脅，在貞潔觀念嚴苛的時代中，如果不能表明自己的清白，黃善聰很有可能面臨著比死亡更為可怕的危險。失貞是女性最為可怕的惡行，家族中出現失貞的女兒同樣也會危及到其他家人的名譽。黃家姐姐的殘酷冷血不代表她個人對妹妹的無情，而是整個社會制度對於女性的苛刻。當黃善聰面對質疑在公眾面前澄清自己的清白後，才被家人和鄉鄰接納，她的傳奇經歷才能夠被公開宣揚，從而得到比較完滿的結局。

　　黃善聰故事在明代流傳甚廣，被許多文人筆記和小說如《雙槐歲鈔、《焦氏筆乘》《智囊》《古今說海》等收錄，並與同樣易裝出走而保持貞潔的木蘭相提並論。在明代文學作品中出現的木蘭也必須面對和黃善聰一樣的問題，她必須在公眾面前展示自己的清白，得到認可，才能圓滿的回歸原本的性別身份，成為受人崇拜的道德模範。作為英雄人物的木蘭，曾經被授予過高級官職，即使放棄官職回到家鄉，其身份也非平民百姓的黃善聰可比。徐渭對於木蘭的貞潔確認用了比較隱晦的方式，在戲劇中，陪伴木蘭多年朝夕與共的士兵在閒聊中提到：「想起花大哥真希罕，拉溺也不教人見。（伴）這才是貴相哩，天生一貴人，僥倖三同伴。咱兩個呵，芝麻大小官兒抬起眼看一看。」〔註31〕士兵無意的調侃證明了木蘭易裝的謹慎和成功，也向讀者和觀眾證實了其貞女身份。《木蘭詩》中的木蘭面對的最嚴重的問題是如何在殘酷戰場中保存生命；唐宋元的木蘭則需要強調其崇高的孝德；而到了明代時期，戰場戰爭的緊張殘酷被弱化，用喜劇性的傳奇故事取代了寫實性的戰爭描述。明人對木蘭個人道德品質的不斷強化，不僅僅是宋元時期對人類共有的「孝義」的強調，而又增加了「貞潔」這種男權社會對於女性的要求。

　　另外，對於易裝成為男性的木蘭，除了要掩飾自己真正的性別身份外，還必須要面對同性的性騷擾。易裝女性如何與異性相處，如何既能夠保持合適的距離也同時獲取友誼成為明代通俗作品中開始涉及到的細節。《雌木蘭》中提到在木蘭離家後，她美麗的容貌就引起了同行夥伴的注意：「二軍私云：這花弧倒生得好個模樣兒。倒不像個長官，倒是個秋秋，明日倒好努來應應急。」〔註32〕而《沈氏日旦》卷五則認為：「木蘭女代父從軍十年邊陲，而鮮

〔註31〕 【明】徐渭：《徐渭集》，北京：中華書局，1983年版，第1204頁。
〔註32〕 【明】徐渭：《徐渭集》，北京：中華書局，1983年版，第1201頁。

覺其非男，則貌可想矣。不然同澤中夫豈無好外者，能自匿乎？即不然亦石女也。唐人作木蘭詠，多矣，未有疑及此者，予言豈穿鑿耶。」〔註33〕明代中後期社會上普遍流行的男風在木蘭故事中留下了印記，通俗文學中並不避諱男性同性戀的描述，而欣賞具有雙性美感的美少年也是明代的風尚。在這種社會風氣之下，年輕俊美的少年木蘭在軍隊中當然會遇到麻煩。易裝女性具備的性魅力首次在木蘭故事中被提及，這個一帶而過曖昧的情節為故事增添了新的想像空間。《雌木蘭》中沒有詳細交代木蘭會如何應對危機，這個情節將在清代的木蘭故事中得到了完善和補充。走下神壇的木蘭在明代的故事中仍然具備了某種神性，她的故事更為傳奇，獲取成就的過程也類似於神蹟。然而人應有的情感和需求也開始在故事中得以展現，木蘭作為女性的心理與生理需求都得到了關注，她有男性豪情，也有女兒嬌羞；她渴望建功立業，也同樣渴望家庭完整；她的行為和思想在一定程度上超出了封建時代的普通女性，也在某些關鍵方面認同傳統。

　　無論是關於易裝細節的關注，還是對木蘭在軍隊中困境的描寫，其最終目的就是說明女性在易裝情況下保持貞潔的不易，越是艱難的保持純潔之身，其道德情操就越高尚，也更能得到文人士大夫的欣賞和推崇。從宋元到明代，理學從南宋時代精英知識分子階層的先鋒思想慢慢變成世俗化的規定和條文。明代時期，統治階層的推崇使得在南宋時期邊緣化的理學思想變為主流意識形態，借由政治權力推廣到整個社會的各個階層。科舉制度進一步規範了知識階層的思想的界限，朱熹的《四書章句》等成為這個時代的經典被傳播和接受。永樂年間，由官方制訂的《五經大全》《四書大全》《性理大全》等頒行全國，在最高權力的推廣下，這些有著強烈道德訓誡色彩的知識和思想層層深入到民間。原本由精英階層提倡的，由男女共同遵守的道德要求如對於婚姻的忠誠，對身體的尊重，對女性貞潔和男性操守的要求開始滲透到社會中的各個階層，並且對於女性的要求格外嚴厲。政府的政策和精英文人的推崇使得明代對女性貞潔的要求格外嚴格，明代的節烈女性數量也遠超前年代。這也是明代易裝故事中格外強調女性貞潔的原因所在。

　　但在另一方面，從明代中後期開始，隨著中央集權的削弱和社會經濟的發展，明初的種種嚴格政令不再對民間的日常生生活有著強大的約束力，社

〔註33〕顧廷龍主編：《續修四庫全書》卷 1131《子部・雜家類》，上海：上海古籍出版社，2002 年版，第 391 頁。

會中縱情縱慾、拜金享樂的風氣開始盛行。明代中後期與明前期的社會風氣和道德取向有著明顯的變化，《醒世姻緣傳》中就有著對這種變化非常生動的描寫：

天下的風俗也只曉得是一定的厚薄，誰知要因時變壞。那薄惡的去處，這是再沒有復轉淳龐。且是那極敦厚之鄉也就如那淋醋的一般，一淋薄如一淋。這明水鎮的地方，若依了數十年先，或者不敢比得唐虞，斷亦不亞西周的風景。不料那些前輩的老成漸漸的死去；那些忠厚遺風漸漸的澆漓；那些浮薄輕儇的子弟漸漸生將出來；那些刻薄沒良心的事體漸漸行將開去；習染成風，慣行成性，那還似舊日的半分明水……那些後生們戴出那蹺蹊古怪的巾帽，不知是甚麼式樣，甚麼名色。十八九歲一個孩子，戴了一頂翠藍縐紗嵌金線的雲長巾，穿了一領鵝黃紗道袍，大紅緞豬嘴鞋，有時穿一領高麗紙面紅杭綢裏子的道袍，那道袍的身倒只打到膝蓋上，那兩隻大袖倒拖到腳面；口裏說得都不知是那裏的俚言市語，也不管甚麼父兄叔伯，也不管甚麼舅舅外公，動不動把一個大指合那中指在人前撼一撼，口說：「喲，我兒的哥呵！」這句話相習成風。晝夜牛飲，成兩三日不回家去；有不吃酒的，不管是甚麼長者不長者，或一隻手擰了耳朵，或使手捏住鼻子，照嘴帶衣裳大碗家灌將下去。有一二老成不狂肆的，叫是怪物，扭腔支架子，棄弔了不來理的，這就喚是便宜；不然，統了人還來征伐。前輩的鄉紳長者，背地裏開口就呼他的名字。絕不曉得甚麼是親是眷，甚麼是朋友，一味只曉得叫是錢而已矣！你只有了錢，不論平日根基不根基，認得不認得，相厚得不知怎樣。你要清早跌落了，那平日極至的至親，極相厚的朋友，就是平日極受過你恩惠的，到了飯後，就不與你往來；到了日中，就不與你說話；到了日落的時候，你就與他劈頭撞見，他把臉扭一扭，連揖也不與你作一個，若騎著匹馬或騎了頭騾子，把那個臉朧的高高的，又不帶個眼罩，撞著你競走！若講甚麼故人，若說甚麼舊友，要拿出一個錢半升米來助他一助，夢也不消做的。你不周濟他也罷了，還要許多指戳，許多笑話，生出許多的誣謗。這樣的衣服，這樣的房子，也不管該穿不該穿，該住不該住，若有幾個村錢，那庶民百姓穿了廠衣，戴了五六十兩的帽套，

把尚書侍郎的府第都買了住起，寵得那四條街上的娼婦都帶了金線
梁冠，騎了大馬，街中心撞了人竟走。〔註34〕

這一大段對於山東小村生活的描寫展現了在這種「日趨下流」的世風影響之
下，道德和法律對人們生活的約束越來越鬆弛的狀況，人們不再像明初一樣
謹遵禮法，溫厚克制的過著簡樸誠篤的生活。明初的嚴格服飾制度代表了對
於各階層嚴格的界限和人們對於規則的敬畏，當道德和規則完全無法束縛人
性中的原始欲望時，追求物欲和利益的「惡念」就佔了上風，就如明水鎮中
的輕薄少年一般，完全不再顧及禮制、道德、習俗的約束，一味的張揚原始
欲望。對於物質生活和享樂的追求開始逐漸成為社會中不可忽視的一種潮
流，儒家禮教要求人們克制自己的某些欲望以保證社會的和諧，而放縱慾望
的風氣則直接衝擊了被封為主流意識形態的儒家禮法。儘管大多數學者譴責
了「世風日下」的糟糕狀態，但事實存在的縱慾、享樂、奢靡腐化之風並沒
有因為譴責和不滿而收斂。伴隨著各種規則的鬆動，兩性關係的鬆弛或是解
放也隨之產生，合理的男女相悅越來越受到市民階層和一部分文人的接受。
人們開始寬容一些合理的情感，比如易裝女性的野心和她們破壞規則進入到
公共領域的行為，只要有良好的初衷，越界的行為就可以被主流接受。對於
這個時期的女性來說，違反傳統道德，滿足自己的欲望可能不受譴責，但也
可能會遭致非議和嚴厲的懲罰。所以在這個時期，在女性的貞潔成為首要也
是必要的道德準則之時，易裝故事中可能出現的曖昧與越界就讓作者與讀者
都非常敏感。本來，易裝而不為人知的《木蘭詩》中的木蘭，被理所當然的
認為是貞女。但到了明代，不為人知還不足以證明其清白之身，還需要公開
的展示。唯有這樣，才能使易裝這個危險邊緣的行為得到世人的認可。

　　明清兩朝，理學一直是官方指定的意識形態，有著極為尊崇的地位，但
在這幾百年間，理學並非對於民間社會有著一成不變的嚴格管控。王陽明的
心學成為了明代適應新的社會環境的先鋒思想，面對日漸發展的豐富物質，
完全的拒絕已經不太可能，就像儒學確立了統治階層的合理性一樣，王氏心
學承認「四民」的平等，承認「百姓日用」的重要性為人們的新生活尋找了
合理性，也就得到了普遍的承認和推崇。經濟的發展同時促進了人們對於精
神文化的高要求，「飽暖思淫欲」並非全然都是貶義，社會的進步就在人們對

〔註34〕　【明】西周生：《醒世姻緣傳》，上海：上海古籍出版社，1981 年版，第 340
　　　　　～378 頁。

於物質和精神一次次更多更深的要求之中完成。繁榮的經濟和相對安定的環境讓民眾有了精力去追尋更富創造性、娛樂性的精神享受，小說戲曲也就在前代的深厚積累和當代的熱切要求下更加昌盛地發展起來。木蘭易裝故事在這個時代中開始受到了關注和改寫，原本故事結構中蘊含的越界、獵奇元素被發掘出來，人們讚頌易裝女性的能力，寬容其隱藏在孝心之下的野心，也能夠理解在危急情況之下女性採取的非常規行為。市民階層對於通俗文學的娛樂化、世俗化要求使得通俗文學中出現了木蘭易裝細節、易裝生活困境和易裝後面對的性騷擾等存在於日常生活邏輯中的實際問題。易裝傳奇的獵奇性和趣味性開始在通俗文學中體現出來。但在守貞問題上，明代的故事卻體現的十分保守。作為女英雄與孝道偶像的木蘭在明代仍然受到讚揚和崇拜，在改寫故事的同時，木蘭的英雄屬性仍然被保留，這就要求了木蘭必須保證自己的絕對貞潔以完全契合明人對於英雄楷模的道德要求。木蘭故事中對於女性貞操的刻意提及與公開展示都向讀者證明了易裝女英雄的完美品行，證明了她仍然是完美無瑕、值得崇拜的對象。

第五節　清代木蘭易裝故事：俗文學中進入男性世界的傳奇

　　清代是木蘭故事的集大成時期，在敘述故事的體裁上出現了章回小說、傳奇、鼓詞、子弟書、寶卷等新的體裁，在內容上也更為豐富完整，塡補了許多詩歌和雜劇由於題材限制無法涉及到的空白。清代的木蘭故事在易裝主題內容上的特點是更加深入細緻的關注木蘭在易裝後面對的生理和心理困境，讓傳奇故事更加符合邏輯和人情。木蘭易裝傳奇對清代通俗文學的影響極為深遠，清代的戲曲小說中出現了大量的女性易裝故事，尤其是女性創作的彈詞小說中大部分都有如木蘭一樣的易裝女英雄。清代盛行的才女文化、走向繁榮的各種題材通俗文學以及複雜的文人心態都與木蘭易裝故事在這一時期的繁榮發展有著密切的關係。

一、易裝細節的進一步合理化

　　易裝少女如何在男性群體中生活並掩藏自己的身份是易裝故事中最令讀者感興趣的部分之一，《雌木蘭》中提供了一些情節，但由於短篇雜劇的文體

限制並沒有展開。這些細節在清代的長篇小說和戲曲曲藝作品中得到了完善。

首先是木蘭如何在軍隊中掩飾自己的女性身份。《雌木蘭》中提到木蘭小心謹慎地避免隱私為人所見：「呀，這粉香兒猶帶在臉，那翠窩兒抹也連日不曾幹，卻扭做生就的丁添。百忙裏跨馬登鞍，靴插金鞭，腳踹銅環，丟下針尖，掛上弓弦。未逢人先準備彎腰見，使不得站堂堂矬倒裙邊。不怕他鴛鴦作對求姻眷，只愁這水火熬煎，這些兒要使機關。」〔註35〕在軍營中與男性朝夕相處當然會遇到這種尷尬的問題，而十二年來不為人知顯然是一個奇蹟，清代的木蘭故事對這個問題的解決方式是提高木蘭的身份。《木蘭詩》中的木蘭為質樸的平民少女，她的顯赫地位是十二年征戰的戰功獲得。唐宋元三代的作品中也沒有提及木蘭的家庭是否為官宦之家，其父親是軍官還是士兵。《雌木蘭》中木蘭的父親花弧為千戶長，但從人物的語言，行為等方面的描寫中仍能看出木蘭的平民化傾向，木蘭的家庭仍為結構簡單的核心家庭，父母與子女保持著親密的關係。清代的木蘭故事中木蘭家庭的社會地位普遍提高，富裕軍官家庭的環境使得木蘭有機會接受良好的教育，也能為其進入軍隊後的仕途做鋪墊。《雙兔記》和《閨孝烈傳》中都繼承了《雌木蘭》中對木蘭父親花弧千戶長身份的設置，並且讓木蘭一進入軍隊就馬上得到上司的賞識和較高的官職。《木蘭奇女傳》中將木蘭的身份進一步提高：因為祖父朱若虛與李靖等人交好，所以木蘭一進軍隊就是高級軍官身份，還有自家帶來的家將保駕護航。祖父的朋友李靖認出木蘭為女子之身，但有感於木蘭的孝心，決定竭盡全力好好保護這個少女。本來就有天生神力的木蘭，接受過喪吾和尚傳授的高強武藝和神兵利器，已經能夠在戰場上神勇無敵，同時還得到上司的賞識、高官的護祐、家將的照顧，所以基本上不會出現其他木蘭故事中出現的低級軍官遇到性騷擾、普通士兵與眾多男性一起生活等困境。在子弟書《花木蘭》中，木蘭故意偽裝出彆扭高傲的性格，疏遠同行的士兵，避免他人的過度接近，保護自己的隱私不被他人發現。但這種故意疏離群體的舉措也讓木蘭感到十分難過：「佳人自入軍營裏，如履薄冰又似臨淵。一身舉動全非舊，百般拘束好為難。不怕孤帆聽漏水，唯愁與眾笑聲喧。一個女孩兒出頭露面先膽怯，更與人連背摩肩怎不羞慚。奴只得硬著心腸充老辣，放開膽量把臉皮兒憨。裝束得老成樣子絕無孩氣，打扮的尋常一派並不新鮮。胸兒前暗裏綾羅將奶頭籀的緊，襪兒內多用棉花把靴尖揎圓……逢人傲慢誰

〔註35〕【明】徐渭：《徐渭集》，北京：中華書局，1983年版，第1201頁。

情願，對眾強良意不安。心兒中千恩萬慮都想到，變著方兒倒要討人嫌。惹得那夥伴之中常抱怨，背地裏三三兩兩把奴談。無緣無故哭喪著臉，話不投機把眼瞪圓。」〔註36〕以往較少在故事中提及易裝生活和女性的心理困境在清代末期的通俗曲藝作品中受到了關注。子弟書等說唱文學對於主人公心理的細微變化的敏感體察使得木蘭的易裝生活更爲合理化，木蘭不再是一位平面式的道德偶像，而是面對各種生活難題和心理困擾的普通少女。易裝生活帶給木蘭痛苦與糾結，但當她堅強的戰勝困難之後，其易裝英雄的形象也就得到了豐富與昇華，也更加的生動突出。清代木蘭故事更爲關注木蘭易裝後的生活，用各種理由使得前代過於簡略和傳奇化的故事情節進一步合理化，以取得讀者和觀眾的認同。

在木蘭的教育背景方面，北朝《木蘭詩》和唐宋元三代的故事中，均沒有提及木蘭是否讀書接受教育，而明代的木蘭故事敘述中則強調了：「木蘭有智勇」，或「木蘭祝英臺俱解文，劉方亦成韻，蓋必有異穎，始有異事。」，女英雄所接受的教育及其能力在這一時期受到了重視。在徐渭的《雌木蘭》中，通過木蘭的自述交代了其教育背景：「況且俺小時節，一了有些小氣力，又有些小聰明，就隨著俺的爺也讀書，學過些武藝。」《雌木蘭》中的花木蘭雖然讀書識字但還沒有成爲才華橫溢的才女。在清代的故事中，木蘭的文化水平被進一步提高，《雙兔記》中稱木蘭：「日把槍刀作繡針，暇日更論文」，〔註37〕《閨孝烈傳》中的木蘭：「凡花老爺架上詩賦以及天文地理、兵書戰策、陣圖出軍、下營埋伏、奇兵之法、三韜六藝之書，一盡取來觀看。」〔註38〕《木蘭奇女傳》中的木蘭：「五歲入學，將一十三經讀的熟透，他又喜看佛經道典，深通其妙，所以三教宗旨，心佳妙法，一一皆知。」〔註39〕清代的木蘭形象已經向著才女化發展，而木蘭的教育背景這個細節內涵十分豐富：首先，能夠讓女兒接受較好教育的家庭即使是在女性教育程度較爲發達的明清時期也應爲經濟水準達到了小康以上的富裕家庭，而在社會地位上也高於普通農民和城市平民。較高社會地位的富裕之家讓木蘭的身份由普通平民少女

〔註36〕劉烈茂，郭精銳主編：《蒙古車王府鈔藏曲本》，南京：江蘇古籍出版社，1993 年版，第 991 頁。

〔註37〕【清】永恩：《游園四種》，乾隆禮親王府刻本。

〔註38〕【清】張紹賢：《閨孝烈傳》，合肥：黃山書社，1991 年版，第 10 頁。

〔註39〕【清】贏園舊主：《木蘭奇女傳》，濟南：山東文藝出版社，1987 年版，第 82 頁。

轉變為小官吏之家的閨秀，她的社會地位隨之上升。中級軍官的家庭環境為木蘭的仕途做出了鋪墊，在徵兵入伍之時，木蘭不再是北朝到元代故事中的普通士兵，而是借由其父親的官職直接成為受到重視的軍官。其次，木蘭所接受的教育中，有普通的文化教育，也有超出同等階層少女教育的騎射武藝、兵法謀略等方面的教育。這與木蘭的武將家庭出身背景有關，而家長對於女兒興趣的縱容也顯示出了木蘭在家庭中地位較高且受到了家長的寵愛。

　　從北朝到清代，木蘭從勇武的平民少女演變成文武雙全，接受過高等教育的官家閨秀。木蘭身份的提高有助於避免同男性過於接近的尷尬，而教育水平的提升更能幫助木蘭在危機重重的戰場上獲取勝利。然而木蘭身份的提升不僅僅是使得易裝從軍的細節更為完善，更是清代盛行的才女文化在木蘭故事中留下的印記。明清時期的才女文化特別興盛，尤其是清代，出版了大批女性文集、彈詞、戲曲等作品。女性教育的普及和教育水平的提高使得清代的知識女性數量遠超前代，尤其是官宦家庭和書香門第的閨秀們，這些女性的才華和出色的作品漸漸在社會上有了不小的影響力，並引起了精英文人的關注。出色的女性，尤其是出色的閨秀逐漸成為社會中不容忽視的一個階層，這些閨秀作家由於其體制內的身份、恪守禮教規則的生活和相對「溫柔敦厚」的作品得到了主流文化的承認和讚美。清代的女性教育雖然比前代來說更為普及，但仍然更多地集中於官宦富裕的家庭，官家閨秀的受教育比例仍然大大多於平民女性。能夠出版文集，在歷史上留下印記的女性幾乎無一例外的是屬於閨秀階層，良好的家庭教養和充裕的時間保證了女性的創作，比較富裕的家境和男性家長的支持則保證了作品的出版流傳。閨秀文化的盛行使得清代的通俗小說，尤其是才子佳人小說和女性創作的彈詞小說中的女主角往往都是出身官宦，飽讀詩書，有膽有識的傑出女性，木蘭故事中的木蘭形象也不例外。

二、易裝後的雙性婚姻

　　清代木蘭易裝故事的另一個特點則是完善了木蘭易裝後的婚姻問題，並增加了男性身份的木蘭與敵方女性婚戀的情節，這是清代對於木蘭易裝故事的創新。在《木蘭詩》中，沒有提及木蘭的婚姻問題，但從詩歌的描述和時代風潮來推斷，在推崇早婚的北朝時期，經過十二年征戰的木蘭極有可能錯過了婚期，成為失婚的老女。在元代侯有造的《孝烈將軍祠像辨正記》中安

排了逼婚的昏君，導致了木蘭的悲劇結局。明代《雌木蘭》雜劇設置了因仰慕木蘭孝義行爲而求婚的王生，讓木蘭回歸家鄉後可以和普通女性一樣過著比較完滿的生活。到了清代，《雙兔記》將木蘭的婚約安排在從軍之前，使得王青雲的堅守與木蘭的回歸顯得更符合情理，這個設置又被《閨孝烈傳》和《花木蘭征北》等小說曲藝作品繼承。《雙兔記》又在木蘭的征戰過程中設置了敵方豹千金愛慕男性身份的木蘭的情節，豹千金與木蘭未曾見面，僅僅是聽聞小將木蘭年輕位高，本事高強就萌動春心，毫不猶豫的背叛了自己的軍隊試圖嫁給木蘭：「我想這花弧必是個出類英才，辛平才這般信用。天啊，我若是得嫁花弧，強如在此一世。想介：也罷，我山中有一能人，使他通信花弧，著他暗取黑山，那時元帥大喜，豈不天從人願也。」豹千金的愛情來得毫無理由，僅僅是爲了成全木蘭攻打黑山的功績，並從側面襯托出男性身份的木蘭是如何英勇有魅力。在《雙兔記》最後，也沒有交代這個悲劇女性的最終下場。敵方女將與男性身份的木蘭產生姻緣的這個情節在《閨孝烈傳》中得到完善。《雙兔記》的設置雖然豐富了木蘭在從軍過程中的經歷，增加了體現易裝女性雙性魅力的情節。但豹千金情節簡單粗糙，不合情理，甚至有損整部作品的風格。在《閨孝烈傳》中，作者繼承了這個情節，並對其加以完善。小說中敵方將領見木蘭年少英勇，意圖將表妹盧玩花公主嫁給木蘭，好讓木蘭投降己方。木蘭將計就計，與盧玩花結婚，在新婚之夜對自己的新娘道出身份的秘密，並取得盧玩花的諒解和同情。木蘭與盧玩花結爲姐妹，講定將來同嫁王青雲。小說中用了三回的文字詳細講述了木蘭如何表明自己的女性身份，取得盧玩花諒解和支持，比較細膩的描寫了兩個女孩的心理變化，讓這個不合情理的情節儘量合乎邏輯，也突出了美少年木蘭的英勇和不可抗拒的魅力。同樣的，鼓詞《繪圖花木蘭征北》中也出現了同樣的情節，有著男性陽剛氣質的木蘭在故事中憑藉其高強的本領、光明的前途和年輕俊秀的外形獲取了敵方女性的愛慕。從《雙兔記》開始，木蘭戰場招親情節就被保留下來，在後來的戲曲小說曲藝作品中被沿用。易裝女性因其雙重性別身份所要面對更爲複雜的兩性關係問題，這種雙性婚戀情節不只是在木蘭故事中出現，其他描寫易裝的小說戲曲，尤其是女性筆下的彈詞小說中尤其常見。易裝女主角的雙重性別身份給她的歷險經歷帶來各種麻煩，但同性婚姻往往帶來的利益大於危害，與易裝女主角結婚的女性最後總會成爲她的同盟而不是敵人，她們的婚姻生活充滿曖昧的姐妹情誼，有些易裝女英雄順利回

歸本來身份，連帶在易裝過程中迎娶的妻妾一同嫁給其未婚夫，如木蘭和《筆生花》中的姜德華，有些則不願回歸原來的性別身份，與假妻子一起過著姐妹情深的和睦生活，如《金魚緣》中的錢淑榮。對待易裝女性的婚姻問題，男性作者和女性作者往往有著不同的態度。在男性筆下，易裝的女性通常都會認同自己的婚姻並願意回歸自己原本的性別身份，她們並不留戀男性身份所帶來的各種權利，比如木蘭對於用生命和青春換來的地位並不留戀：「木蘭不用尚書郎，願馳千里足，送兒歸故鄉。」她們急切地擺脫男性身份，回歸家庭享受安穩和諧的幸福生活。而女性筆下的易裝女性無論是否回歸家庭，都會對放棄高官厚祿，強大的權力感到痛苦和不捨。顯然，易裝情節對於女性來說不僅僅是故事情節的需要，更重要的是，易裝女英雄的歷險和她們在公共領域獲取的功績滿足了不能走出家門的閨秀們的幻想。通俗作品中木蘭戰場招親，最後雙美同嫁一夫的情節模式滿足了一般男性讀者的尚奇心理。木蘭的雙性婚姻為她的丈夫帶來了福利，同時也讓戰場交鋒情節更加曲折驚險，作為軍隊領袖的木蘭必須帶領自己的隊伍取得勝利，但通俗文學作家畢竟不是軍事專家，簡單但頗具傳奇色彩的戰場招親情節讓木蘭輕易地獲取到了敵方信息，從而取得戰爭的勝利。為了成就木蘭的赫赫戰功，敵方女性嫁與易裝的木蘭，並毫不猶豫的接受了與木蘭兩女共事一夫的婚姻。

三、小說戲曲曲藝文學中大量出現的易裝女性

　　易裝是清代通俗文學中的一個重要主題，許多小說戲曲曲藝文學中都有易裝女英雄的出現，尤其以女性創作的彈詞小說為多。這些易裝女性的經歷大多如木蘭一樣：家庭和親人遭遇危機，而沒有合適的男性來解救，無奈之下，女兒易裝改服，離開家門去闖蕩世界，試圖解救家族的危難，故事多數為大團圓結局。在這些易裝故事中，男性創作的與女性創作差異較大，儘管情節結構大致相仿，基本都是「木蘭故事」的換名換時代改寫，但在對易裝女性心理，面對職場和回歸家庭的態度上，男女雙方的創作有著很大的不同。

　　在女性作家的筆下，易裝為女性的生活提供了更為廣闊的空間，在現有社會規則下，普通女性無法走出家門進入社會參與公共事務，她的生命被拘束在家庭和閨閣中。但當換上一身衣服後，這些本來就擁有才華和膽識的女子就有了進入通往公共領域的通行證。男性的世界給易裝女性提供了展示才華和實現自我價值的機會，易裝少女可以像木蘭一樣戰場殺敵，也可以像黃

崇嘏一樣科舉做官。無論是哪一種選擇，易裝女性的人生都會比在家庭中作主婦要精彩刺激。在封建時代，男性與女性的人生道路和生活經驗都差距甚遠，這種差距導致了易裝情節的強烈戲劇效果。在女性裝扮為男性後，會體驗到與自己以往生活完全不同的新的生命體驗，她遇到的問題越多，情節就越豐富曲折，也越能引起讀者的趣味。當然，明清兩代絕大多數的易裝文學都與現實生活相距甚遠，這個具有強烈戲曲色彩的情節模式在現實生活中極難實現。但不符合常理的描寫不能熄滅讀者的熱情，許多讀者，尤其是女性讀者在超現實的敘述中獲取了補償和滿足。女性創作的彈詞小說中的易裝情節往往是奇幻而不合常理的，易裝少女遇到的現實難題總是很容易解決，或是重重巧合將其化解。以最為著名的作品《再生緣》《筆生花》為例，易裝後的孟麗君和姜德華非常輕易的在科舉中得中狀元，並被授予較高官位。她們的才華和品德獲得了皇帝的絕對信任，在政壇上也幾乎不曾遇到任何麻煩。易裝後的婚姻中往往通過巧合來化解尷尬：孟麗君的新娘是忠誠的閨蜜蘇映雪，姜德華則碰巧遇到了一心修仙，不問男女之事的表姐謝雪仙。同性婚姻不僅沒有給易裝女性帶來困擾，反而成為其偽裝身份的煙霧彈：孟麗君隨口胡謅蘇映雪懷孕讓質疑其身份的人自亂陣腳，而姜德華則收留了懷有其未婚夫之子的慕容純為妾，並收養了這個孩子。現實生活中，完全一帆風順的仕途和充滿巧合的婚姻幾乎不可能出現，但女讀者們並不介意漏洞百出的，不合常理的情節。易裝女性在公共領域獲取的成就感和榮譽感令讀者得到了代入式的滿足，女性的成就從家庭中擴大到她們所能想像到的整個世界。彈詞小說中虛幻的易裝傳奇折射了普通女性生活軌跡的單一蒼白。易裝使得本來才華橫溢的女性有了公開展現自己才能的機會，她們對權力、榮耀的熱愛讓易裝女英雄即使是解救了家族危難後也不願像木蘭一樣低調地回到閨中，繼續默默無聞的家庭生活。所以，在一般女性創作的文本中，無論女主角是否回歸原本性別角色，都產生過不同程度上地對權力地位的不捨。而一般回到家庭的女性也會比較強勢，其丈夫和侍妾家人都會處於女英雄的統治之下，讓回歸閨閣的女英雄繼續在家庭中掌握著家庭的大權。在女性作家筆下，易裝女主角是代替自己成就了在現實生活中不可能完成的傳奇歷險：她們進入被男性掌控的領域，但是取得了男性難以企及的成就，享受著權力和地位帶來的成就感，讓女性的個人價值上升到頂點。所以，孟麗君在朝堂上撕毀奏章，駁斥了皇權、父權和夫權；桓桂奎去海外做了女王，繼續自己的事業；

錢淑榮不願捨棄自己的事業願以男裝終老,「不復再更女服矣!」〔註40〕

　　男性文本中的易裝故事分爲兩類,一類是才子佳人小說,易裝女性大多爲求美滿姻緣,所以有強烈回歸閨閣的願望。而第二類則是類似於木蘭故事類型,易裝女主角因危難出走,在解決危難後,回歸家庭,一般也不會有任何對於職場生活的過份留戀。男性創作的易裝故事無論哪種,易裝女性都不會像女性筆下的女英雄一樣過份留戀男裝時期創造的成就,她們往往都像木蘭一樣不屑於「尚書郎」的高官厚祿,而是急切的回到家庭,繼續普通女性的生命軌跡:結婚生子,操持家務,也不會在平淡的家庭生活中表現出原來有過的權威。在男性筆下僅僅作爲一種敘事模式的易裝故事和在女性作家筆下寄託了白日夢的易裝故事都構成了清代通俗文學中易裝故事的繁榮,這個極具張力的故事類型被賦予了多種內涵,一再的被改寫,被注入新的活力。

　　木蘭故事雖然在清代仍然保持者詩詞文的雅文化傳統,且數量不少,但最有活力最有創新的部分卻是存在於通俗文學中的部分。清代的通俗文學種類繁多,內容豐富,各類小說、戲曲、彈詞鼓詞子弟書等等文類都在這個時期到達了封建時代的頂峰。木蘭故事在經歷了北朝的初始和元明的轉變後,眞正的在清代達到了成熟和豐富,並影響了同時期的文學創作。

　　在封建時代,父權體制牢固地掌控著國家權力和話語權,以儒家傳統爲主導的主流文化和意識形態將女性排除在政治權利和公共領域之外。早期經典《易經》提出陰陽理論,認爲:「乾道成男,坤道成女。」《周易·繫辭上》中指出了乾坤陰陽的關係:「乾坤,其《易》之門矣。乾,陽物也坤,陰物也。陰陽合德而剛柔有體,以體天地之撰,以通神明之德。」《周易·繫辭下》中將這種哲學上的關係轉化到家庭秩序中:「乾,天也,故稱乎父。坤,陰也,故稱乎母。」陰陽秩序的確立也賦予了男女兩性不同的氣質,一般認爲,較爲剛健、主動的氣質屬於男性,而柔順、被動的則爲女性。陰陽理論原本爲宇宙秩序,統治者和主流文人用來解釋人間的秩序,爲人世間的不同的等級和階層尋找合理性。從漢代董仲舒對儒家經典的解讀開始,陰陽雙方不再平等,「尊陽抑陰」、「陽爲陰綱」的觀念開始出現。對應於不平等的陰陽秩序上的兩性地位開始成形,並逐漸固化,「男尊女卑」的思維定勢開始形成。在此基礎上,班固《白虎通·三綱六紀》又提出「三綱」、「三從」之說:「三綱者何謂也謂君臣、父子、夫婦也……故《含文嘉》曰:『君爲臣綱,父爲子綱,

---

〔註40〕　【清】孫德英:《繪圖金魚緣全傳》,光緒上海書局石印本。

夫爲妻綱』。」〔註41〕《白虎通・婦人無爵》：「婦人無爵何陰卑無外事，是以有三從之義。未嫁從父，既嫁從夫，夫死從子。故夫尊於朝，妻榮於室，隨夫之行，故禮郊特牲。曰婦人無爵，坐以夫之齒。禮曰生無爵，死無謚。」〔註42〕這種性別理論對整個封建時代都有著深遠的影響。性別秩序的確立同時也分別了兩性的生活空間，「內－外」之分不僅區別了男女兩性的生活空間也界定了男女兩性的思想界限。如《禮記》所言「男不言內，女不言外，非祭非喪，不相授器。其相授，則女受以篚，其無篚，則皆坐奠之而後取之。外內不共井，不共湢浴，不通寢席，不通乞假，男女不通衣裳。內言不出，外言不入，男子入內，不嘯不指，夜行以燭，無燭則止。女子出門，必擁蔽其面，夜行以燭，無燭則止。道路，男子由右，女子由左。」「男女不雜坐，不同椸枷，不同巾櫛，不親授。叔嫂不通問，諸母不漱裳。外言不入於梱，內言不出於梱。女子許嫁，非有大故，不入其門。姑姊妹女子，已嫁而返，兄弟弗與同席而坐，弗與同器而食。」〔註43〕這種對兩性生活空間的分隔理論一直被後世儒家學者延續。分隔的空間最大限度的保證了女性儘量少的接觸到異性，減少性醜聞發生的可能。男女「內外」之分使得女性的職責和思想被固定在家庭之內，甚至家庭之中的公共領域也不被允許涉足。一旦進入公共領域，就會在象徵意義上與異性扯上關係，有損女性的清譽。明代楊繼盛《椒山遺囑》訓子篇中談到：「居家之要，第一要內外界限嚴謹。女子十歲以上，不可使出中門，男子十歲以上，不可使入中門。外面婦人雖至親不可使其常來行走。一以防說談是非，致一家不和。一以防其爲奸盜之媒也。」〔註44〕《許雲村貽謀》中也強調要嚴格限定女性的生活空間：「主婦職在中饋，烹飪必親，米鹽必課，勿離竈前。女婦日守閨閣，躬習紡織，至老勿逾內門。下及侍女，亦同約來。如有恣性越禮，遊山上冢，賽神燒香，街露體面，殊非士族家法，子孫必泣諫之。」〔註45〕家庭秩序的穩定同時也保證了政治秩序的和諧穩定。所以，對於正統文化而言，女性的易裝出走絕對是對於性別秩序的極大挑戰。處於弱勢地位的女性改變身份進入到公共領域，參與到國家

〔註41〕【清】陳立：《白虎通疏證》，北京：中華書局，1994 年版，第 373 頁。
〔註42〕【清】陳立：《白虎通疏證》，北京：中華書局，1994 年版，第 21 頁。
〔註43〕【清】孫希旦：《禮記集解》，北京：中華書局，1989 年版，第 61 頁。
〔註44〕【明】楊繼盛：《楊椒山先生言行錄》，弘化社，1932 年版，第 5 頁。
〔註45〕包東波選注：《中國歷代名人家訓精萃》，合肥：安徽文藝出版社，2000 年版，第 206 頁。

政權當中，這種故事之中常見的套路事實上違反了女性的道德準則，按照主流文化的要求，女子以柔順爲德，應靜守閨中，服從男性家長對自己命運的安排。而易裝故事中的女性幾乎每一位都有著強勢而剛烈的性格特質，在家庭和親人面臨危機時主動承擔責任，自主決定自己的命運，改變身份，進入男性掌控的公共領域。易裝女英雄的性格特質和傳奇經歷都超越了男權社會中對女性的要求，易裝行爲對女性的道德操守形成了很大的威脅，是極爲危險的行爲。危險的越界一旦有絲毫不愼，就會給女性帶來名譽上的損害，甚至威脅到他們的生命。

　　如何將越界的行爲規範到主流文化之內是每一個易裝女英雄必須注意的問題。首先是易裝的原因，木蘭的易裝源於其替父從軍的孝心，在純潔的孝德的掩護之下，任何極端行爲都會被主流文化接受。越界的木蘭不僅僅沒有收到質疑，其傳奇的經歷和傑出的成就還使她成爲受到讚揚和崇拜的女英雄。而清代易裝傳奇中的女性也如木蘭一樣，有著需要她們解救的親人，或是必須暫時離家躲避災難保護貞操。女性的最高道德準則孝道與守貞是女性易裝中最爲常見的原因，也是令男權統治者無法拒絕的理由。在這樣強大地理由之下，易裝女性出格的行爲得到了原諒和認同。其次，易裝女性必須在易裝歷險過程中保持貞操，這是每一個正派的，受到承認的女英雄不可逾越的界限。才子佳人小說中爲了尋求佳偶而出走的易裝女性存在於娛樂化的通俗小說中，人們對她們的行爲也體現出了一定程度上的寬容。但這些「佳人」不會如木蘭一樣成爲被傳誦謳歌的偶像，也不會對後世的文學文化產生大的影響力。女性文本中的易裝女英雄體現了前所未有的野心和越界的傾向，她們渴望建功立業，呼籲男女平等，甚至否定傳統婚姻拒絕回歸家庭。但每一個女性筆下出格的女英雄都在貞潔問題上體現出了過人的謹愼，她們在男女大防上甚至比一般男性還要小心注意，故事中也儘量避免出現正面人物男女情慾的描寫。走出閨門的行爲畢竟是違反了嚴格意義上的禮教規則，並且具備一定的風險。在保守的貞潔觀依然占上風的時代中，作爲必須依存主流文化生活的女性，如果不能保證自己的生活環境中全部都是開明又絕對有能力保護她們的人，就必須老老實實的把情慾控制住，以保護自己的名譽遠離任何威脅。在任何時代中，違反主流道德規範的成本都比較高，也具備相當的風險。處於弱勢的女性爲了生存質量控制自己的欲望以適應社會規則是比較合算的。木蘭的易裝故事爲女性們的想像提供了充分的空間：合理的易裝理

由、傳奇的經歷、成就與榮譽等等滿足了女性的對於歷險生活的白日夢，女英雄的故事也讓女讀者得到了虛幻的滿足。易裝傳奇這個故事俗套不斷在女性文學中出現正是因爲它契合了女性的心理需求。兩性之間的生活空間差距較大的時期，易裝進入異性領域的故事就會越富於趣味性，讀者就會越期待易裝的主角在陌生領域的各種傳奇經歷。女性易裝而進入男性專屬的領域的故事類型產生的原因與女性與男性的生活空間、職責範圍分離的儒家禮教制度的確立息息相關。在女性的生活和思想都必須從屬於「內」的時代之中，兩性的生活截然不同，被局限在家庭之內的女性對男性的生活領域職責範圍可能不夠熟悉。所以，對於想要進入到公共領域的女性來說，她所面對的將是一個陌生的世界，儘管男女的性別分隔不能完全造成女性對於男性領域的無知，但至少也造成了相當程度上的陌生化。當禮教制度越來越成熟，社會越來越強調兩性的分隔之時，男女雙方彼此的生活領域和人生軌跡就會有著越大的差距，這樣就給易裝進入男性領域的女性帶來了更多的新鮮感和更多的危機。同時，也給女性進入公共領域帶來了更多的阻礙。逾越自己的本分進入到不該進入的領域屬於越界的行爲，而這種越界因爲違反了主流道德規範而面臨著極大的危險。也正是因爲具有危險，所以，在越界的過程中會增加各種驚險刺激的情節，使得故事更爲曲折豐富增強對讀者的吸引力。

易裝傳奇在現當代仍然是各種文學作品、影視劇中受到關注的題材，木蘭的故事也繼續活躍在各種戲曲和影視劇中，繼續對當代人的精神世界施加著影響。

第四章 木蘭故事與女英雄主題

　　木蘭一直是我國歷史中著名的女英雄形象，她替父從軍十二年，獲取了赫赫戰功的英雄故事流傳了千餘年。木蘭的英勇和功勳使得她在後人的敘述中逐漸成爲女英雄的楷模，傳奇經歷和傑出的成就讓木蘭在古代眾多受到讚美的女性典範中成爲了比較引人矚目的一位。封建時代男權中心的社會造就了「男尊女卑」的價值觀，女性的思想和生活空間被局限在家庭之內，權利和地位低於同階層的男性。無法走出家門的女性極少有機會在社會中建功立業，獲取成就，但在中國五千年的歷史中，歷朝歷代都並不缺乏女英雄的記載。在特殊時期，女性也可以向男性一樣進入到公共領域保家衛國，做出一番事業。木蘭故事中的巾幗英雄主題一直存在於北朝到清代的故事流變中，是故事中比較恒定的主題。但隨著歷代政治經濟背景、女性觀以及文人心態、社會風尚等因素的變化，這個比較恒定的主題也會在敘述方式和關注重點等方面發生變化，使故事呈現出不同的風貌。

　　本章從木蘭故事的女英雄主題入手，追溯歷史文化與文學中女英雄主題的演變，梳理木蘭故事中女英雄故事敘述的演變軌跡，並發掘出影響故事主題變化的文化內涵。

第一節　女英雄主題溯源

　　英雄敘事是古今中外文學中永恒的主題，英雄人物往往有著特殊地經歷和特殊地貢獻，成就英雄事業通常要付出極大代價。英雄人物的事蹟往往因爲異於日常行爲，有著常人難以達到了高度，而受到了普通人的羡慕、讚美

和渴求。對於英雄人物的記載和崇拜古已有之，並大量存在於各種歷史記載與文學作品中，英雄人物的事蹟及其不平凡的人生往往能對普通人產生重要的影響，對後世的精神文化有著深遠的作用。在中國歷史上豐富多彩的英雄人物之中，女英雄形象是值得注意的一個群體。如著名的木蘭、楊門女將、梁紅玉、秦良玉等等，這些女英雄的故事存在於歷朝歷代的歷史記錄與文學作品尤其是通俗文學之中，受到了受眾的歡迎，能夠在民間廣泛的流傳。在封建時代，儒家禮教限制了女性的生活空間，也界定了她們思想的範圍，在一般情況下，女性不被允許走出家門進入到公共領域，也沒有機會去建功立業。但是在戰爭時期或是家庭中失去家長的特殊情況下，傑出的女性也能夠承擔起本不屬於自己的責任，爲了保衛自己的國家和家庭貢獻力量，創造出令人震驚的成就。女英雄們柔弱的女性之身與其豪邁的氣概、驚人的成就形成了強烈的對比，使得女性的英雄故事更富有傳奇性和吸引力，在中國文學文化史上產生著重要的影響。

一、宋前女英雄概述

「英雄」一詞最先見於先秦典籍，託名爲太公望所撰的戰國兵書《六韜》中指出：「武王問太公曰：『王者舉兵，簡練英雄，知士之高下，爲之奈何？』」〔註1〕《三略》中則定義「英雄」爲：「夫所謂士者，英雄也。故曰：羅其英雄，則敵國窮。英雄者，國之幹。庶民者，國之本。得其幹，收其本，則政行而無怨。」〔註2〕這裡的「英雄」指的是對國家有著傑出貢獻的士人階層。西漢經學家韓嬰在《韓詩外傳》卷五中提到：「夫鳥獸魚猶知相假，而況萬乘之主乎？而獨不知假此天下英雄俊士與之爲伍，則豈不病哉？」〔註3〕韓嬰將「英雄」與「俊士」並提，顯示出此時的英雄應爲有著傑出能力與特殊貢獻之人。到了漢末三國時期，出現了專門論述英雄的文獻，如王粲的《英雄記》和劉劭的《人物志・英雄》。《英雄記》現已散佚，現在所能見到較全的輯錄本是俞紹初輯校的《建安七子集》附錄中的《英雄記》。此書主要收入三國時期重要歷史人物曹操、袁紹、劉備等人的事蹟，每篇長短不一，所錄人物事蹟有成功也有失敗。從《英雄記》的取材和敘述中可以看出在漢末時期，對

〔註1〕 【周】呂望：《六韜》，《四庫全書》子部。
〔註2〕 【漢】黃石公：《三略》，《四庫全書》子部。
〔註3〕 【漢】韓嬰：《韓詩外傳集釋》，北京：中華書局，1980 年版，第 193 頁。

於歷史發展產生過重要影響、有著傑出成就之人都被稱之爲英雄，至於他們分屬何種陣營，最終是否成功都不影響其「英雄」之稱。劉劭的《人物志‧英雄第八》中特別定義了英雄的概念，稱：「夫草之精秀者爲英，獸之特群者爲雄。故人之文武茂異，取名於此。」劉劭認爲只有文武兼備且能力超凡之人才可以被稱之爲英雄，「英」與「雄」有一定的區別，而所謂英雄也有等級之分：

> 故英雄異名。然皆偏至之材，人臣之任也。故英可以爲相，雄可以爲將。若一人之身兼有英雄，則能長世，高祖、項羽是也。然英之分以多於雄，而英不可以少也。英分少，則智者去之。故項羽氣力蓋世，明能合變，而不能聽採奇異，有一范增不用，是以陳平之徒皆亡歸。高祖英分多，故群雄服之，英材歸之，兩得其用。故能吞秦破楚，宅有天下。然則英雄多少，能自勝之數也。徒英而不雄，則雄材不服也；徒雄而不英，則智者不歸往也。故雄能得雄，不能得英；英能得英，不能得雄。故一人之身兼有英雄，乃能役英與雄。能役英與雄，故能成大業也。〔註4〕

漢末到三國時期的政治混亂，王權旁落，各路豪強紛紛劃分地盤建立起自己的武裝力量。在原有的秩序被破壞而新的秩序沒有建立起來的時候，有著特殊能力且能夠對當前形勢產生重要影響的人物就受到了關注。在另一方面，漢代到南北朝時期的人才選拔政策、品評人物的社會風氣也促使了社會中對於特殊人物的關注。如《後漢書‧許劭傳》中曰：「曹操微時常卑辭厚禮，求爲己目。劭鄙其人而不肯對。操乃伺隙劭，劭不得已，曰：『君清平之奸賊，亂世之英雄。』操大悅而去。」到了晉代，英雄的概念得到了進一步的傳播，關於曹操亂世英雄的故事在晉代陳壽的《三國志》中就體現爲：「是時曹公曹操從容謂先主曰：『今天下英雄，惟使君與操耳。本初袁紹之徒，不足數也。』」作爲對當時政局有著巨大影響力的人物，曹操顯然是符合當時英雄觀的當世之英雄。

　　在先秦到漢魏時期這個英雄輩出的時代中，也出現了女性英雄的記載。歷史文獻中出現的最早的女英雄應該爲殷商時期的女將領婦好。從卜辭中可以看出，這位著名的女性領導人公開地參與到政治決策、戰爭與社會生產之中，受到殷王武丁和民眾的讚美。出土的卜辭中記錄了這位女性領導人參與幾次重大事件，如：

〔註4〕　【魏】劉劭：《人物志》，北京：中華書局，2009 年版，第 86 頁。

甲申卜，穀，貞乎婦好先登人於龐。《殷墟書契前編》5.12.3

乙酉卜，穀，貞勿乎婦好先登人於龐。《殷契萃編》1229

據考證，卜辭中出現的「龐」為女性領導婦好徵兵的地點，這些卜辭是在詢問，是否應該由女領導婦好為王的先頭部隊，從「龐」這個地方徵兵？在獲取上天的肯定之後，後面的卜辭中又出現了婦好徵兵後的行動：

辛巳卜，爭貞：今載王登人，乎婦好伐土方，受有又。五月。《合集》6412

在又一次徵兵後，王又向上天詢問：現在王徵集了兵士，準備讓婦好去攻打土方，這樣的行動是否能得到上天的護祐？婦好是戰場上的勇將，頻繁的出現在各種卜辭中，這些卜辭勾勒了這位女性領導人的輝煌一生，她曾征戰在各地的戰場上，為自己的國家爭取利益。婦好是一位受人尊敬的女英雄，在她死後，豐厚精美的隨葬品如銅錢、銅刀、銅戈、銅鏈等兵器，也證明了她在國家中的高貴地位。婦好的社會地位較高，她是王的妻子，同時也是部族中的重要將領。婦好領導軍隊保衛自己的臣民守護自己的領土，她有著傑出的能力，同時也影響了當時的政局和歷史發展，是當之無愧的女英雄。上古時期的男女兩性分隔制度沒有完全建立，優秀的女性同男性一樣可以參與戰鬥和生產，婦好不是當時唯一的女性將領，但其出眾的成就使得她超越了同輩成為流傳後世的重要人物。在周代父權制社會的禮教制度初期形成，兩性的不同社會責任開始確立之後，女性不再有著天然的權力進入到公共領域去施展才華。婦好一樣的女性領導人不復在文獻中出現，取而代之的是父權社會所需要的柔順知禮、恪守女性道德規範，能夠輔助自己父親、丈夫、兒子的「賢明」女性。在生活空間和思想範圍被界定到家庭以內之後，女性很難再像上古時期一樣有機會施展才華，成為影響當世的女英雄。然而社會規則不是永遠一成不變的，在國家和政權遇到危機而男性成員力量不足之時，女性也會在危急時刻進入到公共領域貢獻自己的力量。戰國時期的戰爭中，由於男性戰鬥力的不足，女性勞動力被編入軍隊，承擔後勤、運輸、守城等職責的情況屢有發生。如《史記·田單列傳》中田單在即墨城與燕軍作戰之時，將「妻妾編於行伍之間」。《史記·平原君虞卿列傳》中也有相似的記載，在邯鄲城受到秦國的襲擊之時，李同建議平原君採用女性守衛城池「令夫人以下編於士卒之間，分工而作」，平原君採納了他的建議，於是「得敢死之士三千人」。這些從事簡單工作的女性不是自主自願地參與到戰爭之中，沒有在歷史中留下名字，她們的成就也被隱藏在男性領導的戰役之中。嚴格意義上

來說，這一時期的參戰女性不能被稱為女英雄，但這些進入到公共領域的女性的事蹟激發了後世作者的想像，成為了後世文學創作中女英雄和女性軍隊的素材。

　　隨著史學的發展和文獻記錄的進步，得以被收錄進文獻材料中的女性越來越多，但是否被收錄、以何種方式被記錄則要看當時的社會主流文化傾向以及主導社會文化的男權統治者的要求。漢代以後的《列女傳》《史記》《漢書》等歷史文獻和文學作品中出現了一些捨生取義，為親復仇的女性形象。如左延年的《秦女休行》一詩，描述了復仇的英雄秦女休形象，而秦女休也成為後世女英雄的典範之一繼續受到人們的歌頌。復仇女性的行為雖然不符合傳統道德規範，甚至有觸犯法律的嫌疑，但她們高尚的初衷卻契合了儒家忠孝觀。《後漢書》卷五十三《周黃徐姜申屠列傳》中記錄的緱氏女玉故事，是一則較早的為親復仇的女性事蹟記載。緱氏女玉的故事同木蘭故事相類，她們都是為了自己的父親而做出了越界的行為，孝道的初衷則消解了越界的罪惡感，最終這一類女性會受到主流文化的原諒甚至是讚揚。南北朝時期到唐代建立之初動盪的社會和頻繁的戰爭打破了原有的社會規則，為了保衛國家、城池和家庭，在這一時期的正史和文學作品中，開始出現了大量的女英雄如著名的楊大眼妻、李波小妹、李寄等，這些強悍勇武的女性的事跡對於後世的文學與文化產生了重要影響，而其中一些著名的女英雄故事，如木蘭和娘子軍故事，則成為了後世文學創作的重要素材。

二、宋元明清女英雄故事概述

　　宋代以後，社會經濟進一步發展，政治文化與道德文化教育進一步成熟，女性進入公共領域、參與社會事務的機會越來越少。如婦好、北朝女主、唐代上層社會強勢女性群體這樣比較公開在社會中施加強大影響力的女性幾乎不復存在。只有當國家與家庭遇到危難之時，或是在較少受到封建禮教制約的少數民族地區，女英雄才會有機會施展才華，創造自己的傳奇故事。在文學史與文化史中有著較大影響力的女英雄故事如梁紅玉故事、楊門女將故事、秦良玉及冼夫人故事都是產生於特殊時期和特殊區域。

　　宋金元的朝代交替戰爭中產生了許多青史流芳的英雄人物，民族英雄岳飛即是其中最為著名的一位。女英雄梁紅玉、楊門女將也是宋王朝與少數民族政權戰爭中湧現的英雄人物，她們的故事成為了後世女英雄的典範和通俗

文學中的重要素材。在宋代文獻中，梁紅玉的事蹟出現在《宋史·韓世忠傳》中，宋人筆記也有涉及。史傳中記載梁紅玉與其夫韓世忠一同在前線對抗敵兵：「時世忠妻及子亮爲傅所質，防守嚴密。朱勝非紿傅曰：『今白太后，遣二人慰撫世忠，則平江諸人益安矣。』於是招梁氏入，封安國夫人，俾迓世忠，速其勤王。梁氏疾驅出城，一日夜會世忠於秀州。」〔註5〕在宋金之戰中，英勇的女性領導人梁紅玉「戰將十合，梁夫人親執桴鼓」在前線鼓勵將士奮勇殺敵。這段故事被小說《說岳全傳》採用，並加以補充和發揮，「梁紅玉擊鼓退金兵「遂成爲小說戲曲和曲藝文學中常見的故事。後世戲曲中的常見的楊門女將故事則是正史無載，較早敘述楊門女將故事的是地方志《保德州志》：「折太君，宋永安軍節度使鎮府州折德扆女，代州刺史楊業妻。性警敏，嘗佐業立戰功。」到了元代，雜劇《謝金吾詐拆清風府》中開始出現佘太君形象。明代以後，楊門女將女英雄群體的故事才算真正成型。清代以後直至現當代，楊門女將故事開始被大量應用於戲曲之中，這些女英雄的忠貞不二、英勇善戰等特點受到了民眾的喜愛，並對於女性文化和民俗文化有著重要的影響。宋元時期的著名女性英雄產生於戰爭之時，但在當時並未成爲文學中素材，宋代英雄在文學中大放異彩多是在明清的通俗文學作品之中。明代著名女英雄秦良玉在《明史》中有傳，她的英雄傳奇產生於戰亂中的少數民族聚居區。秦良玉與梁紅玉相似，都是與身爲一方長官的丈夫一同前線禦敵，對抗少數民族侵略者。秦良玉的功績受到了統治者的表彰，她的傳奇故事也激勵了後世的女性。明代女英雄如秦良玉、三娘子等等有些沒有直接成爲文學中的主角，但卻對女英雄故事有著或明或暗的影響。木蘭故事中的經典作品《雌木蘭》的作者徐渭在創作中就受到了這些強悍勇武女英雄的影響。明清時期，現實生活中的傳奇女英雄開始減少，傳奇女性較多的出現於文學想像之中。經過世代累積，敘述前代歷史文學中的女英雄故事的文學作品大量出現，而虛構的女英雄故事也開始對文學與文化產生重要的影響。清代女性創作的彈詞小說中呈現出一系列能文能武、有著傳奇經歷和高尚道德的女性英雄，如《天雨花》中的左儀貞、《再生緣》中的孟麗君等等。她們在公共領域建功立業的英雄事業，自立自強的獨立人格以及女性作者賦予的獨特女性體驗都使這些女英雄成爲了文學史上不容忽視的群體。

〔註5〕　【元】脫脫等：《宋史》卷364《韓世忠傳》，北京：中華書局，1975年版，第11360頁。

　　女英雄的出現在歷史上絕非常態，而是與特殊政治背景、時代風氣、風俗習慣等息息相關。一般情況下，封建時代現實生活中的女英雄產生的條件有二：一是戰爭時代中，生存的危機大於禮教制度，優秀有能力的女性主動承擔起了保家衛國的重任，如南北朝戰爭時期中出現的荀崧小女、張茂妻、苻登妻等悍勇女性；二是爲保護家庭親人安全或是爲親復仇，表現出超出一般女性能力範圍的強悍勇武的女性，如秦女休、《後漢書》中的緱氏女玉、謝小娥等。現實生活是文學創作的源泉，爲文學提供了素材。總體而言，在宋代以前，出現在現實生活中的女英雄在數量上要多於文學中的女英雄；而宋以後，女英雄仍然出現於歷朝歷代的史冊記載當中，但文學作品中已經開始大量的出現女英雄故事，和眾多形象生動突出的女英雄形象。前代出現的著名女英雄故事如木蘭故事、娘子軍故事、梁紅玉故事等等到了明清時期才開始成爲文學作品，尤其是小說戲曲中的主要素材。封建時代男尊女卑的觀念和性別分隔的制度使得在女性地位低於同一階層中的男性，與此同時女性承擔的社會責任也相對較少，這就使得現實生活中的女英雄總體數量要大大少於男性英雄。被規定於「內」的女性必須遵從男權文化強加於她們的「柔」「順」「貞」「靜」等要求，但很明顯，幾乎所有的女英雄都必須打破常規文化的限制，以悍勇、獨立、剛毅的姿態走出閨門，面對危機。女英雄們跨越了性別界限，但卻並未受到主流文化的批判和譴責，因爲她們的初衷是代替失職的家長維護了正統的社會秩序，儒家文化的彈性寬容了這些越界的女性，並且承認了她們爲家國所作的貢獻。從先秦到清代的數千年中，絕大多數時間內的主流審美趨向於女性是柔弱需要保護的對象，悍勇有著超出男性才能的女英雄打破了社會一般認知中對於女性的理解，這就使得有著特殊行爲的女性會受到特別的關注。當本應柔弱等待男性保護的女性創造出了超出想像的成就之時，其預設於大眾意識中的女性特質就與其所達到的成就形成了較大地反差，這種反差讓女英雄故事得到了接受者更多的關注。女英雄故事流傳的留一個特點是宋前，尤其是明前出現在史冊和文學記載中女英雄較少有性別特徵的描述，她們幾乎是無性的存在。而進入到通俗文學中時，女英雄的性別開始受到了特別的關注，女性的外貌、服飾、性格、心理等多方面因素開始在文本中展現，英雄女性的婚戀故事也開始成爲其英雄傳奇的一部分。

　　從對先秦到清代女英雄書寫的大致梳理中發現，木蘭英雄傳奇基本符合整個女英雄故事的演變軌跡。木蘭故事產生於北朝，這是一個戰亂頻繁，規

則破碎，而女英雄輩出的時代，文學形象木蘭身上集合了眾多現實生活中勇武善戰女性的身影。少女木蘭所創造的奇蹟令世人驚異，她高尚的道德和犧牲精神也得到了歷代文人與民眾的崇拜。與歷史上所有女英雄一樣，木蘭以女性之身承擔了超出預期的責任，創造了難以模仿的奇蹟，她高尚的目的和傑出的成就造就了木蘭流傳後世廣受好評的英雄形象，而其傳奇性的經歷也讓木蘭故事成為了文學中受到歡迎的故事之一，被後世改寫、傳播。而在文學表述中，木蘭從無性的道德模範英雄人物開始向女性化明顯的女英雄形象轉化，其女性心理和女性身份所帶來的問題也在明清通俗文學中得到了比較充分地刻畫。

第二節　北朝至唐代的木蘭女英雄故事：勇武風氣下的豪情壯志

木蘭故事女英雄主題在北朝到唐代之時隨著《木蘭詩》的產生傳播而流傳，而木蘭的英雄形象也在唐代開始定型。木蘭在北朝《木蘭詩》中表現為有著獨立意志、勇武善戰、眷戀家庭的具有平民色彩的質樸女英雄，木蘭形象的出現於北朝特殊的時代風氣有密切的聯繫，是整個北朝勇武強悍女性的縮影。唐代的故事文獻較少但對後世影響較大，杜牧的《題木蘭廟詩》和韋元甫的《木蘭歌》將木蘭形象塑造為忠孝兩全的女英雄，韋詩對於木蘭形象的定性對後世故事的敘述有著重要的影響。北朝到唐代的木蘭故事英雄傳奇表現的慷慨激昂，比較明朗，木蘭的形象從質樸的民間英雄到被奉為具有較強道德教化作用的忠孝偶像，木蘭英雄傳奇的產生和變化傳播與北朝到唐代的政治環境、文化風俗、士人心態等因素有著密切的聯繫。

一、北朝到唐代的強悍女性

在北朝《木蘭詩》中，木蘭為平民少女，為了保護父親與家庭，她易裝從軍進入戰場。在經歷了十二年艱辛的征戰之後，木蘭不僅保全了生命，更獲取了赫赫戰功，載譽歸來。木蘭的高尚道德和英勇善戰的傳奇經歷使她成為了在後世廣為流傳的女英雄。在《木蘭詩》的敘述中，沒有詳細說明木蘭所參加的是何種戰爭，後世學者的考證也沒有出現定論。北朝詩歌中的木蘭並非天性好戰之人，也對名利和榮譽不感興趣，她出征的目的在於拯救家庭，

而達成目標之後則回歸家庭，恢復了原本的性別身份。在詩歌的敘述中，木蘭雖完成了英雄傳奇，但並未以英雄爲目標。唐代的木蘭故事文獻有限，中唐韋元甫在對《木蘭詩》的重寫中，開始有意識地將木蘭塑造爲女英雄。韋詩中敘述木蘭的征戰生活：「木蘭代父去，秣馬備戎行。易卻紈綺裳，洗卻鉛粉妝。馳馬赴軍幕，慷慨攜干將。朝屯雪山下，暮宿青海旁。夜襲燕支虜，更攜于闐羌。將軍得勝歸，士卒還故鄉。」〔註6〕同《木蘭詩》中一樣，都沒有特別指出女英雄與一般男性英雄征戰生活的不同之處，木蘭在唐代的敘述中其性別特徵並不明顯。這種忽略性別的戰爭敘述慷慨激昂、悲壯蒼涼。木蘭所參加的戰爭在韋元甫的筆下被定義爲正義的保家衛國的戰爭，所以才配得上一個「忠」字。木蘭對於國家的貢獻被凸顯出來，她的英雄地位也就有所上升。從北朝木蘭的出現，到唐代對於木蘭英雄地位的提升中，這一時期內湧現的眾多的女英雄對於木蘭英雄形象的塑造起到了重要的作用。在南北朝到唐代期間，出現了許多如木蘭一樣在戰場上有所作爲的女英雄，她們的事蹟被保存在歷史記錄中，受到了後人的傳誦和崇拜，也成爲了後世女英雄故事的素材。南北朝戰爭時期出現木蘭這樣的英勇強悍的女性絕非偶然，而與其特殊的時代背景，政治環境等因素有著密切的關係。頻繁更迭的政權和隨之帶來的戰亂破壞了生產力和社會經濟，同時也導致了平民階層中人口銳減，家庭破碎。在男性因戰爭因素無法爲家庭盡到因有的責任之時，女性不得不爲生存走出家門守護自己的家人和財產。如《晉書‧列女傳》中所記載的眾多勇武強悍的女性：

> 張茂妻陸氏，吳郡人也。茂爲吳郡太守，被沈充所害，陸氏傾家產，率茂部曲爲先登以討充。充敗，陸詣闕上書，爲茂謝不克之責。詔曰：「茂夫妻忠誠，舉門義烈，宜追贈茂太僕。」

> 荀崧小女灌，幼有奇節。崧爲襄城太守，爲杜曾所圍，力弱食盡，欲求救於故吏平南將軍石覽，計無從出。灌時年十三，乃率勇士數千人，逾城突圍夜出。賊追甚急，灌督屬將士，且戰且前，得入魯陽山獲免。自詣覽乞師，又爲崧書與南中郎將周訪請援，仍結爲兄弟，訪即遣子撫率三千人會石覽俱救崧。賊聞兵至，散走，灌之力也。

〔註6〕 【宋】郭茂倩：《樂府詩集》，上海：上海古籍出版社，1993 年版，第 237 頁。

（謝道韞）及遭孫恩之難，舉厝自若，既聞夫及諸子已爲賊所害，方命婢肩輿抽刃出門，亂兵稍至，手殺數人，乃被虜。其外孫劉濤時年數歲，賊又欲害之，道韞曰：「事在王門，何關他族！必其如此，寧先見殺。」恩雖毒虐，爲之改容，乃不害濤。自爾縈居會稽，家中莫不嚴肅。

符登妻毛氏，不知何許人，壯勇善騎射。登爲姚萇所襲，營壘既陷，毛氏猶彎弓跨馬，率壯士數百人，與萇交戰，殺傷甚眾。〔註7〕

對於這些出眾的女性，史臣表現出了認同和讚美：

夫繁霜降節，彰勁心於後凋；橫流在辰，表貞期於上德，匪伊尹子，抑亦婦人焉。自晉政陵夷，罕樹風檢，虧閑爽操，相趨成俗，薦之以劉石，汨之以符姚。三月歌胡，唯見爭新之飾；一朝辭漢，曾微戀舊之情。馳騖風埃，脫落名教，頹縱忘反，於茲爲極。至若惠風之數喬屬，道韞之對孫恩，荀女釋急於重圍，張妻報怨於強寇，僭登之后，蹈死不迴，僞纂之妃，捐生匪吝，宗辛抗情而致天，王靳守節而就終，斯皆冥踐義途，匪因教至。聳清漢之喬葉，有裕徽音；振幽谷之貞蕤，無慚雅引，比夫懸梁靡顧，齒劍如歸，異日齊風，可以激揚千載矣。〔註8〕

南北朝史書爲唐人所修，存在於南北朝現實生活中的強悍勇武女性被唐人收錄在史冊之內加以表揚，體現出了南北朝到唐代時期，主流文化對於勇武女性的認同。這些勇武強悍的女英雄都受到了後人的稱讚和崇拜，她們都是在男性家長無法很好地完成守護家人和城池的危急時刻，挺身而出，以自己的傑出能力來保衛家人和臣民。女英雄們離開閨閣，進入到公共領域，承擔了不屬於她們的社會責任，她們的成就受到了表揚，而越界行爲也因「忠孝」的初衷而被認同。但以北朝時期特殊的戰爭情況來看，這一時期女性的強悍行爲和英雄事蹟與現當代女性意識自然蘇醒，要求同等權利，在國家遇到危難時主動承擔保家衛國的任務完全不同。戰爭帶給了女性創造英雄傳奇的機會，但也同時給女性帶來更爲深重的災難，以上女英雄都是在家國親人遭遇

〔註7〕 【唐】房玄齡等：《晉書》卷96《列女傳》，北京：中華書局，1974年版，第2515～2523頁。

〔註8〕 【唐】房玄齡等：《晉書》卷96《列女傳》，北京：中華書局，1974年版，第2527頁。

到滅頂之災之時，如木蘭一樣爲了守護自己的家庭、親人、城池、下屬而進
入到公共領域中，女代男職成就了英雄事業，她們屬於這個社會中的上層人
士，享受著特殊的地位也負有更多的責任。因爲她們父親和丈夫的地位，這
些女性的付出有了被關注的可能，也有了成爲英雄的可能性。成功的完成艱
巨任務，甚至是不可能完成的任務的女性被記錄在史冊之中受到後人的懷念
與景仰，但更多的失敗者則付出了生命的代價湮沒在歷史長河之中。作爲民
間普通少女，木蘭和李寄這樣的英雄少女只能生存在文學作品中，而非正史
記載。木蘭是否爲眞實存在的人古來已有議論，但不管是否有確切的原型，
木蘭身上凝聚著北朝無數爲了生存而不得不練就一身本領，走出家門的勇武
平民少女的影子，在她們中間，能夠成爲英雄的木蘭是奇蹟中的奇蹟，傳奇
中的傳奇，而現實社會中因爲戰爭流離失所、家破人亡，無以爲生的普通女
性才是絕大多數。

　　在北朝和唐代初期，女性掌握權力，並影響當時的政局的現象並不少見。
少數民族尊母習俗的遺存，和戰爭環境造就的勇武世風促使這一時期的強悍
女性屢屢出現。著名的有北魏三后：

　　　　桓皇后惟氏，生三子，長曰普根，次惠帝，次煬帝。平文帝
　　崩，后攝國事，時人謂之曰「女國」，后性猛忌，平文之崩，后所
　　爲也。

　　　　文成文明皇后馮氏……年十四，文成帝踐極，以選爲貴人，後
　　立爲皇后。……獻文帝即位，尊爲皇太后。丞相乙渾謀逆，獻文年
　　十二，居於諒暗，太后密定大策，誅渾，遂臨朝聽政……承明元
　　年，尊曰太皇太后，復臨朝聽政。后性聰達，自入宮掖，粗學書
　　計，及登尊極，省決萬機……自太后臨朝專政，孝文帝雅性孝謹，
　　不欲參決，事無巨細，一稟於太后。太后多智，猜忍，能行大事；
　　殺戮賞罰，決之俄頃，多有不關帝者，是以威福兼作，震動內外。

　　　　宣武靈皇后胡氏，……及明帝踐阼，尊爲皇太妃，後尊爲皇太
　　后。臨朝聽政，猶曰殿下，下令行事。後改令稱詔，群臣上書曰陛
　　下，自稱曰朕。……太后性聰悟，多才藝……親覽萬機，手筆斷
　　決。幸西林園法流堂，命待臣射，不能者罰之。又自射針孔，中
　　之，大悅，賜左右布帛有差。……尋幸關口溫水，登雞頭山，自射

象牙簪，一發中之，敕示文武。〔註9〕

北朝的特殊世風使得這些上層社會中強悍自主的女性在爭取本應屬男性的政治權利之時沒有絲毫的猶豫和糾結，作為最為接近統治核心的女性，有著出色政治能力、果斷堅毅性格的強勢女性大方自然地掌管了執政大權，她們的行為影響了唐代初期的強勢掌權女性，如武則天、太平公主、韋氏和安樂公主等。強勢女性的傳統讓有能力的女性有了進入公共領域展示能力的機會，在戰爭時期、男性統治者幼弱之時，女性就會以合適的理由代替男性完成他們的社會責任。例如隋唐政權更迭之時，有著特殊能力，接近權力核心的女性會借由亂世提供的時機創造自己的傳奇。如唐高宗李淵之女平陽公主組建「娘子軍」幫助父親和兄弟攻城略地、在歷史中留下光輝而傳奇的一筆，也成為後世在戲曲小說長盛不衰的故事素材。

> 平陽昭公主，太穆皇后所生，下嫁柴紹。初，高祖兵興，主居長安，紹曰：「尊公將以兵清京師，我欲往，恐不能偕，奈何？」主曰：「公行矣，我自為計。」紹詭道走并州，主奔鄠，發家貲招南山亡命，得數百人以應帝。於是，名賊何潘仁壁司竹園，殺行人，稱總管，主遣家奴馬三寶喻降之，共攻鄠。別部賊李仲文、向善志、丘師利等各持所領會戲下，因略地、盩室、武功、始平，下之。乃申法誓眾，禁剽奪，遠近咸附，勒兵七萬，威振關中。帝度河，紹以數百騎並南山來迎，主引精兵萬人與秦王會渭北。紹及主對置幕府，分定京師，號「娘子軍」。帝即位，以功給賚不涯。武德六年薨，葬加前後部羽葆、鼓吹、大路、麾幢、虎賁、甲卒、班劍。太常議：「婦人葬，古無鼓吹。」帝不從，曰：「鼓吹，軍樂也。往者主身執金鼓，參佐命，于古有邪？宜用之。」〔註10〕

這位英雄女性的功績得到了其皇帝父親的承認，她所建立的「娘子軍」千古流芳，成為激勵女性自立自強、建功立業的教育模範，也成為女英雄故事中較常出現故事素材。如《隋唐演義》中就採用了「娘子軍」故事作為重要的情節，書中描寫了平陽公主的「娘子軍」戰鬥力極強，大敗夏王竇建德，而

〔註9〕　【唐】李延壽：《北史》卷13《后妃上》，北京：中華書局，1974年版，第491～504頁。

〔註10〕　【宋】歐陽修等：《新唐書》卷83《諸帝公主》，北京：中華書局，1975年版，第3642頁。

後又在對王世充的戰役中發揮了關鍵作用，書中對「娘子軍」活捉單雄信一節的描寫鮮明地體現出了平陽公主與其「娘子軍」的悍勇和較高地作戰能力：

> 雄信到城隅上往外一望，見無數女兵，盡打著夏國旗號。中間擁著金裝玉堆的一位公主，手持方天畫戟，坐在馬上。雄信道是竇建德的女兒，一面差人去報知王世充，隨領著防守的禁兵來開城迎接。豈知是柴紹夫妻，統了娘子軍來到洛陽關，會了李靖。假裝勇安公主，賺開城門。那些女兵，個個團牌砍刀，剛進城來，早把四五個門軍砍翻。鄭兵喊道：「不好了，賊進來了！」雄信如飛挺槊來戰，逢著屈突通、殷開山、尋相一千大將，團團把雄信圍住。雄信猶力敵諸將。當不起團牌女兵，忘命的滾到馬前，砍翻了坐騎。可憐天挺英雄，只得束手就縛。〔註11〕

這一段中，平陽公主的計謀和屬下女性的悍勇得到了充分的展示，尤其是其降服了男性英雄單雄信，更使得女英雄的能力和超凡形象得到了凸顯。女性將領與女性軍隊的強悍創造了奇蹟，公主尊貴的身份和她的領導力也讓故事充滿了戲劇性。

特殊的時期造就了特殊的女英雄群體，總體來說，南北朝到唐代期間的女性英雄幾乎全部都是在特殊的戰爭時期或是政權極不穩定之時出現，她們爲了守護家人與國家，承擔了本不屬於女性的沉重責任。而由於自身超出凡人的智慧與勇武，這些超凡的女性最終完成了艱巨的任務，實現了自己的英雄傳奇，也被史冊記錄，流傳後世。

二、北朝《木蘭詩》中的平民女英雄

北朝《木蘭詩》中生動地刻畫了勇武強悍的少女木蘭形象，易裝的木蘭不僅僅成功的保全了自己的生命，更在十二年中獲得了一般男性也無法企及的赫赫戰功。木蘭在主觀上只爲保護自己的父親和維護家庭的完整，她易裝出征的目的在於：「阿爺無大兒，木蘭無長兄，願爲市鞍馬，從此替爺征。」對於國家是否處於危難之中，這一次給家庭帶來災難的戰役何性質詩中沒有點明。讀者不清楚木蘭所參與的戰爭是保家衛國的反侵略戰爭，還是統治者爲擴張領土而挑起的戰役，亦或是國家內部的內戰。詩歌中沒有一語提到木

〔註11〕 【清】褚人獲：《隋唐演義》，北京：中華書局，2009年版，第346頁。

蘭是否有傳統英雄一樣的建功立業之心，有為國盡忠的願望，平民少女木蘭走進戰場的初衷僅僅是為了守護自己的小家庭保護自己的親人。在出征之前，木蘭本人無意成為一位英雄，然而一旦進入軍隊，為了生存和隱藏身份，她不得不努力奮鬥，保證自己在殘酷的戰爭中能夠生存下來。詩中描寫木蘭的從軍生活：「萬里赴戎機，關山度若飛。朔氣傳金柝，寒光照鐵衣。將軍百戰死，壯士十年歸。」這一段軍旅生活描寫並沒有任何的女性特質，而放在任何描寫普通男性的戰爭詩中同樣適用，沒有絲毫的違和感。顯然，木蘭的努力得到了回報，她的英勇善戰和戰功給她的軍隊和國家帶來了利益，也給她本人帶來了名利：「策勳十二轉，賞賜百千強。」然而木蘭並不在意高官厚祿和戰爭帶來的榮譽，她的初衷就是為了解救家庭的危機，在凱旋回歸後，回家看望父母繼續從前平靜和睦的家庭生活才是木蘭最終的願望。儘管木蘭的英雄傳奇是無意中造成的，但她所創造的非凡成就是客觀事實，木蘭故事本身具備了英雄傳奇的一切特徵。

　　以儒家禮教對於女性的規定而言，作為女性的木蘭對於國家來說沒有服兵役的義務，作為家庭中的女兒也沒有代替男性家長解決家庭危機的責任。木蘭主動承擔了超出其本身責任範圍內的艱巨任務，她所作的超出了一般人的預期，因而得到了讚揚。木蘭的易裝從軍則是另一個傳奇，真實歷史上的戰爭比《木蘭詩》中的描述更加殘酷慘烈，能夠保全生命就已經是一個奇蹟，而木蘭不僅得以生還還獲取了赫赫戰功，得到了封賞和榮譽，從一個普通士兵成長為將領並獲封「尚書郎」，即使在普通男性的經歷中，這也不得不算作是一個英雄傳奇。身為女子的木蘭完美的隱藏了真實身份，並獲取了男性也難以企及的功績，她保衛了家庭，也在客觀上守護了國家。木蘭的英雄傳奇在於其給讀者帶來的反差性：柔弱的女兒承擔了不屬於她的責任，面對著慘烈的戰爭。木蘭以青春與血汗的代價換取了驚人地成就，但她毫不在意一般人夢寐以求的榮譽和利益，回到家鄉後恢復了原本的身份，繼續自己的普通人生活。《木蘭詩》中對於木蘭的行為沒有任何評論性的語言，而僅僅是作白描式的敘述，但故事中本身具備的英雄傳奇因素在後世的文學敘述中得到了發揮。

　　唐代的木蘭故事文獻數量有限，杜牧的《題木蘭廟》詩中將原本暗含於《木蘭詩》文本內部的具有強烈反差性的英雄傳奇元素比較明顯地表現了出來，強調了易裝女英雄的柔弱本質與其所建立的豐功偉績和英雄主義豪情的

對比。失蹤的木蘭儘管身爲女性思念家鄉，但最終她戰勝了自身的脆弱與矛盾，還是選擇了像王昭君一樣爲國家的利益奉獻自己的力量。韋元甫的《木蘭歌》中也同樣的表現出了木蘭對於國家的貢獻，韋詩最先將木蘭無意中達到的「忠君報國」的客觀效果上升爲木蘭本人的主觀意願，並將其易裝從軍的行爲定義爲「忠孝兩全」，明確的表彰了木蘭的英雄事蹟。韋詩在表現木蘭的從軍經歷時模仿了《木蘭詩》的表現方法：「馳馬赴軍幕，慷慨攜干將。朝屯雪山下，暮宿青海傍。夜襲燕支虜，更攜于闐羌。將軍得勝歸，士卒還故鄉。」〔註12〕唐代木蘭的從軍之旅與北朝木蘭有著近似的慷慨激昂，但不同之處在於，北朝的軍旅生活中暗含著沒有直言的悲劇意味，而韋元甫爲木蘭模擬的征戰經歷更具備主動性，這就暗示了曾經在北朝時期木蘭被迫參加的戰役到了唐代時期成爲了保家衛國的主動性行爲，這也爲木蘭成爲「忠孝兩全」的女英雄奠定了基礎。北朝民歌中被迫離家走向戰場的少女在唐代有了主動出擊積極進取的意味，唐代木蘭的成就也受到了公眾的崇拜和讚揚：「親戚持酒賀，父母始知生子與男同。」北朝《木蘭詩》中，家無長男支撐門庭的憂慮由木蘭本人表達出來，而父母則只表現出了對女兒的思念和牽掛，在木蘭歸家後，年邁的父母：「出郭相扶將」只爲早一刻見到久違的愛女，人類本身強大深厚的親子之愛被表現的淋漓盡致，在父母的心目中，平安健康的女兒顯然比一切英雄事蹟和榮譽利益更爲重要。而唐代的故事中出現了微妙的變化：「父母始知生子與男同」的一個「始」字透漏出了木蘭的父母「女子不如男」的觀念，而當木蘭載譽歸來，親戚持酒相賀之後，家有英雄女兒的榮譽感才沖淡了曾經沒有子嗣支撐門庭的焦慮與痛苦。原《木蘭詩》中明白彰顯的是親情，而在唐代，值得家人稱耀的是女兒的成就，木蘭的道德因素和所獲得戰功成爲了被文人贊賞宣揚的重要原因，北朝時期有著不平凡經歷卻最終安於平凡的少女在此時因爲其高尚的道德和非凡的成就而成爲受到崇拜的偶像。

從北朝到唐代，木蘭故事中沒有明言的英雄傳奇元素被直接表現出來，並受到了主流文人的表彰和民間的崇拜，杜牧《題木蘭廟》詩及《太平寰宇記》中有關於唐初木蘭廟的記載說明了唐代之時，木蘭的民間崇拜已經出現。封建時代的任何一個時期都有對於品德高尚成就突出的女性的旌表，她們的

〔註12〕【宋】郭茂倩：《樂府詩集》，上海：上海古籍出版社，1993 年版，第 237 頁。

事蹟被記錄在官方正史和文人筆記等文獻當中，有一些特別出色的女性會被封爲偶像代代相傳，始終對人們的精神世界產生著重要的影響，木蘭顯然就是其中知名的一位偶像。木蘭的道德情操與其英雄事蹟相輔相成，孝女古今比比皆是，但唯有木蘭等少數女性的孝行得到了世人的關注。木蘭的孝行必須有其英雄事蹟的強大支撐，只有完美的成就了「策勳十二轉，賞賜百千強」的功業，她的孝行才得以被彰顯。而相對的，在女性無法走出家門進入公共領域的封建時代，少女木蘭沒有進入戰場成爲英雄的機會，爲父盡孝成爲了成就英雄事業的強大理由，也消解了木蘭易裝的越界意味。北朝時期的特殊亂世造就了木蘭剛勇善戰的特質，頻繁的戰亂與政權更迭也讓普通百姓無法長久地保持對一個政權的效忠，木蘭從軍征戰僅僅爲了自己的家庭就很可以被理解和接受。結束了漢魏六朝混亂格局和短命隋王朝的唐帝國達到了空前的大統一，相對穩定的政治環境和繁榮的經濟形勢讓唐代的文學與文化迅速的發展。新興的科舉考試使得普通寒門子弟增加了進入到政府中央施展才華，抒發政治理想的希望。唐代重新確立了儒家正統思想的地位，從政策、法律、人才選拔和各階層教育等多方面推行儒家思想和禮教制度，而在這種穩定繁榮的環境中，力主積極入世，爲社會盡責的儒家學說在思想上奠定了唐人建功立業的豪情。唐代全盛時期的地主階級精力充沛，充滿自信。唐人有著比較強烈的抒發英雄豪情的意願，而像木蘭一樣進入沙場征戰建功立業顯然是一種比較合理的滿足英雄願望的方式。英雄人物勇決任氣、揮金如土、揚眉吐納、激昂青雲的非同凡響地行爲與氣慨，在整個唐代都有存在，但被當作高尚的行爲和光榮的標誌而受到皇室、將相、權貴、士族、豪富子弟等如此普遍的崇尚，則是罕見的。這種英雄豪情是處於繁榮時期的地主階級的理想主義的一種表現方式。木蘭的英雄故事產生於中唐，但作者韋元甫卻經歷了唐王朝由盛轉衰的過程，也經歷了盛唐時人的英雄豪情和動蕩的政局，這種經歷微妙地影響了作者在木蘭故事中對英雄傳奇的歌頌和對建功立業豪情的讚揚。

在唐代敘述中，木蘭的行爲就不僅僅是爲了守護個人與家庭，不僅僅是其個體的孝道和傳奇，而是對於一個身處於比較長久的大一統國家中的一份子，無論是對外對內的征戰，士兵與軍官都對自己的國家有著極強的認同感和歸屬感，他們代表著主流抗擊著外族侵略者或異端反叛者對於祖國的侵害，他們在戰爭中損耗的時間與精力甚至是生命也都有了神聖的目的。木蘭

的從軍行爲在唐代之後被視爲對於國家的「忠」並非唐代作者的偶發奇想，而是時代的必然。既然木蘭的從軍已經上升到國家行爲，那麼她對自己父親的孝和對國家的忠就整體上提升了木蘭行爲的崇高性，而其傳奇的經歷和出眾的成就也造就了木蘭非同一般的英雄傳奇。

第三節　宋代木蘭女英雄故事：文弱王朝的英勇想像

　　繼唐代對木蘭形象的道德偶像化提升之後，宋代的木蘭故事中開始較多地出現歌頌木蘭勇武表現和出色成就的文字。木蘭從軍的行爲在唐代被定義爲「忠孝兩全」，這種對國家與家庭的貢獻在宋代故事中得到了進一步發揮，木蘭形象也由北朝時期的民間少女在宋代進一步被定型爲道德偶像和傳奇英雄。

一、不可複製的英雄傳奇

　　宋代木蘭故事中多將木蘭與古孝女緹縈等並提，並明確強調創造非凡的成就才是孝女的孝道得以彰顯並流傳千古的原因所在。《演繁露》十六卷中簡要講述樂府詩集中收錄的木蘭詩故事，強調木蘭的孝義英勇：「女子能爲許事，其義且武，在緹縈上。」盛讚木蘭的孝義與成就，認爲木蘭的成就勝於古孝女緹縈，「能爲許事」證明了木蘭女英雄的傳奇超出了大眾對於孝女的一般預期。《古文苑》收錄《木蘭詩》並讚美了木蘭的孝義和貞潔，認爲：「代父戍邊十二年，人不知其爲女，若木蘭者，亦壯而廉矣。使載之烈女傳，緹縈曹娥將遜之，蔡琰當低頭愧汗，不敢與比肩矣。」從宋代開始，木蘭就一直在詩歌典故和文學評論等各種敘述中與緹縈、曹娥等古孝女並列，孝固然是一個極爲重要的原因，但這些孝女等夠超出歷史上其他孝女的重要原因則是她們有著比較出眾的成就，在宋人的敘述中，木蘭的成就顯然更值得欽佩。而《竹莊詩話》中則直接指出了木蘭成爲知名的英雄的原因所在：「木蘭，孝義女也，勇不足以言之耳。世之女子，有所感激憤厲，或果於殺身而不能成事者，古蓋有之。至於去就始終，皆得其道，如木蘭者鮮矣。」〔註13〕在宋人的故事敘述中，木蘭的英雄傳奇與其高尚的孝德密不可分，對於父親的純孝是木蘭易裝出走創造奇蹟的原始動機，而木蘭出乎意料的英雄傳奇使得這

〔註13〕【宋】劉克莊：《後村詩話》，北京：中華書局，1983 年版，第 6 頁。

位平民女性的高尚孝德得以呈現在世人面前得到千古傳誦和後人的景仰崇拜。具有良好孝德的女性比比皆是，而日常生活中的平凡女性基本沒有任何機會來向公眾展示自己對於父母親人的愛與奉獻。英雄女性的出現首先是她們遇到了日常生活中極為罕見地重大危機：緹縈的父親即將遭受殘酷的刑罰，而木蘭的父親必須以衰邁的身軀去戰場充當炮灰，家長的死亡意味著家庭的滅頂之災。在面對危機之時，普通女性很可能沉浸在痛苦中無法拿出有效地解決辦法，事實上儒家禮教也沒有強制要求女性為家庭的危機負起主要責任，而女英雄則主動地提出了解決危機的方法並果斷地付出了實踐。在宋代的正史記錄中，自殘自虐的孝女貞女的比例開始變大，但在表彰紀錄這些貞孝烈女的同時，宋人也理智地指出：「世之女子，有所感激憤屬，或果於殺身而不能成事者。」雖然值得敬佩，但這種因一時的情緒作用傷殘生命肢體的行為其實並不值得大範圍的推廣，而孝女英雄木蘭能夠奇蹟般的在戰場上獲取戰功載譽而還的全始全終的英雄傳奇卻是值得讚美和宣揚的。木蘭的崇高在於她直面苦難，勇於犧牲並付出了十二年青春血汗的重要代價，而她的傳奇則在於超出男性的勇武和難以複製的成功。宋人繼承了唐人對於木蘭孝義勇武行為的抬升和評價，並明確了木蘭英雄傳奇的崇高性和不可複製性。

二、重文輕武國策下的英雄傳奇

　　宋朝向來被學者認為是中國歷史上的一個特殊的轉折點，在這一時期內，中國社會中的文化、經濟和政治等方面都發生了較大的變化。曾經的北宋王朝結束了唐末五代的亂世，重新建立起大一統的新王朝。在北宋初期到中期，社會經濟得到了較好的發展，而已經發展成熟的科舉考試制度也使得知識分子階層的上升途徑進一步穩定化制度化系統化。相對穩定的政局、日加發展的經濟和繁榮昌盛的文化等因素帶給了宋人超出前代的豐富物質生活。

　　宋代的重文輕武的整體國策推動了文化的大發展，整個國家文化教育的普及程度較之唐代來說有著比較大地提高。而已經發展成熟的科舉考試制度也使得知識分子階層的上升途徑進一步固定，這種人才選拔制度固定了知識的界限，也形成了宋代特有的學者、文人、官僚三位一體的新型知識分子群體。在政府的大力支持和知識階層的推動之下，伴隨著印刷技術的逐漸成熟，大量的刻本書籍在市場上流通開來，而政府主持修訂的大型類書也對整理保存推廣前代的文獻做出了極大的貢獻。所以《木蘭詩》得以在宋代時期廣泛

流傳開來絕對不是一個偶然性的事件。官修的《文苑英華》和私修的《類書》《紺珠集》《記纂淵海》等大型類書總集中對於《木蘭詩》及其評論的反覆轉錄對整個木蘭故事的發展並非毫無意義。當一個故事、一篇文學作品在特定的時代中廣泛的流傳，被眾多文獻轉載之時也就說明著這個故事已經在一次次的重複接受中逐漸經典化。木蘭的女英雄形象經過重重轉載和文人的評論中的論斷逐漸在被宋代固定下來，並在傳播中成為新的經典。

　　宋代關於木蘭故事的敘述絕大部分出現在南宋時期，這一時期特殊的政治文化環境也造就了木蘭英雄傳奇的出現。宋初重文輕武的基本國策雖然帶來了文化的繁榮，但也暗藏著足以使王朝覆滅的重大危機。在北方遼、夏等武力值強大地少數民族王國的潛在威脅之下，版圖縮小的宋帝國失去了漢唐時期睥睨四方的豪情，進而產生了深藏於人們潛意識之中的憂患意識。科舉制的發展和龐大的文官體系讓普通知識分子有了參政議政的可能，這個考試系統顯然比唐代時更為穩定可靠，讓一般士人也有了進入到政府基層的可能，這也使得普通知識分子在未經考試得官之時就已經在潛意識中將自己視為政府的一份子，自覺地為國家和政府的命運時刻擔憂。因此，宋代文人對於國家更富責任感和使命感，更多理性批判而減少了唐代時期豪氣干雲的慷慨氣概。靖康之變摧毀了北宋王朝，也對文人士大夫的精神世界造成了深重的打擊，外族的侵略和侮辱激發了宋人的強烈的愛國主義情操和英雄主義情結。南宋時期出現了如辛棄疾、陳亮、陸游等帶有英雄豪氣的文人官員，他們撰寫了大量具有英雄主義傾向的愛國詩詞，努力為帝國的統一和興盛貢獻自己的力量。國家的災難同樣的影響了社會中的各個階層，對於女性來說，同歷史上任何一個時期一樣，在王朝遇到危難之時，本不需要上戰場的女性也走出閨閣，參與到保家衛國的戰役當中，為了祖國奮勇殺敵，同時也成就了自己的英雄傳奇。文學史上許多頗具影響力的英雄故事都產生於宋代，或以宋代為時代背景，如說岳系列、楊門女將故事、梁紅玉故事等就產生於這個時期。楊家將故事據《醉翁談錄》記載，南宋小說話本中有《楊令公》、《五郎為僧》。岳飛抗金的英雄事蹟也在民間流行開來《夢梁錄》卷二十一記載：「又有王六大夫，元係御前供話，為幕士請給，講諸史俱通，於咸淳年間，敷演《復華篇》及《中興名將傳》，聽者紛紛，蓋講得字真不俗，記問淵源甚廣。」〔註14〕針對普通民眾的通俗類書、勸孝文獻等生活類教育類圖書開始

〔註14〕【宋】吳自牧：《夢梁錄》，北京：中華書局，1985 年版，第 196 頁。

出現，像木蘭一樣作爲偶像和道德模範的英雄人物在各種類書中被頻繁轉載，被各階層民眾廣泛接受。市民階層喜聞樂見的說話如講述英雄好漢的「朴刀杆棒」類故事和敘述戰爭的「說鐵騎兒」類故事中都體現出了宋代民眾對於英雄故事的喜愛。面對時刻受到外族威脅的特殊政治環境和日漸衰落的王朝，南宋人收復故土的期望越來越渺茫，英雄人物特殊的能力的和超越常人的成就補償了普通人心中無法言說的對於超能力的傾羨和改變現實平凡生活的渴望。木蘭故事中的英雄傳奇因素在南宋被重視和宣揚中也暗含了南宋人對於英雄事蹟的崇拜心理。北朝時期的木蘭參加的戰役無法確知其性質，而唐代大一統國家中的木蘭故事戰爭敘事就被上升到了對於國家的忠誠和貢獻，到了南宋時期，木蘭的英勇善戰有了更強的英雄傳奇意味，這位保家衛國的女英雄受到了宋代遭受外族威脅的讀者的愛戴。孝女木蘭道德上的崇高給了她傳奇經歷的崇高感，而十二年的艱辛付出帶給讀者悲劇意味，最後木蘭奇蹟般的獲取了成功，卓越的能力和非凡的成就使得讀者得到了滿足和補償。

第四節　元明時期的木蘭女英雄故事：戰亂時期爲國盡忠的功績

　　元明時期是木蘭故事豐富發展的時期，元代之前的故事雖歷代有其不同的側重面，但在故事的情節和人物命運等方面同北朝《木蘭詩》相同，幾乎沒有進行改動。首先在木蘭故事的傳播中對《木蘭詩》情節進行修改的是元代的《孝烈將軍祠像辨正記》，這個悲劇性的結局對後世的木蘭故事發展影響深遠，而改動最大的則是明代徐渭的雜劇《雌木蘭》。木蘭所參加的戰役在《木蘭詩》中沒有明言，而在明前歷代的敘述中也都被模糊處理，儘管宋人爲此進行了多方考證，但最終沒有定論。雜劇《雌木蘭》中對木蘭的從軍生活進行了前所未有的豐富，儘管戰爭在故事中不算主要情節，但卻是在木蘭故事從北朝到明代流傳近千年中最爲豐富、細緻、明確的一次。《雌木蘭》的創作不僅僅鮮明的塑造了木蘭的巾幗英雄形象，而且對清代及近現代的木蘭故事英雄傳奇敘事有著極爲重要地影響。

一、亂世中的機遇：元明戰亂時局中大量湧現的女英雄

　　元代敘述木蘭故事的體裁以詩歌居多，八首有關木蘭故事的詩歌作品

中，有六首使用木蘭故事典故，兩首直接歌頌木蘭事蹟。元代的木蘭故事敘述主要強調木蘭的孝義與勇武，這兩點與宋代的關注點並無二致，但以這兩點在故事中的比例來看，元代更爲強調木蘭超出男性的英勇強悍及其創造的赫赫功績。明代以木蘭故事爲典故和歌詠木蘭故事的詩文繼承了元代的這個特點，更爲明確的盛讚木蘭過人的勇武與智慧。如元代袁桷《黃宗道播州楊氏女》一詩中歌頌一名同木蘭一樣英勇殺敵的女性楊氏，盛讚女性的勇武善戰，最後用木蘭易裝從軍典故：「君不聞木蘭女兒著金鎧，年少從軍顏不改。一朝脫役歸故鄉，樂府相傳至今在。」對於女性勝過男性的勇武和技藝做出了毫無保留的讚揚。劉敏中《送袁士常從軍》詩中爲朋友袁士常從軍送行，因袁君不捨老母而用木蘭故事爲典故，讚揚女子的忠孝勝過男子：「人倫重君親，出處由義決。何期一女子，忠孝雙皎潔。」鼓勵袁君忠君報國，像木蘭一樣用傑出成就爲家庭增添榮譽。王惲《題木蘭廟》詩中歌頌了木蘭的英勇善戰和豐功偉績以及一心爲家國而未有絲毫在意個人情感的奉獻精神，認爲木蘭是值得民眾崇拜並流傳千古的女性英雄。而侯有造《孝烈將軍祠像辨正記》則更是將《木蘭詩》的平民少女木蘭奉爲神明，極力盛讚木蘭的過人成就和高尚品德。「孝烈將軍」的名號是民間給予女英雄木蘭的封號，「孝」言其品德的高尚，「烈」代表了其壯烈的英雄傳奇和慘烈的結局；「將軍」則是民間文化爲戰場征戰的女英雄所想到的體制內最高官職。侯有造讚美木蘭的功業稱：

> 歷代女子，凡立名節與天地間，名不死者，無此間世超異之才，必無此出類拔萃之操烈，必不能建不世出戰敵之功，而享廟食無窮者也。管見之，容後知訂正可也，雖然大丈夫立斯世也，其負英雄豪傑志氣，立奇節，建大功，垂名不泯著，世豈乏人！蓋薄天憨鄙，儒夫強悍者陷於惡，庸魯者流於蠢。萬一而遇父兄之嚴，師友之教，以義理薰陶其性惰，以詩書增益其聞見，其能變化氣質去憨變惡，易蠢改庸者，尚不一二見之，況涉世之艱，處世之變，竟不知死節之義爲何如，良可悲耳！夫孝烈生長閭閻，當隋末雜霸兵爭之世，微將軍處心，出嶽不拔，金石不易，曷以建亙古未聞之功，天地始終之烈也，今幾千載，凜凜如生，惡者聞風而感化，變強悍而爲純良，蠢者慕德而改轍，易庸俗而改剛勇，俾薄夫敦，懦夫有立志，豈嘗見功力節，超越古今烈女之右，實可爲丈夫碌碌檀

世無能爲之祠垂名不朽必矣。〔註15〕

木蘭成爲道德偶像和英雄模範本源於其高尚無私的孝德，而在唐宋之後的敘述中，孝女木蘭的英雄事蹟開始越來越受到重視，在元代的敘述中，木蘭身上原本的平民少女的樸素情感被慷慨壯烈的英雄豪情所取代，木蘭的易裝從軍和回歸改裝也沒有體現出任何女性特質。被奉爲英雄偶像得享祭祀崇拜的木蘭身上被更多的賦予了英雄的神性，其原本的人性在敘述中被選擇性的忽視。元代悲劇性的孝烈將軍故事影響深遠，在明代《歲寒集》《逃虛子集》《湧幢小品》《野語》《天遊閣集》《劇說》《倘湖樵書》等文獻中都有記載。原本的《木蘭詩》結束於木蘭的歸家改裝，在家人欣喜團圓，同伴驚異於木蘭的傳奇經歷之時。充滿溫情的大團圓結局在元代時變成了慘烈的故事，英雄木蘭受到了昏君的逼迫，而對於這位剛烈的女性來說，她無法忍受受到強權壓迫的命運，選擇以死維護自己的獨立與尊嚴。事實上這個結局設置毫無邏輯可言，木蘭拒婚有無數令人無法拒絕追究的理由，完全不必採取自殺這種慘烈的方式，但這個不合常理的故事結局被讀者接受並被後世的文學中繼承下來，這其中有著元明時期特殊的時代因素帶給故事的影響。元明之交的亂世戰火對平民百姓的生活造成了毀滅性的打擊，這一時期出現了許多節烈女性，兵亂全貞與抗賊遇害的女性在《明史・列女傳》中佔據了不小的比例，對女性道德中「烈」的一方面的強調成爲了明代女性傳記的特徵之一。而文人學者對於不屈服於強權威脅的獨立人格的欣賞也成爲了木蘭剛烈性格受到好評的原因。

明代的木蘭故事女英雄主題發揮了原本故事中存在的「女勝於男」的因素，並特別強調了木蘭在精神毅力、道德品質和智慧勇武等方面的特殊成就。如明胡奎《木蘭辭》凸顯出木蘭的英雄氣概和勝於男性的果決剛強：「木蘭下機換戎裝，燈前不灑淚千行」；《明一統志》中卷二十七中敘述元「孝烈將軍」版本的木蘭故事但特別增加了「木蘭有智勇」，一句，以強調木蘭的與眾不同；《幽怪詩譚》卷九「木蘭辭句」條中認爲女子如木蘭者勝於平庸男子，木蘭緹縈等古孝女可稱「忠孝大節」，認爲《木蘭詩》：「借兒女情事，發英雄本色」強調木蘭的英雄氣概。《智囊全集》閨智部雄略卷二十六收錄木蘭、韓貞女、黃善聰等女扮男裝的故事。意在讚美女性「善藏其用、以權濟變」的智慧。但在結尾強調女性沒有特殊理由如木蘭替父從軍而易裝進入公共領域就是

〔註15〕李修生主編：《全元文》，卷1422，江蘇古籍出版社，1999年版，第132頁。

「非禮」的行為，而如唐代孟嫗一樣隨意改變性別身份就被認為是「人妖」而受到譴責。《沈氏日旦》卷六認為緹縈木蘭俱非凡人，有如此成就的女性在男性中也不可多見。承認女性的超凡能力。在經歷過唐宋時期的木蘭形象經典化模範化歷程之後，在明人眼中，木蘭已經是一位出眾的道德偶像兼女英雄，木蘭的品行和經歷值得崇拜，但並非普通女性可以模仿。木蘭成為英雄是因為其本身超出常人的智慧與勇武，特殊的機遇造成了這個不可複製的英雄傳奇。

二、《雌木蘭》中的英雄豪情：為國立功的英雄偉業

　　北朝《木蘭詩》中並未明言木蘭參與的是何種性質的戰爭，而唐宋的敘述中強調了木蘭對於國家的忠誠和貢獻，也突出了木蘭作為女英雄的形象。最重視故事中戰爭因素與木蘭女英雄經歷的是明代的雜劇《雌木蘭》。雜劇的形式有利於各種故事情節的擴充，也豐富了人物的形象。《木蘭詩》中的木蘭是被迫參加了戰爭，戰爭帶給木蘭的家庭毀滅性的災難，她不得不代替老邁的父親走出家門迎接未知的命運，儘管在征戰期間木蘭獲取了榮譽和利益，但對於家庭的眷戀始終處於木蘭心中的第一位置。而唐宋的故事中雖然強調了木蘭的英雄事蹟，但女英雄出征的初衷仍然是為父盡孝，孝德的高尚與其傳奇的經歷始終綁在一起。元代的孝烈將軍故事中開始突出木蘭作為英雄應該具備的慷慨激昂之氣，但仍然強調了木蘭的孝德。雜劇《雌木蘭》中在敘述木蘭從軍的理由之時，在傳統孝德之外另外比較明確地凸顯了女英雄渴望建功立業的英雄豪情。在《雌木蘭》中，木蘭將替父從軍視為一次展示自己的機會，她渴望進入公共領域建立功勳，不枉費自己的才華和本領：「哥兒們說話之間，不待加鞭；過萬點青山，近五丈紅關，映一座城欄，豎幾手旗竿。破帽殘衫，不甚威嚴，敢是個把守權官，兀的不你我一般。趁著青年，靠著蒼天，不憚艱難，不愛金錢，倒有個閣上凌煙，不強似謀差奪掌把聲名換，抵多少富貴由天。便做道黑山賊寇犯了彌天案，也無多些子，差一念心田。」〔註16〕《木蘭詩》中蒼勁悲涼暗含悲劇意味的軍旅生活：「萬里赴戎機，關山度若飛。朔氣傳金柝，寒光照鐵衣。將軍百戰死，壯士十年歸。」在《雌木蘭》中成為了具有喜劇性的陣前擒敵：

　　　　（外扮主帥上）下官征東元帥辛平的就是。蒙主上教我領十萬

〔註16〕【明】徐渭：《徐渭集》，北京：中華書局，1983年版，第1202頁。

雄兵，殺黑山草賊，連戰連捷。爭奈賊首豹子皮，躲住在深崖堅壁
不出。向日新到有二千好漢，俺點名試他武藝。有一個花弧，像似
中用。俺如今要輦載那大炮石，攻打他深崖，那賊首免不得出戰。
兩陣之間，卻令那花弧攔腰出馬，管取一鼓成擒。叫花弧與眾新軍
那裏？（木同眾上，跪見介）

（外）花弧，俺明日去攻打黑山，兩陣之後，你可放馬橫衝，管取
生擒賊首。俺與你奏過官裏，你的賞可也不小。違者處斬。

（木）得令。

（外）就此起兵前去。（唱）

【清江引】黑山小寇真見淺，躲住了成何干？花開蝶滿枝，樹倒猢
猻散。你越躲著我越尋你見。（眾唱）

【前腔】黑山小寇真高見，右右他輸得慣。一日不害羞，三餐吃飽
飯，你越尋他他越躲著看。

（眾稟）主帥，已到賊營了。（外）叫軍中舉炮。（放炮介）（淨扮
賊首三出戰）（木衝出擒介）

（外）就收兵回去。（眾唱）

【前腔】咱們元帥真高見，算定了方才幹。這賊假的是花開蝶滿
枝，真的是樹倒猢猻散。凱歌回帶咱們都好看。（帥唱）

【前腔】眾軍士們，好消息時下還伊見，每月鈔加一貫，又不是一
日不害羞，管教伊三餐吃飽飯。論成功是花弧居多半。

（到京，內鳴鐘鼓作坐朝介，帥奏云）征東元帥臣辛平謹奏：昨蒙
聖恩，命征討黑山巨寇，今悉已蕩平。賊首豹子皮，的係軍人花弧
臨陣親擒，見解聽決。其餘有功人員，各具冊書，分別功次，均望
上裁。〔註17〕

　　木蘭在戰場上的十二年艱苦生活在徐渭的敘述中顯得輕而易舉，絲毫沒
有讓讀者感受到戰爭的殘酷和艱辛。木蘭的出眾本領在一開始就得到了元帥
的認可和絕對的信任，她在大決戰之時被委以重任，最後獲得封賞。在徐渭
的敘述中，木蘭參與的是大一統強盛帝國中的一次小小的剿匪戰爭，匪首豹
子皮雖然號稱領著十萬人馬，造反稱王，但在後來的戰爭敘事中，這十萬人
馬顯得不堪一擊，北魏主將辛平的戰略極為簡單，僅僅是讓木蘭在兩軍對抗

〔註17〕【明】徐渭：《徐渭集》，北京：中華書局，1983 年版，第 1202～1203 頁。

之時生擒賊首就結束了戰爭。女英雄木蘭在戰爭中獲得了單獨表現的大好機遇，她是戰場上最為重要的王牌，負責了最為關鍵的特別行動。《雌木蘭》敘述的重點不在於戰爭，而在於突出木蘭個人的豪情與英勇。有學者指出：「徐渭擷取這一題材（木蘭）進行創作，當和在明代經常出現女將軍女文傑有關。史載，明代不少婦女，常以男裝出現，顯示出驚人的才華。」〔註18〕

《雌木蘭》雖然也強調了木蘭的孝道，但在描述出征之前木蘭就已經體現出了對於展現才華，獲取功名的渴望，而在凱旋回歸之後也對父母自豪的道出：「這功勞不費星兒汗」唐宋元時期的木蘭故事中，雖然木蘭的功績被熱烈的讚美宣揚，但通過木蘭自己之口表達出對於自己所創造的事業的自豪感和榮譽感的卻是從明代開始。在雜劇中，女主人公有了自己的話語權，從前被隱藏在文本深處的強勢女主角開始浮出水面，明確的表達出實現自我價值的渴望。雖然盡孝仍然是主流觀點，但在明代，女性的才華和能力以及同樣的激昂壯志已經開始受到了注意。《雌木蘭》對於後世的木蘭故事影響極為深遠，不僅僅在人物情節上的變化，而是木蘭渴求走出家門實現自我價值的建功立業之心在後世的木蘭故事中得到了繼承和發揚，從這個方面上來說，《雌木蘭》不僅僅是木蘭故事情節上的轉型之作，更代表了木蘭自我意識開始覺醒的轉型之作。從北朝時期出於原始天性之愛走出家門的淳樸少女木蘭，到唐宋時期漸漸成為崇高的道德偶像的木蘭，再到元明時期具有強烈英雄豪情，明確表現出強勢領導力和表現欲的英雄木蘭。木蘭形象的發展變化與元明時期的文學文化變化有著緊密的聯繫。

三、木蘭女英雄形象的塑造與明代湧現的眾多女英雄

明代中後期以來，主流社會的女性觀開始發生轉變，關於女性「德」、「才」、「色」的論爭意味著社會開始更全面而深入地瞭解女性。尊重女性所具備的才能和欲望，正視女性在社會生活中的貢獻意味著社會的進步，木蘭在明代的雜劇中終於成為有血有肉的人，她的品德和才華得到了讚賞，而作為女性的情感和欲望也受到了尊重，甚至是不屬於女性的建功立業的野心也開始被承認。木蘭的故事在明代得到了豐富，她的人性化的一面也在這個時期受到不同程度的關注。隨著明代女性文化的發展，明代湧現出了許多優秀的女性，這些女性中既有才華橫溢的女作家，也有像木蘭一樣英勇強悍的女

〔註18〕戚世雋：《明代雜劇研究》，廣東高等教育出版社，2001年版，第233頁。

將如秦良玉、瓦氏夫人、三娘子等等。徐渭對這些傑出的女性十分敬佩，也常以木蘭的形象比擬這些勇武強悍的女英雄。例如，在萬曆四年，應宣化總督吳兌之邀，來到塞北，見到了主貢市的女性領導人三娘子，作《邊詞》二十六首歌詠其事，其中有句使用了木蘭典故，云：

> 漢軍爭看繡倆襠，十萬彎弧一女郎。喚起木蘭親與較，看她用箭是誰長。

四年之後，徐渭應邊將李如松之邀作客馬水口，創作了《西北三首》：

> 西北誰家婦？雄才似木蘭。一朝馳大道，幾日隘長安。
>
> 紅失裙藏鐙，塵生襪打鞍。當壚無不可，轉戰諒非難。〔註19〕

徐渭的另一篇傳記文莊《白母傳》中記錄了一位精敏過人的女性白母的傳奇事蹟，稱：「假令母與翔之妾不爲婦人，在今日得數萬之眾，以與閩載東夾之寇相從事，其所謂橄給面奇者，又不知何如也，余於斯重有感焉。」〔註20〕優秀的女性在社會的各個方面中承擔起責任，做出了傑出的貢獻，在文人的記錄與文學作品中，這些道德高尚、本領超凡且在特殊時刻進入到公共領域的女性受到了主流文化的承認和表揚。對於女性道德的關注和大範圍的旌表、宣傳使得一些剛烈、強悍、道德感極強的女性故事深入到社會的各個階層。而與此同時，明代中後期政壇的混亂與社會風氣的奢靡縱慾讓主流文人開始正視一直被男權文化壓抑的優秀的女性群體，她們對道德的堅守，不輸於男性的文才武略，以及各種傑出的成就得到了讚頌和宣揚。明代鄒之麟在《女俠傳序》中指出：

> 舉世儒也傳俠，俠，丈夫事也。傳女不幾刺繆乎？曰：儒其心，俠其骨；女其德，丈夫其行可也。嘗取儒者之成仁取義，不忘久要，求之俠者。又取俠者之取予然諾、修行砥名，求之儒者。……抗、遜、機、雲沒，而扶輿清淑之氣不鍾男子而鍾婦人，而世更可慨也。孔明以巾幗遺司馬仲達，退丈夫爲女子；予圖傳女俠進女子爲丈夫。嗟乎！世盡丈夫，予之願矣。若曰舉俠而世已鮮儒，舉女而世已鮮丈夫，則予豈敢，則予豈敢。〔註21〕

〔註19〕 【明】徐渭：《徐渭集》，北京：中華書局，1983年版，第169頁。

〔註20〕 【明】徐渭：《徐渭集》，北京：中華書局，1983年版，第626頁。

〔註21〕 【明】鄒之麟：《女俠傳》，收於《綠窗女史》卷9《節俠部‧義俠類》，臺北：天一出版社，1985年版。

男性文人們開始發現了女性英雄美麗柔弱的外表與其英雄俠義成就的反差，被定義爲弱者的女性創造了傳奇使得故事中增加了獵奇元素，而女性們所承擔的社會責任和她們超出禮教規則的道德感也使得男性開始自省和自我關照。以往在文學作品中佔據主導地位的男性英雄形象開始受到挑戰，出現在文學作品中的女英雄開始逐漸成爲英雄傳奇中的主要人物而受到讀者的歡迎。明代中後期女性觀的進步和主情的思潮使得以往故事中道德感強於人情感的模範式女英雄開始向人情化的英雄形象轉變。

第五節　清代木蘭女英雄故事：在戰爭中實現個人價值的女英雄

經過了前代的改寫和定型，木蘭的英雄傳奇在清代成爲和楊門女將、梁紅玉等女英雄一樣家喻戶曉，通俗文學中常見的素材。由於清代敘述木蘭故事的通俗文獻大量出現，木蘭的英雄傳奇也在這個時期被充分的豐富起來。清代的木蘭故事英雄傳奇繼承了元明時期對於木蘭故事的改寫，並在此基礎上豐富起來。清代是木蘭故事數量、文體、情節人物等各方面發展的最高潮，而經過了從北朝到清代的傳播接受，木蘭在清代已經成爲知名度極高，接受度極廣的女英雄。清代的通俗文學中出現了大量或勇武或智慧的傳奇女英雄形象，從已知文獻中可以看出，從元代起《木蘭詩》及木蘭故事就是女性教育中常見的部分，也受到了女性的喜愛，她的易裝傳奇和英雄事蹟也影響了清代女性的文學創作。清代的女性創作較之明代數量更多，質量更高，文體也更爲廣泛，在眾多女性作品中，模仿木蘭易裝出走建立自己的英雄傳奇的故事模式受到了女作者和女讀者的歡迎。清代女性彈詞小說和戲曲中大多數都有著相似的情節，而對於有著超人能力的女英雄的敘述則大量存在於清代的通俗文學作品中。

一、通俗文學中大量出現的女英雄

木蘭的英雄傳奇在清代的盛行並不是單獨的個案，清代的戲曲小說中，出現了大量的女英雄形象。如楊家將系列小說戲曲中的眾多女將，說唐系列故事中的竇仙童、樊梨花、陳金定等勇武強悍女性，以及女性創作的彈詞小說中大量易裝強勢女性，而木蘭故事則是這龐大女英雄故事中的較早出現且

較為知名一個。

　　在清代的小說戲曲等通俗文學中，女英雄逐漸成為故事的主角，受到了讚美和喜愛，她們的英勇和智慧得到了充分表現甚至是誇張式地描述。如楊門女將中最為著名的將領穆桂英，她出生於草莽之中，「性有勇力，曾遇神授三口飛刀，百發百中」，男性將領幾乎無人能與穆桂英匹敵。在對抗遼軍的天門陣戰役中，穆桂英屢建奇功，攻克敵陣，救助其他將領，為戰爭的勝利貢獻出自己的力量。《隋唐演義》中的勇安公主竇線娘：「慣使一口方天戟，神出鬼沒，又練就一手金丸彈，百發百中。」〔註22〕強悍勇武的竇線娘像平陽公主一樣率領部下女軍支持自己的父親，參與到隋唐英雄戰爭之中。《羅通掃北》中的屠爐公主「能知三略法，會提兵調將，識八卦陣，兵書戰策盡皆通透，力氣又狠，武藝又精，才又高，貌又美。」〔註23〕《征西說唐三傳》中的樊梨花更是憑藉自己超凡脫俗的神通和武功擊敗了故事中真正的主人公英雄薛丁山，成為唐軍中的女將軍。故事中「梨花大破白虎關」「梨花破關除二怪」「梨花靈符破寶傘」「樊元帥連槍關寨」「梨花大破金光陣」「梨花擒番將釋赦」「樊梨花一打五龍陣」「梨花兵打玉龍關」等眾多回目中都是以敘述樊梨花的赫赫功績為主，這位女英雄已經成為故事中事實上的英雄主角。優秀的傳奇女性成為了故事中受到重視的女主角，大量傳奇女英雄故事的傳播轉載顯示出了受眾對於女英雄的喜愛和閱讀趣味。這些像木蘭一樣強悍的女性顯然與被統治者和精英文人階層所推崇的女性觀並不完全符合，她們有些過於粗俗悍勇，有些則沒有明確的忠孝觀，有些則不顧禮教規則在戰場上直接決定自己的婚姻。雖然不太符合傳統的禮教規則，但這些女性卻受到了市民階層讀者的喜愛，她們的故事在各種戲曲說唱作品中被改編傳播，成為了廣為人知的女英雄。清代女性創作的彈詞小說中也存在著大量的女英雄形象，與男性創作的英雄俠義小說中的女英雄不同的是，女性筆下的英雄往往文武雙全，且有著較高的品位和道德感。這些易裝女英雄的故事與木蘭故事極為類似，她們為了家庭或是守貞而易裝走出家門，然而在政壇或是戰場上的作為卻讓女性得到了精神上的滿足，她們享受著自己的英雄傳奇，珍惜自己的成就和榮譽，不願意再回歸閨閣重複單調而平靜的生活。在敘事模式上，女性筆下的英雄傳奇與普通英雄俠義小說有著相似的結構，在表現女英雄在戰

〔註22〕 【清】褚人獲：《隋唐演義》，北京：中華書局，2009年版，第346頁。
〔註23〕 【清】佚名：《羅通掃北》，太原：山西人民出版社，1994年版，第36頁。

場上的征戰廝殺場景時也基本延續了英雄傳奇的套路。相對於一般的英雄俠義小說中女英雄的傳奇之旅，女性文本對於實際的戰場生活、政壇鬥爭的敘述較少，而更多地關注了女英雄的心理變化及其精神上的成長成熟。女性文本的特殊性在於女性筆下的女英雄代表了女性自己的白日夢，她們的傳奇和成就使得困守閨閣的閨秀們得到了強烈地代入感和滿足感，這些不得不選擇平凡生活的女性在內心深處渴望著傳奇而不平凡的生活。不僅僅是彈詞戲曲，清代女性的詩詞作品中也表現出了對於英雄俠義生活的渴望，如清道光同治年間陽湖女子張綸英的《記夢》一詩中生動地描述了自己的幻想：

> 忽傳羽檄事述征，寶勒花駱擁翠桂。浩蕩軍威驚海嶼，手揮長劍斬蛟鯨。木蘭紅線盡從軍，鳳舞鶯回結成雲。十萬樓船齊破海，浪天如鏡淨無氛。凱歌同唱金饒曲，露布親揮盾鼻文。一夕功成酬壯志，歸來重著舊羅裙。千古戰爭都是夢，九重恩澤正如膏。釜魚蠟臂終何益，安得遊魂貸爾曹。〔註24〕

董申林女史的《隨外戍塞上》：

> 閉置深閨每自嘆，可容速變作男兒。鶯靴學試桃花馬，快意平生此一時。〔註25〕

西冷徐德音《綠淨軒詩鈔》中的《古劍》一首：

> 當年歐冶鑄吳鈎，夜夜光芒射斗牛。人間每有不平事，長鳴匣底風唆唆。

> 延津合處雙龍見，壯氣奔騰飛紫電。乾坤絕少有心人，吾愛隱娘與紅線。〔註26〕

長久被封閉於閨中的閨秀們由於接受了較高等級的教育而具備了同男性一樣的知識背景和視野，但社會規則不允許女性進入公共領域，憑藉自己的能力獲取一定的地位。這讓閨秀才女們對自己的處境產生了焦慮感，她們一方面不得不依靠儒家禮教規則以維持優渥的生活，獲取男權家長對自己文學創作的支持；一方面其壓抑的自我又需要合適地宣泄途徑。女性英雄傳奇故事的出現滿足了知識女性對於自我生活的補償心理，她們不介意模式化的文本，而滿足於對於英雄生活的想像。

〔註24〕 胡曉明：《江南女性別集》，合肥：黃山書社，2008年版，第1091頁。
〔註25〕 王英志：《清代閨秀詩話叢刊》，南京：鳳凰出版社，2010年版，第641頁。
〔註26〕 王英志：《清代閨秀詩話叢刊》，南京：鳳凰出版社，2010年版，第693頁。

二、在戰爭中逐漸成長的女英雄：通俗文學對戰爭敘事的關注

通俗文獻的文體使得在詩歌和筆記中被忽略的十二年征戰有了展示的機會，清代的章回小說、戲曲和曲藝作品中都開始使用較多的篇幅來敘述被《木蘭詩》簡略帶過的木蘭征戰傳奇。禮恭親王永恩的《雙兔記》是清代較早的繼承《雌木蘭》故事模式進行再創作的作品，《雙兔記》的情節和人物基本上照搬了《雌木蘭》但又有部分改動。在木蘭的英雄傳奇方面，《雙兔記》首先發揚了《雌木蘭》中出現的女性建功立業的豪情，讚揚了女英雄不輸男性的壯志和勇武。永恩筆下的木蘭擁有超出此前木蘭形象的強大野心，在閨閣中就展示了自己的高超武藝和才華：「尖峭一似蛇矛，烏龍亂卷頭尾掉，這般利器原是軒轅造。我這一多嬌，將門弱女更雄豪，看著那高堂虎符等爾曹。」而當聞得老父身在軍籍被強徵入伍之時，木蘭則果斷的表示：「想像孝女有緹縈，上書請罪面聖，難道我木蘭不會去出兵，（管把它）賊寇黑山一掃平。」此前的木蘭出征，目的僅僅在於為父盡孝，解決當前的危機，而沒有過多的在意自己是否能夠在戰場上獲取功績。木蘭的自我意識中仍然在意自己的替父從軍的少女，盡孝是其最終目的。而從《雌木蘭》開始，木蘭的目的中開始出現了建功立業的野心，出征意味著一次獲取功名和榮譽的機會，這種表現在《雌木蘭》中僅僅是點到為止，而《雙兔記》則熱烈的讚揚了木蘭的英雄豪情。故事描寫老家人見木蘭欲男裝從軍十分擔憂，擔心他的安全與名節受到損傷。而木蘭回應道：「刮地風：呀，（休說）一陰獨處眾陽中，（早忘了）天所祐愚孝愚忠，（自將這）一身兒）骨肉是何人種。（況）百年事業皆如夢，趁少小時若不成功，到老來誰與咱（竹帛上）列些美名。」老家人認為名揚天下是男性的事，木蘭則認為：「總要一時人見明」；「（如何說）男子方許去成名，（閨中人）心更硬，全憑命，說什麼男女不同」丫鬟也認為從軍艱苦危險，勸木蘭改變主意，木蘭反駁道：「你如何知道正是不為一世奇女子，枉在人間度此生。」〔註27〕

《雙兔記》中的木蘭有著強烈的渴望證明自己的欲望，替父從軍意味著自己將有機會展示才華，獲得大眾的認可和崇拜。木蘭認為自己是與眾不同的人，應該有與眾不同的傳奇經歷，她同封建時代任何男性士人一樣希望自己青史留名，為國家建立功勳。封建時代的禮教規則雖然允許女性在特殊情

〔註27〕【清】永恩：《游園四種》，乾隆禮親王府刻本。

況下進入男性掌控的公共領域，但並不鼓勵女性公開表達自己打破內外界限的野心。《雙兔記》中的木蘭顯然並不是此前唐宋元時期只為盡孝而不得不易裝從軍的孝女偶像，而是毫不掩飾自己試圖打破男女界限，積極地進入公眾領域獲取名譽野心的強勢女性。木蘭在《雙兔記》中表現出了一位年輕英雄的豪情壯志，但卻並未表現出作為一位女性即將踏上充滿危機的殘酷戰場的恐懼與糾結。在《雌木蘭》和《雙兔記》中，木蘭被預設為一位英雄，木蘭的成功讀者可以在其未出征之前就得到暗示，而木蘭的英雄之旅也被作者鋪設得充滿浪漫色彩和傳奇性。傳奇《雙兔記》在故事篇幅上要大於雜劇，所以有了充分的空間來展示木蘭在戰場上的作為。《雌木蘭》中的關於主將與戰爭的設置被繼承下來，但又有增加，原來一帆風順沒有絲毫危險與磨難的傳奇之旅在永恩的筆下出現了波折，木蘭必須戰勝各種困難才能夠完成自己的英雄事業。《雙兔記》中首先出現的困難來自於軍隊內部昏庸長官的同性求愛。從北朝到明中期的木蘭故事都沒有明確描述過木蘭的容貌，而明清時期的通俗文學則將這位道德高尚、能力突出的女英雄描寫成一位美女，以完成男性對於優秀女性「才」「德」「色」三位一體的想像。美少女木蘭在易裝之後成為一位更為誘人的美少年，她的年輕貌美吸引了軍隊中有南風之好的士兵和軍官。《雌木蘭》中對此一筆帶過，沒有提到木蘭的應對，而在《雙兔記》中，這一個細節成為木蘭的一次考驗。木蘭在軍隊中表現出了高尚、正直而剛烈的品行，這些優秀的品質得到了同行夥伴的敬佩和信賴，而來自昏庸長官的求愛也因為同伴的庇護而得以避免。這個細節強調了木蘭已經開始展現出能夠成為領導者的潛質，她在日常生活中無意識顯露的品行和能力讓同伴們有了信任感和安全感，士兵們認為以木蘭的能力和性格提升為高級官員是指日可待的事情，他們願意追隨這位未來的高官為自己的前程謀福利，所以在木蘭遇到危機之時自然而然地保護了未來的長官。

其次，木蘭必須面對比以往更加複雜的戰爭形勢。在較長篇的作品中，戰爭場面不再是一帶而過的內容，而必須有相當的分量，在《雌木蘭》中木蘭的征戰顯得十分輕鬆自如，而《雙兔記》中的木蘭則要為自己的晉升付出更多地努力。第二十二回《識俊》中，木蘭憑藉著自己的高超能力單槍匹馬救出了陷入敵陣的先鋒牛和，得到了元帥辛平的賞識。首次立功讓木蘭得到了副將的官銜，她成為了中層領導，有了參與更大戰役的機會。在第二十四回《爭鋒》中，木蘭開始展現她的另一面才華：智慧和謀略，在兩軍交鋒之

時，木蘭使用計策誘使敵方豹子皮落入陷阱，但無勇無謀的昏庸先鋒牛和再次攪亂了木蘭的佈局，而他本人也在戰爭中陣亡。木蘭的首次獨立指揮雖然毀在了牛和之手，但也向所有人證明了她的實力。敵方的豹千金在這一次戰役中聽聞木蘭的年輕英勇後對其芳心暗許，而木蘭則巧妙地意識到這是一次難得的機遇，成長中的英雄木蘭主動向元帥提出自己的建議，利用豹千金的感情擊破黑山。木蘭所提出的建議意味著這將是戰爭中最為關鍵的一個環節，而她本人則是其中為關鍵也最危險的一位參與者，成功的話木蘭將獲取最為耀眼的榮耀，而失敗則意味著死亡。果斷決定了易裝出走的女英雄木蘭，在戰爭時期也展現出了英雄的決斷力和冒險精神，木蘭的建議在實際戰爭中可能不會被主帥採納，但在傳奇戲曲中，女英雄需要這一次傳奇性的軍功。最終，木蘭獲取了成功，戰爭取得了勝利，賊寇豹子皮犯罪團夥被正義的政府軍隊剿滅，而在戰爭中發揮重要作用的軍官花木蘭成為了眾人矚目的英雄。

繼承了《雙兔記》的《閨孝烈傳》和鼓詞《花木蘭征北》同樣濃墨重彩地描述了木蘭在戰爭中的成長，章回小說和長篇鼓詞更利於充分的描寫戰爭場面，也有了足夠的空間表現女英雄的成長。《閨孝烈傳》和鼓詞《花木蘭征北》都將戰爭生活作為了故事中篇幅最多最為重要的部分。這兩部作品雖然在情節人物等方面繼承了《雙兔記》，但在刻畫人物性格方面卻與《雙兔記》有著不同：《雙兔記》中的木蘭是天生豪情壯志的英雄，而這兩部作品之中的木蘭少了英雄氣概而多了兒女之情。《閨孝烈傳》中，木蘭在聽聞家庭的危難之時，先是「嚇得粉面焦黃」，表現出一個沒見過世面的普通閨中少女的情態，但在經過了思考和全面地準備之後，原先只會哭泣的少女就拿出了勇氣決定了家庭的命運。雖然下定了決心替父從軍，但夜深人靜之時，木蘭仍然在為未知的命運擔憂：「越思越想，越想越悲，不覺得淚從眼眶中如斷貫珠滴出。」心理的變化昭示著木蘭的成長，成為英雄的素質不僅只是需要強悍的武藝，更加需要成熟穩健的心理素質。在旅途中，因為男女性別差異導致的生活不便和對父母的思念，木蘭也曾輾轉反側珠淚暗彈，這種正常的消極情緒很快在進入軍隊後的一次提升中被沖淡，木蘭憑藉自己的出色技藝在同伴士兵中脫穎而出得到了元帥辛平的賞識和提拔，成為中層領導的木蘭開始熟練地處理自己與上司下屬的關係。同《雙兔記》中的情節設置一樣，木蘭的直屬上司牛和也是一位昏庸無用嫉賢妒能之人，牛和錯誤地指揮導致了一次小規模戰爭損兵折將的失敗，但木蘭的英勇沉著彌補了部分損失。牛和企圖冒領木

蘭的功勞，木蘭則表示要從長遠打算，作爲領導者應該比較公正地對待下屬，以保證士兵們的積極性。愚蠢的牛和固執己見，導致了士兵們的不滿情緒。而木蘭則巧妙地控制了士兵們的情緒，照顧他們的需求，許諾給他們公正的待遇，以此贏得了下屬和底層士兵們的信賴和敬服。比較起在閨中哭泣的少女，將官花木蘭已經開始變得成熟穩重，初現英雄風範。如果說《雌木蘭》中徐渭是在用敵寇的無能來襯托木蘭的英雄之氣，《閨孝烈傳》中就用了昏庸而愚蠢的先鋒牛和來襯托木蘭的明智和沈穩。鼓詞中的木蘭同《閨孝烈傳》的描述相似，曲藝文學的文體則更適宜於長篇的鋪敘，表現人物的心理和行動。木蘭的誘敵計策與敵方公主的同性姻緣也成爲了英雄之旅上的重要部分。易裝的木蘭俊美而英勇，她的年輕美貌與遠大前程吸引了敵方女性的愛慕，這個情節是清代所新增加的部分。英雄木蘭的戰場情緣意味著英雄的性魅力被發掘出來，年輕的將領木蘭代表著未來穩定有發展的主流社會生活，這讓處於賊寇陣營過著非常態生活的女性有了莫名的安全感，而年輕貌美的小將軍和他的英雄氣概也誘惑了年輕的少女，她們甘願與木蘭成親，爲木蘭提供一切援助。木蘭易裝後的軍旅生活在以往的故事中沒有得到關注，直到在清代的各種通俗文學作品中，這個被忽略的情節才得到了補充和豐富。

在清代的通俗作品中，木蘭由天生的英雄轉變爲成長中的英雄，她所參與的戰爭與十二年來的成就被比較細緻地體現出來。長篇的故事有利於鋪敘木蘭的心理變化過程，使得英雄傳奇變得更爲符合情理，也讓木蘭形象更爲生動而富有吸引力。

三、清代英雄傳奇的模式化

清代木蘭故事的情節架構方面有著極強的模式化特點，戰爭往往是兵對兵，將對將，單挑獨鬥，在語言敘述方面也有著很強地說書體特徵。木蘭的作戰能力在故事敘述中被強化突出，尤其是與敵方女將的對峙過程被描述得十分精彩細膩。如《閨孝烈傳》中木蘭與敵方女將盧玩花公主的對抗：

> 那時盧玩花小姐正在山邊觀看，見此光景即忙趕上，說聲：「來將休得撒野，看我的寶劍！」花木蘭急用梨花槍架開寶劍，喝聲：「大膽婦人！膽敢攔住老爺的去路，快快報上名來，好在老爺槍下納命。」盧玩花公主道：「休得狂言，我乃鎮守小紅山三大王的表妹，姓盧御號玩花公主。你若知我寶劍利害，快快把我的二大

王放出，交還帽兒嶺，萬事皆休。如若敢說半個不字，惹起我公主的怒，鋼刀眼下無情！你也速速把名字報來！」花木蘭小姐聞言，微微冷笑，叫聲：「賊婢！要聞你老爺的大名，須當洗耳恭聽。我乃征東大元帥麾下調遣先鋒花弧。我看你未出閨門女子，爲什麼順從山賊造反？豈不誤了你的終身大事！不如及早歸順天朝，還得一個收圓結果。若是執迷不悟，到那天兵打破山賊巢穴的時節，那時玉石俱焚，悔之晚矣。」盧玩花聽見，大喊一聲，說道：「叫北魏的賊人休出胡言，看我取你首級！」說罷，手舉寶劍迎面砍來。花木蘭小姐即用梨花槍急架相還，只見那用刀的，刀下寒光閃閃，好似一片電光，那用槍的，槍尾梨花滾滾，擁出萬道毫光。兩人大戰百餘合，不分勝負。盧玩花見花木蘭小姐槍法利害，不能取勝，心生一計，盧砍一刀，詐敗而走。花木蘭小姐知是詭計，故意盡力追趕。盧玩花聽見後面馬蹄聲相離不遠，忙把金標拿在手中，即將坐騎勒轉身來，將手中金標對花木蘭小姐面上打來。花木蘭一見，急用蹬裏存身之法躲避，只見那金標早已從鞍上打一個空過去了。花木蘭仍舊飛身騎上，心中憤恨盧玩花要用金標傷她。她也帶有金標在身，遂也取出金標從左肋下暗暗打去，也不招呼。誰知盧玩花小姐生性靈巧，看見敵將回馬，早知要用暗器傷人，將頭一舉，只見一點金光罩來。叫聲：不好了，急將兩腿把鐙往前一蹬，又將香軀往後一仰，使了一個臥看巧雲之勢，避在馬鞍之下，躲過了金標。怎奈騎下的馬已經跑開，一時收攬不住，恰恰到了花木蘭小姐跟前。盧玩花公主急將計就計，忙把兩腿夾緊不動，裝做受傷之狀，猶著那匹馬走過去，指望騙那敵人趕來拿她，方好用雙刀砍殺敵將。誰知花木蘭小姐比她更覺乖巧些，早知道盧玩花是用臥看巧雲之勢，不肯上她的當。卻將坐騎往傍邊一勒，只梨花槍削著玩花公主虛點一下，說聲：「賤婢！看我金槍來取你的性命！」盧玩花公主看見，大喝一聲，將繩一扭，挺身而起，依舊坐在馬上，兩人又大殺一場。花木蘭小姐乘勢將槍尖攢在手裏，用著單背一輪之法，說聲「著！」盧玩花忙回身看時，槍桿已來得迫近了，急忙把身子一歪，使個單鳳朝陽之勢，用右手之刀使勁一迎，只聽得：「咕咚」一聲早把花木蘭小姐的槍桿架過。那兩邊觀看的兵丁嘍羅，俱各齊

聲喝彩。正是棋逢敵手，將遇良才。〔註28〕

作者先是讓對戰的雙方自己交代個人姓名官職，互相挑釁，然後展開雙方的決鬥，對於戰鬥的過程則表現得一波三折，如同武俠小說中的過招描寫，將雙方的高超技藝都表現得淋漓盡致。再對比《隋唐演義》中勇安公主竇線娘與羅成的戰場對抗場景：

> 只見末後一隊女兵，排住陣腳，中間一員女將，頭上盤龍裏額，頂上翠鳳銜珠，身穿錦繡白綾戰袍，手持方天畫戟，坐下青驄馬。羅成看見，忙收住槍問道：「你是何人？」線娘道：「你是何人，敢來問我？」羅成道：「你不見我旗上邊的字麼？」線娘望去，只見寶纛上，中間繡著一個大「羅」字，旁邊繡著兩行小字：「世代名家將，神槍天下聞。」線娘道：「莫非羅總管之子麼？」羅成看她繡旗上，中間繡著一個「夏」字，旁邊兩行小字：「結陣蘭閨停繡，催妝蓮帳談兵。」羅成心下轉道：「我聞得竇建德之女，甚是勇猛了得，莫非是她，可惜一個不事脂粉的好女子，不捨得去殺她。待我羞辱她兩句，使她退去也罷了。」因對線娘道：「我想你的父親，也是一個草澤英雄，難道手下再無敢死之將，卻叫女兒出來獻醜。」線娘便道：「我也在這裡想，你家父親也是一員宿將，難道城中再無敢死之士，卻趕小犬出來咬人。」惹得眾女兵狂笑起來。羅成大怒，一條槍直殺上前。線娘手中方天戟，招架相還，兩個對上二十合，不分勝負。羅成見線娘這枝方天戟，使得神出鬼沒，點水不漏，心中想道：「可惜好個有本領的女子，落在草莽中。我且賣個破綻，射她一箭，嚇她一嚇，看她如何抵對。」羅成把槍虛幌一幌，敗將下去，線娘如飛趕來，只聽得弓弦一響，線娘眼快，忙將左手一舉；一箭早綽在手裏，卻是一枝沒鏃箭羽，旁有「小將羅成」四字。〔註29〕

在表現英雄將領的勇武技藝時，不同的作品採取了相似的方式，現實生活中嚴肅而殘酷的兩軍交戰被表現的較為輕鬆，普通士兵對於戰爭的作用並不突出，而驍勇善戰的主將則能夠主導整個戰爭的走向。

　　說書式的戰爭場面描寫和戰將形象刻畫不僅僅出現與木蘭故事之中，而

〔註28〕　【清】張紹賢：《閨孝烈傳》，合肥：黃山書社，1991 年版，第 83 頁。
〔註29〕　【清】褚人獲：《隋唐演義》，北京：中華書局，2009 年版，第 346 頁。

是整個清代通俗英雄演義小說的共性，《說唐》系列、《說岳》系列、《楊家將》系列小說的戰爭和兩將對陣描寫都有這樣的特點。傳奇式的故事模式有時不合邏輯不符事實，然而奇怪的是，這種「不合理」的情節卻出現在眾多作品當中，受到了讀者的認可和歡迎。這一類以英雄傳奇為主題的長篇章回小說和通俗曲藝文學的表現形式與宋元時期的說話藝術有著密切的聯繫。宋元時期的記錄早期說話藝術資料的《醉翁談錄》所列「小說」名目中，出現了「樸刀」、「杆棒」類故事的《楊令公》和《五郎為僧》，還有《水滸》系列的故事如：《石頭孫立》《青面獸》《花和尚》《武行者》《戴嗣宗》等。早期說書藝人對於英雄傳奇故事的創造和傳播顯然有著重要的作用，羅燁《醉翁談錄》「小說開闢」中談到小說家的本領時說，「幼習《太平廣記》，長攻歷代書史」，「講歷代年載廢興，記歲月英雄文武」，「也說黃巢撥亂天下，也說趙正激惱京師。說征戰有劉項爭雄，論機謀有孫龐鬥智。新話說張、韓、劉、岳，史書講晉、宋、齊、梁。《三國志》諸葛亮雄材，收西夏說狄青大略」。〔註30〕宋元時期的說書藝術顯然已經比較成熟，並受到了聽眾的喜愛，《醉翁談錄・小說開闢》中形容這些藝人的出色表演中提到：「破盡詩書泣鬼神，發揚義士顯忠臣」，「說國賊懷奸從侯，遣愚夫等輩生慎；說忠臣負屈銜冤，鐵心腸也須下淚。講鬼怪令羽士心寒膽戰；論閨怨遣佳人綠慘紅愁。說人頭廝挺，令羽士快心；言兩陣對圓，使雄夫壯志」。傳說中的英雄傳奇和重要歷史事件都是說話藝人的重要素材來源，藝人們對這些故事進行了加工改編，使其初步成型並流傳後世，成為明清人創作英雄傳奇故事的藍本。一部分說書話本的特徵也被保留下來，繼續存在與故事之中，比如說英雄交戰的模式化場景。《醉翁談錄》在記錄說書技巧時提到：「講論處不滯搭，不絮煩；敷衍處有規模，有收拾。冷淡處提掇得有家數，熱鬧處敷演得越久長」，面對聽眾的說書與針對讀者的書面作品有所不同，藝人們必須照顧到聽眾的注意力，興趣點等方面，模式化的故事有著強烈的畫面感，詳細的對抗描述有助於人物形象的塑造，也便於對於說話中戰爭場面的把握。說書式的描寫雖然有著局限性，套路化的故事敘述顯得沒有新意，且不符合情理。然而這種套路卻很好的突出了女英雄的超能力和強悍勇武的性格特質，讓女英雄的形象更為突出，也更容易被讀者熟悉並接受。

〔註30〕【宋】羅燁：《醉翁談錄》，上海：古典文學出版社，1957年版，第3頁。

第五章　木蘭故事的婚戀主題

　　無論在任何時代，任何民族中，兩性婚戀都是人類社會永不落幕的重要話題，在法律、倫理、文學等各個方面，婚戀問題都不容忽視。《木蘭詩》中原本沒有任何關於木蘭婚戀問題的文字，但在後世的故事改編中，木蘭的婚姻戀愛故事成爲了整個故事中除去易裝傳奇的另一個重要情節，婚戀情節的出現成爲對木蘭故事中最重要的改編。木蘭故事中的婚戀故事情節分爲悲劇和喜劇兩種結局，最早出現於元代侯有造撰寫的《孝烈將軍祠像辨正記》，故事中增加了木蘭回歸家庭後遭遇昏君逼婚，木蘭不從而死的情節，並在民間信仰中封木蘭爲「孝烈將軍」爲之立祠建廟，享受百姓的祭祀崇拜。元代木蘭的悲劇婚姻故事在明清兩代的故事中的得到了繼承和改編，一部分筆記小說和《隋唐演義》中的木蘭故事採用了此故事結局。明代徐渭的雜劇《雌木蘭》中爲木蘭故事安排了大團圓性質的婚姻，讓木蘭在回歸後與未婚夫王生成婚，幸福的生活。《雌木蘭》故事的情節對清代的木蘭故事影響極大，《雙兔記》、《閨孝烈傳》、《花木蘭征北》、《花木蘭歷史演義》等作品中紛紛採用了木蘭與王生幸福成婚的情節模式。木蘭故事的婚戀情節出現較晚，但卻是對後世故事，乃至於現當代的木蘭故事影視作品影響較大的故事主題。

　　本章從婚戀文化入手，追溯平民女性階層的婚戀狀況，梳理婚戀文化的內涵，從木蘭故事文本入手，通過分析梳理木蘭故事婚戀情節的演變軌跡，分析挖掘其內在的文化內涵。

第一節　唐前女性婚戀情況概述

　　婚戀文化是人類文明史上重要的文化之一，從一個時期的婚戀狀況中往往可以透視出此時的社會文化的多個方面的問題，而另一方面，男女兩性的婚姻戀愛問題又有著相當大的私密性和彈性的變化，不會完全按照制度和規定進行。這個複雜而多變的主題從人類社會形成之初就對文化有著重要的影響，也為文學的創作提供了豐富的素材。婚姻問題同人類文化的其他主題一樣，都離不開歷史的沿革和其他文化因素的影響，所以對於平民女英雄木蘭的婚戀研究也必然需要對此前的平民女性婚戀的溯源和梳理。

一、秦漢時期：統治階層初期制度化的婚姻與民間開放的婚戀

　　婚姻制度與社會性別觀念的發展息息相關，父權社會性別制度的建立導致了男尊女卑的觀念開始形成，也固定了婚姻中的兩性地位。先秦的經典《周易·繫辭》中提出的兩性陰陽關係的觀念對於後世的影響至為深遠：

>　　　　天地尊卑，乾坤定矣。卑高以陳，貴賤位矣。動靜有常，剛柔斷矣。方以類聚，物以群分，吉凶生矣。在天成象，在地成形，變化見矣。是故剛柔相摩，八卦相盪，鼓之以雷霆，潤之以風雨。日月運行，一寒一暑。乾道成男，坤道成女。乾知大始，坤作成物。乾以易知，坤以簡能。易則易知，簡則易從。易知則有親，易從則有功。有親則可久，有功則可大。可久則賢人之德，可大則賢人之業。易簡而天下之理得矣。天下之理得，而成位乎其中矣。〔註1〕

《易》中提出的陰陽理論讓男性與女性在婚姻和生活中的位置被固定下來，兩性也被賦予了不同的精神氣質和社會分工。在婚姻家庭中，男女兩性也必須堅守自己的「崗位」，完成陰陽理論所賦予自己的責任，正如《家人》象曰：「家人，女正位乎內，男正位乎外。男女正，天地之大義也。家人有嚴君焉，父母之謂也。父父，子子，兄兄，弟弟，夫夫，婦婦而家道正。正家而天下定矣。」〔註2〕在陰陽觀念的指導下的兩性婚姻中，男性顯然在婚戀中處於主動地位，而女性則被動的承受男性的愛慕和追求。男女、夫婦都必須安守於

〔註1〕　【魏】王弼注，【唐】孔穎達等正義：《周易正義》，上海古籍出版社，1990年版，第145頁。

〔註2〕　【魏】王弼注，【唐】孔穎達等正義：《周易正義》，上海古籍出版社，1990年版，第91頁。

自己的位置，才能使社會秩序穩定和諧。《周南·關雎》篇描述了一位士人應該如何追求心目中的淑女：

> 關關雎鳩，在河之洲。窈窕淑女，君子好逑。參差荇菜，左右
> 流之。窈窕淑女，寤寐求之。求之不得，寤寐思服。悠哉悠哉，輾
> 轉反側。參差荇菜，左右採之。窈窕淑女，琴瑟友之。參差荇菜，
> 左右芼之。窈窕淑女，鍾鼓樂之。〔註3〕

《關雎》一詩在後世毛詩序的解讀中被認爲是：「后妃之德也，風之始也，所以風天下而正夫婦也」；「是以《關雎》樂得淑女以配君子，憂在進賢，不淫其色，哀窈窕，思賢才，而無傷善之心焉，此《關雎》之義也。」〔註4〕在先秦兩漢的兩性觀中，高貴的女人應該柔順而謙卑的等待同等階層的異性符合禮制規範地求愛，兩性雙方在面對「愛情」這個最直接的需求之時，都應當保持理智，將行動規範在「溫柔敦厚」的禮教之規則之內。然而對於平民女性的婚戀來說，顯然刻板嚴格地規則就不太起作用，採集於民間的《詩經》中同樣出現了表現平民女性表現對異性和愛情的渴望的詩句，如《召南·野有死麕》中男女大膽的約會場景：「野有死麕，白茅包之。有女懷春，吉士誘之。林有樸樕，野有死鹿。白茅純束，有女如玉。舒而脫脫兮，無感我帨兮，無使尨也吠。」〔註5〕《召南·摽有梅》詩中比較直白的表達了女性對於婚戀與異性的渴望：「摽有梅，其實七兮。求我庶士，迨其吉兮。摽有梅，其實三兮，求我庶士，迨其今兮。摽有梅，頃筐塈之，求我庶士，迨其謂之。」〔註6〕國風中這一類以婚姻戀愛爲主題的民歌所佔比例不小，從中也可以看出婚戀對於先秦人民生活的重要性。我們現在所見到的《詩經》經過了歷代的修改，極有可能已非當初原貌，但仍能看出當初其中所描寫的熱烈自由的情感。在生產力低下，社會規則不夠完善的上古時期，平民世界的規則顯然要比貴族階層的要簡單的多，大量出現在國風中表現民間男女情感的詩句表現出了在這個時期內平民兩性關係並不如《禮記》中所記載的那麼繁縟複雜，原始

〔註3〕 【漢】毛公傳，鄭玄注，【唐】孔穎達等正義：《毛詩正義》，上海古籍出版社，1990 年版，第 22 頁。

〔註4〕 【漢】毛公傳，鄭玄注，【唐】孔穎達等正義：《毛詩正義》，上海古籍出版社，1990 年版，第 14 頁。

〔註5〕 【漢】毛公傳，鄭玄注，【唐】孔穎達等正義：《毛詩正義》，上海古籍出版社，1990 年版，第 64 頁。

〔註6〕 【漢】毛公傳，鄭玄注，【唐】孔穎達等正義：《毛詩正義》，上海古籍出版社，1990 年版，第 61 頁。

的需求和情慾比貴族化的禮教更能支配民間男女的婚戀。《鄭風・溱洧》中描繪了大膽熱烈甚至是有放縱嫌疑的男女戀愛相會場景：

> 溱與洧，方渙渙兮。士與女，方秉蘭兮。女曰觀乎？士曰既且，且往觀乎？洧之外，洵訏且樂。維士與女，伊其相謔，贈之以勺藥。

> 溱與洧，瀏其清矣。士與女，殷其盈兮。女曰觀乎？士曰既且，且往觀乎？洧之外，洵訏且樂。維士與女，伊其將謔，贈之以勺藥。〔註7〕

在《鄭風，出其東門》《魏風・十畝之間》《陳風・宛丘》《陳風・東門之枌》中也有此類「男女相會」的描寫，民間少男少女遵從原始欲望的約會顯然與當時貴族階層的禮法相悖，說明在這個時期，民間男女的婚戀享有一定程度的自由，而從《溱洧》中士與女的輕鬆愜意中也可以看出幸福約會的男女並無違反規則的罪惡感。不發達的生產力必然導致了禮儀制度的不完善，在先秦時期的平民婚戀關係中，人類原始的欲望並沒有受到像後世一樣的嚴重束縛。男女間自由大膽的求愛和奔放熱烈的情感在這一時期佔了上風。

漢代的婚姻制度較之先秦時期有了較大的發展，而儒家思想也經由皇權的強權成為了統一思想界的意識形態。漢代的婚姻制度受儒家禮法道德的影響較大，但並未對民間社會形成全面強有力的掌控，民間男女的婚戀仍有相當的自由，一些被統治階層和後世學者認為是「非禮」的婚戀狀況時有發生。如《漢書・地理志》載，鄭國故地，「男女亟聚會」，故衛地「男女亦亟聚會」，在正史的歷史記載中也出現了女性自主擇偶的事件，《後漢書》卷八十三《逸民・梁鴻傳》云「同縣孟氏有女，狀肥醜而黑，力舉石臼，擇對不嫁。至年三十，父母問其故，女曰『欲得賢如梁伯鸞者。』鴻聞而聘之。」〔註8〕《漢書》卷五十七《司馬相如傳》中記載卓文君擇偶故事：

> 臨邛多富人，卓王孫僮客八百人，程鄭亦數百人。乃相謂曰：「令有貴客，為具召之。」並召令。……是時卓王孫有女文君新寡，好音，故相如繆與令相重而以琴心挑之。相如時從車騎，雍容

〔註7〕 【漢】毛公傳，鄭玄注，【唐】孔穎達等正義：《毛詩正義》，上海古籍出版社，1990年版，第181頁。

〔註8〕 【南朝】范曄：《後漢書》卷83《梁鴻傳》，北京：中華書局，1965年版，第2765頁。

閒雅，甚都。及飲卓氏弄琴，文君竊從戶窺，心說而好之，恐不得當也。既罷，相如乃令侍人重賜文君侍者通殷勤。文君夜亡奔相如，相如與馳歸成都，家徒四壁立。卓王孫大怒曰「女不材，我不忍殺，一錢不分也！」人或謂王孫，王孫終不聽……卓王孫不得已，分與文君僮百人，錢百萬，及其嫁時衣被財物。文君乃與相如歸成都，買田宅，爲富人。〔註9〕

這兩則女性主動選擇男性配偶的故事成爲了後世的佳話，並屢屢出現於小說戲曲曲藝作品之中，流傳極廣。故事中不顧父母之言大膽選擇配偶的行爲在漢代沒有收到嚴厲的譴責，也被後人視爲婚戀的佳話加以讚頌。漢代比較成型的婚姻制度開始在上層社會中實踐，人們開始重視婚姻中夫妻的地位，和女性的貞潔和柔順忠孝的美德。在法律制度上也對於婚姻中的結合與離異的情況制定了相應的條文。總的來說，漢代的統治階層在儒家思想的指導之下，倡導規範的婚戀制度，以哲學思想來爲現實生活中兩性的「男尊女卑」地位來尋求合理性。班固的《白虎通》中就指出：「夫婦者，何謂也夫者，扶也，以道扶接也婦者，服也，以禮屈服也。」、「婦人無爵何陰卑無外事，是以有三從之義未嫁從父，既嫁從夫，夫死從子。故夫尊於朝，妻榮於室，隨夫之行。故《禮記郊特牲》『婦人無爵，坐以夫之齒，一生無爵，死無諡。」〔註10〕劉向創作《列女傳》以試圖影響當代世風：「向睹俗彌奢淫，而趙、衛之屬起微賤，逾禮制。向以爲王教由內及外，自近者始。故採取《詩》、《書》所載賢妃貞婦，興國顯家可法則，及孽嬖亂亡者，序次爲《列女傳》，凡八篇，以戒天子。」〔註11〕隨著儒家文化的深入影響、統治階層的政令以及文化教育等方面的努力，漢代中上層的婚戀狀況開始進一步規範化。但在漢代時期，上層的禮教規範不能迅速的作用於整個帝國的各個階層與各個地區，不同階層、不同地域下的兩性婚戀受到禮法約束的情況不一。《漢書‧地理志下》中記載：「天水、隴西……及安定、北地、上郡、西河，皆迫近戎狄，修習戰備，高上氣力，以射獵爲先。」〔註12〕在遠離中央的地區中、在時刻受到外族威

〔註9〕　【漢】班固：《漢書》卷57《司馬相如傳》，北京：中華書局，1964年版，第2530~2531頁。

〔註10〕　【清】陳立：《白虎通疏證》，北京：中華書局，1994年版，第21頁。

〔註11〕　【漢】劉向：《古列女傳》，北京：中華書局1985年版，第3頁。

〔註12〕　【漢】班固：《漢書》卷28《地理志上》，北京：中華書局，1964年版，第1104頁。

脅的環境影響之下，這些邊遠地區的女子有著不同於儒家禮法要求的剛烈性格和強悍獨立。出現在歷史文獻中替父復仇的酒泉女性龐娥、《隴西行》中能夠主持門戶的健婦以及馮衍的「悍妻」北地任氏都出生於該地區，從她們的所作所中可以看出，她們所受到的規訓和束縛較少。而在上層社會中，一些接近權力中央擁有特權的女性公然挑戰傳統婚戀秩序的行為也被默許，如武帝之姊館陶公主寵幸董偃，武帝呼之為「主人翁」昭帝長姊鄂邑蓋公主素與丁外人私通：「帝與霍光聞之，不絕主歡，詔外人侍長公主。」生產力不發達的漢代，上層社會的女性比普通平民女性更容易在歷史文獻中留下印記，這些在兩性關係上大膽自由的貴族女性事蹟不能完全代表整個漢代的婚戀狀況，但從她們的自由與強勢中也透露出漢代禮教制度控制力的相對薄弱。

綜上所述，在先秦到漢代的時期內，禮教制度初步形成，統治階層出於維護統治、教化民眾的目的倡導符合禮教制度的規範的婚戀。然而在社會生產力不發達的時代中，初步形成的制度無法作用於整個帝國，無論在上層社會還是底層民眾間，不合禮法制度的自由婚戀屢屢出現。由於版圖的遼闊，各個地區的風俗情況也有所不同，遠離中央政府和漢族聚居的地區中不受禮法約束的情況也屢屢出現。

二、魏晉南北朝到唐代特殊世風之下的婚戀狀況

魏晉南北朝時期的戰爭與政權的更迭導致了社會秩序的混亂與儒家禮法的破壞，在這一時期中，蔑視立法、禮崩樂壞的情況時有發生。隋朝統一全國後，統治者在相對安定的環境下開始反思前朝「禮崩樂壞」的混亂制度，文帝在《勸學行禮詔》中指出：

> 建國重道，莫先於學，尊主庇民，莫先於禮。自魏氏不競，周、齊杭衡，分四海之民，鬥二鄭之力。遞為強弱，多歷年所。務權作而薄儒雅，重干戈而輕坦豆，民不見德，唯爭是聞。朝野以機巧為師，文吏用深刻為法，風澆俗弊，化之然也。雖復建立厚序，兼啟簧塾，業非時貴，道亦不行。其間服膺儒術，蓋有之矣，彼眾我寡，未能移俗。然其維持名教，獎飾葬倫，微相弘益，賴斯而已。王者承天，休咎隨化，有禮則祥瑞必降，無禮則妖孽興起。人稟五常，性靈不一，有禮則陰陽合德，無禮則禽獸其心。治國立身，非禮不可。

吸取前代經驗的政府需要重建禮教制度，恢復原有的穩定和諧社會秩序：

> 古人之學，且耕且養。今者民丁非役之日，農畝時候之餘，若
> 敦以學業，勸以經禮，自可家慕大道，人希至德。豈止知禮節，識
> 廉恥，父慈子孝，兄恭弟順者乎？始自京師，爰及州郡，宜抵朕
> 意，勸學行禮。……自是天下州縣皆置博士習禮焉。〔註13〕

雖然隋王朝並未徹底貫徹這一政治目標，但對於此前禮崩樂壞的總結還是比
較恰當的。在魏晉南北朝的政局混亂的環境之下，儒家禮法受到了挑戰，而
玄學與釋道的思想也在挑戰著儒學思想在思想界的統治地位。在這個時期
中，一方面統治階層極力強調正統的禮教以維護統治的合理性，一方面，社
會生活中充斥著各種不符合規則的現象，兩性的婚戀秩序也受到了挑戰。《世
說新語》等文獻中記錄了許多智慧、強勢的女性，以及憑藉自身能力或是娘
家勢力壓制丈夫的「妒婦」「悍婦」。這些世族女性在婚戀關係上的強悍顯然
與當時的門閥制度有著極大的關係。在一個小圈子內流動的婚姻使得女性背
後的家族力量成爲了婚姻中不可忽視的部分，男女的結合意味著兩個家族在
政治經濟文化等多方面的合作和聯盟，在這種情況下，女性借由自己背後的
家族勢力扭轉傳統婚姻格局中的兩性地位就不再是極爲罕見的事。而同時期
中北朝的婚戀情況則更多地受到了少數民族風俗的影響。

　　北朝的三個王朝北魏、北齊、北周的統治階層都與北方少數有著密不可
分的關係，胡化的漢人和漢化的胡人相互融合，共同創造了這個政局動蕩、
戰爭頻繁的歷史時期。多民族混合和多元文化雜糅使這個時期的婚姻狀況呈
現出不同於其他歷史時期的獨特風貌。北朝統治者在較短時間內經歷了部落
制、奴隸制到封建制的轉變，不成熟的禮制和較多的少數民族風俗殘餘導致
了北朝女性在婚戀態度上較爲開放自主的風氣。北朝初建之時，北魏鮮卑拓
跋氏與烏桓氏風俗習慣有相同之處，烏桓「貴少而賤老，其性悍塞。怒則殺
父兄，而終不害其母，以母有族類，父兄無相仇報故也。」〔註14〕母權的強
盛使得女性在各個領域的專權成爲常態，在婚姻生活中，北朝女性也比同時
期南朝女性有更多的自由。「其嫁娶則先略女通情，或半歲百日，然後送牛馬

〔註13〕　【唐】魏徵等撰：《隋書》卷47《柳昂傳》，北京：中華書局，1974年版，
　　　　　第1275頁。
〔註14〕　【南朝】范曄：《後漢書》卷90《烏桓鮮卑列傳》，北京：中華書局 1965
　　　　　年版，第2979頁。

羊畜，以爲婚幣。婿隨妻還家，妻家無尊卑，且旦拜之，而不拜其父母。爲妻家僕役，一二年間，妻家乃厚遣送女，居處財物一皆爲辦。」〔註 15〕接受漢族儒家文化的北朝統治者以儒家禮法來控制民眾的婚戀狀況如太和九年北魏推行均田制時，明確規定「寡婦守志者，雖免課亦授婦田。」〔註 16〕延昌元年宣武帝詔曰「孝子、順孫、廉夫、節婦旌表門閭，量給粟帛。」〔註 17〕天保元年北齊文宣帝又詔「鰥寡六疾義夫節婦旌賞各有差。」〔註 18〕雖然統治者極力宣揚儒家禮法制度，強調婚姻道德，但北朝從統治階層到下層民眾婚戀問題上的「非禮」的行爲仍不在少數。如常山王元遵：「好酒色，天賜四年，坐醉亂，失禮於太原公主，賜死，葬以百姓禮。」〔註 19〕北海王元詳：「妃，宋王劉艇女，不見答禮。寵妾范氏，愛等伉儷，及其死也，痛不自勝，乃至葬訖，猶毀隧視之。表請贈平昌縣君。詳又蒸於安定王燮妃高氏，高氏即茹皓妻姊。嚴禁左右，閉密始末。」〔註 20〕

　　強悍的掌權女性也通過手中的強權蔑視立法規則，享受較爲自由的生活，如文明皇后馮氏「太后行不正，內寵李弈。顯祖因事誅之，太后不得意。顯祖暴崩，時言太后爲之也。」北魏宣武靈皇后胡氏「時太后得志，逼幸清河王懌，淫亂肆情，爲天下所惡。」〔註 21〕《梁書・楊華傳》說「楊華，武都仇池人也。父大眼，爲魏名將。華少有勇力，容貌雄偉，魏胡太后逼通之。華懼及禍，乃率其部曲來降。」〔註 22〕楊華受到胡太后逼迫，既與胡太后通

〔註 15〕【南朝】范曄：《後漢書》卷 90《烏桓鮮卑列傳》，北京：中華書局 1965 年版，第 2985 頁。

〔註 16〕【北齊】魏收：《魏書》卷 110《食貨志》，北京：中華書局 1973 年版，第 2849 頁。

〔註 17〕【北齊】魏收：《魏書》卷 8《宣武帝紀》，北京：中華書局 1973 年版，第 191 頁。

〔註 18〕【唐】李百藥：《北齊書》卷 4《文宣帝紀》，北京：中華書局 1972 年版，第 43 頁。

〔註 19〕【唐】李延壽：《北史》卷 15《常山王遵傳》，北京：中華書局 1972 年版，第 565 頁。

〔註 20〕【北齊】魏收：《魏書》卷 21《北海王詳傳》，北京：中華書局，1973 年版，第 5595 頁。

〔註 21〕【北齊】魏收：《魏書》卷 13《皇后列傳》，北京：中華書局，1973 年版，第 337 頁。

〔註 22〕【唐】姚思廉：《梁書》卷 39《楊華傳》，北京：中華書局，1973 年版，第 556 頁。

姦，因懼怕如清河王般遇害，無奈降梁。「胡太后追思之不能已，爲作《楊白華歌辭》，使宮人晝夜連臂踏足歌之，辭甚淒惋焉。」北齊武成皇后胡氏的行爲則更爲開放大膽：「初武成時，后與諸閹人褻狎。武成寵幸和士開，每與后握槊，因此與后姦通。」、「自武成崩後，數出詣佛寺，又與沙門曇獻通。布金錢於獻席下，又掛寶裝胡床於獻屋壁，武成平生之所御也。乃置百僧於內殿，託以聽講，日夜與曇獻寢處。以獻爲昭玄統。僧徒遙指太后以弄曇獻，乃至謂之爲太上者。帝聞太后不謹而未之信。後朝太后，見二少尼，悅而召之，乃男子也。於是曇獻事亦發，皆伏法，並殺元、山、王三郡君，皆太后之所昵也。」〔註23〕

以上貴族女性婚姻中的「非禮」情況雖然受到了後世的譴責，但也證明了此時的儒家禮教制度已經不能對人們的生活有著較強的控制力。上層社會中掌握權力的女性可以憑藉權力蔑視禮法，而底層的平民則因爲戰亂和生存的需要無暇顧及禮教規則。魏晉南北朝女性較爲開放自由的婚戀觀和強悍自主的性格特質對唐代初期的兩性婚戀與女性生活產生重要地影響。兩性婚戀從先秦時期開始就是文學中最受重視的題材之一，現實生活中人們的婚戀情況以及對於理想婚戀的渴求都反映在文學作品之中。由於生產力不發達和戰爭因素以及社會制度還不完善的原因，唐前的兩性觀比宋元明清時期寬鬆，禮教制度也無法有效的掌控社會中的各個階層，社會生活中違反規則的婚戀情況屢屢出現。

第二節　北朝到宋代木蘭婚戀故事的空白

木蘭故事的源頭《木蘭詩》中沒有交代木蘭的婚戀情況，她在征戰十二年後回到家鄉，這個傳奇故事截止到木蘭與家人團聚之時，而沒有對女英雄後來的生活作出交代。唐宋時期的故事中對於木蘭故事的敘述基本延續了《木蘭詩》的情節，沒有新增其他情節人物。在唐宋時期，木蘭形象逐漸成爲高尚的道德典範，受到人們的讚揚和崇拜，對於女英雄的婚戀情節唐宋人沒有提及。從北朝到宋代，木蘭的婚戀狀況成爲故事中的空白。這種空白並非毫

〔註23〕【唐】李百藥：《北齊書》卷9《皇后列傳》，北京：中華書局，1972年版，第126頁。

無意義，而是與故事的發展和時代風氣、社會文化等因素息息相關。

一、戰亂與早婚風俗：失去婚姻機會的悲劇

在《木蘭詩》產生的北朝時期，女性婚戀狀況及兩性關係較爲開放自由，但這種開放並不能完全說明這一時期女性地位的上升和女性意識的覺醒，更多的是北朝特殊政治環境社會風俗造成的暫時性現象。在現實生活和文學想像中，北朝女性無論是上層貴族還是下層平民，在對待兩性關係和個人的婚戀訴求方面都顯得相對坦蕩自然，所以在《木蘭詩》中，如果要展示女英雄完整的生命軌跡和心理訴求的話，不必諱言其婚戀狀況，而在《木蘭詩》詩中，並沒有出現對木蘭的婚戀方面的描寫，木蘭的人生被截止在了其回歸改裝之後。這其中可能與北朝男女早婚風俗與戰爭導致的適齡男性大量銳減有關。

首先，北朝崇尚早婚，據學者考證，北朝平民男性平均婚齡在 14 歲左右，而女性則在 13 歲左右〔註24〕。早婚多育是適應戰爭環境下人口銳減情況的必然要求，殘酷的環境也迫使男女成年的年紀提前，《魏書》卷 110《食貨志》記載：「諸男夫十五以上，受露田四十畝。」而《舊唐書》190 卷中《文苑傳》也提到：「北國丁男，十五乘塞，歲月奔命，其弊不堪。」說明北朝 15 歲的少年已經可以分田地、服兵役成爲必須擔負社會責任的成年人。而木蘭即使是十四五歲剛剛成年之時替父從軍，在經過十二年的征戰過後，其年紀大約在二十六七歲左右，這在現當代仍然處於婚育的黃金年齡段，但在北朝時期卻極有可能已經錯過了最佳婚育期。《北齊書》卷 8《後主紀》中載，北齊武平七年二月，後主：「括雜戶女年二十以下十四以上未嫁悉集省」。北周建德三年詔：「自今已後，男年十五，女年十三已上，爰及鰥寡，所在軍民，以時嫁娶，務從節儉，勿爲財幣稽留。」可見北朝女性的婚齡當在十三四歲左右，政府也鼓勵甚至是以政策規定適齡男女及時婚配，以補充人口的不足。所以在木蘭九死一生地從戰場回到家庭之後，同齡的男子有些早已成婚，有些則喪生戰場，作爲戰功赫赫，曾獲「尚書郎」官職的女英雄也不大可能隨便委身平庸男子，木蘭極有可能成爲失婚的「老女」而孤獨終老一生。

其次，北朝男女對於婚戀的訴求也比較直接，如樂府歌詞中多有豪爽明朗地對於婚戀的渴求之作，木蘭如有對於婚戀的需求則不大可能羞於啓齒，

〔註24〕薛瑞澤：《魏晉南北朝婚齡考》，《許昌師專學報》，1993 年，第 2 期。

不在詩歌中有所表達。在描述北朝民風的《捉搦歌辭》中提到女性對於婚姻和異性的渴望十分直接：「粟谷難舂付石臼，弊衣難護付巧婦。男兒千凶飽人手，老女不嫁只生口。誰家女子能行步，反著夾襌後裙露。天生男女共一處，願得兩個成翁嫗。小時憐母大憐婿，何不早嫁論家計。」〔註 25〕《地驅歌樂辭》中也有：「驅羊入谷，白羊在前。老女不嫁，蹋地喚天。」〔註 26〕的大膽表述。對異性與婚姻如此直白坦蕩的表達不僅僅是欲望的體現，更說明了在生命隨時可能受到威脅的亂世之中，人們對於完整生命歷程、對於生存與生命延續、對於被關愛被需求的渴望。戰亂使得早婚成為需求，同樣地由於戰亂而失婚的現象也並不罕見，由於戰爭錯過婚期的木蘭絕不是當時的個別現象，如著名的《折楊柳歌辭》中的：「上馬不捉鞭，反拗楊柳枝。下馬吹長笛，愁殺行客兒。門前一株棗，歲歲不知老。阿婆不嫁女，那得孫兒抱。救救何力力，女子臨窗織。不聞機杼聲，只聞女歎息。問女何所思，問女何所憶。阿婆許嫁女，今年無消息。」〔註 27〕大量的男女平民錯過婚期無法婚配絕對是統治者無法忽視的嚴重社會問題，這會導致人口減少、治安混亂、人們情緒的不安躁動等等，絕對不利於統治的穩定。所以，政府有時會用強制性的政令來調整民間的婚姻問題，如《魏書》卷 7《高祖孝文帝紀下》中就提到，北魏太和十二年七月高祖詔曰：「夫婦之道，生民所先，仲春奔會，禮有達式，男女失時者以禮會之。」〔註 28〕北魏高祖初李彪上表曰「單宮女以配鰥夫，則人無怨曠矣。」〔註 29〕世宗正始元年六月詔曰「男女怨曠，務令靖會。」〔註 30〕無論是大膽渴求婚姻的樂府歌詞還是統治者屢次下發的關於民間婚配的政令，都說明了在北朝時期男女婚姻成為了非常受重視的社會問題。

　　北朝《木蘭詩》中的對於木蘭婚戀情況的空白正暗示了此時平民婚姻的

〔註 25〕　【宋】郭茂倩輯：《樂府詩集》卷 25《橫吹曲辭五》，上海：上海古籍出版社，1993 年版，第 234 頁。

〔註 26〕　【宋】郭茂倩輯：《樂府詩集》卷 25《橫吹曲辭五》，上海：上海古籍出版社，1993 年版，第 233 頁。

〔註 27〕　【宋】郭茂倩輯：《樂府詩集》卷 22《橫吹曲辭二》，上海：上海古籍出版社，1993 年版，第 234 頁。

〔註 28〕　【北齊】魏收：《魏書》卷 7《高祖孝文帝紀下》，北京：中華書局，1965 年版。

〔註 29〕　【北齊】魏收：《魏書》卷 62《李彪傳》北京：中華書局，1973 年版，第 1381 頁。

〔註 30〕　【北齊】魏收：《魏書》卷 8《宣武帝紀》北京：中華書局，1973 年版，第 197 頁。

非常態情況，戰爭既打破了平民百姓的平靜生活，威脅到了他們家庭的完整和生命的安全，也改寫了她們的生命歷程，讓百姓們錯過了婚期無法像在和平安定繁榮的時代中一樣在合適的時間按部就班地走完完整的一生。

二、唐宋時期的空白：道德偶像被截斷的人生

唐宋時期的木蘭故事基本沒有超出北朝《木蘭詩》的情節架構，同樣的也沒有提到易裝的木蘭在征戰過程中與異性發生的糾葛和回歸後的婚戀情況。但唐宋時期的木蘭婚戀狀況空白有著與北朝時期不同的文化內涵。

木蘭形象在唐宋時期經歷了一個經典化的過程，在這個時期，木蘭由民歌中的淳樸平民少女逐漸被奉為道德偶像，她出於天性的親情之愛被抬高為最高尚的道德。在這個經典化過程中，木蘭的形象被逐漸神化，人們注重強調故事中那些有益於封建道德教化的部分，而對曖昧的、危險的、異於常態生活的易裝傳奇則忽略不提，伴隨著易裝傳奇而產生的女英雄可能出現的婚戀故事更是不可能被提到。易裝從軍意味著木蘭會與男性群體朝夕相處，一個少女處於充滿年輕男性的環境中很可能會遇到浪漫的戀情，《木蘭詩》中的結尾部分提到了「同行十二載，不知木蘭是女郎」以說明木蘭易裝的成功和她的小心謹慎。成功的易裝表明了木蘭的貞操毋庸置疑，但孤獨而無助的少女是否在艱苦的環境中對某個共患難或照顧她保護她的夥伴產生過感情我們不得而知，易裝傳奇故事結構本來就充滿了張力，具備各種新奇而曖昧的元素，經得起歷經千年的擴充和改寫，但這個故事中最富戲劇性，最能激發讀者好奇心的部分卻被刻意的忽略了數百年。有可能朝不保夕的生活和殘酷的戰爭使得木蘭對生存的要求超過了對感情的渴望，也有可能這位強悍的優秀女性足夠堅強獨立以至於不需要愛情的關懷。木蘭能夠在軍隊中很好的生存並且屢次獲得軍功受到上司的讚美和封賞，說明她除了具備高超的騎射技藝和出眾的智慧之外，在人際交往和領導力方面也有著相當出色的表現。一直陪同她歸鄉的夥伴也證明了木蘭在軍隊中得到了同伴的友誼，這一切都說明了這個少女既有勇武智慧也同樣具備豐富而敏銳的感情。這麼一位經歷傳奇、本領高強、感情豐富的女性在軍隊中度過了她的青春年華，在這人生中最美好的時光中木蘭獲取了難以想像的功績：她保全了生命、完美的隱藏了身份、獲得了提升、擁有朋友的友誼。這一段沒有詳細描述的十二年生活可

能充滿了無數的精彩而驚險的故事，不僅僅是面對戰場上的敵人，木蘭易裝從軍後更多地是要與軍隊中的士兵和上級軍官相處。這位隱藏身份的少女如何保全自己與其他男性周旋，如何以男性的身份與朋友們交往，如何獲取上級的信任和讚賞，如何應對敵意與攻擊等等現實生活中可能會出現的問題故事中都沒有詳細描述，這種空白就給後人的想像和改寫留下了充分的空間。

　　唐中期的韋元甫所作的《木蘭辭》將木蘭宣揚成一位忠孝兩全的道德典範，木蘭故事中的道德因素開始被放大。木蘭這位女英雄的傳奇經歷既可以被後世的女權主義者解釋為自我實現之旅、也可以被愛國主義者界定為捨身為國的大無畏奉獻，當然，在道學家的詮釋之下也可以成為為了高尚的孝道的對國家的忠誠犧牲了平靜人生的道德偶像。韋元甫的《木蘭辭》在木蘭從軍之前為父親的擔憂中就提到了軍旅生活的萬般艱辛：「胡沙沒馬足，朔風裂人膚。老父舊羸病，何以強自扶。」說明少女木蘭對於從軍生活有著充分的認識，這絕不是像清代木蘭故事中想要積極地建功立業的英雄豪情，而是與各種不可抵抗的自然力和威脅時刻相伴的艱辛之旅，成年男性尚且難以抵禦這種艱苦的生活，而以柔弱的女子之身來主動承受「胡沙」和「朔風」就更加令人敬佩和同情。在回歸家庭後，木蘭就恢復了自己的女兒身份：「父母見木蘭，喜極成悲傷。木蘭能承父母顏，卻卸巾轉理絲簧。昔為烈士雄，今復嬌子容。親戚持酒賀父母，始知生女與男同。」〔註31〕在韋元甫的筆下，作為平凡的女兒，木蘭應該侍奉父母、承歡膝下，而作為偉大的孝女，則能夠在危難關頭挺身而出，解救家庭危機。顯然，拒絕了官職和功名利祿的木蘭甘願回到家鄉成為平凡的女兒，孝女的使命結束在這個階段。當出嫁離開家庭之後，在宗法制度中，木蘭就要在法律上從屬於她的夫家，她盡孝的對象也將由自己的親生父母轉移到她丈夫的父母。中國封建時代的任何時期對女性的要求都大同小異，她們必須柔順貞潔、忠誠於國家和家庭，《新唐書‧列女傳序》中提出了主流文化對於女性的期待：「女子之行，於親也孝，婦也節，母也義而慈。」然而每個時代的情況並不會完全符合規則制度和統治階層的期望。唐代社會中承接於北朝的世風、少數民族融合帶來的胡風、初期政壇出現的掌權女性等因素都使這個時代中的婚戀狀況呈現出複雜的狀態：一方

〔註31〕【宋】郭茂倩輯：《樂府詩集》，上海：上海古籍出版社，1993年版，第236頁。

面官方文獻和主流文人在積極強調儒家文化對女性的規訓；而另一方面，一小部分女性因為特殊的地位和環境違反了規訓並對社會和歷史產生著不小的影響，比如唐初期那些驕橫的公主們。無論是作為女兒還是作為媳婦，這一部分擁有特權的上流社會女性可以任意的踐踏社會中的普遍規則而不會受到懲罰，更因為其特殊的身份，這些驕橫不法的女性的行為可以在社會上產生重要的影響，也在歷史中比無數普通女性更容易留下她們的印記。例如中國歷史上唯一的女皇帝武則天、依仗父母的寵愛和高貴身份凌辱夫家，參與朝政的唐代公主們。所以，在這個空前統一、開放、繁榮昌盛的帝國中，那些「越軌」的女性和她們超凡脫俗的「越軌」故事一樣成為了唐帝國的傳奇。顯然，唐帝國在安史之亂之前的這段時間內，掌握權力的女性可以任意而行，不必在乎規則的束縛，她們的行為受到了後人批評譴責。中唐以後，統治者和儒家學者們開始反思社會亂象，試圖用正統的儒家禮教來規範世風，此前打破婚姻秩序、進入公共領域的強悍女性就受到了譴責。中唐官員韋元甫在詩歌中努力對木蘭形象進行道德化處理，盛讚其超出一般女性的高尚道德，並號召天下文人臣子學習木蘭的忠誠與孝順。具有道德教化功能的木蘭故事，其具有「越軌」嫌疑的易裝傳奇在詩歌中被淡化處理，而女兒的孝與英雄的成就則成為詩歌強調的主題。

　　宋人同唐人一樣，津津樂道於木蘭的孝義和勇武，並繼承了韋元甫「始知生女與男同」的思想，在詩歌和筆記中熱烈地讚揚這位女英雄的功績，倡導世人不必重男輕女，優秀的女兒同樣可以守護家庭，建立一番功業，她們甚至比一般的男性做得更好。隨著宋代時期《木蘭詩》的廣泛傳播，木蘭的道德偶像地位進一步強化，在宋代故事中，木蘭成為了與緹縈等一樣的孝女偶像。《太平寰宇記》中對唐代木蘭廟的記載和唐杜牧的《題木蘭廟》詩證明了對木蘭的祭祀和崇拜在唐代就已經開始，民間崇拜和主流文人對於偶像道德方面的宣揚塑造使得木蘭故事中的許多人性化的因素被忽略，顯然婚姻方面就是一種。易裝導致的男女混雜極有可能玷污女英雄絕對貞潔高尚的名譽，即使木蘭的偽裝天衣無縫，她的名譽和貞潔無可挑剔。孝女的頭銜讓木蘭開創了一段傳奇人生，同時也讓她的人生停留在「女」的階段。為了父親的安危和家庭的完整而決心犧牲自己的木蘭，排除萬難歷經艱辛的回到家鄉，放棄了高官厚祿和榮譽地位，甘心恢復民間平凡女性的身份，就是為了

重享天倫之愛，與家人和睦團圓、幸福的生活。至此，孝女木蘭完成了她出征的目的：代替父親履行社會責任，守護自己的親人與家庭。

第三節　元明時期的木蘭婚戀故事：幸福的婚姻與慘烈的自戕

　　元明時期是木蘭故事發展的轉折點，在此之前，木蘭故事在從北朝到宋代的流傳過程中，雖然歷代的關注點有所不同，但故事的人物情節等因素沒有大的變化，基本與源頭《木蘭詩》保持一致。但從元明時期，木蘭故事開始發生較大地變化，在一些敘述中，故事增添了人物和情節，這些修改對故事在後世的傳播產生了較大地影響。木蘭故事在這一時期仍然存在於詩文典故類書和地理志中，但也有一部分的通俗文學開始採用木蘭故事作為素材。從文本的梳理中可以發現，故事的變化和發展正發生在此時最富活力的文體小說戲曲之中。木蘭故事在情節上最大的變化正是木蘭的婚戀故事的出現，婚姻與戀愛本來是《木蘭詩》中沒有提到的情節，在將木蘭塑造為道德典範的唐宋時期也沒有任何文字提到木蘭的婚戀問題。最先改寫木蘭的故事的是元代侯有造的《孝烈將軍祠像辨正記》，這篇文章在結尾改寫了原本《木蘭詩》的喜劇結局，讓英雄木蘭遭遇到了昏君的逼婚，剛烈的木蘭不願屈從於任何強權，以自戕來結束了悲劇的命運。明代徐渭的雜劇《雌木蘭》是對於木蘭故事改變最大的一部作品，在雜劇中，木蘭有了未婚夫，在凱旋回家之後與未婚夫王生成婚，開始普通人的幸福生活。元明時期對於木蘭故事婚戀故事的改編對於後世故事的發展影響極大，悲喜劇兩種婚戀格局一直存在於後世的故事當中。元明時期的文人心態與女性觀變化、通俗文學的發展等因素對於木蘭故事中婚戀故事這個新增情節的產生有著密切的聯繫。

一、元代孝烈將軍自殺拒婚傳說：下層民眾對強權政治的反抗

　　原本的《木蘭詩》後半部分的基調比較明朗，木蘭的凱旋、得官、回歸都沒有受到任何的阻礙，回家後的家人團聚、改裝與夥伴相會也充滿著浪漫喜悅的氣氛。在元代《孝烈將軍祠像辨正記》中，這種激昂向上的情調被轉變為沉鬱悲壯，木蘭的英勇強悍和高尚道德贏得了最高統治者的贊賞和愛慕，但她堅決果斷的拒絕了帝王的求婚，理由是讓現代人有些無法理解的：「臣

無媿君之禮制」。這個理由的關鍵點有二，一是「臣」、二是「禮」。木蘭自稱為「臣」，表示她內心深處仍然拒絕著真實的女性的身份，更為認同曾經以男性身份獲取的「尚書」一職。平民女性在面對強權者求婚時，可以稱自己已有婚約或甘願不婚侍奉父母，以「孝道」的理由來拒絕求婚。在歷代正史中的《列女傳》及民間的女性傳記中，許多少女用這樣的理由拒絕婚姻和異性，任何有理性的，站在主流文化立場上的男性都無法對「孝道」這樣強大的理由提出異議。在封建倫理中孝道大於個人的婚姻，以孝女著稱的木蘭本來可以有體面的理由來保護自己的安全，但相反的，在《辨正記》中的木蘭選擇了慘烈的悲劇命運。木蘭在面對強權的威脅時，既不願屈從於權力，也不願巧言掩飾，而是用帶有表演性質的慘烈死亡來維護自己的人格尊嚴。這段殘酷的故事來源於民間信仰，從文獻中我們得知對木蘭的崇拜和祭祀從唐代就已經開始，《太平寰宇記》中出現了有關於「木蘭女廟」的記載：「木蘭女廟在縣南二里。唐武德六年，州人盧祖尚，任氏，弋陽太守，從黃州移於此。」〔註32〕「木蘭山」條中也有關於木蘭廟的記載：「木蘭山在縣西一百二十里，舊廢縣取此山為名。今有廟在木蘭鄉。」〔註33〕而唐代杜牧的《題木蘭廟》詩也同樣證明了在《木蘭詩》廣泛傳播之前，木蘭故事和木蘭信仰已經開始在民間流行起來。由於文獻的缺失，唐宋時期對於木蘭廟的祭祀情況已經不得而知，元代此篇文章是最早的有關民間信仰中的木蘭故事的完整記錄。從北朝《木蘭詩》到元代，儘管歷代的關注點有所不同，但幾乎所有有關於木蘭故事的文獻都沒有背離《木蘭詩》提供的故事框架：孝女木蘭易裝出征、得官還朝、辭歸故里。《辨正記》的改編版故事為悲劇英雄木蘭安排了較高的官銜：孝烈將軍，這個在木蘭死後民間榮封的名稱伴隨著木蘭故事的流變一直傳承至今，而悲劇版的木蘭故事也成為木蘭故事系統中重要的部分對後世的故事創作產生著重要的影響。

　　元代是中國歷史上一個比較特殊的時期，武力強大而文化落後的少數民族用鐵騎和弓箭征服了文化強盛卻積貧積弱的宋王朝。蒙古統治者在沒有完全建立起政權之時就已經注意到了漢族社會制度和儒家文化政策的重要性，

〔註32〕 【宋】樂史：《太平寰宇記》，卷127，上海：上海古籍出版社，1987年版，第9頁。
〔註33〕 【宋】樂史：《太平寰宇記》，卷131，上海：上海古籍出版社，1987年版，第3頁。

在燒殺搶掠武力征服的同時，也制定了一些政策來控制對漢族民眾的統治，但此時的政策並不完善。在元朝建立後，根據統治的需要，在保證蒙古貴族利益的同時也調整了統治政策，仿照漢民族王朝的典章制度建立大元帝國的新制度。蒙古汗王窩闊台在初定中原時，就設立學校，下詔曰：「精業儒人，二十年間，學問方成。故昔張置學校，官爲廩給，養育人才。今來名儒凋喪，文風不正，所據民間應有儒士，都收拾見數。若高業儒人，轉相教授，攻習儒業，務要教育人才。」〔註34〕在耶律楚材的建議下，太宗十年（1238年）開始開科取士，凡通過者准予豁免身役，並選用他們做官或教書，通過這次考試選拔了一批人才。蒙哥汗繼位後，命忽必烈治理漠南漢地，忽必烈對漢儒十分信任和重用，《元朝名臣事略》也云：上在潛邸，獨喜儒士，凡天下鴻才碩學，往往延聘，以備顧問。在他周圍聚集了劉秉忠、姚樞、郝經、張文謙、許衡、竇默等一批漢族儒士。儘管蒙元統治者在一定程度上認識到了漢族文化的重要性，但元代仍然是種族歧視最爲嚴重的朝代。對於百姓的「蒙古、色目、漢人、南人」的四等制度、在科舉考試中對於蒙古色目人的較多分配名額使得蒙古特權階層的利益得到了最大的維護，也傷害了漢族民眾對於王朝的認同感，讓失去了傳統科舉仕進之路的漢族知識分子面臨著前所未有的價值危機。強權與武力控制了蒙元帝國，而屈從於武力的文化精英們失去了以往高貴的地位，導致了對於少數民族政權的強烈不滿和對於政治中心的疏離感。

《孝烈將軍祠像辨正記》完成於元代中後期元統年間（1334）年，在文中侯有造敘述木蘭廟的歷史沿革中提到：

> 至治癸亥冬，歸德幕府官孫思榮，來自完州，附郡儒韓顏舉所述《完志》，以謂：「古完廟貌凡五比，歲毀其一，今所有者尚四。歲遇四月八日，有司率耆士邦民大享祀焉，神眖靈異，有禱即應，此海內共傳者也。」微將軍以勞定國，有大功於一方之民，數百年之下，斷斷乎不得預祀典，享血食，此元儒故太子贊善劉庭直所撰完碑。睢陽境南，東距八十里曰營廓，即古亳方域，孝烈之故墟也。亦建祠像，土人亦以四月八日致祀，乃將軍生朝，沿習古老之云也。故國子助教馬利用，字克明，時尉城父，考之爐石、刊志，

〔註34〕　【明】宋濂：《元史》卷81《選舉志一學校》，北京：中華書局，1976年版，第2109頁。

乃金泰和間，敦武校尉歸德府穀熟縣營城鎮酒都監烏林答撒忽剌，
重建大殿、獻殿各三間，創塑神像，侍人有七。題額不曰「孝烈」，
而曰「昭烈」；不曰「將軍」，而曰「小娘子」。復以將軍之名，
誤爲宰相之姓，將軍所自出，誤爲宰相之女，皆非也。其興墜起
廢，祠存像在，後世因之奉祀不廢，禮宜附書。〔註35〕

在元代的民間信仰中，木蘭成爲了抵抗昏庸暴力帝王的女英雄，在唐宋時期
被士人宣揚的「忠孝」此時還原爲對於父親的孝道，而木蘭對於帝王的拒絕
也凸顯了其強悍而獨立的性格：英雄不能屈從於強權，尤其是低級帶有侮辱
性質的脅迫，所以她選擇用死亡來維護自己的高尚的節操和人格的獨立。對
於木蘭廟及祭祀情況的記錄證明了木蘭在民間的強大影響力。女英雄木蘭的
個人意志不能受到強權的威脅，而這種對於上層的抵抗態度和剛烈的反抗則
受到了民眾的讚揚。

　　儒家倫理中一直有將夫婦關係與君臣關係相對應的傳統，文人士大夫對
於女性在亂世之中「忠孝節烈」的宣傳和讚揚也暗含了對自身操守名節的態
度，如宋濂稱：「奈何世降俗漓，號爲士大夫，如戟，議論凌雲霄，一則曰：
我丈夫也，二則曰：我男子也，或遇君父有難，作狐鼠竄去往往而是。似婦
人女子之不若，抑又何說哉？」〔註36〕元代吳澄稱當代世風：「道喪俗壞，昂
昂丈夫，於其甚遼絕之天，能不二而一者或不多見，況幽幽女性，於其不相
遼絕之天，乃能一而不二若此，蓋賦質良而彝，性之懿德弗珍隕，此予所以
有慨於柏堂之名柏也。〔註37〕余闕《青陽集》指出：「胡何自兵興以來，州縣
披靡能卓然以正道自立者，僅不一二見。其餘賣降恐後，不啻犬豕，昂昂丈
夫眞無女婦之識，良不悲哉？」〔註38〕

　　女性的節操勝於男性的事例和記載中體現了記錄這些事例的文人士大夫
對於男性道德的期望，以及對於失德世風的痛楚無奈。元代的木蘭故事中，
木蘭開始成爲了能夠激勵人們堅守品德或建功立業的偶像，也成爲女性教育
中的英雄模範。對於這位女英雄崇拜顯露出元代漢族文人對於強大、勇武、
意志堅定、道德高尚的英雄人物的渴望，也反映了元代的種族政策、文化政

〔註35〕李修生主編：《全元文》，卷1422，南京：江蘇古籍出版社，1999年版，第
　　　　132頁。
〔註36〕【明】宋濂：《宋學士文集》卷31，四部叢刊初編本。
〔註37〕【元】吳澄：《吳文正公全集》卷23，卷14，乾隆二十一年萬氏刻本。
〔註38〕【元】余闕：《青陽集》卷6，四部叢刊續編本。

策帶給漢族文人的沉重打擊和無法擺脫的苦難。木蘭的不合作態度代表了漢族士人對於少數民族強權政府的一種態度：在故事中，木蘭的價值和美德沒有得到統治者應有的尊重，女英雄的英名受到了昏君的玷污，而在現實生活中，漢族知識分子在漠視漢族文化的少數民族壓迫下失去了以往的價值，他們不得不屈服於強權與武力，生活得痛苦不堪，對於剛烈女英雄的崇拜也成為了一種心理上的補償。

二、明代《雌木蘭》中被安排好的「幸福」婚姻：回歸傳統女性生活軌跡

明代的木蘭故事中出現了最為關鍵的轉變：徐渭的《雌木蘭》轉變了故事的情節，增添了新的人物。情節和人物的創新使得《雌木蘭》成為了整個木蘭故事中的一個新的經典。在雜劇中，木蘭故事得到了豐富，其原本在詩歌和筆記中無法展開的情節得以在較長篇幅的雜劇中得到了補充。《雌木蘭》中對於木蘭婚戀的改寫較之元代的悲劇自戕結局對後世故事的影響更為深遠。

木蘭的未婚夫王郎成為《雌木蘭》故事中新增的人物，並在後世的故事中成為主要的配角之一。但在此時，王郎僅僅為一個符號，他的存在象徵著明代市民百姓心目中的理想配偶。王郎敬佩木蘭的高尚品德所以願意與這位素未謀面也不知是否能夠平安歸來的少女結婚，在等待妻子回歸的十二年中，王郎又「中上賢良文學那兩等科名」，成為體制內的文官。顯然，作者這麼安排是為了給木蘭匹配一位合適的伴侶，在木蘭回家結婚之後，一位出色的文官能夠提供給女英雄舒適而體面的家庭生活。在《雌木蘭》的故事中，幾乎沒有提及木蘭在從軍過程中是否有豔遇，是否和同行士兵或是軍官們發生戀情，對於易裝女英雄守貞的需要必須迴避與性有關的內容。但顯然從木蘭回來後對而為同伴的話中則透漏出木蘭與夥伴的情誼：「論男女席不沾，沒奈何才用權。巧花枝稱躲過蝴蝶戀。我替爺呵！似叔援嫂溺難辭手。我對你呵，似火烈柴乾怎不瞞。鴛鴦般雪隱飛才見。算將來十年相伴，也當個一半姻緣。」〔註39〕木蘭沒有在易裝從軍過程中暴漏身份惹出緋聞，但並不代表她對於相伴十數年的朋友沒有一點兒兄弟同袍的情誼，她們共同經歷了生死的

〔註39〕　【明】徐渭：《徐渭集》，北京：中華書局，1983 年版，第 1205 頁。

考驗和艱苦的歲月，相互信任扶持相伴至今。這句話顯然是作者借木蘭之口表明她的絕對貞操：因為時刻保持著警惕，連身邊朝夕相處的朋友都無法得知她的秘密，那就證明了木蘭在與男性相處的十二年中保持了她的絕對貞潔。然而「巧花枝」如何規避「蝴蝶戀」和木蘭的兄弟情誼成為了現當代故事中受到關注的問題。顯然，在物欲橫流、道德淪喪的明晚期，在通俗文學中大量出現女性自主擇夫和各種打破規則的性關係描寫情節之時，作為傳統道德偶像的木蘭即使是出現在這個時期的通俗文學中也較好的保持了高尚的品行：她利用儒家文化中「從權」的規則進入到男性世界，卻控制了自己的感情，沒有產生任何「非禮」的情感。但當時代變化，女性不受父母束縛的自主戀愛成為合理合法的行為之時，木蘭在其十二年來的易裝過程中的驚險歷程和浪漫故事就將在文學影視作品中被大大的豐富起來。

　　徐渭筆下的木蘭既是一位有著壯志豪情的女英雄，也是清楚認識到自己女性身份的普通少女，《雌木蘭》中的花木蘭對於自身性別和女性命運的認識顯然要比此前的任何故事中的木蘭都要強。儘管在雜劇之初，木蘭體現了男性應有的英雄豪情：「休女身拼，緹縈命判。這都是裙釵伴，立地撐天，說什麼男兒漢！」〔註 40〕這種豪情促使她鼓起勇氣走出家門，但很快，易裝的實際困難就讓女英雄困擾不已：「生脫下半折綾波襪一彎，好些難！幾年價才收拾的鳳頭尖，急忙的改抹做航兒泛，怎生就湊得滿幫兒楦。白：回來俺還要嫁人，卻怎生？」〔註 41〕在從軍離家之前，徐渭就安排少女木蘭期待著回家後的婚姻生活，而在此前的木蘭故事之中，木蘭在從軍之前沒有表現出對於生還回家的期望，同樣也沒有對於婚姻的渴望。《雌木蘭》中的關於纏足的細節描寫並非完全是封建時代男權中心的惡趣味，也代表著木蘭對美好生活的強烈渴望。以當代人的價值觀來看，纏足當然是對女性的摧殘，而對於木蘭這個生存於明代主流價值體系中的少女來說，纏足代表著自己符合主流審美的女性身份，與美麗的容貌同等重要。徐渭創造的花木蘭已經明顯的表現出了超越普通女性的野心：她渴望進入公用領域憑藉自己的能力建立功業，實現自我價值。但同時木蘭身上也保留著明代普通女性對於符合主流價值觀的正常生活的渴望，幸福婚姻和完整的家庭顯然是木蘭所期望的美好生活中必備的部分。徐渭筆下女英雄超出常人的堅定、實現自我價值的願望在清代的

〔註 40〕【明】徐渭：《徐渭集》，北京：中華書局，1983 年版，第 1198 頁。
〔註 41〕【明】徐渭：《徐渭集》，北京：中華書局，1983 年版，第 1199 頁。

易裝女性故事中被充分的發揮，對於女性建功立業的渴望表現在清代以《再生緣》爲代表的女性彈詞小說裏，爲易裝少女對於打破性別限制，依靠自己的能力過獨立有尊嚴的新生活的渴望；在近代木蘭戲劇中表現爲對於保衛國家驅除侵略者，繼續和平生活的渴望；在當代的影視劇中，這種渴望被表現的更爲多元複雜。

　　《雌木蘭》的價值觀念中，傳奇英雄女性因爲因緣際會有了一次不平凡的人生經歷，她的命運出現了轉折點，但她最終選擇回歸家庭，過著符合主流價值觀的平凡生活，享受著平凡百姓所期望的幸福人生。徐渭爲《雌木蘭》中設定的價值選擇並未超越或落後於他的時代，如果要讓一位平民女英雄幸福，那麼在經歷過戰場的艱辛與死亡的威脅後，有什麼比一個平凡但充滿溫暖和睦的家庭更加具有吸引力呢？木蘭因爲父親老邁多病而選擇易裝戎服，替父從軍，那麼在十二年後，更加老邁多病的雙親可能沒有能力再照顧女兒幾十年，女兒木蘭最終將會失去她的家庭。作爲英雄傳奇中的木蘭和道德偶像木蘭不需要展現她的完整一生，而僅僅把經歷性格中最閃光的部分放大給她的信徒看，但世俗雜劇中的木蘭則可以得到世俗觀眾心目中的美好回報：完整家庭。顯然，《雌木蘭》的改變是成功的，因爲後世的創作有一大部分都延續了他的改編，並有所發展，婚姻家庭這個情節成爲木蘭故事中改變最多也最爲吸引人的部分之一。

第四節　清代木蘭婚戀故事：多元化的婚戀狀況

　　清代的木蘭故事婚戀主題開始成爲木蘭故事中的重要主題，在幾乎所有的通俗文學作品中都有對木蘭婚戀家庭生活的敘述。清代的木蘭婚戀故事較前代來說更爲豐富曲折，並增加了男性身份的木蘭與敵方女性的姻緣以增強故事的戲劇性，對同時期其他通俗作品中易裝女英雄故事有著一定的影響力。木蘭婚戀情節在清代故事中一方面具有很強的世俗性，是通俗小說戲曲作品的套路之一；另一方面又增強了故事的可讀性，使得高高在上的道德偶像具有了普通人的七情六欲，讓人物更爲豐滿多面。清代的木蘭婚戀故事在題材與情節設置上更爲世俗化，這種特點與清代通俗文學的發展有著密切地關係。

　　清代木蘭故事中易裝與婚戀成爲構成整個故事的重要情節支撐。從北朝

到明代的千餘年中，僅僅有兩部作品提到了木蘭的婚姻，都僅僅是一筆帶過，沒有詳細的敘述，這個新增主題在清代的故事中被迅速豐富擴充，成爲故事中僅次於易裝主題的重要情節，並繼續影響了現當代的木蘭故事走向。

一、陰陽錯位——出走的妻子與等待的丈夫

首先改變木蘭故事情節模式的故事一是元代侯有造的《孝烈將軍祠像辨正記》，二是明代徐渭的雜劇《雌木蘭》，而《雌木蘭》對後世文學的影響尤爲深遠。花木蘭的未婚夫王生這個人物被清代的許多小說戲曲曲藝作品繼承，在改編中分量逐漸增加，成爲故事中的重要人物。在幾部有影響力的作品如傳奇《雙兔記》、小說《閨孝烈傳》及鼓詞《繪圖花木蘭征北鼓詞》中，都沿用了《雌木蘭》對於木蘭故事的修改，讓木蘭在經歷了十二年征戰之後有了婚姻與家庭。創作於乾隆時期的傳奇《雙兔記》最先採用了《雌木蘭》的情節架構，用篇幅更長、描述感情更爲豐富細膩的傳奇體裁來重寫故事。這部作品由於沒有現代排印本而一直被許多木蘭故事的研究者所忽視，但在整個木蘭故事體系中，《雙兔記》是上承《雌木蘭》下啓《閨孝烈傳》的重要一環。雖然《雌木蘭》中作者爲木蘭安排了婚姻，讓這個女英雄在回歸家庭後得到世俗意義上的完滿人生，但這個安排顯得並不合理。其一：王郎是出於對木蘭孝行的敬佩願意與其共結連理，說明木蘭女扮男裝替父從軍之事在家鄉中已經公開。雖然古代信息傳播速度不快，但事關重大，尤其是關係到木蘭在軍隊生命的安危和清白的名節，即使是小範圍的公開秘密也實屬不智。其二：王郎事先並不知道木蘭能否平安歸來，即使是能夠保全生命但在戰爭中受傷致殘，或是遇到其他危機受到傷害也並不罕見。這一頭婚約的基礎其實非常薄弱，但在雜劇中僅僅是輕輕一筆帶過，王郎的出現只是爲木蘭的傳奇人生畫上完美的句號，這才是他存在的合理性。而在《雙兔記》中，作者永恩爲王生安排了名字王青雲，並大大增加了木蘭未婚夫的重要性，使得這個人物形象變得豐滿立體。甚至在木蘭出場之前，王青雲是最先登場的人物，他通過觀測異象預測到了木蘭今後的命運：

> 生起見介：呀，大士忽然變了個金剛面皮，這也罕見了。
>
> 太師引：怪大士今變像，本女身反化金剛。一霎時還著舊裝，好叫人勞夢想，莫不是目離光，莫不是神魂飄蕩。那裏有窈窕嬌娘，變出這奇醜模樣。

白：是了，想是禪機發現。

繡帶兒：色空空色由來想，這一番真奇狀，算將來好醜無雙，不過是人心色相難量。不生不滅真無兩，人生幻作行藏。無人無我從來講，今日裏方知道行深苦腸。〔註42〕

不久，花家果然遇到危難，木蘭打算替父從軍，而未婚夫王青雲對於木蘭單方面的決定則表示出理解和敬佩：

似此節孝之女，人人欽敬。況我王司訓何德有此孝義之妻，哪怕十數之載少不得也要等他一等。

甘獨守盡此情，曾讀書禮儀明。這樣節孝人欽敬，顯寒門得美名，不來等枉閱經史一生（呵）不願把妻更。〔註43〕

因為事先有婚約，所以在未婚妻因為行孝不得不離家後，王郎對妻子的忠貞就顯得合理得多，也讓這個原本存在感極弱的形象高大豐滿起來。柔弱的書生王青雲有著堅定的信念和高尚的情操，他忠實地維護著未婚妻，等待她的回歸。在面對他人對木蘭貞潔的質疑時也對未婚妻付出了毫無保留的信任：「他一心心存孝念，自然有青天，不辭嫌疑自上邊關，捨一己為高年，難言這苦處真萬千，何人見憐。我豈可忘情負義別追歡。」當然王青雲的付出得到了回報：未婚妻平安歸來，為家人帶來了榮譽，她的孝行和功績受到了最高統治者的表彰，作為女子無法承受的官職則被轉贈給她的夫婿。在《雙兔記》中，男性和女性的傳統角色被顛覆。思婦在家中等候出行的遊子是中國文學的傳統母題之一，以往為了獲取功名或是利益的男性遠離家鄉親人，處於流動的狀態，而守候在家的女性則要完全無保留的信任丈夫，無怨無悔地等待他的回歸。這樣忠貞守節的女性往往在丈夫載譽歸來後得到官方的封賞，承認她高尚的道德和無悔的付出。然而在《雙兔記》中，性別角色被完全顛覆：出外征戰，獲取功名和榮譽的是女性，忠誠守候在家的是男性，女性的德行和英勇為男性帶來了榮譽。《雙兔記》中木蘭對實現個人價值，建功立業的豪情被極力放大，在這個少女身上有著極為強悍而陽剛的氣質。在閨閣中時，木蘭就在演練武藝時表示出英豪的氣概：「尖峭一似蛇矛，烏龍亂卷頭尾掉，這般利器原是軒轅造。我這一多嬌，將門弱女更雄豪，看著那高堂虎符等爾曹。」陽剛的氣質和充滿豪情的內心使得《雙兔記》中的木蘭有別

〔註42〕 【清】永恩：《漪園四種》清乾隆禮親王府刻本。
〔註43〕 【清】永恩：《漪園四種》清乾隆禮親王府刻本。

於一般未婚少女，在面對家庭危難的時候她提出了解決辦法，並用強硬的手段迫使父母同意，除了孝心之外，作者也展示了木蘭的野心：「況人生夢中幻境又誤間，何必分女共男，將來一死何足戀，趁著這氣力全，二八之歲正芳年，幹一樁事業可經天，方顯得不枉在人間。」〔註44〕

有野心的女性一向不為主流文化所贊賞，但在《雙兔記》中野心勃勃試圖進入公共領域獲取功名的木蘭顯然並沒有受到任何譴責，在孝心的掩飾和父母的溺愛之下，木蘭成功地達成了自己的目的。相對於木蘭的英雄成就，未婚夫王青雲卻是個功名未就的鄉村書生，《雙兔記》中並沒有提及王青雲有任何的才華和背景，他出身於普通人家，還沒有通過考試成為體制內的一員。換言之，書生王青雲在英雄花木蘭面前沒有任何優勢，在傳統婚姻秩序中，男性本應處於強勢地位，領導控制著家中的女性，但在木蘭故事中，木蘭無論從精神力還是成就和背景都勝過了她的丈夫，傳統婚姻秩序在故事中產生了微妙的變化。木蘭由於高尚的道德成為被稱頌千年的偶像，而書生王青雲作為木蘭的配偶也必須展現同樣的道德情操以配合自己的妻子。那麼，無法在公共領域展現才能的鄉村書生便只能用忠誠地守候和毫無保留地信任來打動佳人的芳心，用同樣高尚的道德情操來保證自己在婚姻中的地位。在通俗小說戲曲中，木蘭的才華和野心本應為男性所有，王青雲的忠貞和堅守本應為女性所有，而這部主旨強調世人不辨真假的傳奇中，既利用易裝轉變了木蘭的身份，也在木蘭的婚姻上顛倒了傳統意義上的男女責任。在故事的最後，辛平上奏天子，將木蘭封號轉封給王青雲，封木蘭為一品夫人，並蔭封其父母，木蘭與丈夫和家庭都獲得了榮耀。按照傳統思婦遊子和才子佳人故事模式，男性在遊歷之後經過辛苦的追尋獲取了功名成就，他們在閨閣中守候的妻子和年老的父母都會分享這份榮譽，《雙兔記》扭轉了這種格局，王青雲得到了木蘭征戰十二年獲取的官職，作為他忠誠守候的回報，而身為女性的木蘭用智慧勇武和高尚的品德給她的丈夫和父母帶來了利益和榮譽。

在《雙兔記》之後，小說《閨孝烈傳》繼承了《雙兔記》對於《雌木蘭》的改編，讓花木蘭的婚約定在了出征之前。但與《雙兔記》不同的是，《閨孝烈傳》通過對王生才能和職務的強調增加了王青雲在故事中的分量，但卻消減了《雙兔記》對王青雲忠貞品格的渲染，世俗化地處理使得故事中的婚姻秩序再次回歸了傳統，但也減弱了王青雲這個人物的魅力。《閨孝烈傳》中的

〔註44〕 【清】永恩：《誠園四種》，乾隆禮親王府刻本。

王青雲在木蘭易裝出走之時沒有出面，表示出同情理解，與花家交涉的是王家父親王司訓。有趣的是，王司訓這個名字是《雙兔記》中王青雲的本名，青雲是他的表字，在後人的演繹中，這個名字被用在了父子兩代人身上。王青雲在故事的中後部之前僅僅是一個符號，作爲木蘭回歸後可以繼續普通女性生活的保證，甚至在木蘭深入敵後招降盧玩花公主時，這個未曾謀面的丈夫成爲了誘降的砝碼。在《閨孝烈傳》中，女性會因爲命運地無常而經歷不同尋常的人生，但最終她們必須回歸體制內，以相夫教子爲最終目標。木蘭與盧玩花公主都是有著出眾能力的優秀女性，也能夠在公共領域獲得成就，但二人都時刻謹記著自己的臨時身份：木蘭希望凱旋歸家奉養父母，與丈夫成婚、而盧玩花則希望擺脫賊寇的身份，在政府護祐下，結婚生子過著平凡的生活。由於各種原因，兩人都脫離了原有的生活軌跡，開始了「越界」的傳奇之旅，但在內心深處，「越界」所帶來的驚險刺激，功名榮譽並沒有讓她們更爲快樂。嫁個好男人，回歸體制內仍然是花木蘭和盧玩花這兩位叱吒沙場的女英雄的最迫切願望。尤其是盧玩花，將婚姻和丈夫視爲生命中的唯一目標，在識破木蘭的身份後就悲從中來，因爲自己的生活還是沒有保障：

> 盧玩花公主聽罷，說道：「原來大奴家三歲，不知花小姐在家有許過人家否？」花木蘭小姐見盧玩花公主問她此言，不覺粉面通紅。含羞半晌，方才答說：「已許同村王司訓之子，名叫王青雲，已經入了府庠秀士。」盧玩花聽了，長歎一聲，說道：「花小姐，可喜你替父從軍，做出這一番驚天動地的大事業。將來功成之日，自然回家夫妻完聚。想我盧玩花如今空耽了你的虛名，若欲把你眞情前去告訴寨主，又怕表兄失了小姐的貞節，若隱而不告，難道咱同你兩個女兒在這裡守過一世不成？將來把我置於何地？」說罷，不覺哭泣，如癡如醉。花木蘭見了盧玩花哭泣，肚裏倒也好歡起來，又轉了一會兒說她是沒丈夫的女子，只恐怕我誤了她的終身大事，故此這樣哭泣。而誇獎我有丈夫，豈不知奴家今日單身陷在賊營，死生未定、性命堆保，想來也與你是一樣的。你不替我想個活路，而哭泣終身未定。〔註45〕

面對渴求婚姻的盧玩花，木蘭則慷慨大方的表示可以與其共同分享丈夫，滿足盧玩花的願望。所以，婚姻成爲了最爲實際的誘惑：

〔註45〕【清】張紹賢：《閨孝烈傳》，合肥：黃山書社，1991年版，第119頁。

花木蘭聽見盧玩花公主這個口氣，不覺心中暗想道：「這是我北魏皇爺的洪福，若得此女投降，在這裡邊做個內應，何愁黑山賊寇不滅！」即忙口稱：「公主既然見愛奴家，便敢大膽明言了。奴家看此黑山賊寇豹子皮賀虎福分有限，就是你令表兄武藝也甚平常，那日在疆場交戰之時，若不是公主接應，救他性命，早已喪了殘生。如今，雖然死守山寨，無如辛元帥巧計多端，萬一將這小紅山攻破，那時玉石俱焚。公主乃是名門宦女，可惜一塊無瑕美玉落在泥土之中。依奴家愚見，不如保全名節為要，仍舊歸順北魏。既回中國，到那時何患無才郎可與公主配偶！倘其不然，花木蘭情願把王郎相讓，那人才高學飽，可保成名，我願居次位，諸命願讓與公主作夫人。花木蘭若有欺心、說謊，舉頭即是青天。可行、可止，請公主自己細裁。」〔註46〕

果然，木蘭的慷慨獲得了盧玩花的感激，也獲取了她的理解支持，二人的同盟正式締結。

卻說盧玩花公主自從跟隨就地飛趙讓到山以來，就知終來沒有好處，久有要回中國之心。只因是個孤身幼女，沒有倚靠，是以挨延度日。今日聽見花木蘭小姐叫她投降北魏，情願二人共事王郎為妻，花小姐又情願讓伊做大，不覺心中暗暗歡喜。即伸玉腕來拉著花木蘭小姐的手，說道：「降順北魏我早有此心，但是此事不可造次，須當慢慢商量。必須機密，稍有漏泄，你我性命難全。就是蒙許王郎之事，不可錯亂綱常，照理而論，你先我後，你大我小，哪有我反來佔先之理？既然不棄，我願同你對天立誓，拜你為姐，不知小姐意下如何？」花木蘭小姐聽罷，連忙回答道，「今日花木蘭得蒙公主不殺之恩，焉敢不圖補報之理！只是不敢高攀，既蒙公主不棄，哪有不從之理。」說完，二人一齊跪下，對天盟言，同心協力，結為姊妹。一個說的是：若有異心，天誅地滅，一個說的是：若敢忘恩負義者，碎屍萬段。〔註47〕

王青雲在毫不知情的情況之下成為了誘降的砝碼，他必須在日後的生活中接受他妻子的姐妹，與其共同生活，他個人的意願沒有人關注。在此時，「王青

〔註46〕【清】張紹賢：《閨孝烈傳》，合肥：黃山書社，1991 年版，第 120 頁。
〔註47〕【清】張紹賢：《閨孝烈傳》，合肥：黃山書社，1991 年版，第 120 頁。

雲」僅僅是穩定的、體制內生活的象徵，是脫離正常人生軌跡的女性重新回歸的希望。同樣的，無論是花木蘭還是盧玩花都對王青雲本人沒有絲毫的感情，與其說她們愛他信任他，不如說她們正在幻想著以「王青雲」命名的體面而榮耀的生活。這種生活是與易裝越界、賊寇亂黨的傳奇刺激完全相反的，可以大白於天下，坦蕩而簡單的日常生活。爲了襯托出這位可以作爲招降砝碼的如意郎君的價值，在《閨孝烈傳》中讓王青雲通過科舉考試得到了極高的官職，作爲木蘭的上司進入前線與木蘭共同對敵。《閨孝烈傳》一書將時代背景設置在北魏時期，而北朝時期根本沒有科舉制度出現，作者對於科舉的具體內容、授予官職的規則和流程都不甚熟悉，有關戰爭的描寫也有著非常濃厚的戲劇腔，猶如戲臺表演，可以看出這位生平未明的張紹賢很可能是爲下層文人，沒有相關經驗，才會出現如此的疏漏。這個疏漏也透漏出作者的價值取向和他所面對的受眾群體的趣味。木蘭的英雄傳奇和高尚的孝德理所應當的受到了民眾的崇拜，但易裝女英雄傳奇中蘊含的顛倒婚姻秩序的危險則被作者扭轉過來，木蘭回歸了她原本的位置，這種回歸不僅僅是身體上的，而更多是精神上的。

　　與《閨孝烈傳》情節相仿的《繪圖花木蘭征北鼓詞》也使用了同樣的情節，提高了王青雲的社會地位，讓這一對未婚夫妻共同對敵，並通過展示王的智慧謀略和赫赫官威來取得女英雄的臣服和愛慕，讓本來已經錯位的性別關係重新回歸「本位」。經過十二年出生入死殘酷征戰的木蘭憑藉勇武和智慧贏得了讀者的贊賞和崇拜，她的未婚夫王青雲卻僅僅憑藉一張試卷就獲得了皇帝的信任和重用，獲取了高於木蘭的官位。而木蘭在面對位高權重的未婚夫時也表現出了與戰鬥英雄身份不符的女性的嬌羞和下屬的謙卑。《征北鼓詞》中描述木蘭聽聞王青雲要來前線的場景：「花小姐聞聽迎接王監軍，意遲遲滿面通紅口問心，俺只說另寨各營不見面，誰料想大隊不久到轅門。是怎麼萬馬營中任意闖，羞煞人好難見的王監軍。」〔註 48〕面對未婚夫，木蘭對敵的悍勇和陽剛一掃而空，十二年的征戰經歷也沒有帶給她足夠的鎮定和自信，木蘭此時的表現與普通沒見過世面的小家碧玉別無二致。在這兩部作品之中，男性的權利和地位始終凌駕於女性之上，即使這位女性是一位戰功赫赫的巾幗英雄，她不曾屈服於苦難、上司和強敵，卻對自己的夫婿表現出了天然的敬畏。木蘭對於夫君的羞澀和臣服代表著這位身體上越界的女性英雄

〔註48〕　【清】佚名：《繪圖花木蘭征北鼓詞》，錦章書局本。

在內心深處仍然對於傳統性別秩序保持著敬畏，戰場上獲取傑出的成就和曲折經歷並沒有帶給木蘭面對男性權威的足夠自信，卻增加了她的自卑感。鼓詞中的木蘭比《雙兔記》中的木蘭體現出了更多的女性特質，在易裝生活中面對各種困難她有軟弱，有猶豫也會後悔和退縮。但木蘭總是能夠戰勝這些困難一步步成長為令人尊敬的女英雄，在處理同性婚戀時也表現出了很好的應對能力和控制力，這些都是鼓詞中比較成功之處。而在處理木蘭與男性的婚戀時，鼓詞的表現方式就體現出了作者水平和價值觀的限制。同樣的表現木蘭面對未婚夫的場景：一流文學家徐渭筆下是正常的女兒嬌羞；世襲親王永恩則抬高木蘭與夫婿的精神境界，略寫二人的相遇場景；更為世俗化的《閨孝烈傳》和《征北鼓詞》中的木蘭就通過不合常理的小家子氣來體現木蘭的女性特質和她對於傳統婚姻秩序的敬畏。

在新增人物王青雲形象方面，《雙兔記》中的王青雲通過高尚的品德來征服觀眾，他對木蘭的崇敬和信任讓一個白丁書生能夠匹配這一位被封為道德楷模的女英雄，也讓這個形象豐富立體。然而在格調較低的通俗文學故事模式中，毫無實戰經驗家庭背景王青雲輕而易舉的通過科舉獲得了較高的官職和最高統治者的信任，同時也獲得了妻子的尊敬和愛慕。《雙兔記》的作者為文學鑒賞水平較高，社會地位極高的禮親王永恩，而《閨孝烈傳》和《征北鼓詞》的作者則極有可能是下層文人，雖然在敘述同一個故事，情節基本相仿，但在相同故事的敘述中也展現了見識的高下之分。永恩筆下的木蘭是一位真正具有豪情壯志的英雄，在具有人性化的恐懼、怯懦的同時也有剛烈勇猛、坦蕩豪爽的性格特點，可以說《雙兔記》中的木蘭身上體現了身為獨立自強、志向遠大的「人」的精神，而涉及到女性自身的特點較少，即使在敘事中將木蘭的性別換為男性，也沒有任何的違和感。《雙兔記》脫胎於《雌木蘭》而更為精緻細膩，情節也更為豐富曲折，但《雌木蘭》中的花木蘭顯然有著更強的女性的特點，徐氏筆下的木蘭有著對婚姻的渴求，易裝過程中對自身性別身份的小心留意，從始至終，觀眾和讀者都能清醒的意識到木蘭是一位女扮男裝的女性英雄。《雙兔記》中的木蘭顯然要更具備陽剛氣質，替父從軍不僅僅是解決家庭為難的權宜之舉，更是木蘭實現自我價值、滿足建功立業豪情的好機會，家庭婚姻和未婚夫王青雲是建功立業後的補償，是回歸體制內的象徵，木蘭本人並未表示出對於婚姻家庭生活的渴求和對未婚夫的愛慕之情。

　　錯位的男女關係在其他有女性英雄和易裝情節的通俗文學中也很常見，如《兒女英雄傳》中回歸家庭成爲賢妻孝媳的女英雄何玉鳳、《蘭花夢奇傳》中始終對性別身份感到痛苦糾結的松寶珠等等。一般來說，男性筆下的女英雄和易裝女性一般沒有對於傳統婚姻秩序感到十分抗拒，她們或豪放或謹慎的英雄外表之下通常都有一顆符合儒家禮教秩序的女性之心。而在女性作品之中，對於女性成就與婚戀的態度就完全不同，彈詞《再生緣》《筆生花》《榴花夢》《金魚緣》《鳳雙飛》等等都用了相似的故事模式描述與木蘭相仿的易裝女英雄的傳奇之旅。這些易裝女性離開家庭進入到了公共領域，她們取得了驚人的成就，成就與榮譽也使得女性變得更爲自信強大，不願再屈就傳統的婚姻關係。以女性爲主角的通俗小說會不遺餘力的描述女主角的出眾，她們的另一半也許會是一位出色的青年，但還遠遠比不上女主角的耀眼光芒。在敘事中，男性的功能在於襯托出女性的榮耀，所以他們的身份地位官職不能讓女英雄蒙羞。在女性文本中，易裝的女性永遠是第一位的，其他男性的爵位、能力、品德的提高是爲了襯托女主角的優秀，而女英雄始終不會在精神上屈服於男性的權威。同樣在敘述女性易裝故事，《再生緣》中的孟麗君以木蘭爲榜樣，走出家門，但在對待父親、丈夫、上司的態度上與木蘭完全不同。改名酈明堂的孟麗君比男性更享受權力帶來的榮譽和利益，始終以「老師」的身份壓制未婚夫皇甫少華，用手中的權力和官威遏制少華求婚的舉動，因爲回歸家庭意味著優勢地位的喪失。在《再生緣》中，易裝女英雄孟麗君和皇甫長華都以強勢的態度面對著自己的另一半，她們在易裝過程中獲取了強大的能力和強烈的自信，保證了她們在兩性關係上的強勢地位。尤其是皇后皇甫長華，在結婚之後仍然保留著女將軍的領導力和威懾力，她的悍勇甚至連位居文官高位的孟麗君也無法匹敵，身爲最高統治者的皇帝丈夫也不能很好的控制這位強悍的皇后。女性的威勢在這部作品中得到了極大地張揚，易裝和權力給女性帶了莫大的好處，使其可以從傳統性別格局中脫離出來，在更爲廣闊的領域實現個人價值。《筆生花》中的易裝女英雄姜德華有著與清代木蘭更爲近似的命運，她易裝出走但時刻謹記自己的女性身份，相對順利的回歸了原本的性別身份。但在婚姻之中，面對才華橫溢、仕途暢通、位高權重的丈夫，姜德華仍然有相當程度的優越感：她並不敬畏丈夫的男性權威，也沒有因爲締結婚姻而喪失對丈夫和家庭的控制權。在嫁入文家之後，成爲文家主婦的姜德華依然保持了對於朝政的影響力和高貴的爵位，在夫妻關係

中也處於絕對的優勢地位，丈夫文少霞甚至連是否要娶妾、迎娶何人、與哪位如夫人同房也要服從妻子的安排。姜德華要負責易裝時結識的閨蜜和以男性身份迎娶的妻妾未來的名譽和生活，所以即使文少霞對此極端困擾，也必須服從妻子的意願，出於責任感「多美並收」。與此相反地是木蘭故事和其他男性創作的小說戲曲中，男主人公對於迎娶易裝女主角及其姐妹、女伴的興奮與快意，兼收雙美甚至多美是大多數這一類小說的完美結局。《閨孝烈傳》、《征北鼓詞》中的結尾就以王青雲與花木蘭和盧玩花（徐飛霞）三人的幸福生活作為結尾，津津樂道於男性征服強悍女性的快感。

女性創作的，以易裝女英雄為主角的彈詞小說中，易裝而進入公共領域是女性獲取權力的途徑，無論是對於職場還是家庭。在這一點上，男性與女性的創作有著本質的不同。在清代木蘭婚戀故事中，男性的權力並沒有因為女性地位的上升而衰減，反而因為木蘭的功績和品德得到了張揚，能夠讓一位品德高尚能力出眾的英雄傾心成為其男性魅力最好的證明。木蘭在清代的通俗文學中不再是以為具體的女英雄，而是一類女性的代表，這些以易裝女性為主角的小說情節模式大致相同，對待婚姻戀愛家庭的態度以作者的社會階層、性別、學養見識和創作水平的不同而不同，但在關注易裝女性婚戀家庭這一點上則比較一致。

二、姐妹情誼——易裝後的同性婚戀

易裝改變了木蘭的性別，也為她帶來了既浪漫又危險的新姻緣：男性身份的木蘭將在征戰過程中遭遇與敵方女性的婚姻。首先在木蘭故事中增加這一情節的是傳奇《雙兔記》，劇中安排了一位敵方陣營中的女性「豹千金」愛慕著男性身份的木蘭。豹千金對於木蘭的愛慕在故事敘述中顯得非常不合情理。首先與一般戰場招親不同的是，豹千金與木蘭未曾見面，僅僅是聽聞小將木蘭年輕位高，本事高強就萌動春心，毫不猶豫的背叛了自己的軍隊試圖嫁給木蘭：

> 我想這花弧必是個出類英才，辛平才這般信用。天啊，我若是得嫁花弧強如在此一世。想介：也罷，我山中有一能人，使他通信花弧，著他暗取黑山，那時元帥大喜，豈不天從人願也。〔註49〕

〔註49〕【清】永恩：《澂園四種》，清乾隆禮親王府刻本。

豹千金的愛情來得毫無理由，在敘事中僅僅是爲了成全木蘭攻打黑山的功績，並從側面襯托出木蘭的英勇和魅力。在《雙兔記》的最後，也沒有交代這個悲劇丑角女性的最終下場。敵方女將與男性身份的木蘭產生姻緣的這個情節在《閨孝烈傳》中得到完善。在《閨孝烈傳》中，作者利用了這個情節，並加以完善，使之更爲豐富合理。小說中敵方將領「就地飛」趙讓見木蘭年少英勇，意圖將表妹盧玩花公主嫁給木蘭，好讓木蘭投降己方。木蘭將計就計，與盧玩花結婚，在新婚之夜對自己的新娘道出身份的秘密，並取得盧玩花的諒解和同情。木蘭與盧玩花結爲姐妹，講定將來同嫁王青雲。小說中用了三回的文字詳細講述木蘭如何揭秘自己的女性身份，取得盧玩花諒解和支持，比較細膩的描寫了兩個女孩的心理變化，讓這個不合情理的情節儘量合乎邏輯。《繪圖花木蘭征北鼓詞》中同樣採用了同性婚姻的情節，在鼓詞的敘說中，敵方的公主徐飛霞是與木蘭勢均力敵的對手，作者用了相當長的一段文字來描摹徐飛霞與木蘭交戰時精彩激烈的場景來表現這兩位少女的勇武和優秀。同《閨孝烈傳》中的情節相似的是，木蘭用同樣的理由成功說服了徐飛霞投降，並許諾將來同嫁一夫。在短暫的相處中，木蘭與徐飛霞建立了親密的姐妹情誼，並在以後的征戰中得到了好姐妹的鼎力相助。除了本領高強容貌出眾的樂天公主徐飛霞，另一敵方女將苗阿花也對木蘭產生了愛慕之情。但與純潔的飛霞不同的是，被情慾困擾的苗阿花最終因爲自己的相思和情慾在戰場上大失水準，丟掉了性命。這些女性與木蘭是立場相反的敵人，但在故事的安排中，敵人轉變爲盟友，夫妻轉變爲姐妹，戰場上與木蘭勢均力敵的勇武女將最終將會幫助木蘭獲取赫赫戰功，並陪伴她度過回歸後的平靜家庭生活。

易裝導致的性別轉換使得易裝女英雄將會在歷險過程中遇到來自同性的戀愛糾葛，女性對易裝女英雄的戀慕和臣服從側面襯托了易裝的成功和女英雄的個人魅力，使得故事的情節更爲複雜也更富吸引力。易裝故事本身具有很強的性暗示意味，具有雙性身份的女英雄同時對男性和女性都有著吸引力。《雌木蘭》中透漏出美少年木蘭將會遇到男性的性騷擾，而《雙兔記》中也比較細緻的描述了木蘭如何規避昏庸好色的上司的求愛。歷經了唐代到明代對於木蘭道德方面的強化和宣揚，已經被視爲道德偶像的木蘭不能有任何違背封建道德倫理的行爲和思想，這就限制了婚戀故事的發生。在通俗作品中，既要保證故事的趣味性曲折性也要保證女英雄純潔內心的做法是將曖昧

的戀愛情節放置於同性之間。女英雄必須成功獲取同性愛侶的支持，否則易
裝的秘密將被揭開，自己也將會遇到生命危險。在木蘭故事中，木蘭爭取盟
友的方式就是以自己的夫婿王青雲爲誘餌，許諾給她的妻子一個穩定且富裕
體面的家庭，一位有著遠大前途的優秀丈夫，一種被主流文化承認的光明人
生。身處於賊寇陣營對未來充滿困惑痛苦的妻子很快被木蘭口中的新的人生
圖景征服，她們情願爲木蘭做內應，幫助她獲取戰功，早日實現二女一夫的
「美好」生活。這個情節模式也被其他文學作品採用，在清代女性創作的彈
詞小說中，幾乎所有的易裝女性都會遇到與木蘭相似的問題，如《再生緣》《筆
生花》《鳳雙飛》《金魚緣》《榴花夢》等等。在女性作家的筆下，這種同性婚
姻呈現出另一種面貌：易裝的女英雄和她們的妻子過著眞正心靈相通，互相
體貼的和睦生活。她們是靈魂伴侶，這些女性之間的姊妹情誼比木蘭與妻子
的相處更加浪漫而帶有曖昧情愫，很多同性夫妻滿足於這種狀態而不願回歸
正常的家庭秩序。女性視角中的同性婚姻不再僅僅是一種敘事手段，而是其
女性意識無意識的展現：優秀的女性開始拒絕社會文化爲她們規定好的命
運，她們自主的選擇自己喜愛的伴侶，憑藉自己的能力在公共領域獲取地位，
享受著他人的尊重和仰慕。在彈詞小說中，同性之間更加能夠領會彼此的心
意和體貼對方的需求，她們的婚姻和相處也更加甜蜜和諧。比如陳端生在《再
生緣》中借孟麗君之口表示：「一樣紅顏成配偶，倒覺得，相敬如賓兩意憐，
想奴家，豐標既美堪同比，到他年，得意何妨效古賢。娶了夫人成了配，畫
眉手段定稱先。」在女性文本中，愛惜羽毛的女作家不願讓筆下的女英雄與
男性角色發生絲毫的情慾糾葛，這些關於情慾的曖昧描寫就完全被放在了同
性之間。

三、清代世情小說發展對婚戀主題的影響

　　木蘭的婚戀是原始故事中所不具備的情節，卻在清代發展成爲故事的主
要情節，而且成爲及易裝之後另一個具有張力，影響後世創作的主題，清人
對婚戀問題的興趣和關注並不是偶然。家庭、婚戀與兩性關係永遠是人類文
化關注的焦點，文學中的婚戀描寫往往涉及到了政治、經濟、倫理、民俗等
人類文化的各個範疇。人類文明的進步發展和社會的結構日趨完善也使得人
們對兩性婚戀和複雜情感心理的描摹體會更加細緻而準確。所以，較多描繪
兩性情感與家庭生活的才子佳人小說和世情小說盛行於封建社會晚期，對於

易裝女性複雜婚戀問題的關注和描寫出現在明代晚期並盛行於清代也是歷史的必然。

　　首先，清代的木蘭故事數量大增，情節也更爲複雜，這種變化與清代通俗文學的發展有著重要關係。清代的通俗文學數量龐大，種類繁多，質量也達到了封建時代的高峰，石昌渝《中國古代小說總目提要（白話卷）》中收錄了三百二十餘部清代作品，其數量幾乎是明代作品的兩倍。清代通俗文學的繁盛發展與當時的社會經濟文化發展及通俗文學本身的自然演進都有著密切的關係。在結束明末清初的亂世之後，清代統治者開始重視政局的穩定和經濟的發展，清初的農業政策刺激了農民的生產積極性，也恢復並發展了社會經濟，同時削弱了封建人身依附關係，商品經濟和商業活動迅速發展壯大。富裕市民對於高品質、娛樂化生活的追求也刺激了小說戲曲等通俗文學的創作和傳播，甚至是王室貴族、高級官員、有影響力的文人學者都表現出了對於通俗文學的熱情。昭槤《嘯亭續錄》「翻書房」條記載：「崇德初，文皇帝（皇太極）患國人不識漢字，罔知治體，乃命達文成公海，翻譯國語《四書》及《三國志》各一部，頒賜耆舊，以爲臨政規範。……有戶曹郎中和素者，翻譯絕精，《西廂記》、《金瓶梅》諸書，疏櫛字句，咸中綮肯，人皆爭誦焉。」〔註50〕「小說」條亦載：「自金聖歎好批小說，以爲其文法畢具，逼肖龍門，故世之續編者，汗牛充棟，牛鬼蛇神，至士大夫家几上，無不陳《水滸傳》、《金瓶梅》以爲把玩。」〔註51〕昭槤的父親禮恭親王永恩本人也是一位出色的傳奇劇作家，《雙兔記》就是這位皇室宗親的作品。經濟的發展和讀者的需求促進了作品的創作出版，清代的書坊主開始聯合作者共同策劃製作通俗文學作品，造就了一批比較模式化但廣受歡迎的小說作品，比如一系列才子佳人小說、歷史演義、英雄傳奇等。木蘭故事也在這一時期開始由原本的詩歌、文賦、篇幅較短的文言小說、雜劇開始發展成爲情節複雜、人物眾多、形式多樣的長篇章回小說、傳奇、鼓詞等作品。在長篇作品中，人物的傳奇經歷得以充分展示，性格形象更加飽滿，以往沒有的婚戀情節和人物在新的故事中被增添、發展、傳承。

　　其次，明清時期的閨秀文化開始盛行，大批優秀的女性開始出版文集，在歷史上留下自己的印記，以胡文楷《歷代婦女著作考》著錄的女性作家爲

〔註50〕　【清】昭槤：《嘯亭續錄》，上海：上海古籍出版社，1996年版，第396頁。
〔註51〕　【清】昭槤：《嘯亭續錄》，上海：上海古籍出版社，1996年版，第427頁。

例，明清以前歷代單獨出版正式著作的女性共 117 人，而明朝就有 242 人，清朝更多達 3667 人。這僅僅是正式出版文集的女性人數，撰有其他作品傳世的女性人數更遠遠超過此數。即使在生產力較為發達的明清時期，出版個人文集也並不是一件容易的事，大量的女性文集得以出版流傳的背後可以看出男性家長或子侄輩對家中女性創作的大力支持。不僅僅是女性個人文集的出版，許多女性總集也開始出現，如《歷代名媛詩詞》、《國朝名媛詩繡緘》、《國朝閨秀香咳集》、《小檀欒室彙刻閨秀詞》等等。大量女性作家的興起使得主流文化開始正視社會中優秀的女性，承認並讚揚她們的能力和不遜於男性的高尚心靈和出眾才華。在通俗文學創作中，無論是才子佳人小說還是世情小說或是傳奇戲曲、彈詞鼓詞，大量優秀的女性開始成為故事中的絕對主角，在作品的迅速傳播中被更廣泛的讀者所接受、仰慕、流傳。比較前代而言，女性本身的命運，她們獨特的生命體驗，複雜而隱秘的情感得以在清代各種文學作品中充分展現，這既是時代文化的進步，也是文學的進步。傳奇女英雄木蘭在清代開始成為廣受歡迎的通俗故事主角，讀者們開始對這位優秀女性的情感經歷和婚戀生活等產生興趣，而這種易裝女英雄在公共領域建功立業的故事模式也被才華橫溢的女性作家利用，成為女性彈詞小說中最常見的模式套路。

　　儘管木蘭是中國文化史上頗具分量的女英雄，木蘭故事也對中國文學產生了深刻影響，但必須承認的是，儘管在清代木蘭故事的發展到達了數量上的頂峰，但大多數以木蘭為主角的通俗戲曲小說質量水平都不太高，有著明顯的模式化痕跡。《閨孝烈傳》和《木蘭奇女傳》這兩部流傳至當代的長篇小說從藝術水平上說僅僅能算作是清代通俗小說的中等作品。但這個主題的出現和發展蘊含了豐富的文化內涵，是社會發展和文學演進的公共產物。在故事範型上，木蘭故事婚戀也有著極強的典範作用，易裝女英雄的非常態婚戀影響了其他同類型故事的創作，尤其是女性創作的彈詞小說，並在現當代的木蘭故事中依然產生著重要的影響。

結　語

　　木蘭故事原本產生於民間，在故事的源頭北朝《木蘭詩》詩中，木蘭是一個淳樸而勇武的平民少女，她的高尚道德和傳奇經歷使得她成爲了中國古代著名的女性英雄，木蘭易裝從軍的故事類型也對明清通俗文學乃至於現當代的影視文學創作產生了重要的影響。與其他世代累積型故事相比，木蘭故事是一個比較恒定的故事。從故事的源頭《木蘭詩》出現之時起，木蘭故事就已經基本定型，在唐代到宋代的演變過程中，故事的情節和人物基本與源頭一致，沒有大的變化。而歷代文人學者在敘述這個比較穩定的故事之時，其不同的政治環境、兩性文化、文人心態等等文化因素影響了對故事各個文化主題的敘述，使得木蘭故事在歷代的敘述中呈現出不同的形態。

　　木蘭故事是一個整體，它的幾個文化主題之間有著密切的聯繫，彼此制約又相互影響。孝文化主題與易裝主題是故事中先受到關注的部分，在唐代木蘭故事的初期傳播之時，《木蘭詩》中暗含的女性孝德和故事中傳奇性的易裝故事就最先得到了唐人的關注，唐人對於孝女的推崇和倡導士人對於國家的忠孝使得木蘭在唐人筆下成爲了一個具有高尚道德的英雄模範。木蘭的孝德使得她開始由北朝時期質樸的少女轉變爲文人筆下受到尊敬的道德楷模，但對道德因素的強調制約了傳奇性極強的易裝故事的發展。易裝而進入男性世界獲取成就的傳奇故事，本來是木蘭故事中最爲吸引讀者興趣的部分，在唐代，易裝而不爲人知的木蘭故事就開始存在於著名文人的詩歌典故之中。較爲開放的唐代普遍存在的女性易裝胡服風尚使得唐人在敘述易裝傳奇時沒有特別的顧及到易裝本身具備的越界因素，而顯得比較大方明朗。女性的易裝故事一方面是極富趣味性和傳奇性的故事，改換性別和生活方式使得故事

充滿了戲劇性和想像空間；但另一方面，改變性別秩序的行為導致了女性的越界，她們置身男性群體之中也有可能有損其名譽。木蘭的易裝故事中其實充滿了危險，女性高尚的孝德成為了她越界最好的掩護，孝德與易裝成為了木蘭故事中相互矛盾又相互影響的兩極。在強調木蘭道德偶像的時代中，可能危及到偶像純潔性的易裝故事就會自然的受到忽略，而在強調娛樂性和刺激性的通俗作品中，在孝文化籠罩下獲得合理性的易裝就得到了豐富和擴充。木蘭是古代文學文化史上一位特殊的女英雄，而關於木蘭的英雄傳奇敘事中，道德與傳奇是永遠也無法迴避的重要部分。高尚的孝德和艱辛的守貞使得木蘭在任何時代都無法受到主流文化的批判，而易裝傳奇又為木蘭提供了施展才華，獲取巨大成就的機會，道德與成就共同塑造了廣受歡迎的女英雄木蘭。在歷代的木蘭英雄故事敘述之中，對女英雄的道德與成就兩方面的不同程度的強調使得英雄故事呈現出了不同的形態。木蘭的婚戀故事是唯一沒有出現在源頭《木蘭詩》中的情節，婚戀的情節出現的較晚，是對於整個故事的最大的改編，也是影響後世木蘭戲劇影視作品的重要部分。婚戀故事與道德、易裝情節和英雄傳奇都有著密不可分的關係。有著傳奇經歷的英雄木蘭偏離了正常的女性生命軌跡，易裝從軍十二年的生活成就了英雄偉業，也讓女英雄錯過了一般女性的婚育年齡，而在強調孝女道德情操的故事中，道德模範木蘭的人生則被截止在了完成孝女任務之時。在元代中後期開始，有關於女英雄完整人生的部分才開始受到關注。通俗文學將從唐代到元代逐漸神化偶像化的木蘭重新恢復到了「人」的層面，為英雄人物填補了完整人生。在木蘭的婚姻方面，道德仍然是最為重要的因素，未婚夫的出現意味著偏離正軌的女英雄最終將回歸正常的性別秩序，而女英雄的易裝傳奇則賦予了木蘭不同於普通女性的雙性婚戀故事。木蘭故事的這四個文化主題的相互制約影響使得故事在歷代的流傳演變過程中，既保持著基本的恒定狀態，也因對某一方面的特別強調或忽略而呈現出了不同的風貌。木蘭故事也隨著文化主題的互動而不斷地演進。

在木蘭故事的演變過程中，詩文始終是數量最多，始終貫穿於故事整個發展歷程的文體。源頭故事《木蘭詩》是文學史上的經典著作，奠定了木蘭的傳奇，而詩文的體裁又限制了故事中富有傳奇性質部分的發展，例如易裝。在明中後期以前的故事敘述中，詩文始終是故事最為重要的載體，主要強調了木蘭故事中的道德元素，道德化的宣傳使得木蘭成為了模範英雄，也促進

了故事的廣泛傳播。明中後期的戲曲小說等通俗文學作品是造成木蘭故事轉型的重要原因之一，文體的變化爲故事的演變和豐富提供了充分的條件，讓逐漸僵化的道德模範故事重新煥發生機。木蘭作爲人的情感和需求重新得到了尊重，而故事中本身蘊含的傳奇因素也得以發展擴充，文學載體的變更促使故事向著更爲複雜的方向發展變化。木蘭故事也由民歌中質樸的少女，轉變爲詩文雅文學中的崇高的道德偶像，進而演變爲通俗文學中富有人情味和傳奇性的女英雄。

參考文獻

一、文獻類

1. 【漢】司馬遷：《史記》，北京：中華書局，1959 年版。
2. 【漢】班固：《漢書》，北京：中華書局，1962 年版。
3. 【北齊】魏收：《魏書》，北京：中華書局，1984 年版。
4. 【唐】李延壽：《北史》，北京：中華書局，1974 年版。
5. 【宋】歐陽修等：《新唐書》，北京：中華書局，1975 年版。
6. 【元】脫脫等：《宋史》，北京：中華書局，1985 年版。
7. 【宋】杜佑：《通典》，北京：中華書局，1988 年版。
8. 【宋】司馬光：《資治通鑒》，北京：中華書局，1956 年版。
9. 【清】張廷玉等：《明史》，北京：中華書局，1974 年版。
10. 【清】趙爾巽等：《清史稿》，北京：中華書局，1977 年版。
11. 【清】阮元：《十三經注疏》，上海：上海古籍出版社，1997 年版。
12. 【清】孫希旦：《禮記集解》，北京：中華書局，1989 年版。
13. 【清】汪受寬：《孝經譯注》，上海：上海古籍出版社，1998 年版。
14. 【清】永瑢等：《四庫全書總目》，北京：中華書局，1965 年版。
15. 《四庫全書存目叢書》，濟南：齊魯書社，1996 年版。
16. 【宋】李昉等：《太平御覽》，北京：中華書局，1985 年版。
17. 【宋】李昉等：《太平廣記》，北京：中華書局，1990 年版。
18. 【宋】曾慥：《類說》，書目文獻出版社，1988 年版。
19. 【唐】李冗：《獨異志》，北京：中華書局，1983 年版。
20. 【唐】段成式：《酉陽雜俎》，北京：中華書局，1983 年版。

21. 朱金城：《白居易集箋校》，上海：上海古籍出版社，1988 年版。

22. 【唐】韓愈：《韓愈全集》，上海：上海古籍出版社，1997 年版。

23. 【宋】朱熹：《晦庵先生朱文公文集》，上海：上海書店出版社，1989 年版。

24. 【宋】郭茂倩：《樂府詩集》，上海：上海古籍出版社，1993 年版。

25. 【宋】程大昌：《演繁露》，上海：上海古籍出版社，1992 年版。

26. 【清】黎清德編，王星賢點校：《朱子語類》，北京：中華書局，1986 年版。

27. 【宋】王欽若等編：《冊府元龜》，北京：中華書局，1960 年版。

28. 【宋】趙與時：《賓退錄》，上海：上海古籍出版社，1983 年版。

29. 【宋】吳自牧：《夢粱錄》，杭州：浙江人民出版社，1980 年版。

30. 【宋】何薳：《春渚紀聞》，上海：上海書店，1990 年版。

31. 【宋】何汶撰，常振國、絳雲點校：《竹莊詩話》，北京：中華書局，1984 年版。

32. 【宋】劉克莊：《後村詩話》，北京：中華書局，1983 年版。

33. 【明】徐渭：《徐渭集》，北京：中華書局，2011 年版。

34. 魏同賢主編：《馮夢龍全集》，南京：鳳凰出版社，2007 年版。

35. 【清】褚人獲：《隋唐演義》，北京：中華書局，2011 年版。

36. 【清】張少賢：《閨孝烈傳》，合肥：黃山書社，1991 年版。

37. 【清】贏園舊主：《木蘭奇女傳》，濟南：山東文藝出版社，1987 年版。

38. 張壽崇主編：《子弟書珍本百種》，北京：民族出版社，2000 年版。

39. 北京市民族古籍整理出版規劃小組輯校：《清蒙古車王府藏子弟書》，北京：國際文化出版公司，1994 年版。

40. 【清】蟲天子編：《香豔叢書》北京：人民文學出版社，1994 年版。

41. 明清善本小說叢刊初編：《綠窗女史》，臺北：天一出版社，1985 年版。

42. 胡曉明、彭國忠主編：《江南女性別集》，初編，合肥：黃山書社，2008 年版。

43. 胡曉明、彭國忠主編：《江南女性別集》，二編，合肥：黃山書社，2010 年版。

二、論著類

1. 石昌渝主編：《中國古代小說總目》，太原：山西教育出版社，2004 年版。

2. 傅惜華：《元代雜劇全目》，北京：作家出版社，1957 年版。

3. 傅惜華：《明代雜劇全目》，北京：作家出版社，1958 年版。

4. 傅惜華：《清代雜劇全目》，北京：人民文學出版社，1981 年版。

5. 孫楷第：《中國通俗小說書目》，北京：人民文學出版社，1982 年版。

6. 孫楷第：《戲曲小說書錄解題》，北京：人民文學出版社，1982 年版。

7. 程毅中：《中國古代小說百科全書》，北京：中國大百科全書出版社，1990 年版。

8. 劉葉秋等主編：《中國古典小說大辭典》，石家莊：河北人民出版社，1998 年版。

9. 寧稼雨：《中國文言小說總目提要》，濟南：齊魯書社，1996 年版。

10. 朱一玄、寧稼雨、陳桂聲：《中國古代小說總目提要》，北京：人民文學出版社，2005 年版。

11. 袁行霈，侯忠義編：《中國文言小說書目》，北京：北京大學出版社，1981 年版。

12. 江蘇省社會科學院編：《中國通俗小說總目提要》，北京：中國文聯出版公司，1990 年版。

13. 郭英德：《明清傳奇綜錄》，石家莊：河北教育出版社，1997 年版。

14. 郭英德：《明清傳奇史》，南京：江蘇古籍出版社，1999 年版。

15. 莊一拂：《古典戲曲存目彙考》，上海：上海古籍出版社，1982 年版。

16. 王森然主編：《中國劇目辭典》，石家莊：河北教育出版社，1997 年版。

17. 李修生：《古本戲曲劇目提要》，北京：文化藝術出版社，1997 年版。

18. 譚正璧、譚尋：《評彈通考》，北京：中國曲藝出版社，1985 年版。

19. 譚正璧、譚尋：《彈詞敘錄》，上海：上海古籍出版社，1981 年版。

20. 余嘉錫：《四庫提要辯證》，昆明：雲南人民出版社，2004 年版。

21. 《中國美術全集繪畫編》，北京：文物出版社，1988 年版。

22. 《中國繪畫全集》，杭州：浙江人民美術出版社，2000 年版。

23. 《中國古代書畫圖目》，北京：文物出版社，1988 年版。

24. 《海外藏歷代中國名畫》，長沙：湖南美術出版社，1998 年版。

25. 馬俊華主編：《木蘭文獻大觀》，鄭州：河南人民出版社，1993 年版。

26. 陳鵬翔主編：《主題學研究論文集》，臺北：東大圖書有限公司，1983 年版。

27. 吳光正：《中國古代小說的原型與母題》，北京：社會科學文獻出版社，2004 年版。

28. 榮新江：《隋唐長安：性別、記憶及其他》，上海：復旦大學出版社，2010 年版。

29. 葛兆光：《中國思想史》，上海：復旦大學出版社，2001 年版。

30. 余英時：《士與中國文化》，上海：上海人民出版社，2003 年版。

31. 羅宗強：《隋唐五代文學思想史》，北京：中華書局，1999 年版。

32. 劉澤華主編：《中國傳統政治學與社會整合》，北京：中國社會科學出版社，2000 年版。

33. 劉澤華：《中國的王權主義》，上海：人民出版社，2000 年版。

34. 蕭群忠：《孝與中國文化》，北京：人民出版社，2001 年版。

35. 謝寶耿：《中國家訓精華》，上海：上海社會科學出版，1997 年版。

36. 徐少錦、陳延斌：《中國家訓史》，西安：陝西人民出版社，2003 年版。

37. 林安弘：《儒家孝道思想研究》，北京：文津出版社，1992 年版。

38. 謝无量：《中國婦女文學史》，鄭州：中州古籍出版社，1992 年版。

39. 梁乙眞：《中國婦女文學史綱》，上海：上海書店，1990 年版。

40. 王子今：《中國女子從軍史》，北京：軍事誼文出版社，1998 年版。

41. 李貞德、梁其姿主編：《婦女與社會》，北京：中國大百科全書出版社，2005 年版。

42. 胡曉眞：《才女徹夜未眠》，北京：北京大學出版社，2008 年版。

43. 衣若蘭：《史學與性別》，太原：山西教育出版社，2011 年版。

44. 【美】盧葦菁：《矢志不渝明清時期的貞女現象》，南京：鳳凰出版集團，2010 年版。

45. 【美】高彥頤：《閨塾師》，南京：江蘇人民出版社，2005 年版。

46. 劉思謙，屈雅君等：《性別研究理論背景與文學文化闡釋》，天津：南開大學出版社，2010 年版。

47. 張宏生編：《明清文學與性別研究》，南京：江蘇古籍出版社，2002 年版。

48. 王子今：《古史性別研究叢稿》，北京：社會科學文獻出版社，2004 年版。

49. 【美】曼素恩著，定宜莊、顏宜威譯《綴珍錄一十八世紀及其前後的中國婦女》，南京：江蘇人民出版社，2005 年版。

50. 【美】孫康宜：《文學經典的挑戰》，南昌：百花洲文藝出版社，2002 年版。

三、論文類

1. 寧稼雨：《主題學與中國敘事文化學的構建》，《中州學刊》，2007 年第 1 期。

2. 寧稼雨：《關於構建中國敘事文化學的設想》，《廈門教育學院學報》，2009 年第 1 期。

3. 寧稼雨：《故事主題類型研究與學術視角換代——關於構建中國敘事文化學的學術設想》，《山西大學學報》，2012 年第 3 期。

4. 郭英德：《構建中國敘事文化學的學理依據》，《天中學刊》，2012 年第 6 期。

5. 陳文新：《敘事文化學有助於拓展中西會通之路》，《天中學刊》，2012 年第 6 期。

6. 姚大榮：《木蘭從軍地表徵》，《東方雜誌》第 22 卷第 2 號 1925 年第 1 期。

7. 姚大榮：《木蘭從軍時地補述》，《東方雜誌》第 22 卷 23 號 1925 年第 12 期。

8. 徐中舒：《〈木蘭歌〉再考》，《東方雜誌》22 卷第 14 號 1925 年第 7 期。

9. 齊天舉：《關於〈木蘭詩〉的著錄及其時代問題》，《文學遺產》增刊第 14 輯 1957 年。

10. 趙從仁：《〈木蘭詩〉的著錄及其時代問題》，《中州學刊》，1985 年第 5 期。

11. 孫楷第：《〈木蘭詩〉考》，《新思潮》1946 年。

12. 羅根澤：《〈木蘭詩〉產生的時代和地點》，《光明日報》1954 年 4 月 26 日。

13. 蕭滌非：《從杜甫、白居易、元稹詩看〈木蘭詩〉的時代》，《文學遺產》增刊第一輯 1955 年第 9 期。

14. 劉慶蓮：《替父從軍傳奇下的女英雄建構策略研究》，《長江大學學報》（社會科學版），2010 年第 1 期。

15. 徐振貴、焦福民：《世事糊塗、雌雄難辨的斷猿哀鳴——徐渭〈四聲猿〉探微》，《藝術百家》2011 年第 1 期。

16. 劉烈茂：《小說戲曲子弟書鼓詞——論車王府抄藏曲本子弟書的文學價值》，《中山大學學報》，1998 年第 6 期。

17. 札拉嘎：《蒙古文花木蘭故事——〈異說唐朝平北傳〉述略》，《民族文學研究》，1997 年第 1 期

18. 劉佳：《被觀看的女英雄與花木蘭的當代形象》，《藝術評論》，2010 年第 3 期。

19. 張曉梅：《「木蘭故事」的敘事空白及其意識形態書寫》，《福建師範大學學報》（哲學社會科學版），2006 年第 2 期。

20. 羅執廷：《民間立場與反戰傾向——〈木蘭詩〉解讀》，《名作欣賞》，2003 年第 2 期。